Carl Ludwig Schleich

Besonnte Vergangenheit

Lebenserinnerungen eines Arztes

Carl Ludwig Schleich: Besonnte Vergangenheit. Lebenserinnerungen eines Arztes

Erstdruck: Berlin (Rowohlt) 1921.

Neuausgabe
Herausgegeben von Karl-Maria Guth
Berlin 2017

Der Text dieser Ausgabe folgt:
Schleich, Carl Ludwig: Besonnte Vergangenheit. Lebenserinnerungen (1859–1919), Berlin: Rowohlt, 1921.

Die Paginierung obiger Ausgabe wird hier als Marginalie zeilengenau mitgeführt.

Umschlaggestaltung von Thomas Schultz-Overhage unter Verwendung des Bildes: Carl Ludwig Schleich, Fotografie, 1920

Gesetzt aus der Minion Pro, 11 pt

Verlag: Henricus - Edition Deutsche Klassik GmbH
Mörchinger Str. 33, 14169 Berlin, info@henricus-verlag.de
Druck: Libri Plureos GmbH, Friedensallee 273, 22763 Hamburg

Die Ausgaben der Sammlung Hofenberg basieren auf zuverlässigen Textgrundlagen. Die Seitenkonkordanz zu anerkannten Studienausgaben machen Hofenbergtexte auch in wissenschaftlichem Zusammenhang zitierfähig.

ISBN 978-3-7437-0513-5

Bibliografische Information der Deutschen Nationalbibliothek

Die Deutsche Nationalbibliothek verzeichnet diese Publikation in der Deutschen Nationalbibliografie; detaillierte bibliografische Daten sind im Internet über www.dnb.de abrufbar.

Inhalt

Nest und Geburt 5
Schule und erste Abenteuer 17
Kalkofen und die Heimat meiner Mutter 23
Mein Vater 40
Onkel Boysen, der Prinz von Dänemark 51
Stettiner und Stralsunder Jugendzeit 58
Konrektor Freese 67
Zürich und Gottfried Keller 78
Studium beim Vater und das Physikum in Greifswald 91
Unter Bernhard von Langenbeck in der Ziegelstraße 102
Ernst von Bergmann 110
Erinnerungen an Rudolf Virchow 120
Der Arzt in statu nascendi 132
Das Staatsexamen und Sprung in die Chirurgie 144
Belle-Alliance 153
Strindberg-Erinnerungen 161
Werkstatt-Hämmern 183
Paul Ehrlich 193
Unersetzliche Verluste 205
Erinnerungen an Richard Dehmel 215
Schluß-Bemerkungen 227

Meinen Schwestern

Käthe und Gertrud

gewidmet

Einem frohen Wandersang
Bin ich nachgegangen,
Den am mächt'gen Strom entlang
Schilf und Wiesen klangen.
Ach! an manchen Ort vorbei
Trug mich früh mein Stecken!
Daß er mehr, als Heimat, sei,
Konnt' ich nicht entdecken.

Nest und Geburt

In der alten Oderstadt Stettin, am 19. Juli 1859 mittags um 12 Uhr, an einem Sonntage, soll ich das Licht der Welt unter mächtigem und nachhaltigem Sträuben gegen meine Existenz erblickt und den Eintritt in dies Tal der Tränen, wie ich gestehe, völlig unbewußt vollzogen haben. Ich habe entsetzlich geschrien, und ich weiß mich des Grundes meines auffälligen Unbehagens wirklich nicht mehr zu entsinnen. Ich habe nur einen einzigen, aber wirklich zuverlässigen Zeugen für die Geschehnisse im Beginn meiner Lebensbahn, dessen Aussagen zu bezweifeln ich ein ganzes Leben hindurch keinen Grund gefunden habe, – meine Mutter. Sie hat die Sache so dargestellt, als habe ich mich von Beginn an höchst undankbar gegen das Lebensgeschenk und seine Spender benommen, zumal ich mit viel größerer Freude und Genugtuung begrüßt worden sei als meine beiden Vorläufer, meine Schwestern Anna und Käthe. Ja, in gewisser Weise war ich für meine Mutter sogar eine Art Erlösung und Entsühnung. Mein Großvater Schleich war nämlich so grausam, meine arme Mutter seit der Geburt meiner Schwestern kaum noch anzusehen; er verachtete sie, weil sie ja doch »nur Mädchen« zur Welt bringen könne. Diese Ungnade, in welche meine Erzeugerin, glaube ich, völlig schuldlos gefallen war, hob ich mit meinem Erscheinen glücklicherweise auf; ich gestehe aber, daß auch alle meine späteren, hier und da gerühmten Freudebereitungen sich im Grunde genau so unbewußt und verdienstlos, gewissermaßen automatisch, vollzogen haben wie diese erste. Was ist das aber eigentlich für eine barbarische Handlungsweise, einer Schwiegertochter seine väterliche Gunst so lange vorzuenthalten, bis sie einen Jungen zur Welt gebracht hat? Hat die ganze Welt, Mann und Frau, wirklich die stillschweigende Überzeugung von der höheren Wertigkeit des Männlichen? Meldet sich schon so früh die Sorge um ein rechtzeitiges Ringelein? Oder soll durchaus der Familienname erhalten bleiben? Genug, ich persönlich muß es also als einen hohen Glücksfall betrachten, daß ich ein Knabe war, als ich *ventre à terre* (Zeugnis meiner Mutter und meiner Hebamme – mein Vater hatte sich angeblich anderer Berufspflichten wegen der Zeugenschaft entzogen) zur Welt kam, nur um zu versuchen, sie sofort unter Protest mit Händen und Füßen wieder von mir zu stoßen. Sie erwies sich als die stärkere von uns beiden. Und so blieb ich auf ihr zurück, wenngleich ich in meiner Jugend später noch vielfach alle möglichen Versuche machte, mich ihr auf dem Wege recht zahlreicher Kinderkrankheiten wieder stillschweigend zu entziehen. Meine Kronzeugin sagt aus, ich sei eigentlich immer krank und darum ein sehr schwächliches und zartes Kind gewesen bis zu den Flegeljahren, von wo ab es sich merkwürdigerweise rapide mit mir gebessert habe. Wie dauerhaft kann ein Organismus werden, der anfangs gleichsam nur mit Treibhauspflege zu einer gewissen Bodenständigkeit heraufgepäppelt werden muß. Denn ich habe eine zweite Kronzeugin, meine Gattin dafür, daß ich schließlich als mit einer Bombennatur begnadet mich erwiesen habe. Ich nehme an, daß hier die Mutterliebe allerdings in starker Konkurrenz mit der meiner alten Pflegerin aus unserem Heimatsdorf mütterlicherseits auf der Insel Wollin, die 13 Jahre meine Beschützerin gewesen ist (Berta Gehm hieß die Gute), dafür das meiste getan hat. Sicher kann die Mutterliebe außerordentlich dazu beitragen, die Konstruktionsfehler der Anlagen solcher gepäppelten kleinen Maschinchen zu kompensieren.

Freilich war ich ihr Sorgenkind und bin es leider auch bis in ihr sehr hohes Alter geblieben. Sie wurde 86 Jahre alt. Wie vieles muß ich ihr jetzt abbitten, wenn ich hinauswandle auf den Kirchhof zu Stahnsdorf bei Wannsee zu ihrem Grabe, um immer den gleichen, bekümmerten Schmerz vor dem Blumenhügel zu empfinden, wie alle Grabbesucher, nicht darüber allein so sehr, daß die Lieben nicht mehr sind, als vor allem darüber, daß noch keiner den Geschiedenen so viel Gutes getan hat, als sie es um uns verdienten. Erst wenn man jemand verloren hat, fühlt man ganz deutlich, wieviel an Liebestaten man versäumte.

Meine Familie stammt letzten Endes aus Bayern. Laut Mitteilung meines Vaters wanderte im 17. Jahrhundert ein merkwürdigerweise protestantischer Pfarrer, Christian Schleich, aus München nach Freienwalde an der Oder aus. Wir pommerschen Schleichs, seine Nachkommen, sind also mit den Münchener Malern Schleich verwandt, was mich angesichts der hohen Künstlerschaft eines Eduard, Ernst und Robert Schleich mit Stolz erfüllt, auch erklärt, warum das Malen- und Zeichnenmüssen mir und meinem Bruder, vor allem meinem Onkel Hans Schleich, dem bekannten, sehr bedeutenden Seemaler und Landschafter im Blute steckte. Die pommerschen Schleichs kamen dann in die Umgegend Stettins. Um 1780 herum gab es eine berühmte Kornspeicherei von »Goldammer und Schleich« bei Stettin, die einer meiner Vorfahren begründet hatte. Noch heute gibt es einen Volksliedvers, der darauf hindeutet. Er lautet:

Jo! Wer da wohnt up de Wyk (Vorstadt von Stettin),
De is so rik
As »Goldammer und Shlyk« (Schleich).

Dieser kaufmännische Sinn muß vollständig verkümmert sein. Mütterlicherseits sind wir ganz reine Niedersachsen. Die Familie Küster stammt aus Mecklenburg, der älteste aufspürbare Ahn war ein Dorfschulmeister in Malchin. Die folgenden Vorfahren mütterlicherseits waren Bauern, Fischer, Ansiedler um das Stettiner Haff und auf der Insel Wollin. Die Familie meiner mütterlichen Großmutter, Haushalter, war lange in der Stadt Wollin, in deren Umgebung die alte Stadt Vineta versunken sein soll, ansässig. Eine richtige Bürgermeisterfamilie.

Ehe ich mich an den Versuch, mein Elternhaus zu schildern, heranwage, möchte ich einiges über meine alte Vaterstadt selbst berichten, wie ja auch zu einer richtigen Naturbeschreibung eines Vogels zunächst der Baum oder Strauch gehört, auf dem er nistet, bevor die Struktur des Nestes erörtert zu werden pflegt. Aus Bau und Art beider kann manches auf die Lebensweise des Erbrüteten erschlossen werden.

Stettin, die alte Wendenfeste, ist eine echte Hafenstadt am Abhang des mit schwerem Laubwald tief umhüllten uralisch-baltischen Höhenzuges. Es liegt zu beiden Seiten der Oder, deren mehrere Arme Teile von ihm inselartig umfassen. Der breite, nur träge, grau und lässig dahinfließende Strom durchquert die Altstadt direkt nach Norden, links und rechts von Hafenanlagen, Werften, Villen und bergigen, schön bewaldeten Vororten umrahmt, die bald auf der rechten Seite von flachen Wiesen abgelöst werden. Der Strom erweitert sich dann in einen großen See, dem Dammschen, und das breite Papenwasser, um dann mächtig in das Haff auszuladen. Diesem Haff und seinen drei fächerartig gespreiteten Armen: Peene, Swine, Dievenow werfen sich die Inseln Wollin und Usedom dammartig entgegen und trennen das Haff von dem Meer der Pommern, Balten und Skandinavier, der Ostsee. Die Insel Wollin war die Heimat meiner Mutter, woselbst sie mit 12 Geschwistern eine auch mein Leben sonnig überstrahlende Jugend genoß, deren die ganze kinderreiche Sippe in dem Dorfe Kalkofen auf den Besitzungen meiner Großeltern und Onkels bis zu unserer Reise wie eines großen Glückes teilhaftig wurde. Meine ganze Jugend war eine Glückspendel-Bewegung zwischen Stettin und dieser herrlichen Insel Wollin, von der das sommerreisende Publikum ja nur ein kleines Stückchen um Misdroy herum lieben gelernt hat. Von den schönen Wundern ihres Innern werde ich noch vieles zu berichten haben. Sie ist mein Ithaka der Jugend, das die Erinnerung mit allen Zaubern des ständigen Heimwehs umwoben hat. Stettin ist bergig auf der Westhälfte und fällt ziemlich steil zum Hafen ab und trug in meiner Jugend noch vornehmlich das Gepräge einer echten Fischer- und Kommerzstadt. Die ganze blühende Entwicklung vom vorherrschenden Großsegel- und Vollschiff bis zum mächtigen Kauffahrteidampfer und den häuserhohen Ozeanriesen habe ich miterlebt. War doch der »Vulkan«, diese weltberühmte Werft, eine Hauptproduktionsstätte größter Dampfer und Kriegsfahrzeuge für aller Herren Länder. Eng waren wir Schleichs mit dem Vulkan verwachsen. Nicht nur, daß mein Vater Augenarzt an diesem Institut war, in dem Tausende von Arbeitern den Stahl zu Schiffsrippen, Rumpfgliedern und Maschinenkesseln umschmolzen, ihn weißglühten, hämmerten und nieteten, was wir Jungen alles eifrig mit ansahen, auch die leitenden Persönlichkeiten waren uns verwandt oder wenigstens eng befreundet. So meine Oheime Schneppe und Koppen, von denen der erstere Aufsichtsrat und der andere ein Jahrzehnt und länger der erste Direktor der Werft war, so Albert Schlutow, der Liebling Kaiser Wilhelms II. (er hieß im Schloß nur »Onkel Schlutow«, genau wie bei uns). In welche naive Zeit meine erwachende Jugend noch hinausreicht, beweist ein von mir in jungen Jahren belauschtes und bewahrtes Gespräch, das zum Streit anschwoll, zwischen meinem Vater und Onkel Schneppe, einem Vatermörderkragen-Original von eigentümlichster Römerkopfprägung, wie es dazumal in Stettin viele gab, urwüchsig, derb, rückständig bis in die Puppen, aber lebetoll und ein Schwerenöter. Ich höre ihn noch über den strittigen Schiffsbau also sprechen: »Karl, dat is ja 'n Unsinn mit den Eisenschiffen! Dat weiß doch jedes Kind: Holz schwimmt woll, Eisen versinkt. Et is unmöglich, dat sich eiserne Schiffe über Wasser halten!« Sonderbar. Er hat in gewissem Sinne für seinen beschränkt stettinischen Standpunkt recht behalten! Denn Stettin hatte wahrlich damals kein Glück mit seinen großen heimatlichen Eisenschiffen. In meiner Jugend bildete sich eine Stettin–New-Yorker Passagierdampfer-Verbindung, der »Baltische Lloyd« genannt. *Drei prachtvolle, große Ozeandampfer dieser Gesellschaft, alles Schiffe des Vulkan, versanken hintereinander, zwei davon ohne jede Kunde, eins,* an die norwegische Küste verschlagen, mit Mann und Maus! Wieviel Hunderte der schönsten und berühmtesten Seekolosse liefen später auf der Vulkanwerft vom Stapel, diese drei heimischen Riesen erwürgte die Flut! O, wie viele Großfeste haben wir als Kinder mitgemacht, die Stapelläufe der berühmtesten Amerikafahrer der Welt und die herrlichen Stammesriesen unserer aufblühenden, wappenstolzen Marine, die nun jetzt am Grunde der See oder in fremden Häfen entehrt und entfahnt trauern. Diesen Trümmerbruch einer Jugendhoffnung unseres Vaterlandes, die ich wachsen und blühen sah mit eigenen Augen wie mein eigenes junges Leben –, diesen Schmerz eines echten Hafenkindes werde ich niemals verwinden. Ja, glühend, staunend haben unsere Kinderaugen gehangen an dem einen kurzen Tau, nach dessen Kappung, wenn die Champagnerflasche aus königlicher Hand gegen den Schiffsbug geschleudert, schäumend barst[1], der Koloß zu zittern begann, furchtbar drohend kaum merklich ein wenig seitlich hin- und herschwankte und nun wie ein Seeungeheuer rückwärts hineinglitt in die Flut, aus deren Geist und Wesen ihn Menschengeist erschaffen! Wie stolz fühlten unsere Kinderherzen hier dutzendfach Reich und Heimat sich gleichsam hineinbohren in die große Welt zur Ebenbürtigkeit der Nationen – und nun? Wann wird der deutsche Siegfried ein solches Schwert wieder schmieden kön-

---

[1] Anatole France irrt, wenn er diese Sitte, am Steven des von Stapel laufenden Schiffes eine Champagnerflasche zu zertrümmern, eine alte barbarische List nennt, die Götter zu besänftigen etwa wie mit dem geopferten Ring des Polycrates. Wir seefahrenden Pommern haben dafür eine weit sinnvollere Erklärung:

> Ich fragte einen alten Kapitain,
> Warum an Schiffen, die von Stapel gehn
> Man müsse die Flasche Champagner zerschellen?
> Der sagte: »Süss versupen's in de Wellen!
> De irste Schuum, de den Steven leckt,
> Wenn de oll Buddel zerbreckt,
> Die möt von de Sünn' geboren sin!
> Die Sünn' moakt Water und moakt den Win;
> Doch möt de Preister de Buddel segnen,
> Süss künn den nigen Kahn doch wat begegnen.
> Denn, müßt' hei ahn' Win in't Water krupen,
> Möt hei versupen!«

nen, wie es die schöne deutsche Flotte war, für deren Bau die Hände meiner Landsleute so viele Jahrzehnte Schwielen trugen?

Natürlich lagen wir Jungen ständig auf dem Wasser oder trieben uns im Hafen, am Bollwerk in nicht immer holdester Eintracht mit den eingeborenen Bollwerksbrüdern umher, da es überall etwas an Überseewaren zu bestaunen, studieren, stibitzen und zu naschen gab. Da galt es Johannisbrot, Mandeln, Apfelsinen, Zuckerkand, Rohrzucker, Lakritzen und allerhand Gewürze zu mausen. So verlief meine erste Jugend ziemlich kriegerisch in Gemeinschaft von Räubergenossenschaften und Bummlergesindel, da meine Eltern meiner Erinnerung nach bis in meine bewußten Jahre auch nicht den leisesten Versuch gemacht haben, mich standesgemäß zu erziehen, wofür ich ihnen von Herzen danke, denn ich habe mir aus dieser Zeit des Verkehrs mit Schnapphähnen, Bowkies und Latschenträgern, deren futuristisch-kubistisch geflickte Hosen eine sonderbare Neigung besaßen, ständig abwärts zu rutschen, eine gewisse Vorurteilslosigkeit gegen Standesunterschiede und eine gewisse Vorliebe für die Enterbten der Nation bewahrt, nebst der humoristisch-fatalistischen Neigung, irgendein herannahendes Schicksal ruhig auf mich zukommen zu lassen wie den Schutzmann des Bollwerks. Aus zahlreichen Bollwerks- und Straßengefechten, namentlich auf den Abhängen der »Grünen Schanze«, wurden strategisch sorgsam vorbereitete Straßenschlachten mit Besenstielen und Faßreifen, die prächtige runde Husarensäbel abgaben, entwickelt; aus vielen solcher Renkontres, bei denen es häufiger Zahn um Zahn als Auge um Auge ging, habe ich mir eine gewisse Zuversicht in allen Kampflagen erworben, aber auch eine deutliche respektvolle Hinneigung zu meinen Feinden; denn wenn wir uns auch prügelten, wir hatten uns doch ganz gerne, und so habe ich auch meinen zahlreichen und manchmal nicht sehr zarten Gegnern im Lebenskampfe nie so recht bös sein können. Von den Jugendkampfspielen her wußte ich, man vertrug sich ja doch schließlich wieder, und es kam immer eine Zeit, in der »alles nicht gewesen sein mußte!« Vielleicht wissen wir Männer gar nicht, wie lange wir eigentlich »Jungens« bleiben und mit den ernstesten Dingen ein leider viel zu wichtig genommenes Spiel treiben. Nur wenn man die Wissenschaft allzu ernst nimmt, wird man bös. Bewußtsein der Lustigkeit des Gedankenspiels macht gütig und tolerant. Auch blieben natürlich zur Milderung unserer Sitten romantische Aventüren mit den nicht immer appetitlichen Schwesterchen unserer Feinde keineswegs aus, und ich entsinne mich mancher Wanderungen in den alten, streng gesperrten

Festungswällen und über die Kasematten der Garnison mit Beutegeschenken, Räuber- und Pfänderspielen, Blumenpflücken und Liebkosungen aller Art auf diesen Zügen in Scharen und zu Paaren.

Ein gütiges Geschick hat mir diesen Zug ins Romantische bewahrt und mir bis in mein hohes Alter dieses echt deutsche Schweben durch die Dinge und über ihnen nicht verleidet, ein deutliches Gefühl, als sei dies Leben und seine Erscheinungen nicht das allein Erreichbare, sondern als gehe noch etwas Unerkennbares da mit und nebenher, ja, als sei alles gar nicht so wirklich, wie es scheine. Ich erinnere mich, daß wir darüber schon früh nachdenkliche Reden, im Grase sitzend, führten, daß man doch eigentlich gar nicht wissen könne, ob nicht immer »Wer« mit einem gehe, eine Vorstellung, die sich dann in meinem lieben Freunde und späteren Schwager Paul Oelschlaeger schon früh in der drolligen Vorstellung eines ihn ständig begleitenden »Luftroberts« verdichteten und die ich in meinem Traumroman, »Es läuten die Glocken« zu seinem Gedächtnis poetisch auszuwerten versucht habe. In unsern Spielen blühte überhaupt bisweilen eine gewisse Geistigkeit und Frühreife, eine Art spöttischen Kritizismus und eine Naseweisheit auf, die ich mir nicht anders erklären kann, als mit dem Ab- und Nachglanz einer Art geistiger Klassizität Stettins, die um das Jahr 1840 dort einsetzte und über 20 Jahre eine Hochspannung geistig-künstlerischen Lebens erzeugte, die mich aus den Erzählungen meiner Eltern und älteren Verwandten stets angemutet hat, als habe sie etwas von Weimarer Luft ausgestrahlt. Diese Periode in Stettins Entwicklung verdient einmal beleuchtet zu werden, zumal ich glaube, daß diese Blütezeit meiner Vaterstadt auf uns »jüngeren Stettiner« damals von einem sehr erheblichen Einfluß gewesen ist. Nicht, als ob um eine geistige Persönlichkeit vom überragenden Schlage eines Goethe sich die intellektuellen Kreise konzentriert hätten oder als ob eines Fürsten Mediceertum die Geister besonders angezogen hätte, aber es war damals in Stettin eine Schar hochbedeutender Männer und Frauen vereinigt durch die Gunst der Zeit, deren Namen auch weit in die Lande hinausleuchteten. Der Balladen-Komponist Carl Löwe, Organist an der St. Jakobi-Kirche, in deren Orgel, in der Höhlung der großen C-Flöte, in goldener Kapsel sein Herz laut testamentarischer Bestimmung eingemauert ist; der Komponist herrlicher gemischter Chöre, Ferdinand Oelschlaeger, der Großvater meiner Frau, dessen in der Musikliteratur einzigartige Meisterquartette einst in Pommern und in der Mark populärer waren als die Mendelsohns und sie an Feinheit und Originalität der

Stimmführung weit überragen. Der Historiker Schmidt, der Dichter Ludwig Giesebrecht, ein Lyriker und Epiker ersten Ranges, dem Franz Kern eine prachtvolle ästhetische Würdigung in einem vergriffenen Werke zuteil werden ließ, ein Mann, der – man lese ihn nur – wahrhaft Goethesche Töne hatte und der Carl Löwe unzählige Texte zu Liedern, Balladen und Oratorien lieferte. Dann war da ein Universalgenie, Robert Graßmann, der, eine Autorität im Sanskrit, zugleich ein perfekter Musiker und ein weltberühmter Physiker, Mathematiker und Philosoph war, den die französische Akademie zu ihrem Ehrenmitgliede ernannte. Leider war er beim Empfang der Ehrung schon tot. Da war der hochgeistige Gymnasialprofessor Calo, ein förmlich mystischer Mann, den, groß, schlank, blaß, mit schneeweißem, hutlosem Haupt in eigentümlich griechisch wallendem Faltenmantel ich noch oft in seiner imponierenden Erscheinung über den Roßmarkt wandeln gesehen habe. Calo hatte Weltreisen gemacht, war ein Mysterium-Sucher, hatte einen sonderbar faszinierenden Einfluß laut Schilderungen meines Vaters und anderer auf die Stettiner Gymnasialjugend, die für ihn begeistert war und von ihm etwas wie griechisches Weinlaub um die Stirne gewunden und einige Tropfen vom Safte des Dionys ins Blut geträufelt erhielt. Calo hat sonderbare Novellen und tiefsinnige Sonette verfaßt, die ich unter dem Einfluß der Schwärmereien meines Vaters und meiner Oheime verschlang und von denen ich noch heute nicht begreife, daß sie nicht ihren Siegeszug durch die Welt genommen haben. Eine Stadt mit merkwürdiger Physiognomie war Stettin. Sie tat von je nie etwas für ihre großen Söhne, sie ließ ihren Ruhm in ihren Mauern eingeschlossen, tat, als ob es gar nichts wäre, einen Löwe, einen Giesebrecht den ihren zu nennen, ließ ihre Sterne aber nicht über ihre Vorwerke hinausleuchten, besaß aber zugleich einen so hohen Stolz über ihre Geistigkeit, daß ihr von außen, von Berlin schon gar nichts recht imponieren konnte, wodurch sie lange Zeit für produzierende Künstler ein verhaßter und gefürchteter Boden war. Der Ton in Stettin war »überkiekig«, snobbistisch noch bis in meine Jünglingsjahre hinein. Nur nichts Fremdes anerkennen! Das hatten wir ja Gott sei Dank alles bei uns selbst. Es war erstaunlich für uns Jüngere zu hören, daß den richtigen Stettiner Logenbrüdern es gar nicht besonders imponierte, daß allsonnabendlich in der Loge ein gewisser Carl Löwe mit einem neuen Manuskript angezogen kam und den Brüdern eine frisch gesetzte Ballade so »Nach Tisch« vortrug, die sie auch wirklich »recht hübsch« zu finden geruhten, und es paßt ganz gut zu diesem selbstbewußt stettinisch kühlen Ton des Ansichherankommenlassens, daß viele alte Stettiner noch spät verwundert waren, daß »unser Carl Löwe« so etwas wie ein klassischer Genius gewesen sein solle. »Is woll nich möglich? Das kleine Männchen? Na, ja.« usw. Es paßt ganz gut dazu, daß die damaligen Väter der Stadt diesem Heros der Ballade glatt den Abschied gaben, als er nach mehr als fünfzig Dienstjahren, krank bis ins Mark, um einen Erholungsurlaub bat, noch dazu mit schäbiger Pension. Mögen sie sich im Grabe umdrehen vor Schmach und Schande! Mögen sie es verantworten, daß der Komponist ganz unsterblicher Gesänge, Ferd. Oelschlaeger, im Winter mit seinen Söhnen das Eis der Waschschüsseln mit dem Stiefelknecht aufschlagen mußte. weil sie zu arm waren, um sich Heizholz halten zu können, und mögen sie es rechtfertigen, daß derselbe Mann, der von seinem Könige für ein herrliches Hohenzollern-Quartett goldene Dosen erhielt, fast Hungers starb und doch in stiller Größe himmlische Weisen der Orgel der kleinen Schloßkirche am Königstor entlockte! Sie haben es nicht gesehen, welch ein echter deutscher Meister er war, eine dankbare Nachwelt wird ihn neu entdecken. Sie haben nicht gewahrt, daß ein komplettes Genie, der alte Dohrn, der Vater des weltberühmten Neapeler Zoologen Anton Dohrn, unter ihnen dichtete, komponierte, entdeckte. Er hat mehrere Bände spanischer Dramen herausgegeben und eigene gedichtet, Volksliedersammlungen aller Herren Länder veranstaltet, unzählige naturwissenschaftliche Originalarbeiten geschrieben und wie ein echter Musensohn gesiedelt, gesungen und die Welt durchwandert: überall froh begrüßt und geehrt. Nur Stettin, seine Vaterstadt, hat nicht gewußt, wie genial er war, nur daß er ein schnurriger Kauz schien. Ein Trotzkopf von Stadt. Alles selbstverständlich und »na! so doll ist's doch woll nich!« Die Goldammer, eine feinsinnige Dichterfrau, gab Oelschlaeger Lieder, die man in jeder Hütte, auf dem Wasser, im Walde überall vierstimmig in reinem Satz noch in meiner Jugendzeit erschallen hören konnte. Die Zitelmanns, einer immer geistiger, klüger und musikalischer als der oder die andere, deren Sproß, Conrad Telmann, ein selbst in Stettin anerkannter Dichter war, von denen heute noch Käthe und Valerie Zitelmann in Berlin leben und weithin wirken als Schriftstellerinnen und Gesangspädagoginnen. Ferner der Komponist Heinrich Triest, dessen schöne, ein- und mehrstimmige Gesänge, kaum verlegt, tausend Herzen in Pommern höher schlagen ließen. Robert Prutz, der Dichter Kugler (»An der Saale hellem Strande« und »Gregor am Stein«) und einer der Herrlichsten, der alte Glagau, ein Lehrer der weiblichen Jugend, den Tausende von Stettiner Müttern im Herzen getragen wie ein Kleinod ihrer geistigen Heimat. Da war der alte Mahnke, ein Repräsentant des ehrenfesten Bürgertums, ein klassischer Junggeselle von höchster geistiger Feinheit, ein schlichter Weinhändler, der aber komponierte, mit einem wundervollen Sarastrobaß, ein alter treuer Ekkehard der Jugend Stettins in meiner Kindheit, der Typus von Biederkeit und Herzensgüte, der den besten Charakteren in »Soll und Haben« oder in den »Buddenbrocks« völlig ebenbürtig zur Seite steht. Noch oft schauen wir dankbar verehrend zu seinem schönen Porträt auf, das wir besitzen, denn er war der Patenonkel meiner Frau. Da waren die »Ivers«, eine Musikfamilie, deren acht Mitglieder ich noch das Mendelsohnsche Oktett herunterfiedeln gehört habe. Schlutows, die sehr feingeistigen Geldaristokraten der Stadt, Grunows und Plüddemanns, deren Sproß Martin Plüddemann, der einzige ebenbürtige Erbe und Vermehrer Löwes, der von Richard Wagner als der bedeutendste seiner Schüler bezeichnet wurde, der in Stettin kaum bekannt, schließlich versunken und vergessen noch heute auf eine Nachblüte seiner unsterblichen, mehr als 5 Bände umfassenden Werke harrt. Sie wird kommen, so gewiß wie auch Löwe noch einst zu den größten Klassikern gerechnet werden wird. Von Adolf Lorenz, Löwes Nachfolger im Amte, hätte ich noch besonders zu sprechen; auch ihn haben sie nicht ganz gewürdigt.[2] Da waren die Kritiker Koßmaly, Nathusius, Robert Seidel, alle auch aktiv musikalisch. Da die Wilsnachs, Steffens, die Behms, deren Sprossin Rosa mein hier reproduziertes Kinderporträt gemalt hat, und von denen Eduard Behm einen hochgeachteten Namen in der Kunstwelt sich errungen hat.

Es gab hier trauliche Kunstnester in Familienkreisen von einem geistigen Kaliber, daß man in der Metropole mit Laternen suchen kann, ohne eine solche Fülle von Geistigkeit und künstlerischem Niveau zu finden.

Von dieser klassischen Epoche Stettins, der nachzuspüren sich auch kulturhistorisch wohl einmal lohnte, wehte noch ein vergoldender holder Hauch in meine Jugend hinein. Mein Vater sprach viel und mit einem gewissen Begeisterungsblick von dem Glanz jener Tage, und es mag wohl sein, daß die anbetende Verehrung, mit welcher er trotz eigener ungewöhnlicher Begabung aufsah zu seinen großen Lehrern und Zeitgenossen,

---

2   Viele seiner Oratorien sind Meisterwerke, sein »Golgatha« ist von überwältigender Schönheit.

von erheblichem Einfluß auf meine hochgespannten geistigen Sehnsuchten gewesen sind. Das war jedenfalls ein Kulturboden ganz erlesener Art, auf dem das Pflänzlein meiner Wichtigkeit wohl üppiger hätte gedeihen können. In unserem Besitz ist noch ein Dokument aus dieser Zeit, welches Bände spricht von dem Stil jener Blütentage Stettins: ein Opernbuch, in Stettin gefertigt, ein Erinnerungsalbum, welches eine freie Dilettantenvereinigung, »der Opernverein«, geschaffen hatte. In wundervollen Aquarellzeichnungen sind die einzelnen Opern und ihre Mitwirkenden initialenhaft festgehalten – die schönen Zeichnungen und Blätter erinnern an Menzels Adressen –, welche von den Sängern und Spielern im Familienkreise aufgeführt wurden. Darunter figurieren: »Die Zauberflöte«, »Don Juan«, »Jessonda«, »Templer und Jüdin«, »Fidelio«, die, wie die Altvorderen berichten, schöner als irgendwo auf der Bühne besetzt waren, ausschließlich von Mitgliedern dieser einzigartigen Vereinigung, welche als Dirigent Ferdinand Oelschlaeger zusammenhielt, der aus der Orchesterpartitur akkompagnierte, und dem neben ihm sitzenden Sohne, wenn er nicht rechtzeitig die Notenblätter umschlug, immer noch Zeit fand, trotz Partiturenlesen und Dirigieren, eine sanfte Ohrfeige zu applizieren. Auf welcher Höhe muß das Können dieser Dilettanten gestanden haben, wenn eines Tages bei der Erkrankung des Tenors am Stadttheater ein Mitglied derselben ohne Vorbereitung in Lortzings »Waffenschmied« mit vollem Erfolge einsprang. Hier sang auch als junger Mann mein Oheim Hans Schleich mit, der ein in ganz Deutschland hochberühmter Tenor wurde, nachdem er von dem Tenorkönig Roger in Paris auf Kosten meines Vaters ausgebildet war. Ich habe ihn noch als Kind als Raoul in den »Hugenotten«, als George Brown und als Joseph in Ägypten auf dem Stettiner sehr schönen Stadttheater singen hören. Ich erinnere mich noch deutlich des eigentümlichen Gefühls über das stolze Bewußtsein, daß der, der da so himmlisch schön sang, daß das Publikum aufsprang und zu rasen begann, mein Onkel sei. Ich fühlte mich völlig verantwortlich für seine gewaltigen Triumphe. Einst kam er mit dem gefeierten Champion des Gesanges, jenem weltberühmten Pariser Tenor Roger, von dem Albert Niemann mir sagte, daß er 100 Prozent besser als Caruso gewesen sei, nach Stettin. Dieser wollte seines Lieblingsschülers, der sein Freund geworden war, Heimat sehen. Er sang den Massaniello und den George Brown in Stettin. Es war ein unbeschreiblicher Jubel in der Stadt. Ich glaube, selbst Albert Niemanns Organ reichte nicht an die Fülle dieser Löwenstimme heran. Abends war Roger im Hause meines Vaters, und ich erinnere mich genau des kleinen Mannes mit dem künstlichen linken Arm. Roger war auf einer Jagd verstümmelt und danach amputiert worden. Er aß, während wir Jungens, mein Bruder Ernst und ich, verstohlen hinter seinem Stuhl herumspionierten, mit einer eingehakten künstlichen Hand, der er eine eigene goldene Gabel einfügte. Nach Tisch sang er einmal, meine Tante Therese Schleich begleitete ihn. Ich höre ihn noch: Schuberts »Erlkönig«. Ich weiß noch gut, daß wir beiden kleinen Kerle vor Angst hinter die Gardinen krochen, als der Stimmriese echt französisch das hohe A auf dem »brauch ich Gewalt!« herausschmetterte. Mein Onkel Hans, der bei uns wohnte, imitierte ihn zum Entsetzen meiner Kaffee trinkenden und ruhig frühstückenden Großmutter Schleich am nächsten Morgen, indem er, so wie ihn Gott geschaffen, den Tamino übend, ins Zimmer stürzte und herausbrüllend: »Zu Hilfe! Zu Hilfe! sonst bin ich verloren! Der gräßlichen Schlange zum Opfer erkoren!« sich der Länge nach auf den Teppich warf. Die alte Dame hätte bald vor Schreck Schaden gelitten, mein Vater und wir Kinder wollten uns nach der ersten Verblüffung totlachen über den tollen Einfall. Denn er erhob sich drollig-ernst und sagte: »Na, was ist denn los? Ich übe ja bloß und mache Roger nach!«

Doch ich greife meinen Erlebnissen vor.

Meine ersten Erinnerungen reichen deutlich bis zum Jahre 1864, also nur bis zu meinem 5. Kinderjahre. Das kann ich deshalb so sicher konstatieren, weil ich mich genau an die österreichischen Soldaten in weißen Mänteln und blauen Kappen erinnere, die damals auf dem Durchmarsch nach Schleswig-Holstein in Stettin Quartier nahmen. Manch einer hat mich an die Hand genommen und ich marschierte stolz neben der Kompagnie durch die Straßen. Das ist mir sehr deutlich als Bild im Gedächtnis. Dann weiß ich noch genau jede Stelle auf unserm Haushof zu bezeichnen, der ein ganzes Arsenal war von Weinhändlergerät, Riesentonnen, Flaschenständern, Weinkannen, Riesenfiltriertrichtern und Glashebern, Küferschürzen, Winden und Holzrollen mit tief eingeschnürten Furchen, welche die mit vollen Tonnen schwer belasteten Taue, von vielen Arbeiterfäusten langsam abwärts in den Keller gelassen, eingerillt hatten. Dieser Hof mit seinen Speichern, Ställen, Spülräumen, Wendeltreppen war ein förmliches Paradies für unsere Kinderspiele. Die kleinen Wagen für Stückgut waren uns wahre Glücksgefährte. Die tiefen gewölbten Keller waren von mittelalterlicher dumpfer, unheimlicher Anziehungskraft. Hier wurde unter Führung von Georg Knaak, einem förmlich mysteriösen, schon älteren spinnbeinigen Geisterling *à la* E. T. A. Hoffmann uns versammelten Spielkameraden allerhand Hokuspokus beigebracht. Hier wurde Pulver fabriziert, Feuerwerk zusammengestellt und manche Explosion veranlaßt, Blei gegossen, Geräte eingeschmolzen, harmlose Falschmünzerei getrieben und in Retorten gesiedet und gebraut, so daß es ein Wunder ist, daß wir nicht die ganze Wollweberstraße 22 in die Luft gesprengt haben. Es scheint nachträglich erstaunlich, daß man uns so gewähren ließ. Der alte dicke Weinhändler Scheibert, unser Hauswirt, ließ uns aber nach Herzenslust schalten und walten und betrachtete uns, fürchte ich, bei seinen zahlreichen Obliegenheiten des Küperns, Weintaufens und -probens nur wie eine Art Kaninchen, die ihm wohl einmal zwischen die Beine kamen, aber seinen rollenden Trott nicht stören konnten.

Ich weiß mich noch ganz genau einer Stelle auf diesem paradiesischen Spielplatz kindlicher Romantik zu erinnern, und sehe mich noch dasitzen mit Stein auf Steinen eine Taschenuhr zerklopfend, die mir Fünfjährigem (o Vater-Geist!) mein Papa unverantwortlicherweise geschenkt hatte. Es war wohl Wissensdrang, der mich zwang, dem kleinen Vogel der Zeit die Flügel zu rupfen, wenigstens soll ich, von allen, auch vom Vater, arg beschimpft wegen dieser Missetat, weinend herausgeplärrt haben: »Jungens müssen doch wissen, wa da 'inn is!«

Schule und erste Abenteuer

Es ist sonderbar, und für meine Leser ein Glück, daß ich von meinen ersten Schulstudien so gut wie gar keine Erinnerung mehr bewahrt habe. Ich weiß nur noch von einem Eintritt in eine Spielschule, und daß ich unter großer häuslicher Aufregung, ausgestattet mit einem karierten und gegürteten Kittel, um das Leibchen eine sehr schöne perlenbestickte Tasche gehängt, durch »unsere Berta« in irgendein muffiges Lokal gebracht wurde, von dem ein Liniensystem von Bänken in meinem Gedächtnis haften geblieben ist wie ein Gradierwerk, in das wir kleinen stullenbewaffneten Opferlämmer der Bildung eingepfercht wurden. Da gab's große Bildertafeln, Kartenstöcke, Sätze von mit Bildmosaiken beklebten Würfeln und eine Faust voll grauen knetbaren Kittes, aus dem wir Schweinchen und kleine Tassen formen mußten. Ich ging ganz gern zu der freundlichen Lehrerin und zu meinen kleinen Spielgenossen, und ich glaube, wir waren alle sehr artig. Hier schon frühe griff ein Mysterium in mein Geschick. Da traf mich das Ereignis eines verlorengegangenen Tages, um den ein großer Detektivmechanismus mobil gemacht wurde, und doch sollte das Verbrechen dieses mir offenbar gestohlenen oder somnambulisch verhehlten Tages bis auf den heutigen Tag nicht aufgeklärt werden. Alle behaupteten, als ich eines Morgens in unsere Spielschule kam, ich hätte tags zuvor gefehlt; Lehrerin, Mitschüler, Klassenbedienerin. Nur ich und meine Begleiterin konnten beschwören, daß ich, wie stets ausgerüstet, im Schullokal angetreten, dann aber auf 24 Stunden für alle, auch zur großen Aufregung meiner Eltern, aus dem Leben eliminiert worden sei. Ich selbst weiß nur, daß ich ahnungslos an dem Verlöschen eines Tagesbewußtseins tags darauf mit mir völlig unverständlichen Fragen wie: »Carlchen! wo warst du denn?« überstürmt wurde. Ein für ewig versunkener Tag, den mir Gott noch schuldig ist. Ich schrieb das erste große Fragezeichen in mein Buch der Rechenschaftsberichte meines Lebens. Ach, wie viele solcher Runen-Genossen hat mir das Leben noch in meine Erinnerung eingraviert!

Sehr bald folgte dieser Spiel- und Klippschule der Eintritt in die Vorschule des berühmten Stettiner Marienstiftsgymnasiums. Hier wurde die Geschichte schon ernster, und es gab wirkliche Dressuren. So weiß ich noch vom »alten Stahr«, einem griesgrämlichen, von Schnupftabak förmlich wolkenhaft umhüllten kleinen schwarzen Manne, dem ich einst aus seiner nahegelegenen Wohnung die vergessene deckellose Zigarrenkiste voll Schnupftabak (darunter tat er es nicht, sie war seine Tagesdosis) holen mußte und aus der er dann über Katheder und Klassenboden den schwarzen Staub versprühte und wegknipste. Dabei schien er nichts anderes als »Richtung« mit uns zu exerzieren, denn unaufhörlich sauste ein von ihm eigens zu diesem Zwecke mit schlankem Rohr verlängerter Kartenstock zwischen die paradegemäß gerichteten Kolonnen der Schüler von der ersten bis zur letzten Bank. Wehe! wenn einer nicht genau Schulter hinter Schulter »Vordermann« hielt, unweigerlich hätte die in die Lücken niederklatschende Bohnenstange Kopf oder Rumpf gepeitscht. Die »Stahrs« waren übrigens auch eine sehr berühmte Stettiner Familie, ihr entstammte der bekannte Goetheforscher Adolf Stahr und zwei romanschreibende Schwestern, damals noch eine rare Spezies. Dann kam da aber ab und zu noch ein kleiner, aber sehr freundlicher und gütiger Mann, die Violine im Arm, den Bogen in der Hand, ein kleines Sammetkäppchen auf dem Kopf, zu uns und sang uns vor und siedelte und ließ uns kleine Liedchen zweistimmig piepsen. Es war *Carl Löwe*, der Genius. Mit der ungeheuren, so nie wieder in uns lebendigen Objektivität der Kinder nahmen wir diese eigentlich jetzt für meine Verehrung dieses Einzigen unerhörten historischen Momente ganz kühl und wie selbstverständlich hin. Ich weiß nur noch, daß der große Meister mir ab und zu im Takt auf den Kopf tippte mit seinem Violinbogen und fürchte, daß das meinem nicht allzu stark ausgeprägten Rhythmusgefühle galt (die Synkopen haben mir alle Zeit im Ensemblespiel einige Not bereitet). Ich weiß noch, daß mir diese Stunden viel Spaß machten und daß ich meine Mitschüler anstiftete, die eingeübten zweistimmigen Liedchen auch auf dem Nachhauseweg über den Dom- und Paradeplatz laut erschallen zu lassen.

In diese Periode, es war eigentlich noch nicht an der Zeit, mit meinem Junggesellenleben zu brechen – fällt auch mein fester Entschluß zur Ehe. »Diese oder keine!« beschloß, ich, als ich eines Wintermorgens ein allerliebstes kleines Mädchen, in weiß- und blaukariertem havelockähnlichem dichtem Kragenmantel gehüllt, mit kleinem Pelzkäppi auf dem reizenden, schleiergeschützten Köpfchen, weißbehandschuht, in arger Verlegenheit unter der Apothekentür an der Ecke der Grünen Schanze und den Linden stehend, ihre in den Schnee gepurzelten Schulbücher sein säuberlich aufhob und abgestäubt in die große Ledertasche zurückexpedierte, genau so in Reih und Glied, wie es die kleine Pedantin, die sie übrigens geblieben ist, verlangte. Sie hatte nur ein Löschblatt verloren im Schnee, ich aber mein Herz. Denn ich empfahl mich, sie zärtlich über die tränenfeuchten Wangen streichelnd mit dem festen Vorsatz, sie zu meiner Braut zu ernennen und später zu meiner Frau zu machen. Was sollte ich da viel überlegen, etwas Reizenderes konnte die Welt ja gar nicht bieten. Ich muß gestehen, daß mir meine hier bewiesene Konsequenz – denn dies kleine liebe Mädchen ist noch heute meine hoch über alles gestellte Frau, der gute Genius meines Lebens – bis zu diesem Tage um so gewaltiger imponiert, als ich mich sonst nicht erinnern kann, in irgendeiner Sache überhaupt jemals konsequent gewesen zu sein. Hier aber »Hab' ich nicht bereut, alle Zeit, alle Zeit!« Es war für mich in der Tat bis in meine Zeit der Reise, während der Pensionszeit in Stralsund, den Studienjahren, so oft ich nach Stettin zurückkam, eine ausgemachte Sache, daß ich *Hedwig Oelschlaeger*, die Tochter des Eisenbahndirektors Rudolf Oelschlaeger, eines entfernten Vetters meines Vaters und ihrer bildschönen Mutter Ria, die ungeheuer musikalisch war und die entzückendste Schwiegermutter der Welt wurde, einmal heiraten würde. Wie die eigentliche Hauptperson dieses Romans, das Mägdelein, der Backfisch und die erblühte Schönheit Stettins sich zu dieser Frage in den verschiedensten Phasen unseres Wiedersehens stellte. darf ich leider nicht berichten. Sie war schließlich die Klügere und gab nach.

Dann kam der Krieg 1866 und ich wohnte zum ersten Male einer Massenerregung bei, welche den Auszug der Streiter fürs Vaterland dreimal in meiner Lebenszeit 1866, 1870 und 1914 voll höchster Begeisterung begleitete. Ach! hätte man auch das dritte Mal dies Jauchzen, diese Wonne, diesen Blumentaumel des siegreichen Einzuges erleben dürfen, wie ich ihn 1866 und 1871 mitanschauen konnte. Für alle Ewigkeit riß hier wohl das Jahr 1918 dem deutschen Herz und der deutschen Geschichte eine Lücke, die kein Ozean von Tränen oder Blut, nur Trauerflor um Trauerflor wieder ausfüllen kann. Mich hat der Zusammenbruch Deutschlands so tief bekümmert, daß ich diese letzte Periode hier nicht besprechen kann.

Noch sehe ich beide Male die Königsgrenadiere, taumelnd fast vor den sie pressenden, sich an sie hängenden Kindern und Frauen, Sträußchen auf Helmen, Ledergurten, Flintenläufen, Tornistern, Säbeln, Trommeln, Instrumenten die Schulzenstraße sich herauswälzen, Feuer im Blick, die Wangen rot vor Stolz und Glück! Voran beide Male der dicke »Orlin«, der Kapellmeister, der Liebling der ganzen Stadt, förmlich in Guirlanden eingepackt, dicke Kränze wie Reisen um ein lebend Faß geschlungen, so daß der kleine Taktstock nur wie eine schmale Magnetnadel auf und nieder pendelte. Zweimal nur sah ich die Massen vor Wonne weinen und Freunde und Fremde sich jauchzend in die Arme sinken. 1866! 1871!

Die Wonne war 1866 um so gewaltiger, als kurz vorher eine furchtbar verheerende Choleraepidemie, wie ganz Deutschland, so auch Pommern durchwütete. Entsetzlich viele Menschen starben in Stettin, viele Verwandte fielen zum Opfer. Es war unheimlich für uns Kinder, die Versammlungen der Ärzte in meines Vaters großem Sprechzimmer zu belauschen. Dieses bedrückte Raunen der mutigen Kämpfer gegen den rasend gewordenen Tod! Nur Onkel Wißmann, Vaters besonderer Freund, war nicht aus der Laune zu bringen. Der geistvolle Mann, ein berühmter Übersetzer des Aristophanes, sehr lustig und durch und durch musikalisch, setzte sich ans Klavier und begleitete sich kunst- und solopfeifend, lange Arien spielend, wie stets bei besonderen Gelegenheiten. Es konnte aber doch nicht ausbleiben, daß die Kollegen ihn etwa fragten: »Wie geht es dem oder der?« Dann warf er weiterspielend, mit dem Pfeifen kurz pausierend, den Kopf herum und stieß sein: »Kommt durch!« oder: »Schon tot!« unter Arpeggien hervor.

Eines Tages kam Vater tief bekümmert heim: seine Schwester Lotte war tot; Wrentsch, unser Tischler und Faktotum im Hause, und sein bester Freund und Kollege Schultze ebenfalls. Alle drei an einem Vormittag innerhalb weniger Stunden dahingerafft von der Seuche! Ich könnte die ganze Symptomatologie der Cholera nach den drastischen Schilderungen der scheußlichen Erkrankungsform noch heute nacherzählen, wie sie mein Vater meiner Mutter berichtet hat. Ich will nur als Kuriosum erzählen, daß er immer wieder behauptete, wenn die Patienten begönnen, plötzlich eine Art hysterischen Heißhungers auf irgend etwas »Eingemachtes« zu bekommen, so kämen sie durch. »Der alte Grischow hat wieder plötzlich geschmorte Preißelbeeren verlangt und 3 Liter davon verschlungen. Kommt sicher durch! Kanzow ein Fäßchen Blaubeeren verputzt. Kommt durch!« Natürlich bot man dazumal allen Erkrankten unaufhörlich gedünstete Preißelbeeren und Blaubeeren an.

Die Cholera war auch die Veranlassung, daß ich das erste und einzige Mal entsetzliche Prügel bekam. Ich hatte einen Straßenfreund Wilhelm Dinse, Sohn der Waschfrau Dinse von »Nebenan«, der einzige, der meine literarischen Ambitionen von damals zu würdigen wußte. Denn ich las ihm und seiner Mutter »veritable Dichtungen!« (daß ich doch noch etwas davon besäße!) vor. So hatten wir auch gemeinsam so eine Art Tragödie entworfen, die wir der biederen Priesterin der Seifen und Laugen gewidmet hatten und vorzulesen gedachten. Nun aber entzog sich unsere Protektorin dieser Prüfung durch den Tod. Sie starb plötzlich an Cholera. Wir berieten und sahen den Grund nicht ein, warum die Tote nicht doch noch hören solle, was ihr das Leben verweigert hatte. Wir beschlossen also, die Schauermär ihr an ihrem Totenbette doch noch zu versitzen. So saßen wir vor der weiß geschmückten Leiche, in geteilten Rollen aus einem Schreibhefte laut deklamierend, als die Tür aufsprang und herein, entsetzt, lautlos, mit fliegenden Haaren mein – Vater stürmte, mich bei dem Kragen packte und die Treppen hier herunter, bei uns nebenan nach oben riß und meine Mutter rief. Man entblößte mich, Mutter hielt und Vater ließ den Rohrstock sausen mit einer Grausamkeit, die ich ihm nie zugetraut hätte, zumal ich noch heute der Meinung bin, daß die Strafe für eine so edle Handlung, wie diese brave

Vertragstreue auch einer Toten gegenüber eher Belohnung als Peinigung verdient hätte!

Freilich war uns bei strengster Strafe verboten, in jenen Choleratagen überhaupt auf die Straße zu gehen, nun gar in die Wohnung einer daran Verstorbenen. Von diesem Standpunkt aus hatte wieder mein Vater recht. Meine Mutter vermittelte. Ich höre sie noch mitleidig intervenieren: »Aber Carl, nun ist's wohl genug!«

Von hier an verlief mein Leben so absolut bewußt und ich habe alle seine vielgestaltigen Momente mit einer solchen Verläßlichkeit in der Erinnerung, daß ich mich getrauen würde, Tag für Tag in ziemlich kompletter Folge zu schildern, doch halte ich mich absichtlich nicht an eine streng chronologische Folge, sondern greife nur die Ereignisse und Situationen heraus, von denen ich annehmen darf, daß sie auch Fernerstehende einigermaßen zu interessieren geeignet sind. Wenn Goethe recht hat mit seinem schönen Satz, daß Gedächtnis Sache des Herzens sei, so muß ich ein eindrucksvolles Herz besessen haben, denn meine nächsten Verwandten haben viel von gemeinsamen Erinnerungen längst vergessen und gedenken ihrer erst wieder, wenn ich sie z.B. auf den »Küstertagen« (Zusammenkünften aller der der Familie meiner Mutter Zugehöriger) vor den zahlreichen Onkels, Tanten, Vettern und Basen wieder herauskramte. Wie oft habe ich da mein Gedächtnis mit erstauntem »Richtig! ja so war es!« rühmen hören. Mir will aber scheinen, als sei bei unserm Erinnern an Erlebtes der Grad der Dankbarkeit, deren wir fähig sind, stark mit beteiligt.

> Zwei Diener hat das Gedächtnis:
> Die Hoffnung und die Dankbarkeit,
> Ihr Stern und ihr Vermächtnis
> Vergolden alle Zeit.

Wahrlich, zur Dankbarkeit hatte ich alle Veranlassung in den sonnigen Tagen meiner Jugend, die überstrahlt wurde von der Liebe meiner Mutter und der Schönheit ihrer Heimat auf der Insel Wollin, von der ich jetzt erzählen will. Traurig um den Sohn, der nicht das Gefühl gehabt hat in seiner Kindheit, daß seine Mutter das beste Wesen der Welt sei. Nichts ist verhängnisvoller, als eine böse Mutter gehabt zu haben. Unsere ganze Gemütstiefe wird gefärbt durch die mütterliche Wesensart. Das ist besonders wichtig für den *Mann*, der meiner Meinung nach dem ganzen weiblichen Geschlecht so gegenüber steht zeit seines Lebens, wie er im tiefsten Innern von seiner Mutter Weiblichkeit Wissen und Durchschauen gewonnen hat. Man sieht in der Art der Mutter die ganze Weiblichkeit im Guten wie im Schlechten. Wer einmal die ganze Tiefe der Mutterliebe segnend über sich empfunden hat, wird auch (trotz alledem!) niemals über ein Weib ganz schlecht denken können, wie umgekehrt die Erlebnisse mit einer schlimmen Mutter stets einen unauslöschbaren Verdacht gegen das *Weib* als solches hinterlassen werden. Hier steckt sicher der Grund zu der Weiberfeindschaft (Misogynie) eines Schopenhauers, Nietzsches, Strindbergs und Weiningers. und hier die Kraft Goethes, Frauencharaktere durchgehends zwingend wahrer und hinreißender schildern zu können als männlich echte (vielleicht mit der alleinigen Ausnahme des Goetz und des Mephisto). Das trat denn später auch in den tausendundein-nächtigen Gesprächen zwischen Strindberg und mir über die Frau zu Tage, in denen ich stets den, einem Riesen gegenüber undankbaren Part des Heinrich Frauenlob zu vertreten hatte. Übrigens gab Strindberg zu, daß er die Verachtung und die stetige Verdächtigung des Weibes an sich aus den offenbaren Schlechtigkeiten (Verleitung zur Lüge, innere Unwahrhaftigkeit) seiner Mutter in sein weiches Kinderherz eingesogen habe. Der Unglückliche! Bei seinen Erzählungen, oft viel gravierender noch als die herzzerreißenden Anklagen in dem »Sohn einer Magd«, rannen mir oft Schauer der Dankbarkeit gegen *meine* gute alte Mutter über den Rücken, von der ich nichts als Liebes weiß, die an nichts dachte als an unser Glück, auch selbst, wenn sie der Gram fast zu Boden drückte. Sie war 18 Jahre glücklich an der Seite meines Vaters, dann kam das Schicksal und warf ihr das einzige höchste Glück, die Liebe ihres unendlich hochgestellten Gatten, vor die Füße.

Kalkofen und die Heimat meiner Mutter

Wenn man die Oder abwärts nach Norden mit einem der noch die Zeit der Schrauben überlebenden Raddampfer oder mit den modernen, schneller die Fluten durchschneidenden Passagierschiffen der »Bräunlich'schen Reederei« durchfährt, kommt man auf der Westseite zunächst bis zu der Riesenwerft des Vulkan, an den sich längs streckenden Ausläufern der Stadt Stettin und ihren Vorstädten Grabow, Bredow, Züllchow vorbei. In meiner Erinnerung stehen mir diese von bewaldeten Höhen umschlossenen bewohnten Ufer, rechts nur durch flache Wiesen mit Gruppen von Büschen darauf, im Hintergrund von den pommerschen Wäldern flankiert, in der Erinnerungssonne zahlloser Fahrten mit den Eltern immer wie überleuchtet da. Aber nicht so leuchtend wie an jenem denkwürdigen Herbstabend, als sie zu Ehren des alten Kaiser Wilhelms, der zu den Manövern in Stettin eingekehrt war, die Oder auf- und abwärts illuminiert waren mit einer Prachtverschwendung von Lichtguirlanden, Blink- und Pechfeuern, Raketenaufwand und bengalischen Gluten, die mir wie ein Lichtwunder aus tausend und einer Nacht erschien, wie ich es in meinem Leben bis zu dem heutigen Tage nicht wiedergesehen habe. Dazu die tausende von Schiffen und Ruderbooten, bewimpelt und hoch bis in die Mastspitzen mit Lampions und Leuchtkörpern geschmückt, eine Festflotille, die sich langsam wie ein leuchtendes Riesenkrokodil den Fluß hinabwälzte unter ohrenbetäubendem Lärm der Musikkapellen und der jubelnden Menge –, ein seltenes Bild der hingebenden Huldigung an einen greisen Monarchen. Fährt man diese Strecke vom Hafen aus über die genannten Orte hinweg, um dann durch das weite »Achterwasser« in das Haff einzumünden, da, wo die letzten Häuser von Jasenitz, Stepnitz, Ziegenort die Ufer säumen, und wird hier das Haff an kurzer Stelle so breit, daß man vor- und rückwärts, wie zur Seite keine Ufer mehr sieht, so bietet sich dem nach Norden ausschauenden Passagier ein Anblick ähnlich wie dem Helgolandfahrer dar. Aus den Fluten taucht eine Insel, nicht so romantisch-grotesk wie die rotfelsige Wand von Helgoland, aber doch ein ungemein überraschend und lieblich von waldigen Höhen und hellen Strand-Abhängen grüßendes Eiland, die Insel Wollin. Die Wälder werden beim Heranfahren dichter, lockig wie ein Riesennegerhaupt, die zerklüfteten Ufer gelblich licht, in den eingefalteten grünen, buntackrigen Tälern tauchen Häuser auf und gerade da, wo das Schiff nach Nordwesten einbiegt in die Swine und den breiten Vietziger See, an der Südwestecke der Insel, senkt sich das Bergland derselben einschnittartig nieder, fast bis zum Strand, und aus dieser Talmulde erhebt sich grüßend ein sehr schönes Kirchlein, das einer meiner Oheime erbaut hat und an dem mehrere meiner Anverwandten generationsweise als Seelsorger amtiert haben, das Gotteshaus von Lebbin, in deren Gewölben die Gebeine meiner Großeltern und der meisten ihrer Kinder ruhen. Hier, von wo aus man über das Haff und die drei Odermündungen hinweg auf die lagunenhaften Inselkanäle des Vietziger Sees, auf Kirche und Dorf, auf Wald und Ackerland ringsum einen der schönsten Fernblicke hat (über die hohen Wälder hinweg leuchtet sogar von Norden her bei hellen Tagen ein Streifen des Meeres auf), hier an dieser Stelle, wo zahlreiche Landzungen sich steilabfallend in das weite Haff senken, auf einer solchen Höhe, wie sie schöner die ganze Erde nicht viele bietet, möchte auch ich begraben sein. In meinem »Es läuten die Glocken« ist sie mit ewigem Heimweh in dem Kapitel: »Tod ist ein Menschenwahn« ausführlich beschrieben. Hinter diesen Höhen nun, tief ins Land hinein, liegt die Heimat meiner Mutter, das uns Schleichs und Küsters unvergeßliche »Kalkofen«, einst eine kleine Ansiedlung von Angestellten meines Großvaters, der hier eine gewaltige Kalkgrube entdeckt, ausgebaut und zur Förderung der schneeweißen Erde große Öfen und Formereien neben einer ausgedehnten Landwirtschaft angelegt hatte, das jetzt ein großes Dorf mit einer ausgedehnten Kalk- und Zementfabrik geworden ist. Damals war es ein trautes idyllisches Fleckchen von wälderumrauschter, seeumfaßter Traulichkeit und Stille, der die Bergwerksarbeit der Förderung vorzüglicher, reiner, weißer Kalkerde mit der tief in den Leib des Bodens eingewühlten, steilrandigen Grube etwas zauberhaft Romantisches gab. Es war ein riesiger weißer Wundersaal mit kirchhohen, steilen Tempelwänden, schwarzen Quadern am Rande, den ein dunkler Wald krönte, mit einem eigentümlich hellgrünen See in der Tiefe, zu dem wir Kinder natürlich nur mit einem nie ganz geschwundenen Gefühl heiligen Staunens über die Wunder des Erdinnern und ihrer aufgerissenen Flanken hinabschritten. Hier war alles von der gespenstigen Romantik des weißen Kalkstaubes überpudert, bereist, bestaubt wenigstens in unmittelbarer Umgebung der Grube. Alle Werkhallen und Gehöfte, die Riesenschuppen, die Öfen waren überhaucht von diesem Mehl der Erde, was dem ganzen Flecken einen verwunderlichen Ton von porzellanartiger Absonderlichkeit, aber großer Sauberkeit und Keuschheit gab. Jedenfalls drückten diese weißen Bergwerke der Landschaft ihren Stempel viel lieblicher und anmutiger auf, als es ihre schwarzen Zwillinge, die Kohlendistrikte, zu tun pflegen. Es war ein Schmuckkästchen dieses Kalkofen, wo meine Großeltern wohnten. Hier hatte sich mein tatkräftiger Großvater buchstäblich ein kleines Königtum für seine Sippe gegründet. Man gelangte dahin, da man in dem kleinen Kahnschifferhafen zwischen Vietzig und Lebbin mit Dampfern nicht anlegen konnte, vom Vietziger See her, der vor Misdroy bei der Vietziger Ablage endet. Von hier geht es zu Land durch das Fischerdorf Vietzig in den Bereich jener Kalkwerke, deren Betrieb ich in einem Drama »Um Dorf und Gehöft«, sowie in mehreren Dichtungen zu verherrlichen versucht habe. Eine Novelle »Charli« schildert Landschaft und Menschen und ein für mich lebensgefährliches Abenteuer dieses meines eigentlichen Heimatdorfes, denn von dem Gute meines Großvaters väterlicherseits, Zabelsdorf bei Stettin, habe ich nur karge Eindrücke, schon in meiner frühen Jugend ach! kam es unter den Hammer. Kalkofen aber und die Insel Wollin ist meine eigentliche Landheimat, denn alle Eindrücke von Natur, Menschen und Leben wurzeln in seinem Boden, seinen Wäldern, seinen Höhen, Seen und Feldern, seinen Bewohnern. Waren wir aus Stettin doch nicht nur alle Schulferien hier bei Großeltern oder Oheimen wie zu Hause, nein, auch das ganze Jahr hindurch siedelten wir häufig Sonnabends nach der Insel über, die in 3 Stunden herrlicher Wasserfahrt zu erreichen war, um über Sonntag dort zu verbleiben. O du himmlische, wundervolle Jugendzeit hier auf dem Insellande, wo wir in den großen Ferien oft zu mehreren Dutzenden von Enkelkindern in Wohnhäusern, Kalkschuppen und Dorfherbergen, alles den Verwandten gehörig, eingepfercht waren! Denn meine Großeltern hatten 13 Kinder erzeugt, alle verheiratet und zum Teil ebenso reichlich dupliziert (wir Schleichs waren »nur« sechse!). Man kann sich keinen Begriff machen von diesem Ameisenhaufen von Jöhren jeden Alters und diesem Gekribbel und Gewimmel aller futternder, jauchzender, tollender und übermütiger Banden, die miteinander eine Freiheit genossen, wie sie wohl wenigen Kindern auf der Welt geboten werden kann. Es war eine richtige Stammeskolonie von »Haffinsulanern« von einer zeitweise völligen Isolation von aller Kultur und Zivilisation. Wir wuchsen auf wie Neger, Indianer oder Zigeuner. Man ließ uns gehen und treiben in der schönen Welt dieser freien Wälder und Felder, wie's Gott gefiel. Da war es denn auch nichts weiter Wunderbares, daß, während unsere Eltern, wie ich mich noch deutlich erinnere, musizierten, eifrig in den Gärten über die Vorrechte von Frau oder Mann debattierten, unendlich viel »Verwandten-Hühnchen« miteinander, oft sehr heftig, zu rupfen hatten, Karten spielten, politisierten, die ganze Rasselbande von einigen dreißig Cousins und Cousinen über das Land gepilgert war, in Wäldern umhertollte und einst sich einem echten Zigeunerlager attachierte, mit ihnen wanderte, futterte, abkochte, ihren Tänzen und Spielen lauschte und bis spät in die Nacht um ihre Herdfeuer hockte und keiner an Eltern, Haus und Nachtruhe dachte. Endlich, spät abends, war es unseren verehrten Eltern eingefallen, daß sie neben ihren streithaften

Vergnügungen auch Familienpflichten hätten, aber – hallo! »Wo war denn die ganze Bande?« Da gab's ein Geschrei im Dorf und allen Gehöften, und schließlich rückte eine gemischt männlich-weibliche Expedition mit Fackeln in die Wälder, um das junge Kriegsvolk dieses Indianerstammes zu suchen, was denn auch nach Mitternacht zwischen Mokratz und der Stadt Wollin gelang. Wir schliefen schon alle zwischen Pferden, Zelten und auf Strohbündeln in der himmlischen Illusion, die Angehörigen echter Zigeuner, frei wie alle unsere Stammesbrüder zu sein. Ach! Damals stahlen die Zigeuner uns nicht; wie sie es mit den Gänsen, Hühnern und Eiern gehalten haben, will ich nicht verraten, da wir doch einmal im Leben ihresgleichen waren und wir ihnen eigentlich auch ohne rechtliche Autorisation dazu-»schenkten«, was Großmutters Haus, Hof und Keller nur irgend bot. Was Wunder, wenn dieses Volk der Steppe eine große Anhänglichkeit an unser Heimatdorf besaß. Es war auch zu schön, ihren Geigen, Zymbeln und Harfen zu lauschen! Da war ein junger, dunkeläugiger Mann einst bei meinem Onkel Franz, der Amtsvorsteher war, wirklich gefangen unter dem schweren Verdachte vieler Diebstähle. Eine ganz junge Zigeunerin war seine Geliebte, mit der ich oft Hand in Hand durch Wald und Feld gestreift bin und die einmal vor »Jungo« und mir im Walde ohne Scheu im Mondschein splitternackt einen exzentrischen Tanz zu seiner wilden Geigenmusik aufführte (ich habe darüber eine Novelle gedichtet »Die braune Venus«). Dieser half ich mit einer herbeigeschafften Leiter dem gefangenen Jungo seine Geige und Speis' und Trank durch das vergitterte Fenster hinauszuschmuggeln. Von hier herab klangen oft in die Nächte die wirklich meisterhaft gespielten Zigeunerweisen; das ist der Grund, warum mich Sarasates Spiel dieser Melodien jeder Art ungarischer Musik stets so tief ergriff. Ging doch diese Zigeuneraffäre tragisch aus! Einstmals stieg die braune Venus, von der Labung Jungos zurückkehrend, über die Hecken des Gartens meines Oheims, um auf das freie Feld zu gelangen. Unglücklicherweise ging gerade der Forsteleve meines Oheims durch den Klee auf die Pirsch. Seine frei laufende große Bulldogge Nero sah die Zigeunerin und stürzte mit wildem Gebrüll, auf keinen ängstlichen Zuruf hörend, über sie. Sie fiel zu Boden. Hund und Mädchen ein Knäuel. Der junge Förster riß in wilder Angst – man sagte, er liebe die Braune –, die Flinte vom Rücken, legte auf den Hund an, um das Kind vor dem Zerfleischen zu retten, und schoß der Armen drei schwere Rehposten durch das Herz. Sie verendete auf der Veranda meines Onkels Franz, dessen Tränen ich im Mondlicht rinnen sah.

Seit dieser Zeit waren die Zigeuner verschwunden; nur alljährlich kam um die Erntezeit ein weißer, uralter, triefäugiger Zigeunervater mit seiner Harfe. Auf dieser Veranda spielte er dann traurige Weisen, aber auch der Jugend um Geld zum Tanz auf. Der Harfner! Aber Mignon war schon tot. Ob er wohl zu ihrem Gedächtnis alljährlich die Stätte ihres gräßlichen Sterbens aufsuchte? Und ob wohl die Trauerweisen, die er der Tanzmusik, an einer Säule hockend, spät nachts anschloß, ihrem Andenken gewidmet waren? Arme Mignon!

O diese romantischen Jugendexpeditionen in die Wälder, auf die Berge, an die See. Diese Räuber- und Prinzessinspiele, diese Ponnyreiterfeste, diese Indianerkämpfe in wallenden Federbüschen, Skalpgurten und fremdländischem Waffenschmuck; diese Schlachten- und Friedenspfeifenberatungen! Wütende Erstürmungen der Bergabhänge, Hochzeitsfeste, Götzenanbetungen, Marterqualen! Wir waren eben tagelang ganz echte Indianer, wie wir auch Zigeuner, Seeräuber und Reiterhorden bildeten.

Einst ward ich tief im Walde als »Unkas, der letzte der Mohikaner«, an einer Eiche schwer gefesselt; die wilden »Sioux«, eine Bande von einigen zwanzig gräßlich mit Ocker, Kalk, Teer und Eigelb tätowierten Bengels warf mit Pfeilen, Dolchen, Tomahawks nach mir in durchaus nicht lebensschonender Weise. Aber ein Unkas erträgt eben alles mit stoischem Gleichmut! Es erschien mir aber zunächst doch als ein Glück, daß die ganze federgeschmückte Siouxbande durch einen bunten Häher oder so etwas ähnlichem in die Büsche abgelenkt wurde und mich und meine Marterqualen vergaß. Wer weiß, was sie dann weiter gelockt hat. Genug, es wurde später und später. Unheimlich fiel der Abend und die Nacht in den Wald. Ich war immer noch Unkas, meine stark gebundenen Glieder schmerzten, von Loskommen war keine Rede, und ich könnte wohl noch dort im Stengowerwald als Skelett zu finden sein, wenn nicht zufällig der Förster des Reviers des Weges gekommen wäre gegen 10 Uhr abends und mich mit ebensoviel staunendem Mitleid wie grausamem Gelächter befreite. Noch gedenke ich des Weges im Dunkeln durch den merkwürdig gespenstisch lebendigen Wald. Bald knackte es hier, bald da, bald schrie ein Vogel, huschte ein Getier durch das Unterholz. Es war mir, als leuchteten hier und da Sprühaugen aus dem Gebüsch. Es war mit einem Male sehr unheimlich, und noch weiß ich, wie ich langsam nach der schwieligen Hand des alten Försters tastete, so bange wurde mir in der undurchdringlichen Dunkelheit. Beim Annähern an das Dorf freilich kamen die Eltern, Onkels und Tanten schon wieder mit Fackeln angezogen, um endlich nach dem kleinen Carl zu sehen. Dieser hatte trotz der Rührung der Wiedersehensstunde jedoch nichts anderes zu tun, als schnurstracks auf den Häuptling der Sioux, Vetter Hermann, zuzuspringen und ihn vor den Augen der Welt gründlichst zu verprügeln! Ich glaube, mich machte weniger die persönliche Rücksichtslosigkeit so wütend, als der bewiesene unerhörte Mangel an Spielernst.

O diese Erinnerungen alle, mit denen ich allein ein Buch füllen könnte! Da war uns einst ein Kanarienvogel, unser aller Liebling, gestorben, und wir beschlossen, dem in einem kleinen Sarg liegenden weißbekleideten Sänger ein pompöses Begräbnis, gleich einer Prozession, auszustatten. Jeder der 30 Knaben und Mädchen sollte eine brennende Kerze und einen Kranz tragen. Abzug der Leidtragenden um 6 Uhr früh vom Rosengarten aus. Alle waren da, nur der kleine 6jährige Paul nicht. Wo war er? Nicht zu finden! Man konnte des Herrn Predigers (mein Vetter Max Alverdes) wegen nicht länger warten, auch waren einige der Damen, in den langen Kleidern ihrer Mütter, der Ohnmacht nahe. Der Zug ging los. Drei von uns spielten Geige, ich gnurpste oder knippste gehend auf dem Cello. Wir kommen an die ausgewählte Begräbnisstätte, eine meilenweite Heide. Wer sitzt da in der riesigen, einsamen Gottesnatur, die einer Armee Raum geboten hätte, mutterseelenallein auf einem Baumstamm mit gefalteten Händchen? Der kleine Paul! Alles stürzt auf ihn zu: »Aber Paulchen, wo steckst du denn? Was ist, warum bist du vorausgelaufen?« Da sagt ganz schüchtern aber pfiffig der Knirps: »Ich wollt gern 'nen guten Platz hab'n!«

Ein anderes Mal saßen wir alle, Eltern, Großeltern, Großonkels, Onkels, Tanten, Cousinen jeden Jahrgangs an dem unausdenklich großen und wohlgedeckten Morgenkaffeetisch, als sich im Gang der großen Vorhalle des Großelternhauses ein unglaublich jämmerliches Kindergebrüll und dahinter das Krächzen von Kukhahns, des Kuh- und Bullenknechtes, wohlbekannter Stimme vernehmen läßt. Alles horcht mit dem hier bei solchen Gelegenheiten nicht gerade mehr erschütternden Frageblick auf: »Was ist denn nun wieder los?« Da öffnet sich, wie vor einem Parkett die Tür und in ihrem Rahmen erscheint wie ein kleiner Ägir, von oben bis unten moosübergossen (es war aber Kuhdreck!) der kleine Eberhard mit weitabgespreizten, schmutzgetünchten Händen und vor grüner Koloratur schwer erkennbarem Antlitz. Und Kukhahn hinter ihm in der

Tür ohne Rücksicht auf die Schamhaftigkeit so vieler weiblicher Wesen brüllt: »Je! wat hädd hei ok den Bullen von hinten mit 'nen Stock immer an't Gemächt tau klimpern, da hedd de den Schwanz hochnahmen und hedd em kopplings vulldreckt!«[3] Noch sehe ich die jüngeren Tanten und Cousinen mit Servietten und Taschentüchern die Münder verstopfend aufspringen, sich die Seiten halten und auf ihre Zimmer laufen. Selbst »Tante Plinchen«, die äußerst prüde »strenge Römerin« und Älteste der Familie, schüttelte ihren Dogaressaleib fessellos.

Der Erfolg dieses Ereignisses war, daß das touchierte Unterbauchorgan des stattlichen Bullen – eine uns schon so von seinen Berufspflichten wohlbekannte Persönlichkeit – eine Art historische Sehenswürdigkeit noch am nämlichen Vormittage für alle Mitglieder der Küsterschen Familie wurde, weil doch jeder die *corpora delicti* noch einmal betrachten wollte.

Dann Sommers diese unendlich vergnüglichen Fahrten an die See in Kutschen und Leiterwagen jeden Morgen früh, welche die Ställe unserer Verwandten bis auf die Ackerpferde fast völlig entleerten, denn einige von uns Jungen durften auf Ponys in das ein Stündchen entfernte Seebad Misdroy reiten. Rings in den Dörfern und im Seebade selbst war diese Küstersche Kavalkade berühmt, zumal mein Onkel Franz immer an der Spitze mit zwei prachtvoll feurigen Rappen einkutschierend, sonst immer in Stulpstiefeln, Sporen und Reitpeitsche einherstolzierend, allbekannt war und geehrt wurde wie der König oder Graf der Insel. Zu den Réunions der Badesaison zogen die Tanzfähigen unter uns gleichfalls in Scharen an, und des Sonntags gab es Ausflüge mit Kind und Kegel meist nach dem wundervollen Jordansee im Norden Misdroys, wo ein siebenbuchtiger mysteriöser Waldsee, mit tief herabhängenden Buchen dunkel umrahmt, bestanden von einer Fülle schönster Mummelblumen, sagenumhüllt unmittelbar neben dem Strande, aber einige hundert Meter höher ein landschaftliches und geologisches Wunder bildet. Hier im Forsthaus, zwischen See und Mummelteich gelegen, habe ich herrliche Jugendtage verlebt und noch schönere genossen im vollen Mannesalter. Hier ist die Heimat meiner Märchen, hier bei den guten Förstersleuten Knuth wuchs die kleine Else auf, die Schülerin Aldebarans. Hier klangen in der Jugend die Männerchöre meiner 7 Onkels und der schon mannbaren Vettern,

---

3   Er gebrauchte statt »Gemächt« und »Dreck« viel volkstümlichere Benennungen.

hier konzertierten wir an den Ufern des Sees und im Kahne, ein stattlicher Familienmännerchor. Meine Oheime Franz, Hugo und Adolf, der spätere Oberforstmeister in Vorpommern, hatten prachtvolle Tenöre und mein Onkel August, der älteste Küster, einen grandiosen Baß. In späteren Jahren half ich den Tenor verstärken. Da wir fast alles vom Blatt sangen unter Leitung des Musikdirektors Ernst Winter, eines Schwagers meines Großvaters, berühmter Militärkapellmeister in Danzig, so waren diese sangesfrohen Stunden voll schöner musikalischer Erinnerungen. v. Mittelstaedt, der Schwiegersohn Großonkel Winters, hatte einen entzückenden, lyrischen Tenor. Hier lernte ich alle die Mendelssohns, Oelschlaegers, Marschners, Kreuzers, Abts für Männerchor gesetzt gut kennen und versuchte schon damals selbständig für Männerquartett zu schreiben.

Das Hauptvergnügen bildete aber natürlich das Schwimmen in der See, allmorgendlich, Rudern und Segeln, was natürlich um so vergnüglicher war, je höher die Wellen gingen. Nicht übel war auch das grandiose Flunderfrühstück bei Onkel Schreckhaase, dem Gatten meiner Tante Ottilie, bei welchem hohe Teller voll dieser schönsten Räucherfische uns freigebigst zur Verfügung gestellt wurden. Schon damals muß diese Liberalität unserer Verwandten in den Sommermonaten ihren Kassen nicht unerhebliche Lücken gerissen haben. Mit wahrer Wehmut aber denke ich zurück auf die Krebs-, Aal- und Schinkenfrühstücke im Großelternhause, wo noch eine Badewanne voll Krebse für ein paar Mark zu haben war und der Hof so viel Eier lieferte, daß eine Rühreimahlzeit von hundert Eiern an der Tagesordnung war, gar nicht zu gedenken der besonderen Leckerbissen, die uns an Riesenbretzeln, Napfkuchen, Torten, Schlagsahne usw. noch außerdem geboten wurden.

Was wir aber durch die kleine Fensterluke in der Speisekammer von Großmutters Schätzen, die unter der Aufsicht eines unsterblichen »Fräulein Clara« standen, sonst noch stahlen, wie eine echte Zigeunerbande, an Zucker, Mandeln, Rosinen usw., das übersteigt alle Begriffe. Freilich unsere Ritter- und Kriegszüge erforderten Proviant und immer wieder Proviant, um die Krieger bei guter Laune zu erhalten, aber es überstieg doch wohl alle gerechten Ansprüche, wenn wir in großem Blechkübel für uns alle dreißig Rüpel aus Gelbei und Zucker jenes goldige Hoppelpoppel zusammenrührten, das so gut für die Stimme sein sollte.

Freilich, mein Großvater, ursprünglich ein einfacher Bauersohn und Fischer, war ein wohlhabender, ja reicher Mann. Denn er hatte das Glück und Genie gehabt, dem auf seinem kleinen Acker bröckelweise gefundenen Kalk nachzuspüren, ein Lager unter seinem Boden zu entdecken, rings die Äcker aufzukaufen und nun das Bergrecht zu erwerben. Daraus war eine große Schürfgrube geworden, ein Brennofen mit Hunderten von kleinen Feuerluken, aus denen nachts romantisch die hohen Feuersäulen züngelten; unzählige Kalkschuppen, Remisen, Trockenständer reihten sich an; eine Kolonie von Schmieden, Böttchereien, Holzhöfen drang langsam zwischen Scheunen und Ställen vor. Dann, gegen den Vietziger See zu, entstand ein kleiner mit Yachten und Kähnen für den Kalktransport dicht besetzter Hafen, dessen Boote uns alle zur Verfügung standen zu Wettfahrten und Seeschlachten; eine Eisenbahn mit Dutzenden von kleinen Wagen führte aus der Grube an diese Landungsplätze: genug, hier war eine Vereinigung von Werkstätten aller Art, ein wahres Dorado für die beschäftigungswilde Jugend gegründet, wie es idealer gar nicht gedacht werden kann. Dutzende von Typen von Böttchern, Schmieden, Heizern, Knechten, Meistern und allerart Landbewohnern habe ich in der Erinnerung behalten, so daß ich sie greifbar schildern könnte. Da war der Böttcher mit dem ironischen Namen »Kasch«, ironisch, denn er war bucklig und hatte seinen Leib nach dem Tode meinem Onkel Ernst, dem späteren Chef des Augusta-Hospitals und Marburger Chirurgen, bei Lebzeiten schon verkauft, ein weltweiser, spöttischer Gnom; da war der beliebte Böttcher Gehm, der Vater meiner Kindheitsbeschützerin, der so schöne Lieder beim Hobeln sang, da der krummbeinige verwetterte »Kapitän« Pech, der seine Yacht mit der Liebe eines Bräutigams durch die Fluten leitete, der mich Jahrzehnte später auf meine Frage: »Ob er mich noch kenne?« mit der Gegenfrage ignorierte: »Wat mokt de Oll«, denn er liebte meinen Vater, mit dem er oft auf »Motten- und Entenjagd« fuhr, schwärmerisch. Da war aber vor allem der Dorfschmied Krause, ein Genie, welches die Tat eines Robert Meyer. nämlich das Gesetz von der Erhaltung der Kraft und die aseptische Wundbehandlung Listers und Bergmanns auf dem Wege genialer Intuition allein gelöst hatte. Und zwar so. Wenn der schwarzbärtige Mann auf seinem Amboß hämmerte, daß nur die Funken so sprühten, dann sagte er mehr als einmal zu mir: »Kick mal an, min Jung, woans hier nu de Füerspritzen fleigen, wil ik up dat heiße Isen rümmer baller mit den Hammer. Dei fleigen nu dorch dat apene Finster, etzliche up de Strat un etzliche dor in'n Boden, an't Kurn. Dei moken nu de Wörteln heit, un de Wärm stiegt nu in de Halm' un dat Kurn, davon wassen de nu schön prall ut, ehr Mehl kummt denn in min Brot, dat Brot mit seine Kraft in min' Muskel, un von da weder taurügg in den Hammerstiel un up das Gläuhisen. So geiht dat in de Welt immer ringsrum, immer vor un taurügg. Allens geiht in'n Kreis!« Wo habe ich doch ähnliches später mit soviel Emphase als größten deutschen Gedanken preisen gehört? Richtig! bei Meyer-Helmholtz! und man hat behauptet, der große Helmholtz habe solche Weisheit dem großen Robert weggenommen. O weh! Carl Krause in Kalkofen, der Schmied von Wollin, hat sie längst bei sich getragen. Nur war er kein Publizist und hat nur zu dummen Jungens gepredigt. Auch hat er keinen chirurgisch-biologischen Lehrstuhl eingenommen und fand doch eine Methode, sämtliche Wunden auf den Nachbardörfern auf das Allermodernste zu behandeln, zu einer Zeit, als noch niemand an Antisepsis, geschweige denn an Asepsis dachte. Er begoß nämlich die Wunden stets mit Schmiedeeimerwasser, das er durch Eintauchen der heißglühenden Hufe, Spangen und Rungen rationell aseptisch machte. Er war berühmt wegen seiner tadellosen Wundheilungen und wurde von seinen gelehrteren, aber weniger genialen Kollegen auf der Insel deshalb arg verspottet. Das sind zwei Beispiele von einem inneren Begreifen geheimnisvoller Zusammenhänge bei einem einfachen Mann, der damit die unerschöpfliche Erfinderkraft des Volksgenius garantiert.

Die originellste Persönlichkeit des Dorfes war aber unbestreitbar mein Großvater Ludwig Küster selbst, der seinen ganzen großen Wirkungsbereich für mehrere Generationen ganz aus sich allein aufgebaut hatte und bei etwas größerer finanzieller Begabung es leicht zu einem ungeheuren Reichtum hätte bringen können. Übrigens glich er in dieser vorwiegend idealen, streng rechtlichen Gesinnung meinem Großvater Schleich. Beiden genügte es, behaglich leben und ihren Kindern eine tadellose Erziehung angedeihen lassen zu können; für große Kapitalsanhäufung hatten sie keinen Blick. Ludwig Küster, den ich bis zu seinem 80. Jahre (er starb 1874) gekannt habe, war ein mittelgroßer Mann mit bartlosem, geradezu klassischem Antlitz, hoher Stirn, gewelltem Haar und großen hellblauen Augen. Neben einer großen Energie und einer Herrennatur schlummerte eine zarte Gutmütigkeit und Kinderliebe, was uns sehr zu Gute kam, denn wie oft saßen wir Dutzende von Enkeln und Enkelinnen um ihn an dem großen Kachelofen neben Großonkel Johannes Thron, des blinden Riesen, der hier Gnadenbrot aß, und ließen uns Greuelgeschichten von spurlos verschwundenen Franzosenleutnants, von Spuk und Geisterwesen in Hof und Feld, vorerzählen. Mich hat er besonders in sein Herz geschlossen, wie mir meine Mutter berichtete, denn er meinte: »Du Constanze! aus dem Jungen wird mal was!«

Er war ein fester Charakter mit bisweilen prometheischen Trotzallüren. So weiß ich mich zu erinnern, daß er einst, nachdem 14 Tage lang der Wind konträr blies, so daß seine Kahnschiffe nicht auslaufen konnten, was einen großen Verlust für ihn bedeutete, wütend die Büchse vom Flurnagel riß und in die Felder stürmte. Wir hinter dem zornig fluchenden Mann mit Staunen und Bangen her, sahen, wie er polternd erst zweimal in die Wetterfahne schoß und dann mit gräßlich verzerrtem Gesicht in die Wolken hielt. Ich glaubte, er wollte den lieben Gott totschießen. Ich fragte ihn auf dem Heimweg schüchtern: »Großvater! nach wem schoßt du da oben?« Grimmig knurrte er: »Nach Ihm!«

Wie stolz sah ich ihn ein andermal bei einem großen Sturm am Kanaleingang des Vietziger Sees uns erwarten. Mehrere Heuboote waren bei einem orkanartigen Sturme umgeschlagen, mit vielen Leuten und Frauen auf den grasüberladenen Heuern. Von allen Seiten des großen Sees stießen Rettungsboote ab. Unseres, eine weiße Schaluppe für 8 Ruder, bemannt mit lauter Küsterschen Enkeln, schoß, allen voran, in den See, mit sportgemäßem Elan und wir retteten einen alten Bauern und zwei seiner Enkelkinder. Die Mädchen ritten auf dem umgeschlagenen Boot, der Alte lag verklammt im Wasser und hielt sich nur noch mit Mühe am Steuer. Als wir so bemannt, eine junge Schar von Rettern, in den Hafen einfuhren, stand Großvater auf der äußersten Spitze der Bohlen und ich werde niemals dies Gefühl von Stolz vergessen, als er unser Hurra! mit einfachem aber langem Gruß an der Mütze salutierte. Worauf unser ältester Vetter Max Alverdes kommandierte: »Achtung! Präsentiert die Riemen!« Sie flogen steil in die Höhe, während das Boot glatt einfuhr unter unserem: »Hurra! Großvater!« Dann schüttelte er jedem von uns die Hand. Sprach aber nicht mehr darüber. Er wollte uns die Selbstverständlichkeit solcher Handlungsweise einprägen. Das Spiel und Treiben von uns Kindern zu beobachten war seine größte Freude, und unsere Eltern haben es uns oft erzählt, wie ungeduldig er die Kalenderblätter bis zum Ferientermin abzählte, an dem sein ganzes Geschlecht seine Häuser durchkrabbelte, seine Ställe durchspähte, seine Werke durchtobte wie ein kleines Nomadenvolk aus seinem eigenen Blut. Meine Großmama war eine überaus rundliche Dame von einfachster Bildung; eine kluge Bäuerin von großer Menschenkenntnis und scharfem Blick für das Leben, die ihren Großsesselsitz strickend von früh bis spät nur selten verließ und von ihrem kleinen Gartenfenster aus doch all unsere Streiche zu übersehen schien. Wenn wir es in ihrem geliebten Garten zu arg trieben, dann öffnete sie wohl ihr kleines Fenster und schalt ärgerlich heraus: »Jungs, wollt ihr mich woll aus meinem roten Dendron (Rhododendron)!« – oder: »Brecht mich doch meine Natzalien nich enzwei.« Eine ihrer Töchter hieß Natalie, nach ihr glaubte sie die Azaleen benennen zu dürfen. Einige von uns konnte sie nicht lachen hören: »Jesken, Jesken, der Jung mit sin Plärren plärrt mich noch ins Grab!« Sie war strenger mit uns als unser Großpapa. Als er schon kränkelte, wies sie uns häufiger energisch zur Ruhe. Wir hörten Großvater dann sagen: »Laß man, Mudder, de Kinner! Dat is meine Musik!« Sie war manchmal etwas eigensinnig und verschnupft, und bei wirklichem Ärger hatte sie eine ausgezeichnete Methode, von der sie mir etwas vererbt hat. Sie ging, wenn sie zornig war, einfach für mehrere Tage zu Bett, schloß sich ein und ließ sich nicht sprechen. Oftmals haben wir Großvatern, wie einen Pilgrim vor St. Just, vergeblich um Einlaß an der gemeinsamen Schlafstubentür pochen sehen: »Mudder! Mok doch up! Ik möt min Flint halen!« – »Iß mi ganz glik!« – »Mudder, um Gotteswillen! Ik möt mal – rin!« – »Goh up'n Hof!«

Einmal war der damalige Kronprinz Friedrich Wilhelm, der spätere Dulder Kaiser Friedrich, der Vater des unglücklichsten aller Kaiser der Welt, Badegast in Misdroy. Derselbe äußerte den Wunsch, die Kalkbergwerke meines Großvaters besichtigen zu dürfen. Ein Nachmittags-Kaffee ward arrangiert, und Großvater ermahnte seine Alte, dem Sohne des Königs nicht, wie sonst bei festlichen Besuchen, soviel von ihrer Familie vorzuklöhnen. Solche hohen Herrschaften liebten Familienschnack nicht sonderlich. Die Königliche Hoheit kam und wurde gebührend respektvoll empfangen. Mein Großvater hatte nicht umsonst gewarnt. Denn als er, wie so oft, von dem Ofenaufseher herausgerufen wurde, um nach irgendeiner Störung im Feuerbetriebe zu sehen und die Hoheit für 10 Minuten allein bei Großmutter lassen mußte, hörte er zurückkehrend diese eifrigst sagen: »Und was nun meine Dreizehnte ist!« Sie hatte es dem Prinzen nicht ersparen können, ein kurzgefaßtes Repetitorium ihrer Familienhistorie in fünf Minuten zu skizzieren. Was aber den hohen Herrn köstlich amüsiert haben soll. Großvater aber war starr und drohte mit dem Finger.

Ständig im Hause meiner Großeltern wohnte mein alter Großonkel Johann, der 90 Jahre und fast erblindet war, einst Kahnschiffer, dessen einzige Freude im Pfeifenrauchen und Klingelzeichengeben für die Arbeitspausen bestand, der nur einmal in späteren Jahren sich von seinem tiefen Lehnsessel erhob, um zur Grube zu pilgern, als er hörte, daß ich, etwa sechsjährig, auf der hohen Kalkwand zwischen Himmel und Erde hilflos festsäße. Eine Kalkstufe war unter mir und dem mir beim unerlaubten Hinaufklettern folgenden Kutscher Ehlers abgebrochen. In welcher Weise dieser blinde Greis damals mit dem intuitiven Hellblick der Liebe uns das Leben rettete, habe ich in einer Novelle »Charli« ausführlich beschrieben.

Großonkel Johann war ein Original. Von seinem Thronsessel neben dem massiven Kachelofen sah er die Welt, in dem gemütlichen Nebel seiner Pfeife gehüllt und gab in kurzen salomonischen Sprüchen seine Ansicht über alle Ereignisse kund. »Großonkel! ward't hüt noch regnen?« – »Wenn't so bliwwt, denn ward't ja woll nich!« – »Großonkel! was wird morgen für Wetter sein?« – »Is ne Tid lang immer dat gleiche Wedder. Mirstenteels is't morgen so as hüt. Blot manchmal is't anners!«

»Bruder Ludwig! Du möt'st Kurn infahren laten!« – »Woher willst du dat wissen?« – »Nu! wenn man so dreißig Johr uppaßt, dann merkt man manches mit't Gefäuhl, wat Ji mit de Ogen nich kieken könnt!«

Über Kalkofen und das Haus meines Großvaters und Urgroßvaters waren einst die Franzosen hergezogen und lagen dort im Quartier. Großvater zeigte mir oft die Stelle ihrer Landung am Haff, wo sie an den Abhängen eines wundervollen Buchen- und Eichenwaldes von Wolgast her eindrangen, genau an der Stelle, wo einst Gustav Adolfs Leiche nach der Schlacht von Lützen in schauerlich-traurigem Barkenzuge über Wollin nach Schweden zurückgeführt wurde. Die französischen Offiziere erhielten damals Quartier in dem alten Hause. General Lefèbre hat hier genächtigt und viele seiner eigenhändig unterzeichneten Armeerepressalien, Befehle und Requisitionsscheine lagen hier noch herum, manchmal an despektierlichen Stellen zu allgemeinem Gebrauch. Hier war einst ein junger Leutnant einquartiert gewesen und am Kaffeetisch nicht wieder erschienen. Er sei dann splitternackt, den Säbel in der Hand, in dem Kleiderschrank seines Zimmers, Geld, Waffen, Montur, alles unversehrt, die Fenster verschlossen, aufgefunden worden. Ich habe selbst den Schein von General Lefèbre und Bürgermeister Haushalter von Wollin unterzeichnet gesehen, worin bescheinigt stand, daß die Verfolgung eines vermeintlichen Verbrechens aufgegeben sei wegen Mangels jeden Anzeichen eines solchen, zumal auch die Obduktion nichts Kriminelles ergeben habe. Dieses Zimmer, versiegelt und vernagelt, durfte nicht betreten werden, was uns Jungen natürlich – ich fürchte, auf mein Anstiften – nicht abhielt, ein Loch in die Tür zu bohren, wodurch ich natürlich Spinngewebe und eine schnell vorgeschobene Skeletthand sah, die ich allen Komplizen aufsuggeriert haben muß, denn jeder sah sie »ganz deutlich«.

Eine eigentümliche Form der Erinnerung an die Franzosenzeit hat sich auf der Insel und in ganz Hinterpommern erhalten in dem Wortlaut eines Zuspruches bei Trinkgelagen. Man sagt dort noch heute beim Zutrunk unter Gläserklingen oder Anstoßen tiefsinnig, ohne daß jemand den Sinn der Worte ahnt: »Prost! General Knusemong!« Meine Mutter kannte den Ursprung der Trinkgewohnheit noch, sie war den Franzosenoffizieren 1807 abgelauscht, die zu ihren Chefs sagten: »*Mon général! Ce que noua aimons!*« Daraus hatte das Volksohr den Gruß: »General Knusemong« einfach pommeranisiert. Übrigens gab's auf der Insel ein Abzählspiel:

Lemboli, lemboli,
Sanfte Mode tipperi,
Tipperi di Kolibri.
Ong, dong, dreo, katt (un, deux, troix, quatre),
Katt mokt sich de Näs' nich natt,
Juckt dat Fell und juckt de Leber,
Kümmt Napoleon un Lefèbre!«

Worin auch deutliche Reminiszenzen an die Franzosenzeit enthalten sind. Eine nahmen die Franzosen ihrerseits mit: Eins der schönsten Mädchen Wollins, die Mutter meiner Großmutter, brannte mit einem französischen Chasseur durch, wurde Marketenderin und kam nach einem wilden Leben in die Heimat zurück, nur um hinter dem Zaun ihrer elterlichen Wohnung mit der Schnapsbulle in der Hand zu verenden. Das Franzosenschicksal einer anderen Urahne väterlicherseits hat Wolfgang Goetz in seiner Novelle »Clotilde und ihre Offiziere« meisterhaft nach einer mündlichen Erzählung meinerseits verewigt. (Hyperion-Verlag, München.)

Wir schwelgten tief in der Romantik unserer Spiele am Herdfeuer auf freiem Felde, bei den Märchenerzählungen der Ofenheizer abends an den großen Feuerluken, um die wir schauerdurchrieselt aneinandergedrückt hockten, wo wir Chemikalien, Pulver und bengalische Lichter aufflammen ließen und gelegentlich erschlagene Vipern und Kreuzottern in ihrem Fette aufprasseln sahen. Ich persönlich arrangierte ärztliche Konsultations- und Operationsstunden, wobei sich Cousins und Cousinen kleine Geschwülste aus aufgetropftem Siegellack und Stearin beibringen mußten, die ich dann als der Herr Doktor mit Großmutters großer Hornbrille bewaffnet und mit den einer alten Instrumententasche meines Vaters entliehenen Werkzeugen entfernte. »Haben Sie nur keine Angst, bei mir geht alles schmerzlos!« In der Tat schälte ich diese Pseudotumoren völlig anästhetisch ab. Lebhaft wurde ich an diese Jugendgepflogenheiten erinnert, als der Graf Zeppelin zu mir einst die Bemerkung fallen ließ: »Sie haben darin ganz recht, unsere Kindersehnsuchten sind entscheidend für unsere späteren sogenannten Großtaten. Ich habe als Junge soviel rote Ballons gekauft, als mir nur irgend erreichbar waren, und habe sie aneinandergebunden und mit Papier belastet, um ein schwebendes Gleichgewicht zu erzielen. Es ist mir nicht geglückt, aber den »Zeppelin« habe ich doch erfunden!«

Noch eines Ereignisses will ich gedenken, ehe ich von dieser wundervollen Kette der Erinnerungen an Kalkofen und alle seine lieben Bewohner Abschied nehme, der Feier der Goldenen Hochzeit meiner Großeltern! Da war herbeigeschafft, was Küche und Keller nur tragen konnten, ganze Körbe voll Eßwaren, Geräten, Tellern, Schüsseln und Gläsern passierten ein; wochenlang vorher wurde geschlachtet, gebraten und geräuchert. Galt es doch, für weit über hundert Personen ein Fest, auf mehrere Tage berechnet, herzurüsten. Ein Riesenkalkschuppen, entleert von allen gefächerten Gestellen zum Austrocknen der gebrannten Kalksteine, wurde durch Tannengrün, Girlanden und Blumenvasen in einen Festsaal verwandelt, von dessen Decke mehr als ein Dutzend schwerer Kandelaber mit Hunderten von Stearinflammen Licht spenden sollten. Lange mehrreihige Tische, strahlend von reinster Wäsche, bildeten die Festtafel. Eine große geräumige Bühne mit allem technischen Zubehör für Musikaufführungen und dramatische Leistungen war errichtet. Hier entspann sich ein förmlicher Wettstreit zwischen den beiden Hauptpoeten der Familie, meinem Senioronkel August Küster, dem Landgerichtsrat von Stettin, und meiner Mutter, die wir wegen ihrer poetischen Liebhabereien eigentlich bisher immer ein wenig gehänselt hatten. Wir Jungens behaupteten, unter allen ihren Dichtungen stände stets: »Nur mit bengalischer Beleuchtung vorzutragen«. Sie hatte Humor genug, um über solche Scherze am herzhaftesten selbst zu lachen. Hier aber ging sie strahlend als Siegerin aus dem Konkurrenzkampf hervor. Während die anderen Familienpoeten sich an die herkömmlichen Nixen vom See, Wasserfürsten, Bergbaugeister und anderen abgebrauchten romantischen Figuren hielten, hatte sie die ganz allerliebste Idee, ihrem guten Vater, der das Kartenspiel sehr liebte und wozu er seine Söhne und Schwiegersöhne und uns Enkel eifrig erzog, damit nur jederzeit irgendein dritter Mann zum Skat vorhanden sei, aus der Fülle seiner Enkelschar ein ganzes kostümiertes Kartenspiel in einer Ballettform mit Deklamation jedes einzelnen der lebendigen Kartenblätter vorzuführen und von jedem Blatt einen sinnigen Vers sprechen zu lassen. Es muß in der Tat ganz reizend gewesen sein, die zweiunddreißig Kinder so gleichsam aufgeschlagen, wie ein Spiel durcheinander gemischt und zu einem Bilde entfaltet, bei offener Szene plötzlich vor sich zu sehen. Die Figuren waren zur Hälfte echt nach König, Königin, Buben, Damen kostümiert, die untere Hälfte durch gleichgroße farbige Tafeln wie im Porträt der Rolle spiegelbildartig abkonterfeit. Über Assen, Neunen und Zehnen usw. lugten sinnig geschmückte Kindsköpfchen hervor. Jedes sprach sein Verslein. Ich war Coeur-König, meine Schwester Klara, die sehr niedlich war, Coeur-Dame. Zum Schluß traten wir alle dicht hintereinander, und in einer mühsam eingeübten Pirouette schwärmten wir unter rauschender Musik sämtlicher Kapellen aus Wollin und Swinemünde wie ein aufgeschlagener Kartenspielfächer auseinander. Nie hat eine Dichterin einen größeren Triumph erlebt als meine Mutter an diesem Abend. Großvater schluchzte unaufhörlich, küßte die Dichterin eins über das andere Mal und sagte: »Du bist doch meine Beste!« Selbst Onkel August erklärte sich glatt für geschlagen. »Ja!« meinte er, »wenn einem auch so etwas Entzückendes einfällt!« Wie verlief dieser Tag so herrlich, der doch das Schlimmste befürchten ließ, denn am Morgen noch waren wir Jungen durch die Küche getollt, dabei war Ulrich Küster, unser ältester Vetter, unglücklicherweise kopfüber in eine Riesenschüssel, die bis zum Rand mit eben bereiteter Schlagsahne gefüllt war, gepurzelt. Ratlos stand alles, bis der Koch die Unmöglichkeit einer Rückbeförderung des kostbaren Schnees in die Schüssel angesichts des nicht zweifelsfreien Hautdeckenbefundes unseres geliebten Ulrich einsehend, uns den armen Jungen zu eigenhändiger Säuberung überließ. Dieser suchte sich übrigens selbst die anhaftende Sahne einzuverleiben.

Als Student nach vielen Jahren sah ich Kalkofen wieder. Alles war verändert. Leer. Doch die Schwalbe sang im Dorf wie einst. Nur mein alter Onkel Hugo, der das ganze Anwesen als sein Erbe verkaufen mußte – die Kalkkonjunkturen hatten die Grube scheinbar ganz entwertet, er, der uns Jungen immer so königlich regaliert hatte und eigentlich mit uns tollte, saß noch auf einem einsamen Gehöft. Er ist ein Philosoph geworden. Mein anderer Onkel Konrad, der bekannte Geheimrat, Reformer auf den verschiedensten Gebieten, Arzt wie sein gelehrter und gefeierter Bruder Ernst, mein Spezialkollege, war mir immer von Herzen wohlgesinnt, und noch heute verbindet mich mit ihm die Sehnsucht, die Menschheit zu bessern. Da er sich bis zu Religionsreformen verstieg, hat ihm mein witziger Vater den Spitznamen ›Jesus Küster‹ verliehen. Auch mit Ernst Küster habe ich längst Frieden geschlossen und hege für ihn die herzlichste Zuneigung, wie sie das gleiche Stammesblut, der gleiche Beruf und ein großer Respekt vor seiner Gelehrtenarbeit erzwingt.

Manchmal noch bin ich von Misdroy oder Swinemünde aus hinausgepilgert zu den Stätten meines Jugendglückes, wo jeder Fleck von herzigen Erinnerungen flüsterte und zu jener Klippe am Haff gewandert, wo ich einst in der Heimaterde für immer ruhen möchte. Von allen Teuren nur noch der greise Onkel Hugo mit dem Herzen eines jungen Fähndrichs der Ideale, kerndeutsch, der im Hause seines längst verstorbenen Bruders Franz lebt, dessen Hallen einst von Jugend-, Erntefesten und Familienfeiern wiederschallten. Verrauscht! Verwittert! Versunken, wie das nicht ferne Vineta, das Paradies, der Jugend im Meer des Unwiederbringlichen! Solche Pilgerfahrten in die Heimat lassen dann die schönen Erinnerungen plötzlich auftauchen wie goldene Bernsteinstücke, die das Meer vom Goldlager des Jugendglückes grüßend heraufreicht.

Mein Vater

Auf meinem Schreibtisch steht ein Bild: ein Löwenkopf. Eine wallende, den Nacken deckende Mähne. Ein trauerndes, gleichsam nach der Heimat sinnendes Auge. Wehmut in den verwitterten Zügen. Die Ähnlichkeit meines Vaters in seinen späteren Jahren mit dem Haupt eines Löwen – er stand im 85. Jahre als er 1907 verschied – war auffällig. An dem Sofa meines Sprechzimmers befinden sich gepolsterte Lehnen, deren vordere Enden zwei schön in Holz geschnitzte Löwenköpfe tragen. Als uns eine dreijährige Enkelin meines Vaters einst besuchte, sie wohnte in Stettin im Hause meines Vaters, nahm sie nach echter Kinderart zunächst einmal eine Generalinspektion meines gesamten Wohnungsinventars vor. Als sie vor einem der Löwenköpfe die Beinchen spreizte, hob sie erstaunt die Hände, streichelte den einen und sagte mit rührender Zärtlichkeit: »Opapa!«

Meinen Vater in seinen jüngeren Jahren rekognoszierte jeder Stettiner daran, daß sein weißes Halstuch den Wald seiner Nackenhaare in zwei Hälften trennte, denn am unteren Rande des locker geschlungenen Tuches quollen die dunklen Wellen hervor. Nicht nur diese Mähne war löwenhaft, auch die tief nachdenklichen, gleichsam plastisch enorm durchgearbeiteten, nicht gerade seinen Züge, die ein wenig starke und massige Nase, der ebenfalls breite und volle Mund mit den im Alter schmal gewordenen Lippen, vor allem aber der Ausdruck der tieffaltenumrahmten Augen, eine gewisse Trauer über »diese Tränenwelt!« im Blick, schwere Strahlenfurchen, die sich von der Stirn auf die Nasenwurzel senkten, die grollenden Querrunzeln über den buschigen Brauen und der schöne, wie eine prometheische Flamme von der Kuppe einer mächtigen Stirn emporlechzende Mähnenansatz gaben dem ehrfurchtgebietenden Kopf, zumal im Greisenalter, eine eigenartige Gewalt. Und doch ein weiches, wie ein Lied summendes Mitleidsherz war in ihm; ein alles verstehendes und verzeihendes Licht leuchtete aus den warmen blaugrauen Augen, die so majestätisch grollen konnten.

Meine ersten Erinnerungen an meinen Vater knüpfen sich, wie wohl die aller Kinder, an das Paradies der Spielzeugwelt. So sehe ich einen großen, schlanken Mann mit viel schwarzem Haar mir ein Kamel aus gepreßter gelber Pappe in das Krankenbett legen und sich streichelnd über mich herabbeugen. Mich selbst aber sehe ich noch strampelnd, heulend in den Zimmern auf und ab laufen, die Peitsche für meine acht (!) gezäumten und geschirrten Pferdchen auf Rollen in der Hand, tief verzweifelnd, weil an der Reihe der Stühle, welche meine Galakutsche ausmachten, vorn an dem rechten die lederne Peitschenhülse fehlte, die ich auf den Bock Hildebrands, dem Kutscher meines Vaters, zu höchst bewundert hatte. Wie ich später erfuhr, war inzwischen mein guter Vater die ganze Stadt abgefahren, um ein fertiges »Peitschenloch«, wie ich die heißbegehrte Herrlichkeit benannt haben soll, bei einem Sattler, Spielwarenhändler oder in einem Fuhrgeschäft aufzutreiben. Umsonst! Die vielstündige Frist, die auf der Suche nach dieser von Leder umhüllten Handvoll Luft verging, mußte ich ausfüllen mit Paroxysmen von Geplärr, welche das ganze Haus in Aufregung versetzten, bis auch meiner guten

Mutter Tränen flossen. Endlich erschien der Retter, der den ganzen Vormittag ärztliche Praxis Praxis sein ließ und schwang in der Tür das heißersehnte Symbol meiner Kutscherwürde. Wollte ich doch durchaus einmal Kutscher werden, wenn irgend möglich mit einem ebenso verkümmerten rechten Daumen, wie ihn der eben erwähnte Hildebrand, mein Ideal, besaß. Meine Mutter hat mir erzählt, daß in dieser Zeit mein Vater fast täglich eine neue Peitsche von seiner Patientenrundfahrt für mich mitbrachte, weil ich kleiner Lümmel in kindlicher Zerstörungswut jeden Tag eine schöne Galapeitsche verkonsumierte. Hätte doch mein allzu sehr auf meine Freuden bedachter Vater die Peitsche gegen mich selbst bis zum Knicken verwandt! Übrigens besitze ich noch ein sehr drolliges Bild von mir aus dieser Zeit, ein rundliches Kerlchen in schottischem Kittel, ein diktatorisch die Riesen-Equipagenpeitsche auf den Boden stemmender kleiner Rosselenker. Noch auf ein anderes Beispiel der unglaublichen Güte meines Vaters kann ich mich besinnen. Es war Weihnachten. Für meinen Bruder und mich war ein großer Löwe aus Papiermaché mit Uhrmechanismus der Clou der Gaben. Der Löwe, fast so groß wie ein Pudel, konnte aufgezogen mit höchst schauderhaftem Gebrüll die Zimmer durchlaufen. Nur vor den Türschwellen hemmte er meist den starren Wüstengalopp. Was lag näher für unsere Kinderphantasien, als eine Löwenjagd, die denn auch auf mein Anstiften mit allem Raffinement des Anschleichens von der bedrängten Enge unter dem Sofa inszeniert wurde. Die Bewaffnung bestand in Bratenmesser und -gabel, die wir heimlich Mutters Büfett entnommen hatten, auch sicherte uns eine große hölzerne Reibkeule gegen etwaige Ungemütlichkeiten des Löwentieres. Er brüllte und kam wie auf Kommando über die glatten Dielen dahergerollt – eine Abessinierpfiff – und wir waren heldenhaft über ihm mit Keule, Langmesser und Gabel! Er verstummte jäh und fiel; tiefe, schwere Wunden klafften in den Weichen. Wir beschlossen die sofortige Obduktion und wühlten gerade in seinen Eingeweiden, als die Tür aufging und mein Vater staunend sah, was wir angerichtet. Dann sagte er tieftraurig: »Und das arme Tier hat 30 Taler gekostet.« Ein Paar tüchtige Katzenköpfe waren die einzige Strafe. Dann erkundeten wir alle drei auf Vaters Betreiben, um wenigstens den Unglücksfall auszunutzen, die Physiologie der Bewegung der Bestien und des Löwengebrülls. Wie gut wäre uns beiden Rangen wahrscheinlich eine viel exemplarischere Bestrafung dieses hinterlistigen Mordes bekommen! Die Achtung vor Lebewesen muß einem kräftig eingebläut werden. An sich besitzt sie der

Mensch nicht ausgiebig genug! Übrigens sei straf- und entrüstungsmildernd bemerkt, daß dieser Trieb zur »Aufmachung« der Spielzeuge und Apparate fast allen Knaben eignet. Ganz anders die Kleinmädchennatur, sie ist auch darin konservativer und mildherziger.

Ach! Diese Weihnachtsfeste! Die Höhe der Freude störte selbst den Schlaf. So stieg ich einst in tiefer Nacht schon lange freudenwach aus dem Bette und schlich mich in den Salon, wo unsere Herrlichkeiten aufgebaut waren, um die lieben Gaben alle im Dunkel wenigstens zu betasten. An unseren gemeinsamen Geschenktisch, auf den Zehen schleichend, angelangt und die Finger zärtlich über die Bau- und Zauberkästen, die Maschinen und Elektrisierapparate tasten lassend, hörte ich unterm Tisch hinter dem langen weißen Damasttuch ein Gerascheln. Es war mein Bruder Ernst, von gleicher Sehnsucht getrieben flüsterte: »Pscht! Ich bin schon hier. Wollen Licht machen und weiterspielen!«

Mein Vater muß in der Beschaffung von sinnreichem Spielmaterial ein mächtiges Erziehungsmittel erblickt haben. Er hat mich mit allen Erzeugnissen dieser Industrie für Entwicklung der Knabenphantasie geradezu überschüttet. Zauberkasten, mehrere große Kindertheater nebst unzähligen selbst ausschneidbaren Kulissenbögen und Figuren aller *großen* Begebenheiten, singende Kreisel, Dampfschiffe, Elektrisierapparate und ganze Armeen von Zinnsoldaten waren unser. Und mein Vater, der sich selbst wohl etwas vom Spieltrieb eines Kindes glücklich bewahrt hatte, hockte mit uns am Boden, wobei seine langen schwarzen Haare ihm oft in Strähnen über das Gesicht fielen, bastelte und machte mit ätzenden Säuren von Mutter streng verbotene Flecke in Dielen und Decken. Er rutschte mit uns, große Drachengestelle beklebend, auf und ab, aus denen allmählich wahre Riesenfalter der Luft wurden, welche von manneskopfgroßen Bindfadenknäueln auf dem großen Exerzierplatz Stettins vor dem Berliner Tor hochgelassen wurden. Klinik-Friedrich, sein Faktotum aus seiner in ganz Pommern hochberühmten Augenheilanstalt, war der einzige, welcher den schwebenden Riesen, der sich nun da oben so klein ausnahm, noch vor dem Winde halten konnte. Das waren natürlich Massenausflüge auf den Drachenplatz mit Kind und Kegel! Auch wurden wir Sonntags alle sechs mit Mutter dazu in die große Doktorkutsche gepackt nach irgendeiner sumpfigen, schmetterlingsreichen Gegend im Umkreis von Stettin transportiert, wenn wir nicht Sonnabend mittag schon per Raddampfer nach der Insel Wollin auf die Stammesburg meiner mütterlichen Großeltern, Kalkofen bei Misdroy, gefahren waren.

43

Zabelsdorf, ein großes Gut bei Stettin, auf dem mein Vater geboren wurde, war gleichfalls oft das Ziel solcher Ausflüge auf »Mottenjagd«. Denn mein Vater war ein Entomologe von Namen. Der Ruf der Schmetterlingskenner ist immer international, da jedes Land nur wenige dieser Kleinschmetterlings-Sonderlinge kennt, die aber alle untereinander im intimsten Tauschhandel leben. Mein Vater hat eine Sammlung von über 10000 Exemplaren Kleinschmetterlinge, Lepidopteren, dem Stettiner Museum vermacht, darunter eine ganze Reihe von ihm zuerst gefundener und beschriebener Arten. Ihm verdankt die Wissenschaft die Aufdeckung eines wunderbaren Ferninstinktes dieser Tierchen, einer Liebeswitterung von unvorstellbarer Feinheit. Mein Vater fand einst auf einer solchen Exkursion einen kleinen weißen Falter, den bisher noch niemand beschrieben hatte, und transportierte ihn laut jubelnd mit uns im Wagen nach Hause. Es war eine gut dreistündige Fahrt. Das geraubte, schneeweiße Prinzeßchen ruhte sicher in einer hohen, laubgefüllten Blechkapsel, die mein Vater zwischen die Kreuze eines Doppelfensters stellte, wo es übernachtete. Am nächsten Morgen war das ganze Außenkreuz des Fensters mit Dutzenden von weißen Faltern besetzt; also »Liebesahnung« über Meilen hinweg. Welch ein Instinkt! Diese Beobachtung ist später von anderer Seite vollauf bestätigt worden. Die Zunft der Schmetterlingssammler ist eine Gemeinschaft gleichartig hochorigineller Menschen. Keine Passion typisiert so das Wesen der Zunftzugehörigen.

Ihre Begeisterung für diese allerdings entzückende Welt von Gold-, Silber- und Seidenfarben behängten und prachtüberschütteten kleinen Seglern der Luft ist notorisch so elementar, daß ihnen konventionell der Diebstahl seltener Arten stillschweigend erlaubt erscheint. Wir Jungen wurden bei dem Besuch an den oft weithergereisten Schmetterlingskollegen von meinem Vater zu veritablen Detektivs ausgebildet, hielten geheime strenge Wacht und haben einmal einem alten russischen General ein Paar halblegitim entwendeter Schmetterlingskästchen zu unserem großen Gaudium wieder zurück gestohlen. Vater aquarellierte sie prachtvoll, und ich habe von ihm gelernt, das Kleine, das Winzige in seiner nur durch die Lupe erkennbaren Schönheit mit glühender Ehrfurcht zu betrachten und anzustaunen. Er hatte sich eine Legende ersonnen, wonach ein indischer Weiser wegen seiner Tugend mit voller Erkenntnis aller Geheimnisse von Gott selbst belohnt werden soll. Der Anfang wird mit der Enthüllung des Sonnenstäubchen-Geheimnisses gemacht. Weiter will aber der Weise nichts sehen. Er will es ewig anschauen. So schön ist das

Anschauen. Diese Legende steht am Beginn meiner Gedichtsammlung. Welch eine Lebensarbeit steckte in der Konservierung von über 10000 kleinster Flügelwesen mit ausgespreiteten Fittichen auf ebensoviele Korkenstreifen auf das zierlichste gespannt! Mein Vater trieb alles, was ihn gerade interessierte, mit wahrem Feuereifer, mit »gefährlicher Passion«, wie meine Mutter sagte, es gab dann nichts für ihn, als den Kreis seiner auf gerade diese eine Erkenntnisquelle gerichteten Leidenschaft. Das kann leicht den Eindruck einer gewissen Unbeständigkeit machen, kann aber auch, wie bei ihm, die Quelle einer großen Vielseitigkeit werden, welche zahlreiche Gebiete umspannt und einen Überblick über das Leben gestattet, welcher nur wenigen Menschen gegeben ist.

Von Beruf Arzt und besonders Augenarzt, genoß mein Vater große Achtung unter seinen Kollegen. Er war 35 Jahre hindurch Vorsitzender des pommerschen Ärztebundes und des Stettiner Ärztevereins. Ich war später mehrfach Zeuge der großen Verehrung, die er in beiden genoß. Seine große Toleranz und der Adel einer tiefen Humanität, eine heitere Liebe zu dem Menschen als solchem, sein wunderbar schalkhafter Humor hatten ihn zu einer Art salomonischen Friedensstifter nicht nur unter Ärzten geradezu prädestiniert. Auch die Konflikte anderer Stände, Ehezerwürfnisse, Ehrenaffären gelangten auf Grund eines schönen und reinen Vertrauens seitens vieler der gebildeten und nicht gebildeten Schichten der Bevölkerung vor sein Forum. Wie viele Menschen hat er miteinander versöhnt. Durch Weisheit und Humor.

Eines Tages kam zu ihm ganz offiziell ein Arzt der Stadt und verlangte von ihm als Vorsitzenden der Ärzteschaft ein energisches Vorgehen gegen Virchow, der sich erkühnt habe, ihm, dem Kläger, ins Gesicht zu sagen: »In Stettin gibt es die dümmsten Ärzte!« »Das ist ja entsetzlich!«, sagte schmunzelnd mein Vater. »Gewiß, da müßte etwas geschehen. Die Geschichte hat nur einen Haken. Wenn wir die Sache anhängig machen, wäre das nicht gefährlich? Sehen Sie einmal, Sie und ich, wir rechnen uns gewiß nicht zu den Dümmsten, aber denken Sie sich den Fall, es käme eine statistische Untersuchung und es stellte sich wahrhaftig heraus, daß wir vergleichsweise die größten Esel sind – wären wir dann nicht erst recht blamiert?« – »Das sehe ich ein«, sagte der Entrüstete und verzichtete auf die Verfolgung des inkriminierten Virchowwortes. Wer ihn so gut kannte wie mein Vater, sie nannten sich »Du«, der wußte wohl, daß Virchow das nur gesagt haben konnte als Quittung auf irgendeine Belästigung. Da ich gerade wieder beim Thema Virchow bin, muß ich ein weiteres Beispiel der Schlagfertigkeit meines Vaters erzählen. Er fragte seinen einstigen Studiengenossen, den großen Rudolf: »Wie gefällt dir eigentlich mein Sohn Carl?« Worauf Virchow: »Weißt du, er ist mir sehr angenehm aufgefallen, er hat mich in den drei Jahren nie um etwas gebeten!« »Ach so«, meinte mein Vater, »darum also hat er auch bisher keine Stellung bekommen!« Virchow nickte mit dem Kopf und sagte: »Leider hast du ganz recht, aber, die einem am Rockschoß Sitzenden will man zuerst los sein, das ist ungerecht, aber man ist so froh, ohne Bittsteller zu sein!« Übrigens hat mir Virchow gleich darauf eine Stelle im Biologischen Institut in Neapel, bei Anton Dorn, angetragen. Oh, wie gern wäre ich dahin gegangen. Aber mein Vater riet ab.

Eine enge Beziehung hatte mein Vater zu Albrecht von Graefe, dem größten Augenarzt aller Zeiten, dessen Genie und Segenshand nach Schätzung meines Vaters 10000 Starblinden das Augenlicht wiedergegeben hat. Er sah in ihm, der sein Lehrer und Freund war, eine Art Christus; auch das schöne Bild Graefes, das mein Verbandzimmer ziert, gemahnt an diese Idealgestalt. Neben Virchows, Wilms' und Helmholtz' Porträt hing es über dem Arbeitstisch meines Vaters. Unter den Augen dieser Heroen habe ich meine erste Jugend froh verspielt. Mit Graefe reiste mein Vater mehrmals nach Heiden in der Schweiz und wußte herrliche Dinge von dem jungen Feuerkopf zu erzählen. Er glühte vom Ideenrausch, hatte schon mit 19 Jahren von Wien aus einen Brief an Helmholtz geschrieben, den ich selber bei meiner verehrten Freundin Ellen von Siemens, Helmholtz' bedeutender und feinsinniger Tochter, einsehen konnte, in welchem er divinatorisch voraussagte, was er alles mit dem gerade damals von Helmholtz erfundenen Augenspiegel zu vollbringen gedenke. Um diese Zeit schon war Graefe eine mathematische Berühmtheit. Mein Vater konnte nicht genug erzählen von dem sprudelnden Geniegeist Graefes, der einmal auf einem Kongreß während einer Diskussionsrede die Idee zu einer der segensreichsten Operationen an der Regenbogenhaut improvisiert habe unter ungeheurem Beifall seiner Fachkollegen. Im Examen bei Dieffenbach, das mein Vater mit Graefe zusammen absolvierte, habe der schöne junge Mann so hinreißend, fast visionär medizinische Probleme extemporiert, daß der kleine Dieffenbach, immer staunend zu dem schlanken Verkünder aufblickend, herumgegangen sei und den anderen Examinanden zugeflüstert habe: »Kinder, auf den jebt acht, der wird mal ganz was Dolles!« Die Augen meines Vaters leuchteten, wenn er von diesem Begründer der ganzen modernen Augenheilkunde erzählte, seine Stimme bekam einen zitternden Klang von Innigkeit und Bewunderung. Einst kam er, mein Vater, spät nachts von Wilms, wo letzterer den Freunden den Nachlaß von Graefes Vater zeigte, der vor Dieffenbach und vor Langenbeck die Chirurgische Klinik in der Ziegelstraße leitete – also ein Urahn unseres August Bier. Als der Heimkehrende über die Kronprinzenbrücke ging, traf er, dahinstürmend, das war seine gewöhnliche Gangart, mit wallendem, schwarzem Havelock und tief in die Augen gedrücktem Kalabreser Graefe, den er auch im tiefen Dunkel erkannte: »Mein Gott, Graefe! Woher? – Wohin?« – »Gut, daß ich dich treffe, habe da heute morgen einen rumänischen Ratzenmausefaller staroperiert. Mich peinigt Unruhe, konnte nicht schlafen. Muß sein Auge ansehen. Komm mit!« Im Sturm ging's zur Steglitzer Straße, wo Anno dazumal nur 3–4 Häuser standen. Sie stiegen viele Treppen hinauf in eine Dachstube. Bei einer Kerze Licht schob Graefe den Augenverband zurück, sah tief aufatmend in die glashelle Hornhaut. »Es geht gut«, sagte er und hielt meinem Vater in tiefer Nacht am Bett des Armen einen langen Vortrag, der das Problem zum Inhalt hatte, warum Augenwunden im allgemeinen so gut heilen (was noch heute Problem ist). »Es ist wohl, weil die Natur und der liebe Gott uns da hindurch ins Herz sehen!« schloß er. »So, nun wollen wir Dressel herausklopfen und eine Flasche *Romanée mousseux* auf das Wohl des Slowaken trinken.« *Romanée mousseux* ist mein Festwein geblieben, ich nannte ihn *lacrirmae Graefii!*

Im Jahre 1864 war Graefe bei meinem Vater in Stettin zu Besuch während der dort tagenden historischen Naturforscher-Versammlung, auf der Darwin, Haeckel und Virchow so heftig aufeinanderprallten. Ich habe dieses wissenschaftliche Erdbeben mit meinen 5 Jahren leider nur bewußtlos miterlebt, denn ich lag gerade an einer Hirnhautentzündung ohne Besinnung danieder. Mein Vater hatte mich aufgegeben. Graefe saß oft und lange kopfschüttelnd an meinem Bette und strich meine Stirn. Plötzlich sei ich am dritten Tage aufgewacht, habe Graefe in den tiefschwarzen, langen Bart gefaßt und ganz freundlich gesagt: »Nanu, was bist denn du für einer?«

Graefe sprang auf und rief ins Nebenzimmer: »Schleich! Mensch! Er ist gerettet!« Obwohl Graefes Hand mich zurückgerufen hat? Ein Wundertäter war er gewiß. Vielleicht knüpfte sich an diesen Anfall, den ich nach einer bengalischen Vorführung herrlicher Griechenbilder in Töpfers Park bekam, das Mysterium meines Lebens – der verlorene Tag, von dem ich oben berichtet habe. Wie tief solche Probleme in uns haften. Vielleicht ein Dämmerzustand?

Auch zu Virchow hatte mein Vater intime Jugendbeziehungen. Mit Carl Reinhard zusammen haben sie manche frohe und ernste Zecherstunde genossen. Es war 1848. Die Revolution brach aus. Virchow stürmte in die Stube meines Vaters, der damals königl. preuß. Unterarzt war, in fliegender Eile: »Schleich, hast du Waffen?« – »Nichts als diese alte Flinte und einen verrosteten Säbel!« – »Her damit! Auf die Barrikaden!« Und fort war er. Mein Vater hatte dann während der Schießereien auf dem Alexanderplatz ärztliche Wacht im Lazarett in der Linienstraße und hatte aus gutem Herzen, aber gegen die Instruktion, verwundete Zivilisten aufgenommen und chirurgisch behandelt, wofür er von seinem Generalarzt fürchterlich angefahren wurde und Arrest bekam. Ihm ging's nicht gut mit Generälen. Nach dem dänischen Feldzug sah er auf dem Exerzierplatz während einer Parade einen Höchstkommandierenden langsam heranreiten, den er nach seiner schweren Verwundung mit Mühe und Not wieder zusammengeflickt hatte. Mit schöner, rein menschlicher Freude trat er auf den General grußlos herzu, innigste Dankesbegrüßung erwartend. Da kam er aber gut an. »Herr! Was unterstehen Sie sich! Kreuzdonnerwetter! Wollen Sie wohl stramm stehen!«

Das hat mein Vater der ganzen preußischen Armee nie vergessen: er blieb für die Stettiner bis an sein seliges Ende »der rote Schleich!« Er wollte sogar, als zwei seiner Schwiegersöhne, die Offiziere waren, ihm ein wenig auf der Tasche lagen, eine Broschüre schreiben: »Die Tragödie des Schwiegervaters und die preußische Armee!« Es blieb bei der Absicht. Schon als Kinder fütterte er uns mit seinem über alles gestellten, leidenschaftlich bewunderten Goethe. Wie habe ich als Gymnasiast in seiner Goethebibliothek geschwelgt. Sie war fast komplett. Alle Biographien, auch ausländische, Kommentare, darunter ein sehr merkwürdiger Carl Löwes zu »Faust« II. Teil, Jahrbücher usw. wurden angeschafft. Was Wunder, wenn Freunde sich manchmal über meine Goethe-Kenntnisse wundern. Was man früh aufnimmt, haftet am besten. Mein Vater konnte hinreißend über Goethe sprechen und sagte einmal: er würde gern eine Weltreise zu Fuß machen, um einmal zwei Stunden bei Goethe sein zu dürfen. Ich glaube, Goethe hätte manchmal aufgehorcht, wenn dieser wahrhafte Kenner des Menschenherzens ihm Bekenntnisse vom Labyrinth der Brust vorgetragen hätte. Auch Byron und Bulwer liebte er sehr und übersetzte sie, ersteren in schön geschwungenen Versen.

Bulwers »Ägyptisches Mysterium« hat er herausgegeben. Auch hat er Emerson und Smiles ganz übertragen. Am liebsten las er in einer holländischen Originalbibel und zitierte oft die originellen Naivitäten dieses behaglichen Idioms. Ich besitze noch Stöße seiner Handschriften dieser Art. Sein Stil war von großer Flüssigkeit und Prägnanz. Seine Briefe, die ich zum Teil Literaten von Bedeutung vorgelegt habe, sind auch nach deren Meinung kleine Meisterwerke. In seiner kleinen, perlenstickereiähnlichen Handschrift offenbarte sich die sichere Hand des Augenoperateurs.

So sehr er die Literatur liebte (einer seiner Lieblingsschriftsteller war der Spanier Perez Galdos), so sehr kehrte er in späteren Jahren den Dichtungen seines eigenen Sohnes den Rücken, nicht aus Mißachtung, sondern aus einer schweren Sorge, ich möchte die Medizin an den Nagel hängen und Schriftsteller werden. Ich sollte nur immer Arzt, nichts als Arzt sein, weil er, immer Graefe, Wilms und Virchow im Herzen, von mir und meinem bißchen Talent sich Ungeheures versprach und ersehnte. Erst spät, als ich das Meinige für seine geliebte Medizin getan, begann er auch bei meinen Reimereien aufzuhorchen; sonst wollte er gewaltsam meinen Kompositionen und Dichtungen sein Ohr sperren. Wenn ich von meinem Poetenberuf sprach, bekam sein Auge einen so unendlich wehen Ausdruck, daß ich derartige Szenen immer mit einer zärtlichen Umarmung schloß: »Na, laß nur, Väterchen. Ich bleibe bei der Medizin!« Ich konnte den traurigen Blick nicht ertragen. Als ich einst August Strindberg beteuerte, daß ich mich nach dem Tode meines Vaters freier und freudiger an Dichtungen heranmache, sagte dieser große Mystiker einfach: »Natürlich! Er hat es eingesehen. Er gibt dich frei!«

In medizinischen Angelegenheiten war er, nachdem meine Entdeckungen der örtlichen Betäubung und vieler medizinischer Präparate erfolgt waren, eifrig mein Anhänger und Schrittmacher. Vielleicht, daß er in seinem verzeihlichen Vaterstolz ein wenig über das Ziel hinausschoß, was natürlich unter einigen seiner Kollegen in Stettin einiges Mißbehagen erregte, so daß um mein Heil natürlich viel besorgtere gute Seelen mir zuraunten, ich müsse meinen Vater hindern, so große Töne für mich anzuschlagen. Ich habe den Ängstlichen barsch den Mund gestopft, indem ich ausrief: »Wenn meine Entdeckungen die Liebe meiner Eltern nicht aushalten, so mögen sie ruhig zum Teufel gehen!« Denn meine liebe Mutter leistete auch darin so Erkleckliches, daß ich ihr einmal neckend zurief: »Mütterchen! Du gleichst einer Nachtigall oben auf der Litfaßsäule, die nur das Lob ihres Sohnes pfeifen kann. Sing' auch mal was anderes!«

Mein Vater war Zeuge jenes unerhörten Auftrittes in der Chirurgischen Gesellschaft 1894, bei dem mir – man staune! – wegen der Proklamation meiner schmerzlosen Operationsmethode 800 deutsche Chirurgen die Tür wiesen. Ich habe die empörende Szene an anderer Stelle ausführlich geschildert, ohne ein Blatt vor den Mund zu nehmen. Als ich entrüstet den Saal verließ, war der einzige, der mir folgte – mein Vater. Mir schlug das Herz bis in den Hals aus Furcht vor seinem bekümmerten Blick. Als er aber schmunzelnd die Terrassen des Saales herabstieg und ausrief: »Die Leute sind ja blödsinnig«, da packte uns beide eine ganz explosive Heiterkeit, die wir bei Hiller durch *Romanée mousseux* noch zu steigern versuchten. Von da an schrieb er so wilde Streitschriften im Stile eines alten Haudegens, daß, wenn ich eine davon veröffentlicht hätte, sich uns wohl die bürgerlichen Gefängnisse erschlossen hätten.

Seine Stellung in Stettin war die eines ein Zentrum der Geistigkeit bildenden Ausnahmemenschen. Seinem Einfluß konnte sich kaum jemand entziehen. Man gönnte ihm willig seine Überlegenheit, weil das rosige Licht größter Milde und Menschengüte seine hohe Intelligenz dämpfte. Ihn öffentlich sprechen zu hören, war ein Ereignis; fast alle fühlten stets etwas wie seelische Erschütterung unter der Weichheit seiner Stimme und der Tiefe seiner Gedanken.

Aus einer Zeit stammend, in der Stettin geistig ein kleines Weimar war, hier wirkten Löwe, Oelschlaeger, Giesebrecht, Calo, Schmidt, Zitelmann, hielt er die Traditionen des Kreises dieser zum Teil weltberühmten Männer und bewahrte einen Hauch der damaligen Geistesblüte des Stettiner Lebens, das habe ich ja schon berichtet.

Man kann die Frage aufwerfen, warum solch ein Mann der Provinz verkettet blieb? Sie ist leicht beantwortbar. Er traute sich nicht die Produktionskraft zu, im vollen Strom zu wirken, vielleicht mangelte ihm in der Tat ein ganz klein wenig die schöpferische Phantasie zu entscheidenden Leistungen. Mit vielen der sogenannten Berühmtheiten der Residenz nahm er es jederzeit voll auf. Dafür ein einziges Beispiel.

Er konsultierte in einem heiklen Falle den großen Frerichs. Nach beendeter Konsultation sagte dieser Schalk sein Urteil über die Dame und die Krankheitslage: »Ja, lieber Herr Kollege, das ist eben eine Hysterie im Aggregatzustande des Gehirns!« Mein Vater antwortete völlig unverblüfft: »Also Sie wissen es auch nicht.«

Auch genügend Ehrgeiz besaß mein Vater nicht, um große Karriere etwa in Berlin anzustreben, wo ihm Förderung nach jeder Seite durch Wilms, Graefe, Virchow, v. Langenbeck usw. zuteil geworden wäre. Vielleicht liebte er auch seine Heimat allzu sehr und war glücklich, nahe dem entwundenen Gut seines Vaters, bei Zabelsdorf, das kürzlich mit einer Million von der Stadt Stettin angekauft ist, zu leben. Hier war er geboren und fühlte sich wohl in erreichbarer Nähe von allen seinen Jugenderinnerungen. So zog er vor, lieber in Stettin einer der ersten, als in Berlin einer der zweiten zu sein.

So wurde er der alte Weise von Stettin. Die ihn noch gekannt, werden bezeugen, daß hier eine tiefe, unauslöschliche Sohnesliebe aus begreiflicher Scheu noch viel zu wenig gesagt hat.

Ich bin zwei ganz großen Menschen begegnet, der eine war mein bester Freund und hieß August Strindberg, der andere war mein Vater.

Auf seinem Grabstein auf dem großen Friedhof bei Stettin stehen die schönen Worte: Grenzstein des Lebens, doch nicht der Liebe. *Terminus vitae sed non amoris!*

Onkel Boysen, der Prinz von Dänemark

Wenn eine Erinnerungsschrift nichts ist als eine Revue von Spiegelbildern, welche sich in der Seele des Biographen besonders plastisch, hell besonnt, verdichtet und erhalten haben, gewissermaßen mit dem kostbarsten Konservierungsmittel der Seelenphotographie: der Dankbarkeit, fixiert sind, so darf in dieser Reihe schöner Reflexe eine Gestalt nicht fehlen, die mir von dem Bilde meines Vaters und meiner ganzen Lebenszeit bis in das Jahr 1906 hinein unzertrennbar erscheint: Onkel Boysen. Das war ein Kollege meines Vaters in Stettin, unser Familien-Onkel-Doktor, ein Arzt, der seit vielen Jahren mit meinem Vater zusammen in Stettin als dessen bester Freund wirkte und von einer Originalität war, wie man sie eben nur in Provinzstädten trifft. Der Dioskur meines Vaters. Ein Mann von hoher, imponierender Gestalt, von der stolzesten Körper- und Kopfhaltung, die man sich denken kann, mit breiter Brust, großen, markigen Friesenhänden. Ein König-Hakon-Kopf, wirklich schön geschnitten, mit großem, hellblauem Auge, eine frithjofartige Erscheinung! Nordisch jeder Zoll dieser Bardengestalt. Den Kopf umrahmte ein stets wohlgepflegtes und vollgeringeltes, rotblondes Lockenhaar, rotblond in jungen Jahren, später von jenem seinen Graublond, wie man es an alten Goldfiligranen findet. Ein Lohengrinbart um das kräftige, freie, kühne Gesicht. Wie aus königlichem Geblüt war der Mann, der uns alle auf den Knien geschaukelt hat und uns mit seinen nie vergessenen Festgeschenken entzückte. Er war auch fürstlicher Abkunft, wie er in höchst drolligem Ernst und mit einer gewissen Resignation, mit Humor und komischer Wehmut gemischt, immer wieder, manchmal sogar trotzig, behauptete. »Ihr könnt es mir glauben, ich stamme aus dem dänischen Königshause! Wenn's gerecht in der Welt zuginge, säße ich jetzt auf dem dänischen Thron. Die Beweise sind alle in meiner Hand. Da ist gar kein Zweifel.« Sein einziger, mir erinnerlicher Beweis war, daß man ihn in Helgoland, seinem alljährlich im Sommer aufgesuchten Erholungsort, allgemein »vom Bootsjungen bis zum Hotelier« Königl. Hoheit oder Prinz von Dänemark seit Jahrzehnten tituliere. Man wußte nicht, scherzte er oder meinte er es ernst, wenn er sich dabei pathetisch seinen schönen Backenbart hinabstrichelte, gleich als liebkose er sein hohes Geschlecht. Als er mir das zum ersten Male erzählte, ich war Student, hätte ich ihm beinahe ins Gesicht gelacht, aber er sah dabei mit dem Habitus eines vollendeten nordischen Recken so wundervoll aus, daß vor dem wahrhaften Adel dieser Gestalt jeder Hohn verstummte. Wahrhaftig, der Mann konnte recht haben, so hochgeboren schien sein Mannestum, und eine leuchtende Würde war um ihn, liebenswürdig gedämpft durch einen seinen Zug von Selbstironie, so daß man unwillkürlich in den Bann seiner augenscheinlich tiefinnerlichen Königsträume hineingesponnen wurde. Ich und mein Vater nicht weniger, der stets mit einer brüderlich innigen Schonung diesen seinen »Dollpunkt« behandelte, und, wenn man ihn befragte, immer leise lächelnd sagte: »Ja, wer weiß, er behauptet es ganz ernsthaft und – sieht er nicht wirklich so aus?« Dabei pendelte dieser Dänenprinz, als einfacher praktischer Arzt in seinem, von traurigstem Rößlein gezogenen Doktorwagen in Stettin gleich meinem Vater hin und her, mild, groß, freundlich, beide gleich unermüdlich opferfreudig, die echten alten, guten Hausärzte, die noch etwas mehr waren, als die technischen Installateure der Hygiene des einzelnen, wozu die Ärzte die moderne Zeit gestempelt hat. Sie waren Priesterärzte, ebenso hilfreich den Familien als Seelenfreunde beigegeben, Beichtväter, Felsvertraute, Waldeshütten-Verschwiegene, Zufluchtsstätten, Asyle der Bekümmerten und Beladenen. Es hatte für mich etwas Rührendes und Bewegendes, diese beiden auf Menschenwohltun verschworenen

Berufsbrüder sich etwa in ihren niedrigen Kutschwagen auf der Straße begegnen zu sehen, sich mit den Händen herzlich aus den niedrigen Wagenfenstern begrüßend, jeder wissend von des anderen mühsamer Plackerei des Tages, den ganzen Rummel der Privatpraxis bis ins Tz kennend, und doch immer wieder sich einspannend in ihr liebgewordenes Joch, wie ihre alten Schimmel jeden Morgen an der abgeschabten Deichsel. Oder sie sich treffen zu sehen an den Marktecken, und Onkel Boysen, meinen Vater unter den Arm fassend, seufzen zu hören: »Weißt du, Carl, ich habe da einen Fall, – es ist zum Heulen! Wird und wird nicht. Was würdest du da nu machen?« Ja, das war eine Kollegialität des Herzens, kein Schatten von Rivalismus (außer einem sehr lieben und graziösen, von dem ich gleich noch reden will), keine Spur von Neid. Jeder jedem die Fülle allen Erfolges willig gönnend und dabei der »Sproß aus dem Königshause« noch wie ganz selbstverständlich die höhere Geistigkeit meines Vaters mit großer, seltener Innigkeit bewundernd und gleichsam wie sein eigen Verdienst betonend. Es war jedesmal eine Feststunde, wenn er, nach einer Knieverletzung leicht hinkend und immer einen wundervollen Stock mit goldener Krücke grüßend uns Kindern entgegen schwenkend, dann zu uns kam und sich seine langen schwarzen Rockschöße (er ging immer wie eine Majestät in Zivil pikfein gekleidet) von uns entleeren ließ, immer mit dem passiven Gehabe eines Geplünderten und der knurrenden Bemerkung: »Gebt euch bloß keine Mühe. Is nichts drin!« Dabei war er bis in die Brusttaschen voll mit Düten für uns bespickt. Ein immer heiterer, musengeküßter Junggeselle, dem nichts abging, der sehr gut lebte in seiner Junggesellen-Einsamkeit und ein großer Frauenfreund war. Mein Vater behauptete, er werde schwärmerisch von einem Amazonenheer schöner Frauen geliebt; freilich behauptete er von meinem Vater ähnliches. Ich glaube nicht, daß es in ihren Geheimarchiven für sie beide irgendwelche Verstecke gab. So waren sie beide miteinander groß geworden als respektierte Ärzte der Stadt, hatten ihre L'hombre-, Whistabende und wissenschaftliche Kränzchen gemeinsam, präsidierten beide umschichtig der Medizinischen Gesellschaft und verschmolzen allmählich so innig all ihre Interessen und Begebenheiten, daß sie in höherem Alter ihr biographisches Mein und Dein sogar völlig verwechselten. Ja, sie stahlen sich direkt ihre Geschichten. Es war mehr als drollig, die beiden damals schon hochbetagten Greisenköpfe, mein Vater mit der mehr gesträhnten weißen Mähne, der dänische Kronprätendent mit mehr in gerollten Wellen fallendem dichten Lockenhaar, beieinander hocken zu sehen und nun den einen beginnen zu hören: »Weißt du noch die Geschichte mit dem alten Lohme, wie der sich in 'ner Wassertonne auf seinen Hof badete, wie der Spund absprang und nun gewisse edle Teile sich im Spundloch mit dem abströmenden Wasser ansaugten und die Mägde sich weigerten, die nußbraunen Vorgequollenheiten zu reponieren? 's war 'ne Art skrotaler Inkarzeration!! Ha, ha!« Dann sagte der andere entrüstet zu mir, dem sie als jungen Kollegen solche Sachen erzählten: »'s ist nämlich meine Geschichte! Er hat den alten Lohme gar nicht behandelt, bei dem ich dreißig Jahre Hausarzt war!« Oder einer erzählte: »Da war nämlich mal auf'm Hof bei Scheiberts, wo du geboren bist, eine alte Frau in den Spülflaschenbehälter gefallen und hatte sich eine halbe Buddel in den Leib gespießt!« – »Da hört sich doch alles auf!« sagte der andere. »Das ist doch meine Geschichte!« Darauf oft lange Kontroversen, ohne daß einer den andern überzeugen konnte, daß er Eigentumsrecht besaß an dieser Fülle von Schnurren, die eine jahrzehntelange Praxis als Arzt und Seelsorger gezeitigt hatte. Denn ihr Blick für Humor war gleich stark, ihre Komik hatte eine gleiche Marke, und sie reagierten auf die Drolligkeiten des Lebens und die kleinen Schwächen ihrer Mitmenschen scharf wie Reagenzpapier, was vielleicht die Begabung für Humor überhaupt ausmacht: die Fähigkeit, ihn überall auch bei den seriösesten Gelegenheiten zu wittern wie einen spezifischen Situationsduft. Die Humoristen verstehen mit einem Augenblick sich über ganze Romane von Komik zu verständigen. So waren die beiden auch. Ihre gemeinsame Anwesenheit in irgendeiner Gesellschaft, und sei es bei einem Begräbnis, wurde stets der Ausgangspunkt allerentzückendsten Ideenaustausches. Sie hatten eben »alles« gesehen. Einst kam ihre gegenseitige Erinnerungs-Verwechslung höchst komisch zutage. Mein Vater feierte sein fünfzigjähriges Doktorjubiläum und hielt eine sehr schöne Rede, die er folgendermaßen begann:

»Meine Herren! Mein Freund Justinus Kerner, den ich von Bonn her persönlich kannte, hat einmal gesagt: Das Interessanteste am Licht ist der Schatten, und hat damit so recht eigentlich das gesagt, was ich an meinem heutigen Feste ausdrücken möchte. Der Schatten, den das Alter mitschleppt, macht erst unser Leben farbig und bunt, wie nach der Goetheschen Theorie –« und führte diesen hübschen Gedanken in seiner weichen, sinnigen Weise höchst anmutig durch. Danach erhob sich Onkel Boysen, schlug ans Glas und sagte: »Liebe Kollegen und Festgenossen! Mein alter Weiser an meinem, wie Sie ja alle wissen, freiwillig aufgegebenen Fürstenthron, Carl Ludwig, hat soeben von Justinus Kerner, unserem hochbegnadeten Kollegen und Dichter und Mystiker, als von seinem Freunde gesprochen. Ich muß da leider eine kleine Korrektur eintreten lassen. Kollegen Schleich ist, wie so oft, dabei eine kleine Verwechselung passiert mit *meinen* Erlebnissen. Justinus Kerner war nämlich *mein* Freund, er hat ihn nie gesehen. (Lebhafter Protest seitens meines Erzeugers.) Beruhige dich, lieber Carl! Es ist so. Außerdem hat er nicht gesagt: Das Interessanteste am Licht ist der Schatten, sondern sein Satz lautete: Was sollten wir mit dem Licht allein anfangen, wenn Gott ihm nicht den Zwilling Schatten mitgeboren hätte.« Und paraphrasierte nun dieses Thema ebenso graziös aufs Alter wie mein Vater. Jetzt aber nahte das Verhängnis. Mein alter Onkel, Pastor Friedrichs, ein Polyhistor ersten Ranges, der schärfste und geistreichste Kopf Stettins, ein in allen Kreisen hochrespektierter Gelehrter und verblüffend tiefer Kanzelredner, erhob sich und sagte in seiner unendlich drolligen, halb singenden, halb blitzschnell vorgestoßenen stettinischen Sprechweise: »Die beiden Herren Kollegen von der körperlichen Heilsmission Äskulaps haben soeben den Namen Justinus Kerner als ihres Bekannten genannt und sind sich darüber ein wenig in die Haare geraten, wie wir das ja von den beiden Lieben nachgerade gewohnt sind, wer von ihnen von dieser Dichtersonne persönlich beschienen wurde. Das ist nun besonders eigentümlich. Denn ich kann mit Bestimmtheit versichern: Sie haben ihn alle beide nicht gekannt; sondern *ich*, er war *mein* Freund! Als wir drei gemeinsam in Bonn studierten, habe ich ihnen erzählt von meinem Besuch bei Freund Justinus, und das haben sie, ich glaube, die Mediziner sagen: in einer gewissen ›Resorptionsfähigkeit‹ leibhaftig in sich aufgenommen. Übrigens ist der gleichsam inkriminierte Satz gar nicht von Justinus Kerner, sondern er steht in Goethes Farbenlehre!« Und nun kam gleichfalls eine Perle von Tischrede über die prismatische Brechung des Lebens durch die Seele. Lange noch aber wurde über Justinus Kerners Beziehungen zu den beiden Dioskuren gelacht, bis endlich beide erklärten, sie hätten geschworen, ihn gekannt zu haben.

Bei aller Freundschaft gab es doch einen Rivalismus zwischen den beiden Dioskuren. Über die Zahl der Blumenkörbe, Rosenarrangements, Hyazinthen- und Azaleentöpfe, die beide bei ihren nahe aneinanderliegenden Geburtstagen von den Verehrerinnen in solcher Fülle bekamen, daß ihre Zimmer wie Blumenausstellungen prangten. Ich habe Vater oft begleitet zur Gratulationscour bei Onkel Boysen und sah sehr wohl, wie er neben den freundlichsten Worten ganz rigoros heimlich die einzelnen Töpfe addierte. Wehe, wenn es seine Dutzendenzahl die von vor ein paar Tagen überstieg, und Onkel Boysen sah ich ebenso schon im voraus sich die Zahl berechnend, mit welcher mein Vater an blumigen Angebinden seinen Tribut der Verehrung empfangen hatte. Sie sprachen nie darüber, aber es war ein stiller, zäher, durch viele Jahrzehnte geführter Wettkampf um eine Art Sport der herzlichen Bewunderung und Dankbarkeit.

Eines Abends, mein Vater war schon betagt, saßen wir alle sechs Kinder bei Muttern zum Besuch um unseren alten Familientisch, gemütlich wie in Jugendzeiten, und harrten der Rückkehr unseres lieben Alten aus der Medizinischen Gesellschaft, der er präsidierte. Endlich kam er. »Nun, Väterchen, wie war's? Gab's was Interessantes?« »In der Sitzung nichts Sonderliches. Aber nachher im Vorstand, da war's höchst lehrreich. War da ein Kerl aus Berlin, ein Bauchredner, interessanter Mensch. Hat uns einen wirklich höchst wissenschaftlichen Vortrag über die Physiologie des sog. Bauchredens gehalten!« – »Ach was! Interessant. Na, was sagte er denn?« – »Och, die Sache ist ganz einfach, Artikulationsstellenverlegung. Gar nicht schwer. Ganz leicht zu lernen.« Wir horchten auf. – »Na, nu?« – »Ja, hat es uns vom Vorstand allen beigebracht, Boysen, Freund, Plath usw. Jeder für 50 Mark!« Jetzt stieß ich meine Schwestern unterm Tisch an: »Merkt auf, jetzt kommt was!« – »Ja, wir haben's alle gelernt, spielend!« – »Vater! Du kannst bauchreden? Na, doch mal los! Mach es uns doch mal vor!« – »Gern... es ist ganz einfach!« Ging in die Ofenecke und begann: »Sie da! Herr Kaminfeger! Sind Sie oben?« Jetzt folgte ein unglaublich komisches Gebrummel und gedämpftes Hauchen in Vaters dichten Bart, deutlich zwischen den Zähnen herausgeklemmtes Sprechen, wobei der Bart, der Kiefer, der ganze Kopf wackelte, was alles eben beim perfekten Bauchreden *nicht* sichtbar sein soll; die Brummelstimme, die ganz fern sein soll, klang nur leise, aber ganz greifbar nahe: »Jawoll, ich bin hier. Komm gleich runter. Einen Augenblick.« Wir konnten nicht an uns halten. Wir brachen in ein schallendes Gelächter aus. Da schlich der arme Alte ganz betrübt und gebückt zum Tisch zurück, sank leise in ein Polster, und tieftraurig, wie entschuldigend, murmelte er: »Onkel Boysen kann's noch schlechter!« Der Berliner Schwindler hatte die gelehrten Herren tüchtig jeden mit 50 Mark eingeseift. Als wir tags darauf Onkel Boysen darüber interpellierten, sagte er (ein Königssohn konnte doch nicht so glatt hineingefallen sein) ganz ernsthaft: »Es ist wahr, wir konnten es im Augenblick alle ausgezeichnet. Sieh mal, Carl, ich glaube, man verlernt so was sehr schnell. Ich habe es auch bei mir zu Hause noch mal probiert. Es ging auch nicht mehr so recht, und heute morgen war's weg. Ganz weg. Gekonnt haben wir's aber. Da ist gar kein Zweifel!«

Der gute alte Onkel! Wie oft hat er uns bewacht bei Krankheiten, wenn Vater verreist war, oder mit ihm gemeinsam, wenn wir schwer litten, getreulich versorgt! Noch sehe ich sein gramerfülltes, schmerzlich verzerrtes Gesicht, als man meine Schwester Clara, die ein bildhübsches Kind war, bei ihrer schweren Typhuserkrankung nach der Methode des »Kollegen Brandt« fieberglühend in Eiswasser tauchte, immer wieder und wieder; sie tat ihm furchtbar leid, und er schüttelte sein König-Hakon-Haupt unmutig und sehr wenig einverstanden mit der barbarischen Methode. Noch weiß ich, wie er mir mit milder Hand die Glieder lagerte, als ich an Gelenkrheumatismus schwer daniederlag. Er kniete wie ein betender Priester am Bett meiner Mutter, als diese einst mit dem Tode rang.

Guter Alter! Wie oft haben wir dir, der du hingestreckt vor dem großen Lehnstuhl unseres Vaters hocktest. mit großen alten Kämmen, deinen Kopf im Schoß, die langen Königslocken über die Stirn gekämmt, was du ohne Murren lange ertrugst! Wie oft kamst du Weihnachten, in deinen wundervollen Pelz gemummt, durch die Flurtür äugend wie der leibhaftige heilige Nikolas!

Zuletzt sah ich dich in meiner Klinik in der Friedrichstraße, und du warst schon leidend und sagtest: »Du dürftest dich nicht aufregen!« Und gerade in deiner Gegenwart brannte ein Fließvorhang hellodernd ab.

1905 legtest du dein nur von der eigenen Menschenwürde gekröntes Friesenkönigshaupt zur ewigen Ruhe.

Als ich an dem Tage seines Begräbnisses meinen alten Vater bat, mich bei dem schaurigen Wetter allein auf den Kirchhof gehen zu lassen, sagte er: »Ach nein! Weißt du, das würde er mir doch mit Recht übelnehmen! Ich möcht' auch sehen, ob sie ihm genug Blumen und Kränze bringen!« Ruhe sanft, du alter Dänenprinz!

57

Stettiner und Stralsunder Jugendzeit

Obwohl mir die Schülerzeit eigentlich wie eine einzige Kette mehr oder weniger gelungener dummer Jungensstreiche vorkam und geschaffen gleichsam zur Auswahl treuer Lebensgefährten für eine voraussichtlich recht lange Lebenslaufbahn, habe ich doch eigentlich dem Unterricht immer ein gewisses Interesse entgegengebracht, weniger der faden Disziplinen, als der Persönlichkeiten der Lehrer wegen, an denen irgendeine humoristische Seite scharf herauszufinden, ich eine große Neigung hatte, welche natürlich auf meine Mitschüler stark infektiös wirkte, so daß die Klasse, welche ich im Gymnasium betrat, wohl stets den Ruf einer besonderen Rüpelvereinigung erwarb. Aber wir waren nicht bösartig, und da die meisten unserer Lehrer bei meinen Eltern an den dienstagabendlichen Jours teilnahmen, wo bei Tee und Brötchen und einem Fäßchen echt Stettiner luftdichten Bieres Philosophie und Ästhetik getrieben wurde, bei welchen ich, mein Freund Otto Vorpahl und Gustav Heinrich mit herumstehen und lauschen durften, so blieb zwischen den Herren Lehrern und mir immer meinerseits eine Zone unverletzlichen Respektes bestehen. Mein Vater achtete die Herren von der anderen Fakultät sehr, und es ist wohl wichtig für die Erziehung, daß die Eltern den Erziehern ihrer Kinder diejenige Ehrfurcht bezeugen, welche für das freiwillige Hinnehmen und Verarbeiten aller Details der sogen. Wahrheiten unbedingt erforderlich ist. Auf diesen Jour-Abenden trug meines Vaters Freund, Dr. Wißmann, der Kunstpfeifer und Aristophanes-Übersetzer, Koloraturarien vor und rezitierte Szenen aus den »Wolken«, den »Vögeln«; Dr. Pfundtheller, ein Neuphilologe, verlas eigne Übertragungen französischer Chansons, namentlich Béranger lernte ich hier besonders lieben; der alte Giesebrecht las eigene Balladen und Oratorien, mein Vater debattierte mit meinem Onkel, dem Pastor Hermann Friedrichs, einem großen Original und konversationslexikonartigen Polyhistor, über Religionsfragen mit großer Heftigkeit: diesen Debatten folgte ich mit glühendem Kopfe, denn ich liebte und achtete alle diese Männer sehr, und ich kam mir vor wie ein Laienschüler in einem Konvikt geweihter Gelehrter. Es ist ganz sonderbar, wie tief manche Argumente für und gegen den lieben

Gott und die Unsterblichkeit in mein junges Gemüt einschlugen,[4] so daß ich noch heute die Stelle am Sofa in unserer Wohnung in der Großen Wollweberstraße Nr. 22 in Stettin bezeichnen könnte, an welcher mein Onkel Friedrichs ausrief: »Hat doch ein Voltaire selbst behauptet, daß, wenn es keinen Gott gäbe, man extra einen erfinden müßte, so tief steckt der Gottesglaube den Menschen im Herzen!«, worauf mein Vater heftig antwortete: »Das beweist weder für die Existenz eines Gottes noch seine Weisheit das allergeringste, es ist höchstens ein Beweis für die Feigheit der Menschen!« Solche und ähnliche Argumente konnten mich tagelang beschäftigen und warfen ihre Reflexe auch in die Religionsstunden und später, bis heute, in meine philosophischen Betrachtungen, wodurch mir derartige Diskussionen immer sehr viel interessanter erschienen sind als meinen Mitschülern, die es nicht begriffen, wie man über solche »abgetanen« Dinge »noch« grübeln könne. Man sieht, daß auch das Elternhaus viel tun kann, die trockenen Disziplinen der Schule lebendig zu erhalten. Da mein Vater ein großer Naturfreund und Spezialist für Kleinschmetterlinge war, erwachte gleichzeitig mein Interesse für die Natur sehr früh, und spielend brachte er mir das Gemeinsamkeitsleben von Pflanze und Tier, die Rolle des Milieus bei allen Lebewesen zur Anschauung, so daß ich den Stunden für Physik, Chemie und Naturkunde ein sehr lebhaftes Interesse entgegenbrachte. Überhaupt habe ich dank der enormen Übersicht, die mein Vater über fast alle Gebiete des Wissens hatte, fast spielend durch ihn die Richtlinien zur Orientierung erhalten. Freilich kniete er mit uns am Boden über Globi, Planetenmodellen, Sterntafeln und Atlanten und dozierte in eins weg vom Kap der Guten Hoffnung bis zum Nordpolarstern, unsere jungen Seelen durch den ganzen Weltraum schleifend. Diese Art des Forschens (d.h. lang auf dem Bauch über den Teppich gestreckt) in Vaters großem Studierzimmer, wo auch Skelette, große Reflektorenspiegel, Retorten und Chemikalien standen, vor mir ausgebreitet ein Atlas, ein Band Brehms Tierleben, eine Biographie Goethes etwa, habe ich viele Jahre, bis in mein sogen. reiferes Alter beibehalten. Mein Vater rutschte einfach zu uns nieder mit seinem gemüt-

---

4 Als ich eingesegnet wurde, war ich unter dem Einfluß des Predigers Pfundtheller, dem Bruder des obigen, fest entschlossen, Pastor zu werden. Die vollendeten Kanzelreden dieses Mannes mit einem bildschönen Negerkopfe (so kraus waren seine Locken) rissen mich so hin, daß ich sie immer in einem Zuge niederschrieb. Noch heute besitze ich eine solche Predigt über den Text: »Herr, ist es möglich, so gehe dieser Kelch an mir vorüber!«

lichen: »Na, was habt ihr denn da?« und fing an zu dozieren. Mein Vater besaß, glaube ich, damals die ganze Goetheliteratur komplett, und da er selbst Zeit seines Lebens ein großer Goetheschwärmer geblieben ist, machte ich natürlich schon früh, mit nacktem Fuß, meine ersten Zehentippversuche in diesen Ozean der in einer göttlichen Brust widergespiegelten Welt. Da meine Mutter eine eifrige Verfechterin der angeblich durch Goethe oft gekränkten Frauenrechte war, so ließen mich diese Kontroversen bei den Mahlzeiten manches aus Goethes Leben früher schon intensiver beleuchtet sehen, als dies Biographien zu wagen pflegen. Es mag wohl unvorsichtig von meinen Eltern gewesen sein, einen 10–12jährigen lebhaften Jungen bei solchen Auseinandersetzungen Zeuge sein zu lassen, es umhüllte mir aber alle Goetheschen Beziehungen mit dem Reize einer Stellungnahme zweier so verschiedener und doch so innig geliebter Wesen zu ihm, wie Vater und Mutter es waren, auch zu anderen Personen und Erlebnissen großer Menschen der Vergangenheit. Rücksicht auf unsere Kinderohren wurde überhaupt nicht genommen. Mein Vater ließ uns frei aufwachsen wie Piratenkinder. So hatten wir denn auch ganz intime Beziehungen mit den sogen. Straßenkindern, konnten da beliebig Freund und Feinde wählen und tauschten die Nachteile einer nicht immer tadellos reinlichen Leibeshaltung mit einer gewissen Dressurlosigkeit unserer geistigen Neigungen und Gepflogenheiten ein. Wir waren gewissermaßen für zwei Klassen eingestellt. Wir konnten uns sehr sein benehmen, wenn's Not tat, aber auch höchst anstößig, wenn's die Situation so mit sich brachte. Dieses Zweiseelensystem habe ich nie ganz aufgegeben, und noch heutzutage verbringe ich gern einmal einen Abend in der tollsten, wenn nur geistreichen Bohême der Großstadt. Ich komme mir dann öfter vor, wie ein bürgerlicher Renegat und ein bummelnder Bourgeois. Hier versammeln sich bei Frau Maenz in der Augsburger Straße mein lieber Jacques Fränkel, mein Verleger Rowohlt sowie eine große Zahl bedeutender Künstler, wie Paul Wegener, Jannings, Krauß, Tiedtke und Stahl-Nachbaur neben den Malern Goetz, Orlik, Heuser. Auch die führenden Kinoleute und die Dramatiker sind hier Stammgast. Ein anderer Kreis tagt im Kl. Xantner am Savignyplatz um Franz Evers, Möller v. d. Bruck, Däubler und andere, meist viel jüngere, strebende Geister, als ich. Aber es ist für mich ein schäumendes Bad im Meer brausender junger Gedanken, was mich Alten immer wieder einmal zwingt, in dem Kreis dieser genialen Jugend Auffrischung zu suchen. Nur gut, daß um 1/2 12 alles aus ist. Es würden sonst gewiß philosophische Nächte daraus werden, von denen ich doch nicht weiß, ob ich ihnen noch gewachsen wäre. Ich habe nicht die Empfindung, daß ich in diesen Symphonien von Geist und Humor unwillkommen meinen alten Baßgeigenpart übernehmen darf.

Jedenfalls habe ich in Stettin von irgendeinem Erziehungszwang nichts empfunden. Ich wußte nicht einmal, war ich eigentlich faul oder fleißig? Es flog mir eben das meiste so an, ich machte es mit, weil die andern es taten. Meine eigentliche Kindersehnsucht war auf die Welt da draußen gerichtet, an dem Hafen, im Boot, in den Wäldern zigeunerartig, wie in Kalkofen, dahin zu pendeln und zu träumen. Früh aber erwachte in mir eine ernste Leidenschaft zur Musik, deren Ursprung mir eigentlich nie recht klar geworden ist. Mein Vater war zwar musikalisch, hatte gleich seinem Bruder Johannes, der dann Sänger wurde, eine sehr schöne weiche Tenorstimme, meine Mutter war eine Lieblingsschülerin Carl Löwes, als blutjunge sehr hübsche Frau – alle Verwandten bezeugten mir, daß sie etwas überaus frisches, gesundes und geistsprühendes gehabt habe –, aber beide hatten doch nichts von diesem meinem ganz elementaren Trieb, unter allen Umständen in die Geheimnisse der Musik, ihr Gefüge, in die Geistigkeit ihrer Sprache eindringen zu wollen, der mich zeitlebens nicht verlassen hat und der mich dann auch, freilich unter unendlichen Schwierigkeiten schließlich autodidaktisch zu einer Kenntnis des Instrumentierens und Partiturlesens geführt hat mit einer gewissen Zähigkeit, die namhafte Musiker schon erstaunen gemacht hat. Immer erfolgte das gleiche Kopfschütteln: »Aber wie kommen Sie nur zu dieser Technik?« Ob vielleicht die Kalkofener Zigeuner, der alte Harfner, die tote Mignon und der gefangene Jungo mir diese Musiksehnsucht eingepflanzt haben? Frühzeitig erhielt ich etwas Klavierunterricht, um vorläufig Noten und Tonleitern kennen zu lernen, bei dem alten hinkenden Vater Rowe, der eine sechsköpfige Familie anständig mit Violinbogen und klopfendem Bleistift-Taktieren beim Klavierspiel durchbrachte, seine Söhne studieren und seine Töchter gebildete Männer heiraten ließ. Der Tag muß für ihn 48 Stunden hergegeben haben. Er war rührend, der alte, liebe Mann, der beim Exerzieren bisweilen einnickte, uns aber alles übliche mit seinem stettinerischen: »Speil noch eins run!« beibrachte. Komisch, warum alle Stettiner Klavierlehrer humpelten: Rowe, Herr Schwenke, Gustav Heinrich, mein musikalischer Jugendfreund, der, kaum dreißig Jahre alt, seinem Künstlerleben aus unglücklicher Liebe mittels eines Pistolenschusses ein Ende machte.

Sehr bald bekam ich, da ich dazu »musikalisch genug« sein sollte, Violoncellunterricht bei Herrn Rohde, einem prächtigen Mann, der mich alle zwei Tage, bis ich nach Stralsund übersiedelte, in die Dressur der Reitergeige, wie ich mein Cello taufte, einweihte. Ich habe stets fleißig geübt und mir eine nicht unerhebliche Technik angeeignet, die mich immerhin befähigt hat, schon in vielen Schülerkonzerten als Solist und später in Orchestern in Stralsund, Greifswald, Berlin und Zürich mitzuwirken. Ich habe durch mein Cellospiel auch eine sehr intensive Kenntnis der Kammermusik erworben, denn die ersten Trioübungen führte ich schon mit Otto Vorpahl, einem Mitschüler, und Gustav Heinrich, der geigte, einem seiner Verwandten, aus. Wir drei musizierten ohne Unterlaß, nahmen auch gemeinsamen Harmonie- und Kompositions-Unterricht in dem Kunzeschen Konservatorium, woselbst sich bald ein Orchester am Stettiner Stadtgymnasium unter unserem Mitschüler Paul Gutmann, einem geborenen Klaviervirtuosen, bildete, jetzt Professor der Augenheilkunde in Berlin, mit dem ich auch später noch, als er an der Greifswalder Augenklinik Assistent war, lebhaft musizierte, wir spielten dazumal die Cello-Sonaten von Beethoven, Rubinstein, Mendelssohn und die E-Moll-Sonate von Brahms, auch Klavierquartette und -Trios haben wir gemeinsam mit Freund, dem Sohn des berühmten Gynäkologen, fleißig geübt. Von damals, im Konservatorium, erinnere ich mich einer drolligen Orchesteraufführung der Norma-Ouvertüre von Bellini, die nach einer Einleitung mittels einiger präludierender Akkorde mit einem Flötensolo beginnt. Der betreffende Flötist aber bekam, ich glaube, über den steinernen Ernst des jungen Dirigenten einen Lachanfall, den er vergeblich zu unterdrücken suchte. Der kleine Bülow in der Westentasche gab den Einsatz immer nachdrücklicher, als wolle er selbst die berühmte Kantilene der Luft entpressen – umsonst – kein Spitzenfederchen der großen Schweigerin im Raume ließ sich auch nur ein leisestes Gepiepse entzupfen. Wir mußten von vorne beginnen und erst nach einem Rüssel des Direktors erlebte der gefüllte Saal die Freude des Stapellaufes unserer Norma-Ouvertüre. Die Jubel-Ouvertüre von Weber zum Schluß machte alles wieder gut. Wir wurden viel bestaunt und einige von uns hatten nach Schluß der Vorstellung auffällig lange und dringend auf dem Podium an ihren Instrumenten oder den Noten »zu tun«. Es ist ein großer Genuß, sich als Mitglied einer gefeierten Kapelle zu fühlen; der höchste Genuß aber ist es, seine eigenen musikalischen Gedanken sich von einem vollen Orchester als Dirigent selbst entgegenbrausen zu lassen; eine

Selbsterhebung köstlichster Art, deren ich doch wenigstens einige Male in meinem Leben teilhaftig geworden bin; denn ich habe es durch zähen Fleiß trotz aller Nebenbeschäftigungen doch schließlich dazu gebracht, für Groß-Orchester schreiben zu lernen. Ehe man das nicht kann, bleibt auch der Musikalischste doch das, was man in der Literatur einen Analphabeten nennt; musikalisch lesen und schreiben, das sollte statt der ganzen leidigen Mathematik auf den Schulen gelehrt werden. Es ist auch Mathematik, aber solche mit Gefühlseinschlag; und zweitens gibt es unendlich mehr musikalisch als mathematisch begabte Kinder. Die Grundlagen zu diesen Studien aber wurden für mich in Stettin bei Kunze, Adolf Lorenz und Eduard Krause gelegt, welch letzterer, einst ein gefeierter Pianist, meine ersten Kompositionen – ich mochte kaum 10 Jahre damals gewesen sein –, begutachtet hat. Meine Mutter schilderte sein Lächeln sehr bezeichnend, als er mit erstaunten Augen zunächst die Überschriften auf dem Klavierstückchen las. »Trauermarsch, weil ich nicht versetzt bin« und »Lustiges Schneiderlied zur Aufheiterung der Mutter«. Dann sah er die Sächelchen an und meinte: »Gewiß! der Junge hat Talent!« Von da ab befiel mich eine wahre Kompositionswut. Ich komponierte, was mir unter die Finger kam, Dutzende von Psalmen, Monologe der Jungfrau von Orleans und Hamlets, die Taucher, Zueignung, Prolog im Himmel, als Solo, Duette, Terzette. In einer förmlichen Raserei habe ich Dutzende von Notenbüchern von Anfang bis zu Ende vollgeschrieben, keine Cousine war vor meinen Mond-, Todes- und Liebesliedern sicher. Von allem dem Zeug hatte meine gute Mutter einen ganzen Stoß pietätvoll aufbewahrt. Ich habe es Jahrzehnte später einmal aufmerksam durchlesen – es war leider nichts, aber auch gar nichts Brauchbares dabei, aber auch keine direkten Unsinnigkeiten; einfache Leiereien auf Grundakkord, Unterdominante, Dominante, einige Wechselakkorde und als Glanzpunkte reihenweise verminderte Septimakkorde, diesen Zementkitt musikalischer Gedankenlücken. Nur Goethes »Meeresstille« für »drei junge Matrosenstimmen, auch von Mädchen zu singen«, hatte eine eigene, melancholische Linie durch wiederkehrende rasche Wendungen von schwimmendem, A-Moll (*pianissimo*) nach *As*-dur; darin war etwas wie der Odem des ruhenden Meeres oder sollte es wenigstens sein. Es ist das einzige, was ich aufbewahrt habe, sonst habe ich den ganzen Notenschwamm an Psalmen und Hymnen dem Feuer zur Sühne übergeben. In diese Zeit fielen auch meine ersten poetischen Versuche. Ich war mit 12 Jahren schwer verliebt in ein 18jähriges sehr schönes Mädchen, Selma von Bredoreck, welche in unserem Hause im dritten Stock wohnte, und jeden Morgen sollte ihr schöner Fuß über ein Versblättchen von meiner Hand dahinwandeln, ehe ihre Sohle die Erde küßte. In vielen Variationen wurde dieses sterbende Veilchen des Morgens in der Frühe der reizenden Selma auf die letzte Stufe ihrer Stiege, mit einem Blümchen beschwert, vor die Füße gebreitet; diese Huldigung brachte mir auch wirklich einen schwindeln machenden, wohl schwesterlichen Kuß der »Geliebten« ein, bis dann eines Tages der alte General Bredoreck ein solches Blättchen auffing und den dummen Bengel zu ohrfeigen drohte, wenn er weiter seiner Tochter so anzügliche Sachen zu schreiben wage. In kummervollen Romanzen veratmete ich dann meine gekränkte Liebe. Zu dieser Zeit wurde ich auf Veranlassung von Adolf Lorenz, dem Nachfolger Carl Löwes, Kirchenchorsänger an St. Jacobi, wo ich mit Otto Vorpahl, der im Alt sang, im Sopran mitwirkte zur Liturgie bei Trauungen und auch im Chor des Musikvereins. Wir beide hatten eine solche Übung im Kirchenliedersingen, daß Lorenz uns oft Soli sogar in Händelschen oder Bachschen Kantaten vom Blatt singen ließ und sich weidlich über unsere Treffsicherheit freute. Zu meinem Vater hat er einmal gesagt: »Die beiden Bengels recken ihre Hälse wie ein paar Staarmätze und schmettern mit Nachtwandlerkühnheit ihre Passagen raus, daß es eine Freude ist. Lassen Sie den Carl ruhig Musiker werden!« Dazu brummte dann aber mein Vater stets höchst mißvergnügt, ich mußte durchaus Doktor werden. Der gute Lorenz merkte aber eben so wenig wie die zahlreichen Kirchenbesucher, daß wir Übermütigen bei den langatmigen Passagen des »Halle-lu-lu-lu-lu-lu-ja!« stets ganz frech »Langer-lu-lu-lu-lulatsch!« in die Figuration von Orgel und Orchester hineinschmuggelten. Übrigens verdiente ich hier im Kirchenchor mein erstes Geld durch Assistenz beim Kurrendesingen auf Höfen und Kirchplätzen, wobei wir beide Nichtwaisen mit einem schwarzen Umhang und dunklem Dreispitz maskiert wurden.

Um jene Zeit erwachte in mir und meinem Bruder Ernst – einem so lebhaften kleinen Kerl damals, daß mein Vater immer behauptete, im Dunkeln und unter dem Tisch leuchteten seine Augen grün wie die einer Katze – eine schwärmerische Luft zum Theaterspielen,[5] die nicht nur an

---

5 Dumme Streiche haben wir auch sonst genügend in Szene gesetzt. Unsere jüngste, allerliebste Schwester Gertrud, die jeder aus der Schule kommend, zuerst abknutschen wollte, worum sich dann jedesmal erst ein Tournierringkampf entspann, haben wir einst durch einen Ulk in arge Verlegenheit

den uns vom guten Vater sofort gespendeten großen Puppentheatern, Kasperlebuden usw. befriedigt wurden, sondern uns auch mit unsern jüngeren Schwestern Gertrud und Clara in innigste Spielverbindung nebst ihren kleinen, reizenden Freundinnen brachte. Wir schrieben und lernten Rollen zu phantastischen Ritterstückchen, auch faustische Hexenszenen wurden unter der Regie des schon erwähnten dämonischen Primaners Georg Knaack, schwarzhaarig wie ein Zigeuner und glutäugig wie ein Mexikaner, studiert und aufgeführt, was nur durch die absolute Toleranz meiner Eltern und unseres Hauswirtes so in Küche, Hof und Kellern zu ermöglichen war, wie wir es trieben. Ost brüllten ganze Chöre von Statisten *à la* Meininger durch die weiten Räume des Weinarsenals, der Speicher, Ställe und Kornböden, und die wilde Hetze ging treppauf treppab. Wir sahen die gutbürgerliche Welt nicht mehr, und wo sie uns sah, da wich man uns, lächelnd über unsern jungen Eifer, aus, ohne unsere wilde Luft zu stören. So hat mich denn einst auf Veranlassung meines Vaters Rosa Behm, die bekannte Stettiner Malerin, erwischt und direkt vom Räuberspiel in ihr Atelier geschleppt. So sah ich aus in dieser Zeit blühendster Kinderromantik, wie die Reproduktion des noch in meinem Besitz befindlichen Ölbildes als Titelbild dieses Buches bekundet.

Um jene Zeit auch begann unsere Zirkustollheit. Wir mußten fast jeden Abend hinein, kannten alle Clowns, Akteurs und Gymnastiker persönlich und suchten Mutters große Stube mit aller Gewalt in eine Arena zu verwandeln. Das ging nun freilich sehr schwer. Aber es gelang. Große umgekehrte Bettdecken bildeten den Sand, auf dem wir alle Clownstücke und -späße (mein Bruder Ernst war sehr gewandt und wurde ein vollendeter Turner) imitierten. An Stühlen und Leitern wurden waghalsige

gesetzt. Wir bummelten in den Vormittagsstunden herum, gingen früh in die Mädchenschule, wo wir Trudchen, Zimmer Nr. 6, die Bank drücken wußten, und hatten die Unverschämtheit, an der Tür zu klopfen und die erscheinende Lehrerin ganz demütig zu bitten, Trudchen Schleich einen Augenblick herauskommen zu lassen; sie kam, schwer erschreckt, wir schlossen die Tür und sagten eilig: »Putsch! Wir wollten bloß mal schnell einen Knutsch von dir haben. Gib her! So, und nun wieder rein. Sage: du hast aus Versehen den Speisekammerschlüssel eingesteckt. Adjüs!« Mit solchen Schnurren könnte ich dutzendweis aufwarten. Auch unsere liebe Käthe und ihre Freundin »Selmus«, masculinisiert aus Selma, wegen ihrer Sittenstrenge, haben wir weidlich geneckt, »weil wir sie so liebten.«

Kunststücke vollführt, alles in entliehenen Trikots, rings um das Zimmer waren auf Stuhllehnen verschiedene Plättbretter ausgestreckt, auf denen unsere süßen kleinen Schwesterchen und Cousinchen in Hemdchen und Badehöschen wie auf breiten Pferdeschabracken ihre Pirouetten tanzen und durch Reisen springen mußten, während wir als Stallmeister in Vaters oder Onkels gemopsten Fräcken, in Unterhosen und Stulpstiefeln mit den feinsten Peitschen knallten und andere als Bajazzi die bekannten gut belauschten Clownspäße in den Pausen herunterleierten. Schwester Anna mußte dazu die Zirkusmusik machen. Dazu kam, daß in dieser Zeit der berühmte Zauberkünstler Bellachini oft Vorstellungen in Stettin gab. Auch ihn imitierten wir mit allen Kräften. Namentlich die Geistervorstellungen mit Skeletten unseres Vaters spielten für unseren großartigen Impresario Knaack eine große Rolle.

Es war zu himmlisch, als daß das Schicksal nicht endlich einen Schlag gegen dieses vollendete Glück meines Kinderherzens hätte führen müssen – und er fiel. Schuldlos warf er mich aus diesem Paradies. Die Veranlassung war jener tiefe Riß in dem Glück der Ehe meiner Eltern, der unheilbar war. Nur mit unendlichem Weh vermögen wir Kinder an diesen größten Schmerz unseres Lebens zu denken, so daß es mir nicht möglich ist, seine Bedingungen der Öffentlichkeit preiszubieten. Genug, ich wurde sein Opfer. Er kostete mich den Aufenthalt in meiner paradiesischen Heimat. Aus mir nie ganz erfaßbarer Härte der Gesinnung riß mich mein Vater aus den Armen meiner Mutter, teils, um sie zu kränken, teils auch wohl in der ehrlichen Absicht, mich ihrer allzu nachsichtigen Liebe zu entziehen. Von heute auf morgen – ich hatte eben eine große Zaubervorstellung für die ganze Horde unserer Freundschaft, Erwachsene mit eingerechnet, auf den nächsten Sonntag eingeladen, da packte meine Mutter unter heißen Tränen mein Köfferchen. Alles war per Depesche in wenigen Stunden arrangiert und ausgeführt. Ich kam nach Stralsund in die Pension zu wildfremden Menschen!

Ich war wie betäubt und erholte mich erst langsam im Hause des strengen Oberlehrers Reißhaus, wo ich mir wie in ein Zuchthaus eingesperrt vorkam. Mein Vater setzte mich einfach ab, weinte und fuhr davon. Was sollte ich beginnen? Ich beschloß ein sehr artiger Junge zu sein und zu arbeiten, nichts als arbeiten. Ganz allmählich hob sich der vor dem Gewitter schwer darniedergebrochene Halm wieder in die Höhe und lugte durch die fremdartigen Gräser wieder in die Sonne. War diese hier nicht auch schön, und leuchtete in die kleine Gasse, auf die Türme, auf die Seen und drüben überm Bodden auf die schöne Insel Rügen? Teufel! was gab's hier alles zu sehen! Das wundervolle kreisgefensterte altgothische Rathaus, die herrliche Marienkirche, auf der ich gleich am dritten Tag bei Kapellmeister Dornheckter die Orgel probieren durfte. Kollege Lorenz hatte ihm geschrieben, ein ganz talentvoller junger Musikvogel würde ihm bald ins Gehege flattern, er möge ihn gut füttern mit reiner Musenkost, es wolle da was ansetzen zu einem kühnen Fluge in die Musikwelt. Da war der Stein zu sehen, auf dem Freiherr v. Schill von Franzosenhand erschossen niedersank, was eine goldene Inschrift und ein schönes Bildrelief des Heldenkopfes bezeugte;[6] da hieß der erste mir zum Vorturner bestellte Primaner Moritz Arndt. »Doch nicht verwandt mit Ernst Moritz?« »Je, woll, dat wir min Großvadding!« Wie war es so traulich, dieses Platt, das ich bald lernen wollt! Dann das Kahnfahren auf den Teichen, Schwimmen in der See, die Schlittenfeste im Winter da drauf, hielt doch die zugefrorene See ganze Lastwagen; Segelschlitten! Das war etwas ganz Neues; dann die alten Kirchengänge in den Mönchsklostern, das Weberhaus mit lauter steinalten Margaretleins am Spinnrade darinnen in Pension, die vor irgendeinem Faust wohl auch Gedanken spannen; die Tanzstunden – – junge Lieben – genug, das Herz fing wieder an in alter Unverzagtheit zu schlagen, und in der alten, wundervollen Klosterschule erlebte ich dann den Mann, der mir noch heute tief im Herzen wohnt, und von dessen Geist gesegnet zu sein ich als ein Glück bis auf den heutigen Tag empfinde und wofür ich die Hände meines toten Vaters küssen möchte, ihm abbittend, daß ich ihn innerlich einst hart gescholten, weil er mich dem Heimatparadies entrissen.

Konrektor Freese

Die bei weitem hervorragendste, wirkungsvollste und uns alle begeisternde Lehrkraft des herrlichen Stralsunder Klostergymnasiums war der damals etwa sechzigjährige Konrektor »Leupold« Freese, genannt Poseidon. Ein

6 Das eigentliche Schilldenkmal stammt von meines Freundes, v. Glümers, Hand, eines Begasschülers, ebenso wie das Löwedenkmal in Stettin. Merkwürdig, daß die Bildwerke der Helden meiner Jugend von so lieber Freundeshand vollendet an Schönheit ausgeführt wurden!

schöner, sein geschnittener Gemmenkopf vom Habitus eines römischen Senators; glattrasiertes, etwas welkes Gesicht mit schlaffen, leicht beim eifrigen Sprechen sich blähenden, bläulichen Wangen (daher und von seinem imponierenden Griechentum überhaupt der Name Poseidon!), mit schmalen Lippen, aristokratisch glattgescheiteltem, noch dunklem Haar und überaus innigen, blauen, lustigen Schalksaugen. Dieser unvergeßliche Mann war von einer in unserer Erinnerung und wachsenden Reise von Jahr zu Jahr immer höher bewerteten Gediegenheit und Universalität des Denkens und hat alle seine Schüler auf das lebendigste und nachhaltigste beeinflußt. Das klassische Altertum spann er uns so tief in die jungen Herzen, daß keiner von uns ehemaligen Stralsunder Gymnasiasten jemals begreifen wird, wie man von Bildung ohne intensive Kenntnis des Griechentums überhaupt sprechen kann. Freilich lebte dieser unser allgeliebter Lehrer, von dem nicht Schnurren zu erzählen oder nicht gemeinsam zu schwärmen von zweien sich zufällig nach Dezennien treffenden Stralsundern einfach eine Unmöglichkeit war, – dieser Herrliche, Gute lebte freilich so absolut im Banne jener klassischen Zeiten, daß er sicherlich in Athen oder in Rom besser Bescheid wußte als in Stralsund, was er einmal mit äußerster Naivität bekundete. In einer sogen. Arbeitsfreistunde, in welcher »Allgemeines« besprochen werden sollte, baten wir ihn, er möchte uns doch etwas von der Belagerung Stralsunds durch Wallenstein erzählen. Darauf sagte er mit tiefbekümmertem Gesicht in seinem singenden vorpommerschen Halbplatt: »Oach – meine Lieben, – je! – Das weiß ich nich, das is nach meiner Zeit!« Ach! diese gemütliche, etwas maulfaule, behäbige, drollige Mundart, deren er sich ganz leger bediente, noch dazu meist ohne jede korrekte grammatikalische Satzbildung; eine ganz schnelle, abrupte Gedankenhackerei, fast ein Versuch zu einer Stenographie der Sprache mit meist fortgelassenem Prädikat; Subjekt und Objekt blitzartig nebeneinander gepackt, mußten genügen. Meist sprach er mit uns plattdeutsch, und ich kann noch ganze Humorszenen in seiner Art vorpommerisch rezitieren: »Je, de oll'n Griechen de seggten nich, Ajax dat wir'n grotmächtigen Held, de stünn in de Schlacht af wi'n Boom, nee, de Homer de mockt anner Vergleiche, de wi as Beleidigung upsaten würr'n. Ajax stünn, seggt Homer, as en Esel, de den Barg vollbepackt rupkrupen sall. Em kümmern de Schläg' nich, de rechts un links up em runnerprasseln.« Und so zahllose Szenen. Plattdeutsch war in Stralsund um jene Zeit noch die allgemein gesellschaftliche Umgangssprache, auch in den besten Kreisen. Wir untereinander sprachen fast nur platt. Einmal aber mußte Freese schon zu einem festlichen Hochdeutsch greifen, das dann amüsant genug ausfiel. Es ist schwierig, diese Sprache schriftlich zu fixieren in ihrer Absonderlichkeit, in dem Ziehen der Worte in singendem Ton. Es ist kaum möglich, die vielen »Je!« und »Ooch!« anders als mündlich, gleichsam schauspielerisch zu imitieren. Ich bin mir deshalb nicht sicher, ob es mir gelingen kann, die volle Komik dieses Idioms Nichtvorpommern oder Nichtmecklenburgern schwarz auf weiß anschaulich zu machen. Ich bitte also, bei den folgenden Erzählungen mir die Schwierigkeit, ein echtes Original redend hier einzufühlen, zugute halten zu wollen. Sollten diese Anekdoten auch nur für Freesenschwärmer und Vorpommern einigen Reiz haben, so wollte ich doch einmal im Leben diese nie vergessenen Folgen liebgewordener Szenen, wenn auch schließlich nur für ihre wenigen noch lebenden Zeugen, dokumentarisch retten. Dieses Original hatte sich eine ihm ganz allein gehörige »Freese-Sprache« geschaffen, die schwer erlernbar war und studiert sein wollte. So kam er einst in die Klasse und sagte: »Je – mein lieber Teichen! Schwings Eltern haben mich – und da wollt ich!« Als wir alle mit Teichen anfingen, über diese Satzbrocken zu lachen, sagte Freese ärgerlich: »Na denn nich. Denn nachher lassen Sie!« Ohne förmlichen Kommentar würden Uneingeweihte den Sinn dieser Sätze nie erfassen. Aber wir, jahrelang geschult, wußten genau, was er meinte. Das sollte heißen: »Teichen, Schwing's Eltern haben mir mitgeteilt, daß ihr Sohn Nachhilfestunden im Griechischen haben solle, und da möchte ich Sie, Teichen, fragen, ob Sie bereit sind, gegen Bezahlung dieses Amt eines Nachhilfelehrers zu übernehmen!« Gewiß eine anständige Leistung einer mündlichen Kurzschrift. »Oll« Freese hat unsere moderne Sprachstenographie, wie A. E. G. – K. d. W. – M. d. R. – ganz richtig vorausgeahnt. Das klassischste Beispiel seiner (anakoluthen) prädikatlosen Sprechweise war seine wirklich und wahrhaftig in Stralsund gehaltene Abiturienten-Entlassungsrede, welche ich fast wörtlich wiedergeben kann – einen so tiefen Eindruck hat sie auf mich gemacht. Er ist nur ein einzig Mal zu diesem gleichsam öffentlichen Auftreten gekommen, aber die Stralsunder sprachen noch jahrelang von diesem großen Ereignis! Nämlich der Direktor der Anstalt, dem die Pflicht obgelegen hätte, uns in einer besonderen Aulafeier, die öffentlich war, zu entlassen, war erkrankt und Freese von ihm beauftragt worden, statt seiner die Ansprache an die »Muli und das Volk« zu halten. Wie ein Lauffeuer ging diese Nachricht durch die Stadt. Alle Honoratioren und Bürger derselben hatten ja unzählige Schnurren von dem lieben alten Sonderling gehört. Ihn amtieren zu sehen, das konnte sich niemand entgehen lassen, und so war denn am Morgen des Festtages die Aula gefüllt mit den bekanntesten Persönlichkeiten, den Offizieren, Ratsherren, Kaufherren und Reedern der Stadt mit ihren festlich geschmückten Damen.

Da ließ sich »Oll-Frees« also vernehmen: »Je! Meine Lieben! De Härr Direkter is krank. Nich slimm, äwerst ornd'lich. Na, und so sall ik nu. Je. Das is ja woll so. Denn nachher muß ich ja woll. Die Entlassungsrede. Die jungen Leute! Och! frei! (Mit gehobener, komisch skandierter Deklamation:) »Dahin des Schulstaubs schlimme Pein!« Hinaus! Je, das Studium. Der Beruf. Die Wahl. Vater, Mutter, Freunde raten. Klugsnakers gibt's immer. Meinen häzlichen Glückwunsch! – Je, da seh' ich welche, die wollen Philologie. Wie sagt Goethe? »Neue Sprache, neues Leben!« Auch Englisch und Französisch. Och, vergessen Sie nich das Klassische, das Fundament. Es kommt die Sehnsucht. Vergessen Sie nich ihren alten Freese! Lernen Sie, später lehren Sie! Meinen häzlichen Glückwunsch!

Je, da seh ich welche, de wollen Jurisprudenz. Je. Das ist der Staat. Der grüne Tisch. Der Herr Landrat. Die Waage der Gerechtigkeit. Sie wissen: blinde Justitia. Halbblind: Mitleid, Strenge! Je, der Paragraph. Pflicht und Gewissen. Die Menschenseele. Wie sagt Goethe? »Es gibt kein Verbrechen, als dessen Urheber ich mich nich denken könnte!« Denken Sie auch daran bisweilen, wenn schwere Strafen! Referendar, Assessor, Präsident. Meinen häzlichen Glückwunsch!

Ach! Da seh' ich welche, die wollen Medizin. Je, die Naturwissenschaft. Die Welt vom Kleinsten. Das Mikroskop. Wie sieht die Welt lütt aus! Ganz lütting – lütt. Je, das is das Geheimnis des Kleinen. Große Bedeutung. Volkswohl. Heilung, Mitgefühl. Wie sagt Virchow? »Die Medizin involviert den Begriff des Heilens!« Je, das is schön. Ich habe keine Sorge. Meinen häzlichen Glückje. Zwei wollen Mathematiker. Na nu? Je. Absonderlich. Das Skelet der Dinge! Wo ist das Individuum? Alles Typicität. Abstrakt. Aber geistreich. Meinen häzlichen Glückwunsch!

Je, da seh ich welche, die wollen – Theologie – – – ach! Du lieber Gott! (Alles platzte heraus!) Je, lachen Sie nicht, die Stunde, sie kommt, der Zweifel, der Rabe hackt ins Genick, bohrt, beißt, man weiß nicht aus noch ein; die Welt, das Schlechte scheinbar belohnt, das Gute an die Wand gedrückt, der Brave übersehen! Spott! Kein Glaube. Kanzel. Vergebliche Sonntagspredigt: einer schläft; je, es ist schmärzlich! O, lachen

Sie nicht, die Stunde kommt, es is furchtbar, die Qual, das liebe Brot; weiß nich aus noch ein. Martyrium! Mein häzliches Beileid!«

So gehalten in Stralsund um 1880. Zahlreiche Zeugen werden es bestätigen. Wer diese gewiß einzigartige Rede aufmerksam liest, wird sehen, wie viel Assoziationen von Herzlichkeit, Menschenliebe und tiefer Weltkenntnis hier herausgesprudelt wurden von einem Manne, dessen Naivität so ursprünglich war, daß ihm folgendes passieren konnte. Er rief mitten in der Demosthenesstunde: »Och! mein lieber Wegely! Was lachen Sie da so?« »Ach, entschuldigen Sie, Herr Professor, mir tat eben das rechte Bein so weh!« Darauf Freese steinernst: »Na, dann is das was anderes!«

Alle zwei Semester bei der Versetzung in ein neues Klassenlokal ereignete sich folgendes: von Tigerström, ein Schüler von unnatürlicher Körperlänge, saß regelmäßig auf der dritten Bank in einer Reihe hinter mir. Ich selbst unverdientermaßen auf der ersten Bank. Programmgemäß alle Jahre in der ersten Stunde bei Freese streckte ich beide Beine weit vor in den geheiligten Wandelraum der Lehrer zwischen erster Bank und dem Katheder. Freese kam, sah meine Pedale und winkte mit gutmütig-schelmischem Zeigefinger gegen meine Beine, was: »weg da!« heißen sollte. Ich erstaunte heuchelnd, beugte den Oberkörper neugierig vor, ohne die Beine im geringsten zu rühren. »Wie meinen Herr Professor?« »O! weg da! Die Füße!« »Ich verstehe immer noch nicht!« »O, mein Lieber, Ihre Beine!« »Ach so! Ja, das wird wohl Tigerström sein! Ach! bitte, Tigerström! nimm doch deine Beine zurück!« Während ich nun die Beine mit steifem Kreuz zurückzog, machte Tigerström die entsprechende Ruderbewegung des Oberleibs. Freese merkte das nie, sondern hielt eine längere Rede. »Je, das Wachstum! Die Knochen, aber nicht die Lungen und das Herz. Da kommt Nasenbluten, Siechtum. Och! Nehmen's sich in acht, lieber Tigerström!« Dieselbe Szene ließen wir Rüpels sich alle Jahre ein paarmal abspielen. Freese war ein rührend gütiger Mensch, der seine Schüler innigst liebte. Trotzdem wir ihn neckten – Jugend ist nun einmal spatzenrupferisch grausam –, hingen wir schwärmerisch an ihm.

Für gewöhnlich herrschte bei ihm ein aus der Zwischenpause in die Unterrichtsstunde frei übernommenes allgemeines, meist plattdeutsches Gebrabbel. Ein summender, ungeniert brummender Lärm. Das nahm er gemütlich hin und begann: »Na, heute haben wir unseren geliebten Demosthenes! Na, fangen Sie an, mein lieber Wegely! Ich übersetze vorweg.

Hören Sie! »Als Philipp sah, daß, obwohl die Lacedämonier, trotzdem indessen die Truppen, weil immerhin, obgleich eine Umgehung der Truppen, welche wenn – schon Philipp, belehrt durch eine Erfahrung, die« – – wir fingen an zu lachen.

Da wurde er aber ärgerlich. »Na, dann lassen Sie. (Stampfend!) Der arme Lehrer will – und kann nicht! Je! Die Einschachtelungen, die vielen Gen. abs. (absolute Genitive = griechische Konstruktionsform), es ist zu schwer, na! dann woll'n wir noch einmal. »Als Philipp usw.«

Für gewöhnlich also war es immer laut bei seinem Eintritt. Einmal hatten wir uns aber vorgenommen, mit Freese zu schmollen. Wir glaubten, ihm etwas vorwerfen zu können. Also auf allgemeinen Klassenbeschluß tiefste, peinlichste Stille im Klassenzimmer. Das war ihm äußerst auffallend. Er stutzte sofort beim Hereintreten. »Och, was haben Sie?« Er wurde beinahe blaß und aufgeregt, es war ihm überaus ungemütlich. Er versuchte mit uns zu scherzen. »Na! schlecht präpariert, Wegely? Noch unterm Tisch ein bißchen Nachhilfe? Na, macht nichts. Nur Mut. Unser lieber Demosthenes. Fangen Sie an! (Die Stille nützend.) – – Och! was haben Sie, was ist? Na dann – ach Primus! – was soll – was is? – – reden Sie! Da legte der los!« »Herr Professor! Sie haben Carl Kröger, bloß weil er aus dem Haus vom Gastwirt Möller herauskam, beim Direktor angezeigt wegen verbotenem Restaurationsbesuch, und der ist bloß bei seinem Onkel gewesen.« »Och so! Je, aber der Onkel war doch schon vor acht Tagen abgereist?« »Na, jedenfalls hat Kröger nicht Bier getrunken. Ihn zu denunzieren –« »Och, das verbitt' ich mir. Das ist unverschämt – je, sehn Sie, Primus und junge Freunde! Der arme Lehrer: er muß, die Pflicht, der Eid, das Gewissen. Was soll er tun! Je, aber wenn Kröger nicht pokuliert un nich »Poch, Poch« gespielt hat, je, denn nachher, denn is das was anners. Das will ich man gleich nachher dem Direktor berichten.« »Na, dann danken wir auch schön, lieber Herr Professor!« Sofort ging das gewohnte Gebrabbele und Geschwabbele los, und Freese dozierte vergnügt und sichtlich erleichtert unseren lieben Demosthenes.

So ulkig Freese war, er war ein Mensch von großer Tiefe und geradezu idealer Weltanschauung, der einen warmen, sonnigen und weisen Humor spielen lassen konnte. Wir lasen eine Anthologie griechischer Lyriker: auch »Sappho und Anakreon kamen heran. Pindar nannte er einmal: den alten Gleim«, den Kriegslied-Dichter Friedrichs des Großen. Solche modernen Parallelen liebte er sehr. Als wir Sapphische Oden lasen, fragten wir naiv genug, was sapphische Liebe sei. Er sagte: »Och, meine Lieben, es is eigentlich nichts für Primanerohren. Aber Sie werden später doch. Je, es is so: Der Grieche, die Sonne, die Glut, der blaue Himmel, das warme Meer, je! Das Nackte ist ganz was anderes, as bi uns. Da kommen sie beim Baden – sie schmiegen sich, sie taxieren: Schultern, Hüften und so – je! und denn der böse Leumund! O, wenn Sie später mal was hören – glauben Sie's nicht – – es ist nichts Schlimmes, glauben Sie ihrem alten Freese. Überhören Sie es. Lassen Sie die schmutzige Phantasie nicht in die Sinne. Sie wissen, – Phantasus, je! is der nich der dritte Diener des Hypnos, des Schlafgottes? Je! wer sind die beiden andern? O, hören Sie, wie sinnig die Griechen waren: Eikelos, der Bildner, je! der Gaukler, achten Sie. Gleichklang: Eikelos, Gaukelos, Gaukler – och! er greift gliksam Blumen, Spielkarten aus der schwarzen Nacht; je – und Phobetor, der Spinner der Furcht; och! Das ist der Alpdruck, der Angsttraum, der Vampyr auf der Brust!« So lenkte er uns schnell von dem heiklen Thema ab.

Einst lasen wir Anakreon. Wir mußten ihm Übertragungen auf das Katheder hinausreichen. »Haben Sie, mein lieber Schleich? Och, was seh ich? In Reimen? Sieh', sieh'! Och – nee – – nee, min Jung! Dat is nix! Je! warum haben die Griechen keine Reime? Auffällig, nich! Je, ich will's sagen. Reim is Echolalie, Nachahmung des Echo, Koselaute, Zärtlichkeit! Och! Sie wissen, Echo ist das Weib, das nie von selber spricht, aber einmal angeredet, nie wieder aufhören kann. Je, das sind die witzigen, bißchen boshaften Griechen. Denken Sie, Aristophanes, Satire: Lysistrata, Vögel! Je! aber das Reimen ist Echoimitation. Die Griechen aber brauchten es nicht zu imitieren, hatten Original-Echo, in den Bergen war Echo überall, populär. Reimen ist aber was Festtägliches, Außergewöhnliches; Balladengesang, feierlich, darum dichtet der Norddeutsche in Reimen. Wo kein Echo in Natur oder selten, da entsteht Reimdichtung. Na, Sie haben in Reimen: Anakreon. Ach, du lieber Gott! Je, mein lieber Schleich. Seien Sie nicht bekümmert. Sie werden noch von Atreus' Söhnen singen. Je! aber Liebe – is schwer! Och! Trösten Sie sich: es hatte auch jemand.

Ein großer Dichter! Bitte, sehen Sie nach, Primus, daß uns ja kein Sekundaner hört, es ist nur für Primanerohren.« Es mußte wirklich jemand die Klassentür spaltweise öffnen. Wie im Theater. »Nein, Herr Professor! es ist niemand an der Tür!« »Na, dann will ich's sagen! Ein großer Dichter hat auch versucht, Anakreon: Die Cicade. Goethe!!« (Mit vorgehaltenen Händen, heimlich und verächtlich:) »Jämmerlich! Trösten Sie sich, mein lieber Schleich! Je. Ihre Reime! Auch jämmerlich!«

Ein andermal kam er auf Perikles. »Er hatte einen Zwiebelkopf, Schinoskephalos. Je! man sagt: Verbrecher! Unterschlagung. Je! das war so. Sie wissen: die Akropolis, das ist das Rathaus hier auf'm Markt. Da ist der Areopag. Das Landgericht. Och! Sie kennen den Archogeronten: das ist der Landgerichtsdirektor Prieschke, Sie wissen. Der Eklesiast, Sie kennen ihn, den Staatsanwalt Neumann, och! ich seh sie alle sitzen. Perikles ist angeklagt. »Je«, segt der Staatsanwalt. »Perikles! es ist erwiesen. Du hast in die Kasse gegriffen. Geklaut! Wie kommst du dazu? Was soll das?« Je, und Perikles sagt: »Ein Augenblick.« Geht an die Dür und kümmt rein – mit Phryne! Ganz nackt und seggt gor nix, blot: »Dat is min Geliebte: Phryne!« Und die Richter hebben em freisproken. Je, das gibt's bloß in Griechenland: die Sonne, das Licht, die Schönheit, nee, in Stralsund geiht dat nich. Dor kümmt hei in Kasten! Na, nu an die Arbeit!«

Ein andermal waren wir in Rom. Es handelte sich um die Comitienwahlen. Da ließ sich Freese völlig romanhaft also vernehmen. »Also – wir sind auf'n Capitol, unseren Markt, dat Capitol is unser Rathaus. Och – Sie kennen es! Da geiht Crischan Piepenborn un Hans Peter Kunz – de gahn äwern Markt in Rom. Door seggt Hans Peter Kunz: »Ja, min Jung! Wat sall nu warn'n? De Caesar, de Kirl, steiht bi Anklam; de Mann is en Revolutschonnär, de is kumpabel un geiht äwer den Rubikon un Peene und bautz! kümmt hei dörch't Knieper Dur! (eins von Stralsunds schönen Stadttoren), und denn hebb'n wi de Bescheerung!« »Je«, seggt Piepenborn, »wat geiht mi dat an?« »Dat geiht di blots so veel an, dat di dat Kopp und Kragen kost, wenn du nich Caesar'n wählst in de Comitien!« »Ne, dat dau ik likers nich! De Pompejussen, dat sind ne seine, adlige Familie; min Grotvadder wir Stallknecht bi Pompejussen, min Vadder wir Stallknecht bi Pompejussen, und ick bin ook Stallknecht bi unsen Pompejussen, und do wähl ick ok Pompejussen!« »Je, denn dau du dat man. Nahstens kast seihn, wie du de Chausseestein up de Via Appia bet nah Griepswold kloppen kast!« »So? uns Pompejussen wähl ik doch! Hätt hei mi nich twee Doktors schickt, as mine lütte Caecilia krank läg: eenen Griechen und een oll'n Etrurier, se wir süß nich mihr. Un min Cajus Sempronius Livonius (nich unsen Apothekersohn seinen Livonius) de wir ok nich mihr ohne Pompejussen. Ne! da lat ik nix up komen. Un nu go du man los naht Schützenhus, ik häw keen Tid mihr, un wähl du man! De Lictor (och! Sie kennen ihn alle: Herr Gendarm Neumann, dat is de Lictor) de steiht all dor mit de grote Zeddelbüchs. Un wenn du vor'n Knieperdur Caesarn dröppst: denn nachher grüß em man und segg em, hei soll man kommen: de oll Cassius an de Spitz un Brutus, de warr'n em woll mores lehren. Von wegen Köpp aff un Chausseestein's!«

So brachte er uns ein Bild aller wichtigen Staatsaktionen in Rom oder Athen bei. Wie oft haben wir mit ihm regelrecht »Ostrazismus« gespielt, d.h. wir mußten in der Aulavorhalle auf Bänken ringsum sitzen und das Scherbengericht gegen Aristides mit Spielmarken als eine richtige Theaterszene mit Pro-und-contra-Reden aufführen. Mehrfach hielt er die Anklagerede gegen Sokrates als Verführer der Jugend, wobei einer von uns als völlig geknickter Sokrates auf dem Katheder sich von ihm andonnern lassen mußte. Er warf ihm dann (ganz modern, wie in unserer Zeit der geistvolle M. Moskowski) vor, daß er sich von Plato habe als Sprachorgan benutzen lassen, aber für die revolutionäre Stimmung in der aristokratischen Jugend Athens völlig verantwortlich sei!

Die griechischen Dramen analysierte er mit uns auf das tiefste und geistreichste, und nirgends habe ich die schönen Griechen-Chöre so tief als die Stimmen des Gewissens, der Seelenkämpfe und zugleich der öffentlichen Meinung auslegen gehört. Er sagte einmal: »Je! der Chor – das is, was man im stillen Kämmerlein denkt, wenn man Ödipus is, un zweitens: was sagt die Stralsunder Morgenzeitung zu der Affäre in Aulis! Das beides zusammen sagt der griechische Chor!« Solche Chöre führten wir im Gehschritt, er voran, mit Vor- und Rücktritt wie in einer Prozession, skandierend und im Text und Rhythmus des »Actis äelliou to kalliston« durch unsere schönen Klosterschulgänge ziehend auf, und in der gotischen Aulavorhalle brüllten wir laut und klagend die wundervoll tönenden, reich vokalisierten Verse!

Die Versmaße wurden uns durch praktische Chorübungen eingeprägt. Das heißt: er sprach die Trochäen, Jamben, Anapäste usw. uns vor, und wir skandierten sie unter seinem Dirigenten-Kartenstock ihm nach. Dazu erbat er von uns von Mal zu Mal das Mitbringen von klassisch schönen Versen, auch von deutschen Dichtern. Dabei gab's manchen Spaß. Mein Freund Wilhelm Kobes, noch heute ein warmherziger Poete, führte ihn an. Freese fragte: »Och, Kobes, haben Sie auch Verse?« »Jawohl, Herr Professor!« »Och, dann geb'n Sie her!« Kobes reichte einen Zettel zu ihm hinauf, auf dem stand:

Er deckt ihn in das eine
Und schnitt ihm beide Beine
Ganz kurz vom Rumpfe ab! –

Freese stutzte. »Och! mein lieber Kobes! Was ist das? Was soll das? Woraus dürfte das sein?«
»Das ist aus einem nachgelassenen Drama Heines: Prokrustes!«
»Och! Kobes. Heine, Prokrustes? Das is interessant. Ich erinnere mich gar nicht. Heine? Prokrustes? Heinrich Heine? Och, Kobes, Sie irren. Woher kennen Sie, woher wissen Sie?«
»Ja, Herr Professor, ein alter Onkel von mir, der sammelt Handschriften, und da hab' ich dieses Fragment Heinrich Heines mal gesehen!«
»Och, das is interessant. Kobes der Quellenforscher. Na, das muß ich nachher gleich mal Kollegen Thümen (dem deutschen Lehrer) zur Begutachtung mitteilen. Na aber. Schön, also lassen Sie uns zusammen.« Und so brüllte die ganze Klasse: Heine. Prokrustes. Jamben.

Wir durch Kobes eingeweihten Lümmel wollten uns dabei totlachen. Ganz sicher waren aber wir doch die Angeführten. Denn ich bin heute überzeugt, der alte gute Vater Freese durchschaute den ganzen Rummel, er war aber großherzig genug, uns den Spaß zu lassen; so liebte er die Jugend, und mit so viel Humor beherrschte er die Situation. Er kam nie auf die Heine-Affäre zurück.

Er war eben ein Lehrer, der mit uns lebte und strebte und besser als wir selbst die geheimsten Fasern der Schülerpsyche kannte und wie ein heiterer Griechen-Jüngling-Greis uns in unserer Kindheit selbst auf seine Kosten jauchzen ließ. Zeichnete er uns doch, mit seinen Riesenpatschen den Ballettanz der jungen Griechinnen in der Luft markierend, die Szene plastisch vor, wie Anakreon gehöhnt wird von den jungen Tänzerinnen. »Anakreon! Geh, was willst du unter uns! Du bist ein Greis!« »Je, was sagt Anakreon? Weiß ist mein Haar, aber seht das grüne Weinlaub darin, so grün ist mein Herz, und jeden Frühling blüht es wieder für die schönste unter euch!« Dann bekam sein Gesicht einen so überirdisch schönen Glanz, daß wir ihn tief ergriffen dort oben sitzen sahen, Weinlaub im Haar, in dionysischer Verzückung, selbst ein Anakreon, den ein gütiges Geschick vor dem Winter des Herzens bewahrt hatte. Er war gleichsam immer mitten unter unseren Scherzen. Dafür haben wir ihn aber auch sehr geliebt. Jeder der Schüler wäre für einen alten Freese durch das Feuer gegangen.

Er war eine der gewiß enorm seltenen Naturen, welche den Mut haben, es im Vollgefühl eines goldenen Herzens ruhig darauf ankommen zu lassen, ob man sie bewundert oder verlacht. Er hatte den Humor, über sich lachen zu lassen, wenn er nur mit der durch ihn veranlaßten und heraufgezauberten Komik den Nagel auf den Kopf traf.

Als ich, vom Stettiner Gymnasium kommend, als Tertianer zum erstenmal eine Stunde bei Freese hatte, konnte ich mich vor elementaren Heiterkeitsausbrüchen über den allzu drolligen Mann gar nicht halten. Ich lachte immer hell in die schon tolerantere Schulgenossenschaft hinein. Freese merkte natürlich sofort, daß mein Lachen ihm galt. Jeder andere Lehrer würde wohl disziplinarisch dagegen seine Würde gewahrt haben. Freese keineswegs. Mit einer wahrhaft göttlichen Seelenkenntnis sagte er mir ein über das andere Mal bei meinen Lachausbrüchen: »Och, seht den Fremdling! Er lacht. Er amüsiert sich. Schon wieder. Je, mein lieber junger Herr aus Stettin. Das is hier nicht anners.

> Nach Corinthus von Athen gezogen
> Kam ein Jüngling dort noch unbekannt!

Je, sieh' mal an. Der Fremdling. Er macht sich mausig!«

Er war der größte Psycholog. Ein wahrer Weiser am Baltenstrand. Ich denke oft an ihn. Er war unser aller alter, noch bis in unsere eigene Reise hineinwirkender Mentor. Er wäre für Könige der richtige Erzieher gewesen. Vor seinem Humor schmolz jede Form von Anmaßung, und er sah uns allen bis ins Herz. Ein Virtuos der Knaben- und Jünglingsseele.

Beim Abiturientenentlassungsfest gab er uns allen eine private Prognose mit. Wir alle haben uns verdutzt angesehen, wie er uns kannte.

Mir sagte er: »Je, mein lieber Schleich. Gewiß. Talente. Guter Kopf, alle Achtung. Weg wird gemacht.

Könnte bedeutend. Vielleicht Erfindungen. Entwicklung. Je, aber die Dämonen. Da ist Gefahr. Och. Denken Sie Herkules. Die Hydra siebenköpfig im eigenen Busen. Je, es wird schon gehen. Aber mir ist bange!«

Wie wußte der Mann etwas von meinen Dämonen? Alter Freese, ich danke dir, ich habe mich redlich bemüht, sie zu bezwingen.

Ich sah ihn zum letzten Male beim Abschiedsbesuch, bevor ich Stralsund verließ. »Wohin gehen Sie, mein Lieber?« »Nach Zürich!« »Och – nehmen Sie sich in acht. Sie werden Heimweh, je, die See, das Meer, es läßt seine Söhne nicht los!« »Aber, da ist ja ein großer See, Herr Professor!« »Je, aber nich – *die* See, Junker Naseweis!«

Er sollte recht behalten. Mich überfiel die Sehnsucht zur Heimat mitten in rauschenden Studentenfesten ganz elementar. Ich magerte ab wie ein vergessener Kanarienvogel.

Aber auch nach dem alten Freese habe ich Heimweh.

Zürich und Gottfried Keller

Wohl niemals ist ein Wesen auf Erden so froh beschwingt über Stralsunds teilweise noch grasbüschelgeschmücktes Pflaster vom alten Schulkloster bis zur Post am Neuen Markt gepflogen, wie ich damals, nachdem mir der kugelrunde, kleine, bebrillte Schulrat aus Stettin feierlich meine Dispensation vom mündlichen Abiturium vor versammeltem Heerrat der Lehrer und den bedrückten Examensopferlämmern verkündet hatte. Galt es doch, die frohe Botschaft den Eltern schnellstens zu depeschieren. Ein unglaubliches Gefühl gänzlicher seelischer Entspannung, die Wonne eines Sonnenaufgangs, gemischt mit den romantischen Gefühlen eines Toröffnens des Lebens und einer jubelnden Wanderstimmung: »Hinaus! Hinaus!« – das ist ein im Leben so nie wiederkehrendes Mulusgefühl! Wie tief muß der Druck des Schulzwanges sein, die bange Sorge, ob all die Fronarbeit mit der Tyrannei des Lernenmüssens vielleicht nicht doch an einem kurzen Vormittag umsonst gewesen sein könnte, wenn diese Gemütsbelastung, das Schreckgespenst des möglichen: »Durchgefallen!« uns Studierte alle das ganze spätere Leben nicht verläßt und als Traum des nicht bestandenen Abiturientenexamens immer wieder einmal alpdruckartig aus der Tiefe der Vergangenheit emportaucht bis in die ältesten, oft schon klapprig gewordenen Ganglienregister! Um so seliger aber das Glück des Augenblickes, die Erfüllung kühnster Hoffnungen.

Und so hätte denn ein stummer Zeuge der triumphierenden Lust, mit welcher ich die zerfetzten Schulbücher an die Wand meines Pensionsstübchens eins um das andere fliegen ließ, die Berserkerfreude, mit der ich die bekritzelten Schulhefte, namentlich die mit mathematischen Menetekeln gespickten, zerriß und symbolisch verprügelte, gewiß eine geistige Entgleisung bei mir befürchtet. Als ich im Eisenbahnzug mit einem unendlich befreienden Seufzer armebreitend auf meinen Sitz sank, hätte er ein Neidgefühl haben müssen gleich jenem Handwerksburschen in

Eichendorffs unsterblichem: »Aus dem Leben eines Taugenichts«, der einer davonrollenden Postkutsche nachrief: »Ach! wer da mitfahren könnte in der prächtigen Sommernacht!« Ich vermag gar nicht zu schildern, wie wonnig der Empfang im Elternhaus war, wie die liebe Mutter unseren Markt in Stettin vor dem Hause für nicht breit genug erklärte, angesichts ihres Stolzes auf den ältesten Sohn, während mein guter Vater die Sache mit einer noch schmeichelhafteren Selbstverständlichkeit behandelte. Auf meine Schwestern sah ich natürlich mit einem gutmütigen, aber distanzierenden Stolze herab und sonnte mich in dem Gefühl ihrer Belehrsamkeit in allen Dingen durch ihren großen Bruder.

Kam ich doch an mit einem Sack voll Gedichten, mehreren Dramen und Epen, welche alle ich ihnen und den Eltern abends restlos vorsetzen mußte, mit einer Grausamkeit, welche, wie so oft, nur die Naivität entschuldigen konnte. Dazwischen ging's mit dem Vater ans Plänemachen. Der Beruf, das Studium der Medizin, stand fest. Da war ich ganz im Banne meines ehrfürchtig verehrten Alten, einem Zwange, von dem ich mich Zeit seines Lebens nicht befreien mochte – vielleicht zu meinem Glück. Innerlich war ich aber doch fest entschlossen, nebenbei »ein Dichter« zu werden. Die Medizin war mir ein selbstverständlicher Tribut der Liebe. Lange schwankte mein Vater, ob ich in Bologna, Grenoble oder Zürich studieren sollte. Jedenfalls sollte ich erst einmal die Fremde sehen. Es gingen dazumal viele Stettiner junge Studierende nach Zürich, und so wurde alles für die Limmatstadt bereitet, ja, Onkel Schlutow vom Vulkan, der Bankier der Stadt, redete meinem Vater die unbedingte Notwendigkeit auf, mich mit einem Notkreditbrief von einigen tausend Mark auszustatten, »da man immer nicht wissen könne, was einem in der Fremde begegne!« Mein Gott! Das einzige Furchtbare war, daß sie in wenigen Wochen von mir im Taumel der Vergnügungen abgehoben waren, da ich keine Ahnung hatte, daß so etwas indiskreterweise durch die Bank nach Stettin ins Vaterhaus gemeldet werden würde. Das Entsetzen über die sehr deutlichen Fragezeichen, was denn mit dem Gelde geworden sei, in den sehr dringlichen Briefen meines alten Herrn, war einer der ersten Schatten, der in mein junges Leben fiel.

Aber ich will nicht vorgreifen. Mit Freund Wolter aus Anklam, einem Stralsunder Mitabiturienten, der Naturwissenschaft studieren wollte, und dem Freunde meiner Jugend, Curt Zander, der Jurist wurde, ging's auf die Reise. In Berlin, woselbst wir drei Tage »ausruhten«, wurden wir geneppt. Mir wurde meine ganze Barschaft von 800 Mark in dem sonst sehr amüsanten Walhallatheater gestohlen. Am nächsten Tage fanden sie sich bei einem telegraphisch durch den Vater bemühten Geldbriefträger wieder. Sogar ohne Rüssel deckte der Gute den unerhörten Verlust. Ich war auch wirklich ganz schuldlos bestohlen worden.

Nun ging's in einem Ruck über Lindau, Romanshorn nach Zürich. Als wir hinter München vom Kupee aus die ersten mit Schnee bedeckten Berge sahen, tat sich uns Ostseeflachlandkindern eine ferne Wunderwelt auf, und so war es Freund Zander und mir selbstverständlich, daß wir unmittelbar nach unserer Ankunft in Zürich unser Gepäck auf dem Bahnhof ließen und schnurstracks zur Limmat und an das Seeufer eilten, ein Boot bestiegen, mitten in den See hineinruderten, die Ruder einzogen und uns überselig und ganz still längelangs in das Boot warfen, um Himmel, Küste und den hell und fern aufglühenden Gletscherring des Berner Oberlandes zu bestaunen, der den Horizont im Süden märchenhaft umrahmt. Wir waren beide so erschüttert, daß wir lange Zeit keine Worte für unsere Ergriffenheit fanden. Mit einem Schlage wurde es uns klar, was Schweizer-Heimweh sei. Etwas wie Neid beschlich uns Undankbare, nicht hier geboren zu sein, so war die See, die Heimatwiese und die Nebelebene vergessen! Freilich rächten sie sich bei mir drei Monate später mit einem so tragischen Pommernheimweh, daß ich ernstlich erkrankte. Heimweh ist ein Massenüberfall alles Fremden. Das erfuhr ich dann mitten in der Wunderpracht der Schweizer Schönheiten. Zuvörderst aber atmeten wir in vollen Zügen diese himmlische Luft der Freiheit, in der das Alpenpanorama stand wie eine phantastische Fata Morgana, und weiß nicht, wie es kam, ich begriff mit einem Male die ewigen, politisch so unklugen Züge der Gothen, Vandalen und Sachsen, die Italienkoller von Theodorich und Alarich bis zu Conradin und König Enzio. Ich ahnte auch die Macht der Dämonien einer weichen Luft, begriff die Berggespenster und Fabelwesenerscheinungen der Cordilleren. Es war, als wäre die Schwerkraft in Sehnsucht nach oben, in die Wunderlüfte umgebogen. Am liebsten wären wir gleich den Alpen entgegengerudert und hinaufgeklettert zu den leuchtenden Gletschern da oben und auf die höchsten Zacken dieses grandiosen Vorbaus vor Italiens Blumengarten. Zuvörderst aber nahmen wir oben auf den Bergen über Zürich in Hottingen, nahe dem Polytechnikum, Quartier, woselbst ich das erste Semester hindurch wohnen blieb, später zog ich in die Stadt in ein Häuschen an der Promenade, *vis à vis* dem Balkon, von dem einst Richard Wagner dem deutschen Volke verkündete, daß es eine Kunst besitze, wenn es ihn als Meister aller Meister anerkenne!

Nach einem rauschartigen Orientierungsversuch über unsere Vergnügungsmöglichkeiten in der neuen Stadt und Umgebung ging's an die unerläßlichen Vorbedingungen zum Studium. Bei diesen Präliminarien ist es während meines fast zweijährigen Aufenthaltes in der Schweiz auch geblieben. Es war zu schön zum Studieren, das hätte man zur Not und besser in weniger berauschender Umwelt haben können, hier galt es zu genießen, zu schwärmen, romantisch zu sein, zu toben! O einzigartige Zügellosigkeit der Studentenzeit, einmalige kurze Möglichkeit, »so frei zu sein, wie die Vögel sind«! Es ist dieser mittelalterliche Einschlag, dieser Nachglanz unseres einst klassischen Deutschtums, diese fast versunkene Romantik des Burschentums, die das hinreißende Wesen dessen ausmacht, was man damals noch »Studentsein« nennen konnte. Übermut bis zur Wildheit, das Taumeln an der Grenze des Verderbens, und doch dies Sicherheitsgefühl, Talent zum Leben zu haben und ein Kerl zu sein, – Rekruten des Geistes, jeder mit dem Feldmarschallstab in der Tasche, höchst eingebildete Ziele und doch die unbekümmerte Bereitschaft, das Leben jeden Augenblick für die Ehre dahinzugeben und bei ihrer leisesten Verletzung schlägergerüstet und farbengeweiht aufzuspringen zum Kampf Auge um Auge –, das alles ist zwar eine Illusion bis zur Unsinnigkeit, aber doch ein gewaltiger, unvergleichlicher Zug zum Ideal schönster Menschenmöglichkeiten, zur Brüderlichkeit und liebender, schwärmender Blutgemeinschaft! Es ist ein Kommunismus der Herzen.

Hier und da wurde aber doch eine Gastrolle in den Hallen der Wissenschaft gegeben, obwohl uns das Gefühl, Student zu sein, die meisten Stunden am Tage nicht gerade »wissens« durstig verflackern zu lassen, vollauf genügte. Ich hörte bisweilen Anatomie bei Hermann Meyer, einem lieben alten, feurigen Herrn, mit dem ich mich an manchem lustigen alten Herrenabend bei Wein und Bier freilich weit besser verstand, als im Präpariersaal und am Mikroskop. Er war sehr freundlich gerade zu mir und hat mich notorischen Kollegienschwänzer des öfteren morgens in unbegreiflicher Frühe aus dem Bett geholt und persönlich verhaftet, damit ich nicht ganz »die Innervation mit der Medizin« verlieren solle. Auf dem Wege zur Universität hat er mir, der gute liebe Studentenvater, manch Privatkolleg abgehalten, weil es wirklich schade wäre, wenn ich allen Boden unter den Füßen verlöre.

Übrigens muß ich gestehen, daß mir der Eintritt in die Vorhallen der medizinischen Wissenschaft einen geradezu schaurigen und abstoßenden Eindruck machte. Die Unsauberkeit im Anatomiesaal, das Herumliegen von zerschnittenen Verstorbenen, die Roheit der Wärter, welche die Leichen der Unseligen herbeischleppten, der üble Duft und die Wühlarbeit der Medizinmäuse in den bisher nie geschauten, nun enthüllt liegenden inneren Teilen, Schädel ohne Augen, spiegelnde Gehirne, zerschnittene Herzen – das alles zusammen mit einer geheimen Ahnung von dem Frevel eines allzu populären Wissensdurstes, der sich an den Leibern der Verfehmten, Namen- und Heimatlosen, dem Freiwild von Verbrechertum, Armut und tiefer Gesunkenheit Genüge tat – wohl auch eine innere Unruhe über die Gefahr einer Blutvergiftung –, das alles erfüllte mich mit tiefem Grauen! Als ich dann in dem physiologischen Seminar von Prof. Hermann, dem hartnäckigen Gegner Dubois-Reymonds, als Entreeakt die Enthauptung von 6 Fröschen mittels glatten Scheerenschnittes und den blitzartigen Hirnrückenmarkstich (*Noeud vital*) bei einigen armen, gurrenden Tauben mit ansehen mußte, da war es aus mit meiner Begeisterung für die Medizin. Mich packte eine Wut und ich war entschlossen, ihr für immer Valet zu sagen. Mir schien es unmöglich, diese sinnlosen Grausamkeiten mitzumachen. Aus Mitleid wollte ich Tor ein Arzt der Leidenden werden, und hier stand ich entsetzt vor einer Lehrstätte, ja einem Kultus der grausamsten Gleichgültigkeit gegen Leid und Tod. Wann wird es Anatomen und Physiologen geben, die in vollem Bewußtsein der Fürchterlichkeit ihrer Arbeit, dem Novizen der Heilkunde schon hier die ersten Schritte leichter machen durch freundliches Zureden und einen besänftigenden Hinweis auf das hohe humane Ziel und wenigstens hier und da einmal den Versuch wagen, so etwas wie eine Lehre von Mitleid mit der leidenden Kreatur in die Herzen der noch empfindsamen jungen Leute zu senken? Damals waren auch die ersten russischen Studentinnen im Anatomiesaal, und so wenig zaghaft mein Gemüt im Verkehr mit jungen Damen sonst gewesen sein mag, hier war es mir einfach unmöglich, angesichts aller Nuditäten den manchmal noch dazu sehr hübschen Kolleginnen in die Augen zu sehen. Ich raste wie ein Berserker über alle diese Selbstverständlichkeiten, wofür ich natürlich von den »reiferen« Genossen beim Frühschoppen oder dem kaum noch mundenden Mittagsmahl weidlichst gefoppt wurde. Anatomierenommage und Essenstisch! Es war zum Tollwerden. Und so schrieb ich denn eines guten Tags meinem Vater, daß ich nach reiflicher Selbstprüfung mich für außerstande hielte, das Studium (mein Gott, wie stolz der Name für meine zeitweisen Neugieranfälle klang!) fortzusetzen. Schuster, Schneider, Maler, Komponist, Cellovirtuos oder Dichter – alles eher als diese Schinderei Lebendiger und Toter. Mein guter Vater schrieb mir sehr besänftigend. Das hätten sie alle durchgemacht und die Schrecklichkeiten dieser Art hätten doch nicht hindern können, sogar bedingt, daß ein Graefe Tausende von Blinden sehend gemacht habe, daß sein Freund Wilms täglich Kinder ihren Eltern durch solche Eingriffe erhalte usw. usw.« »Ich selbst, Dein Vater, in dem Du doch gewiß die Menschlichkeit und Toleranz selbst mit einem Lebenswandel wie dem Deinigen nicht erstorben weißt, habe genau so gefühlt und bin doch voll von Mitgefühl mit allem Leid! Nichts Edles auf der Welt gelingt ohne Opfer. Sieh alles das mit Deinen Mitleidsaugen an, bemühe Dich sogar, Deine Kollegen zu einem gleichen Blicke zu erziehen, aber vor allem, tue es mir nicht an, der Medizin den Rücken zu kehren!« Das zog, und ich muß zu meiner Schande gestehen, daß ich später meine chronische Kollegienschwänzerei gern mit der überstandenen Sentimentalität meines empfindsamen Herzens zu maskieren versuchte. Ach ja, Zürichs wundervolle Umgebung, die für Freund Zander und mich bis nach Bern, Basel und den Rigi reichte, Seefahrten, Ütliwanderungen und die Revisionen des inneren Gefüges aller Wirtshäuser ringsum interessierten mich vor Lebenslust förmlich Schäumenden weit mehr, als die Tempelhallen des Wissens. Leben war mehr als Lernen.

Einst ruderten wir zu mehreren im Dunkeln über den See, und ich sang wie ein Bacchant in den sternenbesäten Himmel, als neben uns ein Boot anruderte, jemand uns zu halten bat und ein kleines schwarzes Männlein in echt »zürcherischer« Mundart eifrig fragte: »Wä hätt do äbe g'sunge?« »Der!« rief Freund Zander. »Dänn choommet Sie emol, bittä, morgen in der Fruh zu mir usse in die Berg-Gasse. I hoab eppes schön's für Sie. I bin der Musikdirektor Attenhofer. A feines Stimmli heut Sie doa!« Namen und Adresse wurden getauscht und am nächsten Morgen stand ich vor dem berühmten Komponisten schönster Männerchöre, die wir ständig sangen im Studentengesangverein, dem ich längst als Tenor angehörte. Er prüfte mich und teilte mir mit, daß er auch Dirigent des Züricher Männerchors sei, dem 140 Sänger angehörten. In acht Tagen sei nun ein großes, internationales Sängerfest in Rotterdam, an dem sich der Züricher Männerchor mit aller Aussicht auf Sieg beteiligen würde. Dafür sei ein Preischor geschrieben mit einem Soloquartett, in dem der erste Baß an einer sehr heiklen Stelle hoch über den ersten Tenor hinaufsteigen müsse. Meine Stimme, hoch und doch barytonal, sei wie geschaffen für diese Partie. Sie könnten keinen derart finden. Das Einmogeln eines lyrischen echten Tenors sei als Kniff zu deutlich. Ob ich musikalisch sei? Ich müßte unbedingt die betreffende Solostelle übernehmen. »Sie sind also heute abend im Rathaussaal. Sie kommen mit nach Rotterdam!« »Verzeihen Sie, ein armer Student, mir fehlen die Mittel!« »Unsinn! Das kostet Sie nicht einen Batzen. Es geht alles« per Bons. Fahrt, Hotel, Essen, Trinken frei!« Schwerenot! Das letztere war mein Fall. Also – nach 8 Tagen trug ich einen Vereinshut mit Schweizerkokarde und Vereinswams, unter dem mein pommersches Herz erwartungsfreudig klopfte, und mit 140 Sangesbrüdern ging's bis Bingen in einem Ruck per Extrazug, und von da im eigens gemieteten Salondampfer bis Köln hinab. Nie werde ich über all der Lust an Bord, über all dem Zauber dieser Rheinreise die Anfahrt in Köln, den Dom, die Flut, die Brücken, vergessen. Am Ufer stand der ganze hochberühmte Kölner Männergesangverein, unser schärfster Konkurrent für Rotterdam, mit seinen Damen in festlichem Weiß, die Sänger mit Blumen geschmückt. Als wir anlegten, klang es wundervoll vom Ufer her aus hundert deutschen Männerkehlen: »Wem Gott will rechte Gunst erweisen!« (Mendelssohn.) Uns kamen Tränen in die Augen. Wir antworteten mit »Gott grüße dich!« Dann stiegen wir aus. Jeder von uns wurde umrahmt und umarmt von einem Männlein und einem Fräulein aus Köln, und so ging's zum Vereinshaus zur Begrüßung und herrlichen Bewirtung. Abends war ein Wettsingen, Chöre und die Stimmen wurden gegeneinander ausgespielt. Ich sang unter Beifall »Edward« von Löwe und spielte mit Attenhofer auf dem Cello Schumann-Sachen. Am nächsten Morgen sollte es nach Rotterdam gehen. Attenhofer ermahnte unser Soloquartett dringend, nicht zu »kneipen«, was uns vier eng verbrüderte Halunken nicht abhielt, nachts gegen drei im Rathauskeller anzutreten, um – von Attenhofer erwischt zu werden, der mit dem alten Ferdinand Hiller, dessen Duette bei uns daheim in jedem Haus gesungen wurden, die Nacht verplauderte. Furchtbarer Ausbruch eines gerechten Dirigentenzornes, der dann endete mit dem Befehl: »Na, dann singt wenigstens dem Hiller euren Solosang!« Und so schmetterten wir unter den gotischen Bögen unser Lied. Aber ungelabt mußten wir ins Bett. Umsonst die Tugend. Am nächsten Morgen Depesche: »Sängerfahrt wegen Todesfalls in holländischer Königsfamilie abgesagt.« Ich muß gestehen, ich war dem Weinen nahe. Vorstandssitzung und Beschluß, 14 Konzerte in den Rhein- und Mainstädten zu geben. Hurra! Das war mindestens ebenso verlockend. Und so zogen wir nach Düsseldorf, Frankfurt, Mainz, Heidelberg, Baden-Baden, Straßburg usw. Elitechöre und alle paar Abende unser ganzes Rotterdamer Programm mit Preislied und Solochor, wundervollen Hegarschen Quartett-Balladen und meistens einigen Cellonummern meinerseits. In Mainz erhielt ich Quartier bei einem alten Arzte mit einem reizenden Töchterlein, der aufhorchte bei meiner Namensnennung. »Schleich? Schleich? Nein, nein! Das kann ja gar nicht stimmen. Sie sind ja Schweizer!« »Bewahre! Ich bin aus Pommern, Stettin!« »Doch nicht der Sohn meines Jugendfreundes Carl Schleich, des Bonner Frankonen?« »Natürlich!« »An meine Brust!« usw. Das romantische Erlebnis endigte natürlich mit einem kräftigen, aber bereitwilligst gewährten Pump bei dem alten Herrn. »Denn«, wie mein Vater schrieb, »obwohl Du angeblich alles frei hast auf Deiner Dir gern gegönnten Rheinreise, weiß ich nicht, warum ich Dir dauernd telegraphisch Deinen Geldbeutel füllen muß!« Der Gute hatte keine Ahnung, welche Nebenunkosten so ein romantischer Sängerzug verursachte!

Zurückgekehrt nach Zürich, wurde ich nun gänzlich musiktoll. Ich studierte bei Hegar und Attenhofer Harmonielehre, Kontrapunkt und Fuge, spielte in den herrlichen Hegarschen Symphoniekonzerten mit und durfte sogar manchmal Soli mit Orchesterbegleitung oder zur Orgel, wie schon in Stralsund, spielen. Im Wintersemester nahm ich abends täglich Platz im Opernorchester am Cellopult. Gegen Ende des Monats erhielt ich dann von meinem Instrumentalkollegen bereitwilligst alle für Violoncello prominenten Solostellen überwiesen, weil das am ersten des Monats sehr viel Freibier aus meiner Verschwenderhand bedeutete. Mein Wechsel war gewöhnlich innerhalb der ersten Tage nach Empfang dahin, aber ich genoß einen unbegrenzten Kredit bei unseren manchmal entzückenden Kellnerinnen und Wirtsfrauen. Wenn ich die Summen bedenke, welche ich bisweilen zu fordern die Kühnheit hatte, so muß eine hinreißende Beredsamkeit über meine Lebensnot damals mir zu Gebote gestanden haben, denn das reizende schwarze Liesel drüben überm See, das meiner so oft im Mondschein unter Linden wartete, wenn ich des Nachts von der Kneipe fort über die Flut ruderte im Sternenschein, weinte oft Tränen bei der Schilderung meiner schweren Berufssorgen.

Ich Medizinflüchtiger musizierte lustig weiter, und beinahe hätte mich diese Flucht wirklich dauernd auf die Bühne geführt; meinte doch einmal der alte Meyer gelegentlich einer Musikaufführung im Züricher Studentengesangverein: »Den halten wir nicht, der schwirrt mit solcher Stimme doch zur Oper!« Wirklich – ich wäre beinahe Sänger geworden. Eines Tages bei einer Probe im Opernhaus (Stadttheater) war es. Das berühmte Sängerpaar Vogl aus München sollte am Abend gastieren und vormittags mit uns den »Faust« probieren. Vogl-Faust streikte und wollte aus irgendeiner Laune nicht singen. Vogl-Gretchen war empört, und es gab eine kleine Eheszene auf offener Bühne von höchst unfaustischem Gepräge. Der stellvertretende Kapellmeister war in Verzweiflung. »Wir können dann überhaupt nicht probieren, Curiel (der lyrische Tenor) kann die Faustpartie nicht, dann müßte ich die Oper absagen!« Da erhob ich mich von meinem Cellositz und erklärte, den Faust singen zu können, ich wüßte ihn auswendig. Wenn es nur auf die Probe ankäme, so wolle ich es gern versuchen. Allgemeines Erstaunen. Ich mußte über die Rampe klettern, und nun ging's los. »Doch dieser Gott, was vermag er für mich?« Anteilvolle Blicke ermunterten mich, und ich muß ganz leidlich meinen Mann gestanden haben, denn in der Mitte des zweiten Aktes bekam Vogl wieder Stimme und sang bis zum Schluß wundervoll. Meine gewiß ungeschulte, aber junge Stimme hatte ihm Lust gemacht, einmal ordentlich zu zeigen, was er konnte. Nach der Probe aber sagte er vor allen: »Mensch! Sie müssen Sänger werden! Sie haben ja wer weiß was in der Kehle. Wozu wollen Sie sich da mit dem elenden Marterholz herumquälen!« »Ich spiele nur zum Vergnügen, Herr Kammersänger! Ich studiere (?) Medizin«, sagte ich stolz. »No, dann erst recht!« Und nun sagte er: »Wie ich höre, reist Curiel morgen nach Italien. Lassen Sie sich im Konservatorium dort prüfen. Man macht sicher mit Ihnen Kontrakt, und Sie gehen zur Oper!« Mir schlug's wie Feuer in die Glieder, aber: »Nein! Das geht nicht, dazu habe ich kein Geld. Ich bin ein armer Student!«, Unsinn! Hier sind 200 Francs, damit kommen Sie hin. Das übrige wird sich schon finden!« Und so reiste ich mit »Kollege« Curiel, einem geborenen Italiener, wirklich nach Mailand, wurde im Konservatorium eingehend geprüft und ein Kontrakt gemacht, ich glaube 3 1/2 Jahre freie Ausbildung und Unterhalt, dann 20 Prozent aller Einnahmen an die *alma mater* des Gesanges. Sofort telegraphierte ich nach Stettin: »Bin Mailand, werde Sänger. Dein treuer Sohn!« Nicht lange kam eine Depesche zurück: »Bin übermorgen Mittag Mailand. Dein treuer Vater!« Himmel, was soll das geben? Er kam, der getreue Eckehard, und verwandte eine Methode, um mich abzubringen von meinem Plan, die seiner psychologischen Erkenntnis alle Ehre machte. Anfangs tat er gar nicht erstaunt. Gewiß, mit hübscher Stimme, warum sollte man nicht Sänger werden, das sei ein ehrenvoller Beruf, wie jeder andere. Die Ehre stecke immer in dem, der sie irgendeinem Beruf anvertraue. Aber so alles auf ein kleines Organ, den Kehlkopf, zu setzen? Er sagte höchst humorvoll, mit einem entzückend ironischen Seitenblick: »Du weißt ja genau, wie so ein Stimmapparat gebaut ist!« Ich wurde rot. »Alles steht auf zwei zarten kurzen Bändern. Wie bei deinem Onkel Hans (der ein berühmter Tenor in Paris gewesen war) – eine kleine Warze sprießt darauf, und aus ist es mit allem Glanz der Stimme! Aber davon abgesehen. Zu einem Tenoristen gehört eine so fabelhafte Selbstsicherheit, ein Vertrauen in seine sieghafte Persönlichkeit und seine Gottesbegnadigung, daß ich nicht weiß, ob du sie in dem nötigen Maße besitzest.« Inzwischen hatte der Listige mich auf einen größeren Platz geführt, an dessen einem Laternenpfeiler eine gedeckte Tonne stand. Mit einem Male hier stehenbleibend, rief er: »Ich will dir etwas sagen. Wenn du Courage hast, steig' hinauf und singe los. Die Italiener sind ein gesanglustiges und leicht erregbares Volk, wenn sie dich auf den Schultern zum Hotel tragen, magst du Sänger werden, wenn du aber polizeilich verhaftet werden solltest, laß es bleiben!« Mir schoß es blitzartig durch den Sinn: »Walter Stolzing. Preislied!« Dann aber senkte ich das Haupt und sagte: »Komm, Vater! Laß uns nach Zürich fahren. Ich bleibe Mediziner!« Als ich die Geschichte meiner ruhmreichen, aber kurzen Sängerlaufbahn viele, viele Jahre später in einer großen Gesellschaft in Berlin preisgab, erhob sich oben an der Tafel ein alter Herr und rief: »So bist du das verfluchte Kerl von Mailand, der uns hat ausgerissen. Kontrakt geschrieben, gute Stimme und – *ecco!* – davon! Warte, du Racker!« Es war der berühmte Gesangsmeister Lamperti, der mich damals in Mailand geprüft hatte, hier auf Alterssitz Stimmen probte und mir überraschend so mein Abenteuer bestätigte.

Ich hatte heimlich depeschiert nach Zürich: »Achtung! Vater kommt!« Meine Korpsbrüder hatten den Wink verstanden. Meine Stube war zu einem Faustkabinett geworden. Pergament und Folianten, Retorten, Phiolen, Skelette und Schädel lagen umher! Mein Vater sah sich um und meinte: »Na, die Witze brauchst du mir nicht vorzumachen.« Zahlte meine Schulden, war bei uns auf einem Kommers und reiste in die Heimat. Dann war ich auch wirklich eine Zeitlang sehr fleißig. Aber ich hatte Pech mit dem Studieren. In dem kommenden Winter fror der ganze Zürichsee, befahrbar für Schlittschuhe, Pferdeschlitten und Wagen, seit 30 Jahren zum ersten Male wieder zu. Bei herrlichstem Wetter entwickelte sich ein förmlicher Eisschollenkoller, die ganze Stadt wimmelte auf dem glatten Spiegel herum. Welche Spiele, Feuerwalzer, Musikaufführungen, Fackeltänze und Courschneiderei auf dem gepanzerten Rücken der fest erstarrten Flut. Von Frankfurt, Paris, Wien sogar kamen Extrazüge mit Schlittschuhläufern an. Ein Taumel hatte uns alle ergriffen. Am schönsten aber fand mein Freund Grimm und ich es, uns nachts vom Kneiplokal fortzuschleichen und die Schlittschuhe anzuschnallen, und nun »holländernd« hinauszuschweben in die Sternennacht, welche ihre Riesenkuppel über wundervolle Bergespracht wölbte. Diese Schwärmerei hätte uns beiden beinahe das Leben gekostet. Wir hatten auf solcher nächtlichen Wonnefahrt in Pentlikon haltgemacht und einen alten Herrn von uns, einen Pastor, herausgeklopft und uns sehr viel Grog spendieren lassen. Bei dem endlichen Aufbruch ermahnte er uns, ja recht vorsichtig uns rechts zu halten, links sei es in der Mitte gefährlich, einer warmen Quelle wegen, die vom Ufer bis dorthin reiche. Er machte es sehr dringlich, hatte aber vielleicht durch ungewohnten Groggenuß verwirrt rechts und links verwechselt, genug, wir liefen los, und zwar genau nach einer von uns beiden vorher getroffenen Würfelbecher-Bestimmung, Grimm 100 Schritt voran, ich dahinter. Im Falle dem vorderen etwas zustoße, solle der andere seinen Überzieher ausziehen, ihn an einem Ärmel dem Einbrechenden zuschleudern und ihn so retten. – War das eine Fahrt! Der segelnde Halbmond, die Spiegelung von ihm und den Schiffslaternen der Sterne und das nächtlich angeglühte Alpenpanorama, das dunkel, aber unaufhörlich aufblitzende weiche Ebenholz des Sees, dessen gurgelnden Lippen der Frost ein festes Schloß angelegt hatte. Nur hier und da ging ein Ruck, ein Knack, fast wie ein Schuß, und dann ein Zittern über den straffen Seidenatlas-Teppich. Es war ein Traumzustand, in dem ich mit verschränkten Armen Bogen schlug. Plötzlich sah ich Grimm nicht mehr. Mein Gott! Herankommend, sah ich ihn im Wasser paddeln und hörte ihn schwer prusten. Herunter mit dem Paletot! Verabredungsgemäßes Zuwerfen desselben. Aber o weh! Beim Ausholen und Schwung – ein Knack wie von springendem Glas –, es teilte sich etwas unter mir – und hinein sank auch ich in das kalte Naß. Ich griff nach Scholle um Scholle. Sie glitten flutwärts unter mir fort; endlich kam ich zu einer resistenteren Kante, scharf wie eine geschliffene Glasplatte. Ich hatte die Überlegung, uferwärts zu streben. Aber ach, auch sie brach. Weiter zum Lande! Als immer wieder und wieder die dünne Eisdecke abbrach, gab ich es auf. »Du mußt sterben.« Ganz ruhig legte ich mich in die Flut zurück. Hatte über mir die Sterne und mußte plötzlich an meine Mutter denken. Das gab mir einen Ruck. Ich versuchte es noch einmal. Die Scholle hielt. Ich gelangte tastend und die Knie nachziehend, vorsichtig wie ein Dieb, mit einem Bein auf die feste Fläche, dann mit dem anderen, und nun stand ich hoch und sah zurück. Noch schau ich die leichten Kräuselungen kleiner Wellen da unten und daneben im Mondeslicht. Aber von Grimm oder meinem Überzieher keine Spur! Ich fing, gegen das Ufer laufend, wild an zu brüllen und um Hilfe! Hilfe! zu schreien. Der Weg war länger, als ich geglaubt hatte. Als ich ans Ufer kam – wer saß auf einem Trog am Brunnen? Mein lieber Grimm, und heulte und stöhnte: »Schleich! Mein armer, guter Schleich ist ersoffen!«

»So?« sagte ich, »du Ausreißer! Und wo blieb *dein* Überzieher? Hm? Und wo ist der meine? Judas!«

Als ich meinen Vater am nächsten Tag telegraphisch um 200 Mark für einen neuen Winterpaletot bat, erhielt ich das Geld mit einem Brief, in dem er mich ersuchte, bei meinen allerdings reichlich dicht folgenden Bitten um Zuschuß solche Romanzen, wie mit dem Überzieher, mit dem nun wohl die Nixen ihr Spiel trieben (so hatte ich mich ausgedrückt) ruhig zu unterlassen. Glauben tue er so etwas doch nicht – und – so geht es –. hier, wo ich nun wirklich einmal die volle Wahrheit aus Geldnot gesagt hatte, hat er mir zeitlebens den Glauben versagt! Und doch hatte die Sache tags darauf ausführlich in der Zeitung gestanden!

Im kommenden Frühling waren Sechseläuten, Maifeiern, Ufenauausflüge, Sängerfahrten mit Preissingen und Preiserhalten unseres Studentenvereins (wir errangen jedesmal mit Meister Attenhofers »Rothaarig ist mein Schätzelein!« eine erste Auszeichnung), Epochen der Luft und Schwärmerei, deren Vorbereitung und Ausführung uns gänzlich in Anspruch nahmen. Zu den meisten Festen dichtete ich kleine Stücke, und der Russe Kornitzki, der eine herrliche Baßstimme sein nannte, Vonwyler und ich, wir sangen die tollsten, selbstausgedachten Terzette. Wer sollte da Zeit zum Studieren aufbringen?! Mein bester Schweizer Freund war der Mediziner Felix, den ich noch heute schwärmerisch liebe. Hell aber leuchten von da meine Erinnerungen auf. Eines Tages, als unser Soloquartett gerade die Schweizer Hymne, von Attenhofer komponiert, gesungen hatte, tat sich die Tür auf, und ein kleiner, rundlicher, älterer Mann trat ein und sagte: »Singet dös noch einmal! Der Text isch von mir!« Wir mußten es viermal singen. Dann setzte er sich zu uns, und eine tolle Zecherei begann. Er mußte von meiner Trinkfestigkeit einen tiefen Eindruck bekommen haben. Denn nach kurzer Zeit kam er wieder in den »Gambrinus« und fragte unser Reseli: »Wo ist der Dütsche, der so wunderherrlich suffe cha?« Da saß ich und winkte. »Ich heiße Keller!« Keine Erregung meinerseits. Er bat mich zur »Meise« zum Abendessen. Wieder reichliche Libation an Bacchus. Von da ab erschien der alte Herr ungefähr alle 6 Wochen, um den »Dütsche Studente« abzuholen und mit ihm zu pokulieren. Einmal schrieb ich meinem Vater, es sei da ein Stadtschreiber Keller, der sich meiner sehr freundlich annehme. Mein Vater frug postwendend, ob das etwa der Dichter Gottfried Keller sei, wenn ja, sei ich der größte Glückspilz, denn das sei für ihn nach Goethe der erste ganze Dichtermensch. Richtig, es war der göttliche Gottfried, von dem ich damals mit 20 Jahren auch nicht eine Zeile gelesen hatte. Mein Vater aber sandte mir seine gesammelten Werke, und ich las nun staunend Zug um Zug alle die herrlichen Dinge. Dieser große Mann – mein Kneipphilister! Gespannt wartete ich auf sein Wiedererscheinen, und er kam. In ganz anderer Distanz von ihm ging ich neben ihm her, schweigend, tief atemholend und fromm geworden, zur »Meise«. Ich war gut vorbereitet. Als wir saßen, nahm ich mir ein Herz und begann: »Herr Keller! Ich habe ja gar nicht gewußt, daß Sie ein so großer Dichter sind!« Da fuhr er auf: »Wennst noch an oinzig's Wurt von Dichten soagst, da hau i di an Schellen. Wir chommet hier nüt zusamme, um von Literatur zu schwätze, sondern um zu suffe! Also halt din Gosche!« Da saß ich mit all meinen Analysen von Novellen, Legenden und dem grünen Heinrich, griff prostend zum Glas, und wir fanden uns im Weine wieder. Manchmal geleitete ich ihn nach Hause, und seine Schwester erwartete ihn ängstlich am Tor und schalt mich zeternd aus, so daß ich wie ein Pudel im Regen davonschlich. Dieser gewaltige Geist, in welchem die tiefste Zartheit der Empfindung plötzlich in vulkanisches Toben ausbrach, der still und fleißig seine Wunderwerke spann, bis ihn eine Dämonie wie einen schäumenden Nöck aus den stillen Tiefen rief, war beim Pokulieren der schlichteste, echteste und gröbste Schweizer, der es sehr übelnahm, wenn irgend jemand seiner Werkstatt in die Scheiben sah.

Später aber haben wir doch von Literatur »geschwätzt«. Er hat mir sogar ein wundervolles Wort gesagt vom Wesen der Dichtung. Einst fragte ich ihn, als er schon sänftiglich auf solche Themata einging: Wie man denn es mache, daß aus allen Versen und Zeilen so die geschlossene

Eigenart, das Absonderliche, die unnachahmliche Persönlichkeit herausleuchte? »Wie wird man,« fragte ich unerschrocken, »eigentlich zum Dichter?«

Gottfried Keller sann lange überm Glase, und dann sagte er ganz weich und leise: »Wenn du das Wunder in dir entdeckst – dann bist du einer!« – Unwillkürlich summte es an mir vorbei: »Da halte dein Ohr dran, dann hörst du etwas«, wie es in seinem Liede vom »Milchjungen Knaben« hieß. Ich fragte ihn später einmal, ob er die Komposition dieses seines Gedichtes von Brahms, das ich inzwischen gefunden und gesungen, kenne. Er bejahte es: aber er möge es nicht hören, er müsse dabei zu schwer weinen. Wie der »milchjunge Knab«, so habe er eigentlich dem ganzen Leben ständig hilflos gegenübergestanden. Es sei etwas von Fabius Cunctator in ihm. Ich dachte an die Unentschlossenheit seines »Grünen Heinrich«, dem man immer zurufen möchte: »Na, denn doch vorwärts! Liebe endlich einmal los!« Dieser Gefühls- und Gedankenriese hatte die scheueste Seele, und nur wie ein Testament seiner schollengebürtigen Urkraft brach einmal lawinendonnernde Derbheit hervor. Einst erzählte er mir von seinem Aufenthalte in Berlin. Er sei im Dunckerschen Haus zum Tee geladen gewesen. Lindau, Spielhagen. Heyse und die ganze »kritzelnde« Dichterjugend sei beisammen gewesen. Da habe ihn jemand ganz »plump« gefragt, was er, Keller, denn von der jungen Berliner Literatur halte. »Weischt, was ich gemacht hob?« (Er nannte mich immer du, was ich, ohne zu erstarren, nicht zu erwidern gewagt hätte!) »I bin ussi go, sah uff'm Flur alli di Zylinderhüet von selle Poeten und hob sie aufgetrieben! Damit bin i furt – uff Nimmawiedersehn!« Die Geschichte hat mir später Paul Lindau als buchstäblich geschehen bestätigt.

Einmal las ich ihm auch schüchtern und mit bebender Stimme eigene Verse vor, darunter ein Föhnlied und ein Lied an die See. Er ließ sich dann von meiner Heimatsee vorschwärmen und hörte aufmerkend zu, dann sagte er: »Dös da muscht du dichten, dös vom Föhn verstehst du net!«

Studium beim Vater und das Physikum in Greifswald

Ich kam in einer schweren Depression, wenn auch als Korpsstudent äußerlich sehr stolz, in mein Vaterhaus zurück. Ich konnte es mir und meinen Angehörigen nicht verhehlen, ich war völlig zusammengebrochen und auf dem besten Wege zu jener chronischen Verbummeltheit des ewigen Studenten, aus der sich schon so mancher hoffnungsvolle Jüngling nie wieder erholt hat. Die absolute Freiheit hatte mich nun fast zwei Jahre in einen Taumel und Rausch gepeitscht, dem auch meine großen physischen Kräfte, meine goldene Gesundheit nicht Stand halten konnten. Dazu die schwere moralische Depression über ein fast unsinniges Schuldenmachen, zu dem mich die Leiter von Genuß zum Genuß ohne Halt abwärts geführt hatte. Zwar hatte ein guter alter Freund meines Vaters freiwillig meine Schulden bezahlt, Professor Horner, wie mein Vater ein Freund und Schüler Albrecht v. Graefes; aber auch das drückte sehr, und vor allem die unaufschiebbare Beichte an meinen Vater. Übrigens muß ich an dieser Stelle doch des lieben Horner gedenken, denn die Art dieses wahrhaftig nicht minimalen Geldgewährens (es ging in die Tausende von Francs) war so generös und eigenartig, daß ich sie erzählen will. Horner ließ mich einige Tage vor meiner Abreise kommen und empfing mich mit den Worten: »Du mußt heim! Dein Vater bittet flehentlich. Geh! Mach keine Umständ' und auf die Socken!« Ich machte ein bekümmertes Gesicht. »Natürlich, du hast Schulden!« Ich nickte zögernd. »Also basta! Wieviel ist es. Geniere dich nicht, ich bin ein vermögender Mann. Ich habe einmal in Not in Paris einen Millionär anpumpen müssen, weil ich meine gesamte Barschaft auf der Hinreise verloren hatte (das war auch mir passiert!) und wandte mich an einen Fabrikanten, an den ich einen Empfehlungsbrief hatte. Er legte mir 20 Francs auf den Tisch, die ich ihm vor die Füße warf. Also raus mit der Summe. So wird es dir nicht ergehen! Aber ehrlich! Es ist die größte Dummheit, wenn man schon Schulden beichtet, zu wenig zu nennen! Merke dir das. Also wieviel?« Ich stotterte etwa zwei Drittel des Sündensolds. »Also sagen wir *summa summarum* ehrlich soundso viel.« Er traf die wahre Summe auf den Kopf. Er ging an den Geldschrank. »Hier ist sie. Sage deinem Vater nichts von unserem Privathandel. Gib es mir wieder, wenn du zu Gelde kommst. Wenn nicht. laß es bleiben!« Wegen dieser Rückzahlungsaffäre erzähle ich diese Geschichte. Natürlich hatte ich meinem Vater von dieser Generosität Horners doch erzählt, um ihn mit der Großzügigkeit eines Mannes, den er für einen der Bedeutendsten hielt, zu erfreuen. Nach vielen Jahren, als ich in meiner Klinik Einnahmen erzielte, packte ich das Geld zusammen und sandte es an Horner. Zu meinem Erstaunen bekam ich es zurück mit dem Bemerken, mein Vater habe das schon erledigt; ich möchte aber nicht davon sprechen, der gute Alte habe extra darum gebeten, daß die Rückzahlung geheim bleibe. Vater fürchtete wohl, ich würde nie in die Lage kommen, die Summe wiederzuerstatten. Nach vielen Jahren kam es doch einmal zur Sprache. »Was?« rief mein Vater, »allerdings habe ich das Geld für dich seinerzeit geschickt, aber Horner hat es mir zurückgeschickt mit dem Bemerken, du habest ihm die Summe längst erstattet!« Der Gute hatte uns beide auf das liebenswürdigste beschwindelt! Wir wollten ihm gemeinsam danken, aber er war schon tot.

Wie sehr ich nach der Rückkehr aus Zürich zusammengebrochen war, geht am besten daraus hervor, daß, als ich meine gute, heißgeliebte Schwester Gertrud am Bahnhof in Stettin erblickte, ich ihr alsogleich fassungslos weinend an die Brust sank. Ein furchtbares Schuldgefühl übermannte mich, von dem ich mich trotz des freundlichen Empfangs seitens beider Eltern nur nach der Methode meiner alten Großmutter Küster zu erholen vermochte: ich ging auf etwa acht Tage zu Bett. Dann riß mich des Lebens Welle langsam wieder an sich. Die Milde, mit welcher mein Vater mich wieder allmählich zu sich erhob, war so wundervoll, daß ein förmlicher Blumengarten schönster Reue in meinem Busen zu sprießen begann, und bisweilen wurde es schon ganz gemütlich wieder Abends um unsern langen Tisch vor Vater, Mutter und sehr viel Bier mit den fünf Geschwistern. Ich begann zu erzählen, die allerdings sehr zahlreich erbeuteten Studentenschnurren, Ulkgedichte, Soloszenen, drollige Lieder zu rezitieren und wußte ganz allmählich alles in eine ausgelassene Heiterkeit zu versetzen, so daß meinem Alten die Augen zu leuchten begannen und meine Schwestern mich wieder freundlich zu liebkosen anfingen, denn Vater hatte schmunzelnd gesagt: »Er ist doch noch ein ganz guter Junge geblieben!«

Nun ging's aber auch mit vollem Dampf an die Arbeit für die langen Wochen von Ferien. Die Bibliothek meines Vaters bot reichlich Gelegenheit, mich in die Elemente der Medizin einzuführen, denn ich kam so leer an Wissen wie, am Beutel« aus Zürich heim, gestand dies meinem Vater, und nun begann er mir systematisch Aufgaben in Tagesdosen zu stellen, die ich mit einem solchen Feuereifer absolvierte, daß er zu einer meiner Schwestern einmal sagte: »Der Junge ist so begabt, der lernt in einem Tag, wozu ich als Student 14 Tage gebraucht habe!« Ich wurde wieder salonfähig; auch die alte Liebe zu jenem kleinen Mädchen, dem ich einst die Schulbücher aus dem Schnee gesammelt hatte, Hedwig

Oelschlaeger, tauchte wieder auf und warf ihr läuterndes Licht in meine eben noch so verdüsterte Seele.

Ich war noch Primaner und zu den Ferien in Stettin auf Besuch, als mein Vater mich eines Abends aufforderte, mit zu Onkel Rudolf Oelschlaeger, dem Direktor und Präsidenten der Berlin-Stettiner Eisenbahn, bei dem er Hausarzt war, zum Abendessen zu kommen. Wir sollten dort musizieren. Da sah ich es wieder, das liebe kleine Wesen von damals, nun eben erblüht zu Fülle und eindringlicher Schönheit, die ich seit jener Zeit unseres ersten Begegnens niemals aufgehört hatte, als mir von Rechtes und Gottes wegen zugeboren zu betrachten. Wenn auch nur meine innere Bindung sich kaum anders als in tiefernsten Rittergrüßen, bewunderndem Stehenbleiben, straßenweitem Nachsteigen und in einer stummen Schwärmerei für etwas unendlich Fernes und Unerreichbares äußerte. Nun stand ich der vollerblühten Geliebten plötzlich gegenüber, und die ganze Elementargewalt einer Unausweichbarkeit der Herzensneigung faßte mein Herz. Wir sangen Duette, sie begleitete mich herrlich zum Violoncell, eine entzückende Stimme überwältigte mich vollends. Als wir dann abends hinaus auf den weiten Balkon des Direktorialgebäudes der Stettiner Bahn traten, von wo man weit über die Oder, die Wiesen, die Wälder des pommerschen Höhenzuges sieht, und nun plötzlich der Mond unsere herrliche Heimat mit Silberlicht übergoß, und ich hingerissen von der Schönheit des Augenblicks zwanglos Goethes unvergleichlich herrliches Gedicht »Füllest wieder Busch und Thal« zu ihr mit allerehrlichster Innigkeit zu sprechen begann, da wußte ich, es war für immer um mein Herz geschehen. Es war unmöglich, daß jemals wieder ein weibliches Wesen so absolut mich durchdringend mit Feuerströmen heldischen Wollens und heiligster Entschlüsse in ihren Lebenskreis zu bannen imstande wäre wie diese. Und dies Jugendgefühl, eigentlich diese Kinderahnung vor meinem kleinen Prinzeßchen Schneeglöckchen hat mich doch wirklich nicht getäuscht. Dieser gute Engel war für mich bestimmt. Damals aber habe ich eine solche Liebesmelancholie durchgemacht, die Nacht durchwacht, die Kissen durchweint und traurig wie ein kranker Kanarienvogel an meinem Eckfensterchen am Markt gehockt, daß ich noch heute der Meinung bin, die wirkliche Liebe ist eine sehr seltene metaphysische Seelenverschlingung, eine Amalgamierung des Herzensgoldes zu einem unsichtbaren Schloß, das irgendwo im Heiligland der Seelenschönheit unlösbar einspringt in die Kette unseres Schicksals und treu aufbewahrt wird. Wahre Liebe ist ein übernatürlicher

Bindungsprozeß, den Menschenaugen in seinem Urgrund ewig unerkennbar, mit der Logik unerreichbar, durch kein Geschick zerreißbar.

Als ich nun als Student in das Haus Oelschlaeger zurückkehrte, war natürlich des Musizierens und Courschneidens kein Ende. Die Brüder meiner späteren Braut waren eminent musikalisch, ebenso die kleine bildhübsche Schwester Hedwigs, Margarete, ein kleines Musikgenie. Vor allem aber die schöne, nun schon stark rundlich gewordene alte Dame, die urgemütliche »Ria«. Da lebte noch deren herrliche Mutter, Madame Glagau, die Gattin des erwähnten allverehrten Direktors, eine französische Schweizerin, die nie ganz perfekt Deutsch lernte und wohl als erste meine tiefe Bindung an Hedwig witterte, denn sie sagte dieser einmal in ihrer drollig radebrechenden Art: »Kleine! ik glaub, der jung Schleich interessiert sich for dir!« Max, jetzt Reichsgerichtsrat in Leipzig, war ein völlig ausgebildeter Musiker schon als Primaner, instrumentierte, komponierte und verstand hinreißend zu improvisieren, so schön, wie ich es von niemand auf der Welt, auch nicht von hochberühmten Musikfreunden, gehört habe. Paul, der ebenso musikalisch aber nicht so erstaunlich produktiv war. spielte sehr schön Geige, und da Hedwig das Piano meisterhaft beherrschte und alle schönen Lieder sang, so ergaben sich die schönsten Gelegenheiten, förmliche musikalische Orgien zu halten.[7] Es war nicht selten, daß wir nachmittags um 4 Uhr begannen und morgens um dieselbe Zeit endeten; ein Stoß von Trionoten war wieder einmal erledigt. Dann, diese gemütlichen Sonntagnachmittage um den großen Kaffeetisch, wo es so herrlich echte Zigarren gab, die wundervollen Anekdoten des »alten Herrn«, der späteren Schwiegermutter »Rias« höchst originelle Einfälle, meines späteren Schwagers Paul unvergeßlichen Humor. Dazu mußte ich Studentenulke reproduzieren. Der größte Humorist der Welt, der Zufall, sorgte für plötzliche Beiträge. So baten wir den guten alten Onkel Rudolf, ob es nicht Zeit sei, daß einer von uns die zahlreichen Kisten echter Zigarren herbeihole. Er stand, den Kneifer zurechtrückend, auf. »Unsinn! Das kann nur der alte Herr!« Und kam mit einer hohen Pyramide kostbarer Kisten, sie wirklich technisch vollendet balancierend, durch die Tür; mit den Worten: »das will eben gelernt sein, meine Lieben!« drehte er sich in der Türe mit seiner steilen Last und bautz – ein Windstoß? das Kneiferband? – die ganze

---

7   Damals komponierte Max eine meiner Schauer-Balladen »Der nächtliche Ritt«, die ich mit Stentorstimme immer wieder herunter schmettern mußte.

künstliche Kolumne »der Echten« klatschte und prasselte zu Boden. Ich habe meinen Schwager Max nie mehr so herzlich lachen hören. Onkel Rudolf aber meinte, den Kneifer wieder richtend: »Ja, Jroßer! Pech kann mal jeder haben, aber es so geschickt fallen lassen, kann eben doch bloß der alte Herr!«

Ich lebte damals in Stettin etwa in dem Stile Cyrano de Bergerac's, was meiner späteren medizinischen Anerkennung in der Vaterstadt sich nicht gerade als zuträglich erwies und den Kampf um mein Schneeglöckchen nicht gerade erleichterte. Es war wohl eine Folge dieses Rufes meiner unglaublichen Wildheit, die mir später eine schwere wissenschaftliche Niederlage gerade im Stettiner »Ärzte«-Verein eintrug. Ich bin mit meinen neuen Theorien über Schmerz, Leben und Tod nirgends so abgefallen wie in meiner teuren Vaterstadt. Meine Cyrano de Bergerac-Periode hat mich hier wohl für alle Zeit um jede Spur meines wissenschaftlichen Kredits gebracht. Aber das war nicht zu verwundern, alle Hafenstädte gebrauchen ihre Lorbeerblätter weniger zur Verherrlichung ihrer hervorragenden Stadtbürger als zur Konservierung von Kostbarkeiten des Meeres.

Zwischen all den Vergnügungen und dem Auftreten in Gesellschaften als Sänger, Baßgeiger, Improvisator und Versemacher wurde aber immer wieder fleißig beim Vater daheim gearbeitet, wobei mir sehr zustatten kam, daß derselbe so viel gute Freunde unter den Apothekern, Lehrern und Institutsdirektoren der Stadt hatte. So erhielt ich »Repetitorien«, die vielfach völlige Ouvertüren waren, in der Chemie im Laboratorium derselben Apotheke unter den Linden, vor der ich mein Herz an meine kleine Weggenossin zur Schule im Schnee verlor; Physik studierte ich bei einem Professor der Realschule, anatomisch präparieren durfte ich im Leichensaal des Krankenhauses und Botanik lernte ich, wenn auch etwas einseitig, an den Farnkräutern, welche mein guter Vater für meinen Bruder Ernst, der Botaniker werden sollte, in einem extra in unserer Wohnung angelegten großen heizbaren Glaskasten züchtete. Da las ich so nebenbei fast die ganze Literatur, auch die großen Atlanten des Grafen Liczynski, die alle der liebende Erzeuger eigentlich für den Bruder, der aber lieber ruderte oder ritt, angeschafft hatte. Das gereichte mir später zu großem Glück. Denn, obwohl ich in Botanik so blank wie ein unbeschriebenes Blatt war, fragte mich der Professor Münter beim Examen einige Monate später, aus einem gewissen Mitleid mit den meist pflanzenunkundigen Medizinern, ob ich mich mit irgend etwas in der Botanik besonders gern beschäftigt habe, was gewöhnlich nur die Brücke war, um irgendeine auswendig gelernte Seite herunter zu leiern. Zu seinem großen Erstaunen sagte ich: »Mit den Farnkräutern!« Ich wußte nicht, daß das sein Spezialgebiet sei. Er riß die Augen weit auf. »Mit den Farnkräutern? Mit *meinen* Farnkräutern?« »Natürlich«, meinte ich frech, obwohl ich von seinem Eigentumsrecht auf dieses Gotteswunder nichts wußte. »Dann wissen Sie auch wohl von dem unerhörten Diebstahl, der hier, in diesem Institut durch einen Schurken von Grafen an meinem gesamten geistigen Eigentum begangen ist?« »Vom Grafen Liczynski«, sagte ich kühn. »Ich kenne die Sachen!« »Also, zuvörderst, mein Lieber! mein teurer junger Mann! erzählen Sie – was wissen Sie von den Farnkräutern?« Nun kramte ich alles aus, was mir in Vaters Büchern aus der wirklich wundervollen Geschichte der Farnkräuter, die ich in unsern Wolliner Wäldern so liebte, interessant gewesen war, wobei mir sehr detaillierte Bilder aus den Atlanten gegenwärtig blieben, die ich sogar reproduzierte. Nach etwa 10 Minuten eines spielend entworfenen Romans vom Lieben und Leiden, Werden und Vergehen der Farne unterbrach mich Prof. Münter und rief: »Lieber, verehrter junger Freund! O, das ist ja herrlich! Seit 40 Jahren examiniere ich mein Fach an dieser Universität. Noch nie ist ein so gelehrter junger Mann vor die Schranke getreten. Und noch dazu ein Mediziner! Welch ein Talent! Welch tiefes Wissen! Hören Sie, ich möchte Sie umarmen. Wollen Sie bei mir nicht Assistent werden? Aber zunächst Ihr Zeugnis!« Er schrieb: ›Vorzüglich gut! Zu großen Hoffnungen berechtigend!‹ »Ich habe dies Prädikat noch nie erteilt. Nun aber kommen Sie. Ich bin Ihnen schuldig, Ihnen die Dokumente des größten historischen Diebstahls vorzulegen!« Nun mußte ich allerdings etwa zwei Stunden lang die Wehklagen eines tatsächlich seiner Forschungsresultate beraubten Gelehrten über mich ergehen lassen, aber die Freude über diesen unerwarteten Erfolg war so groß, daß ich gern noch Schlimmeres erduldet hätte. Wäre mein Glück nicht gewesen, hätte der Professor mich nach der Butterblume oder dem Schachtelhalm gefragt statt nach den Farnen, ich wäre durchgerasselt wie mein Leidensgefährte vor mir im Examen, zu dem Münter sagte: »Nun, mein Lieber! Sie wissen ja rein gar nichts. Können Sie mir denn wenigstens sagen, wie die Kamille, aus der man den Tee bereitet, auf Lateinisch heißt?« (Sie heißt bekanntlich »Chamomilla«.) Der Ärmste sagte freudig bewegt: »Die Kamille heißt Camilla!« »Nein, mein Lieber!« sagte Münter, »so mag wohl Ihre Cousine heißen, aber Sie sind durchgefallen!« Das hätte mir wortwörtlich auch passieren können. O! Examensglück! Du warst mir stets zur Seite. Schon im Abiturium schien mir seine Sonne. Am Tage vor demselben forderte mich Prof. Rollmann, unser Mathematiker mit wundervollem Generalskopf, auf, den binomischen Lehrsatz an der Tafel zu entwickeln. Ich war immer ein schlechter Mathematiker auf der Schule, hasse auch die mathematische Skelettiererei des Lebens noch heute bis aufs Blut, diese Manie zu typisieren und das Individuelle zu ermorden in der Natur, aber so wenig wie an diesem Vormittag vor dem Examen wußte ich denn eigentlich doch nicht. Rollmann schlug die Hände über dem Kopf zusammen. »Und Sie wollen morgen das Abitur machen? Mensch! Sie sind des Teufels?« Mit mir wankte der Boden und mein Ich. Niemals bin ich betrübter aus der Schule gegangen und nie habe ich so mit dem Gefühl des Gehängtwerdensollens eine Stube betreten, als tags darauf das Prüfungszimmer. Rollmann sah mich eintreten. Er winkte mich zur Seite. »Mensch! Kopf oben! Sie sind ja dispensiert! Es hing aber am Faden. Sie Frechdachs haben ja das deutsche Thema auf den Kopf gestellt! (Es lautete: »Warum fesselt Horaz immer wieder von neuem unser Interesse?« Ich hatte aus Übermut unter Belegung mit gereimten Versen nach eigenen Übertragungen aus dem Griechischen zu beweisen versucht, daß Horaz ein schwatzhafter Plagiator, aber kein origineller Dichter sei.) Der Direktor wußte sich nicht zu helfen, der Aufsatz sei an sich gut, aber es sei doch kühn ein gestelltes Thema, wenn auch mit Aufwand von viel Wissen und Geschmack einfach umzudrehen. Er berief ein Kollegium. Dies entschied gegen Sie. Der Regierungsrat aber fand die Arbeit hervorragend. Schrieb: ›Ausgezeichnet‹ darunter, und dadurch hatten Sie die nötige Pluszahl für die Dispensation.« Übrigens muß dem Schulrat meine Arbeit wirklich gefallen haben, denn er riet mir beim Abschied, mich unbedingt der Literatur zu widmen. Die Begabung sei gar nicht zu verkennen. Hätte ich ihm folgen sollen? Oder: Bin ich ihm nicht schließlich doch gefolgt?

Da ich noch einmal auf mein geliebtes Stralsund zurückgekommen bin, will ich eine Episode nachholen, aus der gleichfalls hervorgeht, daß ein gewisses Glücksengelein mir ständig auf dem Kutschbock meines Reisewagens durch die Welt gesessen hat, nämlich eine Ehrung von ganz besonderer Schönheit schon während meiner Schülerzeit. Es bestand noch aus alten Schwedenzeiten in der freien Stadt Stralsund eine Schwedische Staatsstiftung: eine »große silberne Medaille für Fleiß und gute Sitten«, welche alle zehn Jahre dem zeitweise besten Schüler des

Gymnasiums verliehen werden mußte. Der neue Termin dieser feierlichen Verleihung stand bevor, als ich in Prima war. Ahnungslos zogen wir alle zur Aula. Ich kaute gerade einen Apfel, als ich vom Katheder meinen Namen rufen hörte. Und da wurde mir denn diese silberne Medaille, mit der später alle meine kleinen Verwandten gespielt haben, feierlich überreicht. Ich wurde puterrot. Denn meine noch lebenden Schulkameraden Oberregierungsrat Livonius, Geh. Rat Jonas, Bürgermeister Palleske, Präsident Franz Berg, der Dichter Wilhelm Kobes auf Zingst-Barth werden es mir bezeugen: ich war der größte Tunichtgut der Schule, ja der Stadt, dessen tolle Streiche die Spatzen vom Dache pfiffen. Ich – Fleiß – und – gute Sitten! Ach! leider keins von beiden. Ich wollte entrüstet ablehnen. Aber der Direktor drehte mich einfach um. Ich bin nur später einmal, als mir der Chirurgenkongreß wegen meiner Erfindung der Infiltrationsanästhesie die Tür wies, so verdutzt gewesen wie dazumal, als ich bei meinen Primanern vorbei aus der Tür ging mit völlig unverdienter Ehre schwerer als damals mit wissenschaftlichem Todesurteil belastet. Das gab einen Skandal im Klassenzimmer! Obwohl ich nicht unbeliebt war, dies erschien doch allen zu toll. Ich konnte den Tumult, in der Ecke auf einem Stuhl zusammengeknickt, nicht eher beschwichtigen, als bis ich mich zu folgender Rede vom Katheder aufschwang: »Ik will juch wat seggen! Ik kann jedenfalls nix dortau. Ik bün äwerst bereit, de oll Münz awtantreten, wenn ji mi seggt, wekke se hebbn sall!« Nun gab es erst recht eine große Verlegenheit. »Na! dann will ik juch wat seggen. Dannachher kümmt ji mal all hüt um Klok söß nach de Brauerei rut. Dor will ik ne Lag' spendier'n un denn will wi dat Ding uttrudeln!« Akzeptiert. Und da wurde geknobelt und geknobelt, und siehe da! »dat Ding« blieb mir treu, und so habe ich diese Medaille denn doch noch gewissermaßen legal erworben.

Aber zurück zu den Vorbereitungen zum Physikum! Ehe es zu bestehen war, schickte mich mein sorgender Vater doch noch auf zwei Semester nach Greifswald, wo er allerdings Fürsorge traf, daß ich nicht wieder aktiv wurde; ich mußte mich also auf einen Konkneipanten-Verkehr bei den Pommern und Preußen schweren Herzens beschränken. Denn ich wäre gar zu gerne Korpsstudent geblieben. Mir hat diese Romantik des Burschentums, diese letzte Symbolisierung des mittelalterlichen Ritterwesens sehr gefallen. Es ist was Großes und Herrliches in der Organisation des S. C! Mag vieles an seinen Ehrbegriffen falsch oder wenigstens diskutabel sein, es ist doch eine Organisation um den schönsten Kristall der Mannesbrust, eben um die Ehre! Den jungen Mann zu erziehen zu einer unbefleckbaren Ehre, dazu, in einer reinen Weste das A und O des Bürgertums zu sehen, kann auch dem öffentlichen Wohle nur zweckdienlich sein.

Für den Fall, daß ich eintreten sollte in eins der Korps, hatte Professor Sommer die Weisung, mich unmittelbar nach Stettin zurückzuspedieren. Sonst habe ich die beiden Semester in Greifswald noch Freiheit in vollen Zügen geschlürft. Otto Vorpahl war hier als Theologe inskribiert, er wurde erst später Mediziner und ist heute ein angesehener Arzt seiner Vaterstadt Stettin. Wir gründeten zusammen einen Gesangverein mit Damen. Ich dirigierte oder sang die Soli, Vorpahl begleitete am Flügel. Wir haben ganz hübsche Oratorienleistungen zuwege gebracht. Ein paar sehr anmutige Damen Rohdes waren die Stützen des Damenchors. Bässe gab es unter den trinkfesten Studenten genug. Unser Chor war ein beliebtes Belebungselement der Bälle und Gesellschaften, wir wurden oft in *corpore* geladen und veranstalteten Feste und Ausflüge. Auch Balladen habe ich dabei öffentlich zu Wohltätigkeitszwecken gesungen.

So ging die Zeit in Greifswald schnell dahin, und als der Termin zum Physikum nahte, erschien mein Vater, und ich konnte ihm die Freude machen, von nun an *cand. med.* zu heißen.

Bald wäre ich ein *cand. mort.* geworden! Denn die paar Wochen, welche ich noch in Greifswald blieb, hätten beinahe zu meinem verhängnisvollen Untergange geführt.

Eines Abends zu schon später Stunde machte sich ein Mediziner, ein früherer Schulkamerad von mir, an mich heran. Wir plauderten über dies und jenes, pokulierten und mir fiel ein gewisser Zug des Grames in seinem Gesicht, eine eigene Mattigkeit der Augen und ein gewisser Zynismus der Redeweise bei dem sonst sehr anmutigen, forschen jungen Manne auf. Plötzlich rückte er ganz nah zu mir heran und sagte fast flüsternd: »Ich weiß wohl was für dich, Carl. Ich sehe schon, du bist auch von einer gewissen Geistigkeit und Überlegenheit und nicht so ein Welttor wie die anderen Lassen. Wir haben hier einen exzentrischen Klub. Lauter Schopenhauerianer, Buddhisten. Eine geistige Elite. ›Der Klub der Resignierten.‹ Da gehörst du hinein. Versuch es mal. Dir wird's gefallen.« Er zeigte mir seine Karte, darauf stand:

Wilhelm N.-n.
cand. mort. †. †. †.

»So nennen wir uns alle. Sei morgen um 4 Uhr da und da.« Er nannte ein staatliches Institut, Zimmer so und so. Ich weiß nicht, was mich zog. Ich mußte hin. Als ich die Tür öffnete, welch sonderbares Bild! Etwa acht junge Leute lagen halb ausgezogen hingestreckt. Ein eigentümliches Gesumme, Gemurre, Gesinge. Einer lag auf dem Bett und sang eine Erlkönig-Parodie auf Platt. »Jung, halt din Mul! De Pird gahn ja dörch! Min Vadding! Min Vadding! Nu sat hei mi an. Jung! dat segg' di. Kümmst du nich mit, ik dreih di'n Hals üm« usw. usw. Auf dem Sofa las einer etwas aus einer wissenschaftlichen Arbeit über den Satanismus in der Liebe. Links in der Ecke tönte es:

Ja, Huris, Huris kommt geschritten!
Palmen wedeln süße Kühle,
Elefanten treten leise,
Treten nicht den armen Kuli,
Rät schingschära, rät schingschära!

Jemand stand in der Mitte und blies die Flöte. Zigarettenqualm. Umgestürzte Schnapsgläser. Ein Teekessel brodelte. Plötzlich erhob sich ein beturbanter mir Unbekannter:

»Carl Schleich! Willkommen in der Grotte des Verzichtes!
Wollen Sie der unsere sein?
Gib deinen Arm! Versuch es.
Kandidiere, Renonce der Resignierten!«

Ich war aus Neugier leichtsinnig genug, meinen Arm hinzustrecken. Er entblößte ihn und spritzte mir, ohne daß ich es zu hindern vermochte, eine Praveczspritze voll einer mir unbekannten Flüssigkeit in den Arm. Ich fühlte es kaum brennen. Da verlor ich die Besinnung. Ich wankte und fiel. Als ich erwachte, lag ich auf einem Krankenbett, um mich viele Menschen. Der Professor M. beugte sich über mich. »Er lebt«, hörte ich ihn sagen. Er hatte mir drei Spritzen Kampfer geben müssen. Er war eiligst gerufen worden. Man hatte mir Haschisch eingespritzt, das ich nicht vertrug. Ich war in einen Klub von Haschisch-Spritzern geraten. Mein Kollaps war meine Rettung. Fünf von den Mitgliedern sind im Irrenhaus oder durch Selbstmord geendet. Keiner wurde von der Sucht je ganz geheilt.

Wenn nicht mein Engelein auf dem Reisewagen gewesen wäre!

Unter Bernhard von Langenbeck in der Ziegelstraße

Das Physikum in Greifswald war also endlich wider Aller Erwarten und unter sichtlichem Beistand der Götter erledigt, und der Triumph über alle mich schon völlig verloren gebenden, unter mir und meinem Lebensübermut überaus schwer leidenden lieben Verwandten wurde von meinem Vater und mir in vollen Zügen genossen. Die schönsten Hoffnungen lösten sich in ein odembeklemmendes »also doch!« auf. Ich ging nach Berlin Anfang 1882, das ich seitdem nur für kurze Pausen verlassen habe. Einer der ersten Bekannten, denen ich begegnete, war Hermann Bindemann, mein Schulkamerad aus Stralsund, der schon ein Semester früher Kandidat der Medizin geworden war als ich. Meine Frage nach seinem Vorhaben beantwortete er in seiner drolligen Vorpommernmanier: »Je, dat sall woll sin! Wi warden alle grote Deerts (Tiere). Wi sünd bi von Langenbecken in de Gardeklinik.« Dann meinte er gönnerhaft, er wolle mit »Sonnenburgen« sprechen, es sei eine Unterassistentenstelle frei, wenn ich Lust habe, wolle er mich dort gern anbringen. Das war nun ein großes Glück für mich. Der Eintritt bei von Langenbeck war der Beginn eines von dem gewöhnlichen Lehrgang der Medizinkandidaten in ihren klinischen Semestern völlig abweichenden Studienweges. Ich habe von 1882 ab bis 87 eigentlich nur »famuliert«, das heißt, ich war als Koassistent an den verschiedensten Instituten angestellt und war als solcher, ohne andere Collegia zu hören, bei v. Langenbeck, Bergmann, Senator, Virchow, Olshausen. Nur bei Helferich später in Greifswald blieb ich als wirklicher Assistent. Diese frühzeitige Berührung des jungen Klinikers ausschließlich mit der speziellsten Praxis unter weltberühmten Meistern, ohne nennenswerte Vorbereitung – man springt eben unter Aufsicht einfach in ein tiefes Wasser, um Schwimmen zu lernen –, ist in England Brauch und hat ihr Gutes. Die Theorie und die Fundamentierung des Wissens kommt dort nach einem vorbereitenden Gehilfendienst bei Praktikern der Medizin. Beispielsweise las ich erst Virchows Zellularpathologie, nachdem ich schon anderthalb Jahre praktisch seziert und mikroskopiert hatte: man macht eben alles den Besten zunächst einmal nach und läßt sich von ihnen brockenweise und ohne System unterweisen. Später füllt die Theorie und das Buchstudium die Lücken.

Das hat jenen großen Vorzug für das Studium der Medizin, daß man alles zur Information Gelesene mit schon erlebten Anschauungsbildern belegen kann. Der umgekehrte Weg ist bedenklicher. Bei dem Schauen der Krankheitsformen nach vorangegangener buch- oder kollegiengemäßer Unterweisung soll man sich des abstrakt Vorgetragenen gegebenenfalls erinnern, was eine durchaus schwierigere Gedächtnistätigkeit erfordert, als wenn bei systematischen Erörterungen die Erinnerung sich ständig auf Erlebnisse stützen kann, die gewöhnlich wegen ihrer Erstmaligkeit in den jungen Gehirnen sehr fest haften. Ich wäre durchaus für eine Reform des Medizinstudiums in diesem Sinne: statt Kollegienhören und Bänkedrücken gleich kopfüber in eine Stätte der Arbeitspflichten, die, wenn sie auch anfangs subaltern ist, doch das Wesentlichste im Arzt vorbereiten hilft: gut beobachten und wissenschaftlich richtige Fragen stellen.

Also ich trat bei von Langenbeck in die Chirurgische Klinik in der Ziegelstraße ein und wurde Themistokles Gluck und Sonnenburg zunächst für die überaus besuchte Poliklinik attachiert. Hier gerierte sich Bindemann als völlig überlegenen Kollegen, trotzdem er auch gerade erst die Pommernnase in eine chirurgische Werkstatt gesteckt hatte. So erinnere ich mich genau, daß er bei einer Herzuntersuchung das Hörrohr umgekehrt gegen die Herzspitze richtete. Da ich bei meinem Vater dies verlängerte Ohr des Arztes oft im Gebrauch gesehen hatte, wagte ich kleinmütig ihn zu fragen, ob er den Spieß nicht umkehren wolle, worauf mit verlegen-überlegener Miene folgte: »Wir (diese Kühnheit!) machen das hier auch *so*!« Ich selbst freilich klopfte bei erster Gelegenheit den Hammer gegen den nackten Brustkorb, immer die Rippen entlang. Wie oft haben wir uns mit diesen unseren Gesellen-Entgleisungen gegenseitig geneckt. Bindemann pflegte dann zu sagen: »Wir waren eben damals noch das, was die Juristen Referendar-Lehrlinge nennen!« Gluck, der jetzt hochberühmte Chirurg, der Begründer der heute so modernen Überpflanzungstechnik von Fremdgeweben in einen defekten Organteil, der ebenso bitter unter seinem genialen Weitblick zu leiden hatte, wie alle die Bahnbrecher unter den Gelehrten und Künstlern, nahm sich unser beider sehr herzlich an, und ich danke dem allzeit mir wohlgesinnten Meister viele, mein ganzes Leben haftende Winke für Beruf und Leben. Gluck war äußerst humorvoll, eine »schuldlose« Burgundernase zierte das korpsstudentlich durchnarbte Gesicht, aus dem ein paar überaus freundlich-listige Augen leuchteten, deren gutmütig-überlegener

Blick auch nicht einen Moment vor Groll aufblitzte, wenn später die Bergmannsche Schule gegen den ehemaligen Langenbeckschüler (Autoritäten und Schulen – schwere Ketten des Fortschritts überall!) die heftigsten Attacken auf berühmt gewordenen Chirurgenkongreßtagungen ritt. Gluck war ein Rumäne und hatte schon im türkisch-rumänischen Krieg reiche Erfahrungen gesammelt. Gegen ihn war Sonnenburg, der sehr gewählt ss-sprechende Hannoveraner, von würdevollem Ss-tolz und ss-teifleinener Ss-tatur. Er ging sehr selbstbewußt hintenüber gelehnt, mit vorgebeugtem Bäuchlein, wie der stolzierende, geheimrätliche Hahn auf Großvaters Gutshof. Wir boshaften Famuli nannten ihn (ich fürchte, auf meinen Vorschlag) Helios mit der Arroganz-Lordose (das ist die Verbiegung der Brustwirbelsäule nach vorn). Kollege Hoek dagegen, eine völlig mysteriöse Persönlichkeit, besaß eine Demut-Kyphose (*vulgo* einen veritablen Rückenfehler, der weder ihn noch Emanuel Kant, noch Moses Mendelssohn gehindert hat, Philosophen von höherem und geradem Sinn zu werden). Der später durch seine Blinddarmtherapie so hochberühmte Chef des Berliner Moabiter Krankenhauses, Sonnenburg, ehren- und ordenübersät, von dem blinddarmoperiert zu sein eine Weile in Berlin und Umgegend Stilangelegenheit und Modesache war, leitete die Poliklinik und hat uns mit seiner meisterhaften Diagnostik schnell gefördert.

Eines Tages kam die erste Berührung mit Langenbeck. Ich augenspiegelte gerade eine Krankenschwester, die die augenärztliche Meisterschaft meines Vaters natürlich für unbedingt vererbt ansah, Langenbeck kam darüber hinzu und erzählte mir, als er meine Ungeübtheit mit einem Blicke erkannte, folgende wahre Geschichte:

Der alte Jüngken, der Chirurg an der Charité vor von Bardeleben, wollte absolut nichts vom Genie Albrecht v. Graefes und seiner hohlen Augenspiegelei wissen, hatte es auch nie der Mühe für wert gehalten, –, »wie Sie«, sagte er mit der ihm eigenen scharmanten Verneigungsgeste, sich in dieser Sache zu üben. Endlich aber der Gewalt der Tatsachen sich beugend, ging er doch den Kanossaweg in Graefes Privatklinik. Graefe führte ihn zu einer Patientin, reichte ihm Spiegel und Linse, gab ihm das Reflektorband mit durchbohrtem Hohlspiegel. O weh, statt in das Pupillenloch flog der Lichtschein launisch an der Wand, über Ofen und Türrahmen immer hin und her, auf und ab, wie der unsichere Schein einer Diebslaterne, während Jüngken mit zugekniffenen Augen emphatisch hervorknirschte: »Is ja reizend, o wie reizend!« Graefe aber hielt sich im Rücken des alten erbitterten Feindes die Seiten vor geheimem Lachen. Obwohl ich die Geschichte schon von meinem Vater kannte, der sie miterlebt hatte und sie höchst humoristisch vortrug, interessierte es mich ungemein, die verschiedenen Stile zu vergleichen, mit welchen diese beiden Verehrten sie vortrugen. Langenbeck, der zierliche Aristokrat, gab die Anekdote mit ungemein graziöser Ironie, mein Vater brachte mehr die burleske Komik zur Geltung. Dann setzte sich der hochberühmte Meister vor mich hin und unterwies mich mit rührender Geduld und größter Höflichkeit. Bindemann meinte nachher: »Dat is en wahrhaft seiner Mann, er spreekt mit unserein as wär'n wi'n Graf!« Ja, so war es: er war der ritterlichste Aristokrat, den ich je gesehen. Wie der leicht schwebende Gang dieses kleinen Mannes mit dem schon weißen, vollen und strähnigen Lockenhaar, mit der für das sein geschnittene Gesicht fast zu hoch ausladenden Stirn, der scharfen Geiernase, dem König-Wilhelm-Backenbart mit ausrasiertem Kinn und vor allem diesen weiten blauen Königsaugen, die er beim Operieren schon mit dem großen goldenen Kneifer bewaffnen mußte, wie sein vornehm-rhythmischer Gang, so war sein ganzes Wesen voller ausnehmend eindringlicher und stiller Freundlichkeit zu dem Geringsten unter uns. Konnten wir Famuli, auf den Gängen der Klinik ihm begegnend, doch nicht früh genug unsere Verbeugung im Vorübergehen anbringen, er kam uns beinahe immer zuvor mit seiner Morgengruß-Verneigung. Das habe ich einmal später einem meiner Chefs zornig entgegengehalten, der, ein grober Klotz, in uns Assistenten nichts sah als aseptische Knechte.

Als ich v. Langenbeck zum erstenmal in seiner technisch unübertroffenen Vollendung operieren sah – er ist der eleganteste Chirurg aller Zeiten geblieben, er war der Vater der ganzen plastischen Chirurgie, zahllose der künstlerischsten Schnittführungen und Wundadaptionen, so z.B. die knifflichen Wolfsrachen-Hasenscharten-Operationsmethoden, stammen von ihm –, fühlte ich wieder einmal meinen Entschluß, Arzt zu bleiben, wanken. Es war eine sehr blutige Exstirpation beider Leistendrüsen. Ich stieß innerliche Stoßgebete aus und dachte bebend in mir: »Das lernst du nie!« Aber die Sache selbst fesselte mich schneller als damals in Zürich die Anatomie, auch war mir ja Bindemanns Onkel-Bräsig-Humor immer zur Seite, dessen Kritik der Chirurgie lautete: »Carlchen, Swin slachten is noch schlimmer!«

v. Langenbeck unterwies uns Jüngere sehr freundlich bei jeder Gelegenheit, die ersten Technicismen der Narkose zeigte er mir persönlich, und ich wurde durch ihn allmählich der Chloroform-Spezialist der Klinik. Er war sehr ängstlich mit der Narkose und sagte einmal: »Jede Narkose ist so, als hielte man jemand bei der Kehle eine Zeitlang aus einem Zimmer im vierten Stock!« Vielleicht danke ich ihm den Ernst, mit welchem ich später der schematisierten Narkose zu Leibe ging. Große Freude machte es ihm, uns an den allerdings bruchsicheren Kiefern der Grenadier-Kasernen-Mitglieder von da drüben neben der Ziegelstraße das Zahnziehen beizubringen. Er selbst zog mit einer sonderbaren Laune aller Chirurgen mit Vorliebe Zähne, und ich erinnere mich noch seines erstaunten Lächelns, als ich meinen ersten Backzahn glücklich herausbeförderte. Langenbeck besah ihn aufmerksam und sagte: »Oh, das ist der falsche.« Nahm den ganz gesunden elefantoiden Backenambos und pflanzte ihn zurück in seine Kiefernheimat. Diese Manipulation, deren Sinn er mir sofort auseinandersetzte – »die gütige Mutter Natur repariert auch solche kleinen Irrtümer! Der heilt wieder ein!« –, verblüffte mich noch mehr als mein Vergreifen an dem allerdings statuenhaft stillhaltenden Opferlamm.

Bernhard v. Langenbeck täglich operieren zu sehen, ihn ab und zu auf der Privatpraxis zu Handreichungen begleiten zu dürfen, waren Stunden höchster Spannung, und ich war mir allezeit bewußt, welche Gunst mir der Himmel und Bindemann gewährte, indem sie mich in die Nähe dieses wahrhaft großen und bedeutenden Mannes führten. Sein Bildnis, das ich besitze, ist geziert mit einer Widmung von seiner Hand: B. v. L. seinem letzten Famulus C. L. S.; denn mit dem jetzigen Generalarzt Keitel, einem Neffen Langenbecks, war ich 1882 sein letzter Koassistent und wurde von seinem Nachfolger Ernst v. Bergmann übernommen.

Von der Schnelligkeit, mit welcher v. Langenbeck operierte, macht man sich keinen Begriff. Er selbst erzählte davon eine bezeichnende Anekdote. Bekanntlich habe er verschiedene Amputationsschnitte ersonnen, um möglichst schnell zu operieren, was für die frühere Zeit der Wundsepsis-Infektion von großer Wichtigkeit war, da die Dauer einer Operation natürlich die Gefahr der Infektion steigere. Zumal in früheren Zeiten, als es noch kein Chloroform gab, schnell operieren auch identisch mit Schmerzen sparen gewesen sei. Aus diesem humanen Gesichtspunkt heraus habe *Dr.* Larrey, Napoleons Leibarzt und Feldchirurg, es fertig gebracht, eine Exartikulation des ganzen Beines in der Hüfte in 5 1/2 Minuten mit allen Unterbindungen und Nähten inkl. Verband zu vollziehen. Im gleichen Bestreben operiere auch er sehr schnell, um Gefahren auszuweichen. Da sei einmal ein Chirurg extra aus Amerika zu ihm herübergekommen, um seinen neuen Zirkelschnitt am Bein mitanzusehen. Aber der Unglückliche sei ein leidenschaftlicher Tabakschnupfer gewesen. »Da stand er«, sagte v. Langenbeck, auf einen bestimmten Platz im Operationssaal der Ziegelstraße hinweisend, den ich noch heute nicht betreten kann bei Besuchen seines zweiten Thronerben, unseres prachtvollen August Bier, ohne dieser Geschichte zu gedenken. »Da stand er, und als ich mich anschickte, blitzschnell mit dem Messer das Bein zu umkreisen, hatte er sich zu einem Prieschen beiseite und umgewandt, das Nastuch gezogen, und als er sich, um zu schauen, zu mir zurückwandte – war das Bein schon herunter, und eine Amerikareise verniest, was den Doktor arg verschnupfte.«

Einmal war eine interessante Sektion einer Schädelverletzung auszuführen, zu der der pathologische Anatom des Friedrichhains, Carl Friedländer, und Oscar Israel, Virchows Assistent, übrigens auch ein Stralsunder Kind, zitiert wurden. Die bildschöne Herrenreiterin Carola Renz war abends im Zirkus gestürzt, hatte sich einen Schädelbruch zugezogen und wurde sterbend in unsere Klinik gebracht. Es war die erste wissenschaftliche Obduktion, welche ich miterlebte, und mich durchzuckte es mit Grauen, als ich das scharfe Neugiermesser Friedländers sich in diesen griechisch-schönen Frauenleib senken sah. Immer wieder mußte ich bei solchen Gelegenheiten ruckweise mein ganzes Empfinden von der Unverletzlichkeit eines edlen Menschenleibes mit allen ästhetischen Betrachtungen gleichsam mit harter Hand wie an einem Kabel bei mir abstellen, um nicht ohnmächtig umzufallen, wie das bei Sektionen ja gar nicht so selten ist (Staatsanwälte, Protokollanten, Zeugen habe ich später oft dabei vornübersinken sehen). Als nun dieses schöne Haupt geöffnet werden sollte, stellte sich heraus, daß kein Wärter vorhanden oder mitgebracht war, welcher der schweren und ständig geübt sein wollenden Arbeit des Rundherum-Aufsägens des Schädels gewachsen gewesen wäre. Also mußte Friedländer, der Gelehrte, selbst heran. Es mißlang die schwierige Technik gänzlich. Auch Israel blamierte sich, was bei beiden nicht wundernehmen konnte, man muß entweder sehr geschickt sein oder es täglich ausüben. v. Langenbeck war kribblig geworden, schüttelte das Haupt und sagte dann freundlich: »Aber meine Herren Anatomen! Von der Pike dienen! Von der Pike an! Dann erlauben Sie mir wohl einmal!« Nahm die Bogensäge, und mit ungemeiner Akkuratesse und einer technischen Meisterschaft hob er die durchsägte Schädeldecke von der durchbluteten Hirnhaut ab.

Ich mag diese kurze Erinnerung an den großen Bernhard von Langenbeck nicht beschließen, ohne einer Episode zu gedenken, die mir einen unendlich nachhaltigen und tiefen Eindruck für meine ganze Stellung zur Medizin hinterlassen hat. Langenbeck hatte am Vormittag eine von ihm ersonnene Methode zur Resektion der Speiseröhre und des Schlundes zum dritten Male an einem Unglücklichen ausgeführt. Diese Schnitt- und Nahtführung ist heute noch subtil. Diese Methode erfordert das volle Geschick eines Meisters. Der Fall sollte ein Ruhmesblatt in der Geschichte der Medizin werden, so hoffte der Beherrscher der Plastik. Alles war auf das schönste gelungen. Langenbeck aber und die Assistenten hatten in der Ereignisfreude vergessen, der Schwester zu verbieten, dem Mann irgend etwas zu trinken zu geben. Der entsetzliche Durst ließ den Armen den gereichten Becher Milch in gierigen Zügen herunterschlingen. Die Fäden rissen sämtlich durch, die infizierende Flüssigkeit ergoß sich in den Brustraum, und der Mann starb schon am Abend. Als wir am nächsten Morgen vor dem Zimmer des Chefs mit unseren abzuliefernden Krankengeschichten antraten und klopften, kam unser lieber Oberwärter, ein Prachtkerl, mit Stille gebietender Lippengeste leise herausgeschlichen, schloß wieder ab und sagte flüsternd:

»Herr Geheimrat haben sich eingeschlossen, Herr Geheimrat sind noch hier, die ganze Nacht. Er liegt vor dem Kruzifix. Er betet in eins weg!« Das Bild des Schuldgefühls dieses Genius verließ mich niemals, es wurde mir ein heiliges Testament.

Eine sehr innige Beziehung hatte ich zu Langenbecks Oberwärter und Faktotum Wernicke, dem Mann mit dem Kehlkopfschnitt und der pfeifend-krächzenden Flüsterstimme, einem ganz prächtigen Menschen, der eine Seele von Gold und Langenbecks ganzes Vertrauen besaß. Seine Stellung bei Langenbeck – jeder Chirurg hat so eine, ihn beinahe beherrschende, unentbehrliche rechte Hand – knüpfte sich an folgendes tragisches Schicksal. Er war als Soldat mit einer kleinen Verletzung an der Hand in die Klinik in der Ziegelstraße eingeliefert worden. Schon fast geheilt, beauftragte ihn Langenbeck, seinem Hauptmann die für ihn deponierte Summe von 300 M. zurückzubringen. Er kam bei seinem Herrn an, hatte aber die Summe verloren. Der Hauptmann machte nur ein eigentümliches Gesicht. Wernicke lief spornstreichs in die Klinik, verschaffte sich ein Amputationsmesser und durchschnitt sich den Hals. Langenbeck rettete ihn. Tags darauf fanden sich die verlorenen 300 M. im Flur des Hauptmanns. Langenbeck behielt ihn bei sich und machte ihn zu seinem chirurgischen Adlatus, der uns Jungen über Frakturen und Verrenkungen Privatkurse gab, wie ich sie besser von keinem berühmten Professor gehört habe. Er dozierte mit Krächzen und Knarren. Seine Kehlkopfnarbe, das Symbol seines höchsten Ehrgefühls, gestattete keine weichen Töne. Mich persönlich verband mit ihm die Liebe zur Musik. Und er geriet ganz außer sich, wenn ich ihm mitten im Operationssaal beim Verbandschneiden und Instrumentenreinigen Carl Swoboda imitierte, wie er im nicht fernen Friedrich-Wilhelms-Theater »Nur für Natur« oder »Ach! ich hab' sie ja nur« mit schönem Schmelz von sich gab. Dann wurde der alte Wernicke ganz gerührt, und die Baßsaiten seiner malträtierten Stimmbänder gnurpsten dann rhythmisch in meine Kantilene. Wernicke revanchierte sich, indem er mir eine wirklich exakte Kenntnis der chirurgischen Instrumentenlehre beibrachte und mich in alle Technicismen und kleinen Geheimkniffe der Verbandlehre einweihte. Ich habe von dieser Perle eines chirurgischen Untermeisters die wertvollsten Einblicke in manch sonst von Gelehrten völlig vernachlässigtes Gebiet chirurgischen Könnens erhalten.

Als von Langenbeck ging, schluchzte Wernicke wie ein Kind. Bernh. v. Langenbeck bezog eine Villa in Wiesbaden. Ein eigenes Geschick brachte ihn um sein Vermögen, und so mußte dieser Fürst der Chirurgie in der neuen Heimat, woselbst er ausruhen wollte von rastloser Arbeit in Krieg und Frieden und treuem Dienst bei seinem über alles geliebten Kaiser, dessen Attentatwunden er mit sanftesten Händen heilte, noch einmal, wie einst als praktischer Arzt im Holsteinischen, mit Hammer und Hörrohr treppauf-treppab klappern, um sein täglich Brot zu verdienen.

»Ist es nicht tragisch,« sagte Sonnenburg zu mir, als wir die Medizinische Gesellschaft verließen, vor der zwei Jahre später B. v. Langenbeck einen Vortrag »über die Behandlung der Gelenktuberkulose mit inneren Arsenikdosen« gehalten hatte – »daß dieser Operateur *par excellence*, dieser Virtuose der Resektionen – mit einem Male konservative Chirurgie treibt, weil er verdienen muß?« In der Tat hatten die Ärzte Wiesbadens eine Beschwerde bei der Berliner medizinischen Gesellschaft eingereicht über Bernhard v. Langenbeck, der ihnen als »inneren« Ärzten mit seinem großen Namen unberechtigte Konkurrenz mache. Das war der Lohn für das Lebenswerk eines Genius.

Wann wird endlich einmal diese Nasenlängen-Wettrennen-Politik der Ärzteschaft aufhören?

Ernst von Bergmann

Nun waren die Trauerlieder ausgesungen, die letzten Wortgrüße, die Liebe und Ehrfurcht zollten, verhallt, und die Blumenkränze begannen zu welken, mit denen der letzte Weg eines Mannes von seltener Art, prunkvoll, wie es einem Leben voll von Erfolg und Glanz gebührte, geschmückt worden war. Ernst von Bergmann, bei dessen Namensklang den Herzen derer, die ihn kannten, ein wärmerer Lichtstrom, als ihn der Alltag kennt, zuzufließen schien, ein Mann, aus dessen Art und Wesen schon bei seinen Lebzeiten etwas Klassisches, Bedeutendes, Unvergeßliches hervorleuchtete, sank in die Todesgruft, und zugleich, um die Osterzeit 1904, glitt er hinüber in die Ehrenhalle der Unsterblichen. Nun gehörte er nicht mehr der damals gerade tagenden Deutschen Gesellschaft für Chirurgie an, unter uns weilend als ein Führer auf der Kommandobrücke; er trat hinüber in jene erlesene, stumme Gemeinschaft großer Toten, von deren lebendigem Wirken unter den Nachlebenden bald der kalte Griffel der Geschichte zu berichten hatte. Freilich: der Schatten, den sein Heimgang über die damaligen Verhandlungen der Deutschen Gesellschaft für Chirurgie warf, wird genug Lichtstrahlen besitzen, um auf neue Bahnen, weite Wege, begehrenswerte Ziele hinzuweisen.

So mochte sein Scheiden und das Tagen der weltberühmten ärztlichen Versammlung mir schon damals ein willkommener Anlaß gewesen sein[8], auch einmal vor einem größeren Forum das Leben und das Wirken Ernst von Bergmanns zu beleuchten und damit den Pfaden nachzuspüren, welche die deutsche Chirurgie vor ihm, mit ihm und nach seinem Rat gegangen ist.

Ernst von Bergmann entstammte dem russischen, im Kern deutschen Livland, wo er in Riga 1836 als Sohn eines Pfarrers geboren wurde. Er konnte in seiner volltönenden Sprache, die er so meisterhaft beherrschte, niemals den Heimatklang verleugnen; die scharfen, etwas harten, explosiv hervorgestoßenen Konsonanten der Deutschrussen, die den preußischen

---

8   In Hardens »Zukunft«.

Dialekt gleichsam zur Übertreibung zu bringen scheinen, waren auch bei ihm voll und unverkennbar ausgeprägt, oft unendlich drastisch zur Geltung kommend, wenn er kurze Aphorismen im Idiom der Heimat prägte. »Wenn einer das Genick brecht, sterbt er«: so schloß er einst sein Gutachten vor Gericht nach der Frage, ob jemand von einem Bruch der Halswirbelsäule mit dem Leben davonkommen könne. Meist freilich war das heimatliche Idiom bei ihm abgemildert durch eine ungewöhnliche Grazie der Sprechweise. Sein Redeton konnte etwas unendlich Verbindliches, Diplomatisches, Verlockendes erhalten, aber auch ebenso schwerterscharf in die Diskussion hineinschwirren. Ich habe oft Gelegenheit genommen, auf die Macht von Bergmanns eminenter Sprachgewandtheit hinzuweisen; hier soll nur bemerkt werden, daß er mit den Wurzeln seines Wesens tief in den Heimatboden hinabreichte (wie ja wohl schließlich jeder ganz Große). Wenn schon die Sprache, dieser Verräter und zugleich Hehler innerlichster Vorgänge, den Einfluß des Jugendlandes bezeugte, so war dieser Einfluß auf seine tiefsten Überzeugungen noch viel deutlicher fühlbar. Er war im Elternhaus gewohnt, die Dinge im Bann der ewigen Mächte zu betrachten, und ist, wie der befreundete Geistliche an seinem Sarge zu Vieler Überraschung gesagt hat, sein Leben lang tief religiös gewesen. »Lobe den Herrn, meine Seele« war sein Lieblingslied (was auch in musikalischer Beziehung keinen schlechten Geschmack verrät); die Frage der Unterrichtsreform mit ihrer Tendenz, die Religion aus der Schule zu entfernen, habe ihm schweres Bedenken erregt, er sei darauf gefaßt gewesen, öffentlich für die Religion im Herrenhaus, dessen Mitglieder auf Wunsch seines Kaisers geworden war, einzutreten, weil »sie das Beste sei, was wir aus der Jugend hinüberretten«. Als das letzte Stündlein kam, hat Bergmann in Demut betend sich an seinen Gott gewandt. Es ist von großem Wert, zu wissen, daß ein Mann dieses Schlages also kein Materialist war, daß er, trotz medizinischer Schulung, einen religiösen Unterstrom in sich bewahrte, aus dem seine Begeisterung für alle Taten der Nächstenliebe eine verborgene Speisung erfuhr. Er hatte, trotz aller Weltlichkeit und trotz der Fülle seiner Naturwissenschaft, nicht das Beten aus der Kinderstube und nicht seinen Heimatglauben verlernt. Auch seine Liebe zur russischen Heimat mag oft auf eine harte Probe gestellt worden sein; so zum Beispiel, als ihm die Gunst des russischen Kaisers den Petersburger oder Kiewer Lehrstuhl der Chirurgie anbot und er zugleich einen Ruf nach Würzburg (1878) erhielt. Gern hätte gewiß der Zar einen so bewährten Mann dem russischen Reich erhalten; und Bergmanns Rede auf dem Schlachtfeld von Plewna hat bewiesen, daß ihm seine Entscheidung für das deutsche Vaterland nicht leicht geworden sein kann. Hatte ihm doch die russische Heimat seine ganze Erziehung und Bildung geschenkt. In der Privatanstalt Birkenruh bei Wenden wurde er nach mehrjährigem Unterricht im Elternhaus für das Universitätsstudium vorgebildet, das er von Anfang bis zu Ende in Dorpat absolvierte. Nach dem, was Bergmann gelegentlich aus seiner Studentenzeit erzählte, und nach der humorvollen Fröhlichkeit, die ihn beim Pokulieren erfassen konnte, muß er ein lustiger, ja, ein ausgelassener Bruder Studio gewesen sein; wenigstens hatte er als junger Assistent in Dorpat noch keineswegs das Vergnügen an lustigen Studentenstücklein verloren, und ein bißchen Schalkhaftigkeit saß ihm trotz hohen Ämtern und Würden doch wohl immer im Nacken. Nicht viele werden von seinem herzigen, kindlichen Humor etwas zu kosten bekommen haben; den meisten Kollegen gab er sich zwar höflich und ohne Zwang, doch mit einer gewissen Reserve und Zugeknöpftheit.

Bergmann promovierte im November 1860 in Dorpat. Seine Doktorarbeit betraf die Wirkungen von Balsamen auf den tierischen Körper. Sehr bald darauf erhielt er eine Assistentenstelle an der dortigen Chirurgischen Universitätsklinik, die von den Professoren von Adelmann und von Öttingen abwechselnd geleitet wurde. Vier Jahre später habilitierte er sich als Privatdozent für Chirurgie. Eine Studienreise führte ihn nach Wien und Berlin und 1866 folgte er dem Ruf des Generalarztes Wagner in Königsberg als dessen außerordentlicher Assistent und ging, dem Generalarzt dauernd attachiert, mit in den preußisch-österreichischen Feldzug. Im Jahr 1870 war er gerade im Physiologischen Institut des Professors Kühne in Amsterdam beschäftigt, als der Krieg ausbrach. Er eilte nach Berlin und fand in der ärztlichen Armeereserve eine Anstellung, die ihm ermöglichte, die Schlachten von Weißenburg und Wörth mitzumachen. Er hatte das Glück, den beiden größten lebenden Chirurgen nach Langenbeck, Billroth und Volkmann, bei ihrer schweren Arbeit helfen zu dürfen: in Mannheim, wo ihm das Kriegs-Reservelazarett »Seilebohn« übertragen wurde. In Karlsruhe war er eine Weile in einem Barackenlazarett angestellt und machte später die Fahrten nach Belfort und Paris mit dem badischen Sanitätszug mit. Nach 1871 kehrte er nach Dorpat zurück, wo er noch im Juli desselben Jahres zum Nachfolger seines Lehrers Adelmann ernannt wurde. In verhältnismäßig jungen Jahren also hatte er Gelegenheit, den größten Schauplatz chirurgischer

Massenarbeit, den Krieg, und seinen Regen chirurgischer Verletzungen zu schauen. Was ein ganzes Menschenleben an Beobachtung in Friedenszeiten nicht zu betrachten gestattet, streute hier ein einziges Jahr vor den staunend sich weitenden Augen des jungen Chirurgen aus. Es war ergreifend, Bergmanns lebhaften Schilderungen aus dieser Zeit zu lauschen; sein offener Blick und sein warmes Herz sahen und empfanden neben all dem Verblüffenden im rein chirurgischen Sinn auch die tiefe, der ganzen Menschheit in einem Kriege geschlagene Wunde, die grenzenlose Trauer, die mit solcher Menschheitskatastrophe hereinbricht. Hier und später im russisch-türkischen Krieg (1877), den er im Hauptquartier des Großfürsten Nikolai Nikolajewitsch mitmachte, hat Bergmann all das erdacht und gelernt, was er später für die Pflege und für die Schonung Verwundeter empfahl. Noch war ja die Zeit für die Antisepsis nicht reif. Zwar hatte Lister schon 1860 seine ersten Arbeiten veröffentlicht, schon hatte ein deutscher Stabsarzt, Schulze, die ersten Lobeshymnen auf das Verfahren zur Vermeidung der Wundzersetzung durch Mikroorganismen begonnen; aber noch lange Zeit verging, ehe die Methoden Listers, des großen Menschheitswohltäters, Allgemeingut der Ärzte waren. Was Wundfäule, Ruhr, Cholera damals unter den Augen Bergmanns, der als Konsultant-Chirurg der Donauarmee die Schlachten bei Plewna, Felisch und Gornji-Dubnick mitmachte, in dem russischen Heer angerichtet haben, mag sich zu einer großen Sehnsucht nach Besserung dieser fürchterlichen Verhältnisse so stark im Herzen Bergmanns verdichtet haben, daß er einer der ersten und glühendsten Befürworter der strengen Methoden Listers wurde, schon zu einer Zeit, als noch ein Billroth kühn genug war, Volkmann zu verspotten, der glatt auf den Listerschen Schwindel hineingefallen sei.

Während Bergmann von 1878 bis 1882 in Würzburg als Lehrer der Chirurgie lebte (in verhältnismäßig stiller, gleichsam vorbereitender Organisation des klinischen Dienstes), festigte sich in ihm ein neues Programm der Wundbehandlung. Bergmanns ganze Bildungsrichtung war bisher durchaus anatomisch- physiologisch gewesen. Sein inniger Verkehr mit dem genialen Physiologen des Blutes, Alexander Schmidt in Dorpat, mag ihm wohl die physiologisch-chemische Tendenz gegeben haben, die sich in seinen ersten bedeutenden Arbeiten über »Das putride Gift«, »Die Fieber und Entzündung erregenden Wirkungen der Produkte des fauligen und entzündlichen Gewebszerfalles«, »Das Sepsin« offenbart. Bergmann war hier, in seiner kräftigsten Manneszeit, also ganz auf dem

Boden der Humoralpathologie, ganz den Theorien zugeneigt, die alle Krankheitserscheinungen aus einer chemischen Alteration des Blutsaftes, wie wir heute alle, herzuleiten sich bemühten. Wie es kam, daß er später, in seinem Alter, diesen Anschauungen seiner besten Jahre abhold wurde, wird noch kurz erwähnt werden. Zunächst war Würzburg für ihn die Quelle, aus der er Virchows Fundamentalsätze von den Zellen als den letzten biologischen Einheiten schöpfte. Da entstand die von Pasteur begründete, von Lister früh und vorgreifend in die größte praktische Konsequenz übertragene, von Koch durch geniale Methodik zu einem neuen biologischen Riesenarbeitsfeld grandios erweiterte Bakteriologie. Wohlgerüstet mit den Waffen aus allen vorhandenen Arsenalen, kam Ernst von Bergmann 1882 im August nach Berlin, ein bis dahin völlig unbekannter Mann und doch der Nachfolger eines Bernhard von Langenbeck. Damals kursierte ein von dem greisen Bardeleben geprägtes Wort: »Weiß der Himmel, wo gerade den wieder der Minister ausgegraben hat«; womit angedeutet werden sollte, wie wenig man sich von dem bisher stillen Unbekannten versprach. Es war die spannungsvolle Erwartung vor einem Sturm. Ich selbst war Zeuge des jähen Wandels der Dinge, als letzter Famulus (Koassistent) von Langenbeck und als übernommener Famulus des neuen Herrn. Vor unserem Auge vollzog sich eine verblüffende Neuordnung, die zu den interessantesten Kapiteln meiner medizinischen Erinnerungen gehört. Vor dem entschlossen zupackenden Griff des eben gelandeten Eroberers blieb kaum ein Stein auf dem anderen. Ein bis in die letzten Einzelheiten ausgearbeitetes System des antiseptischen Drills wurde mit der Strenge und Pedanterie einer militärischen Instruktion den alten, liebgewordenen Gepflogenheiten gegenübergestellt. War Langenbeck ein Genie gewesen, dessen sichere, elegante Aristokratenhand seine fast ausschließlich von ihm selbst erfundenen Operiermethoden demonstrierte, wie ein Virtuos sein anderen unerreichbares, staunenswertes, nur ihm gegebenes Können, war Langenbeck der Geist und die Seele der Chirurgie selbst, so glich sein Nachfolger einem großartigen Organisator der überkommenen, zusammengefaßten und in einem System lehrbaren Ideen der Vergangenheit und der Gegenwart. Wie Moltke, die Ideen des großen Friedrich und Napoleons verschmelzend, einer Armee die Mittel aufzwang, zu siegen durch Manöverübungen und den vielverschrienen preußischen Drill, der uns doch ein Vaterland zusammenschweißte, so verstand Bergmann, das Überlieferte, das genialisch Verstreute zu fundamentieren und mit allen Mitteln des

Diktators den Schülern aufzuzwingen. Trotz allem Kopfschütteln im Anfang und dem hämischen Vermissen des eigentlich Genialen, »das man doch an Langenbeck gewohnt sei«, ist es heute zweifellos, daß von der durch Bergmann angebahnten Erziehung zu einer Technik des chirurgischen Gewissens gegen die Leidenden der größte Segen ausgegangen ist. Erst mit diesen Methoden im Tornister, die bis ins kleinste zur Wirksamkeit gegen die Bakterien ausgeklügelt waren, konnte jeder Rekrut die Anwartschaft zu einem General in sich fühlen. Die Genies mochten für sich selber sorgen; hier hieß es erst einmal: Griffe üben, sich halbe Stunden lang vorbereiten, eine stete *présence de danger* abtaxieren lernen, ehe man daran gehen durfte, Schlachten zu schlagen. Mag sein, daß Bergmann nicht der erste war, der den großen Schritt von der Bekämpfung der Bakterien (Antisepsis) zur Methode der Fernhaltung der Bakterien (Asepsis), vom Irrtum zu der in der Schale verborgenen Wahrheit gewagt hatte, mag auch dem hochverdienten Kieler Chirurgen Neuber für immer der Ruhm bleiben, fast alles vorher schon erfüllt zu haben, was Schimmelbusch und Bergmann zu einem anscheinend nagelneuen System zusammenstellten: Bergmann war doch der Mann, aus dessen Hand der volle Segen der Gedanken und Taten Lawson Taits und Neubers hervorging. Mag nun auch Neuber dem großen Organisator dankbar sein: durch ihn sind seine Werke des bleibenden Bestandes um so sicherer, und die Wissenden sind ihm, Neuber, um so mehr Ehre schuldig!

In jenen ersten Tagen der Neuordnung war eines Morgens ein zwölfjähriger, auffallend schöner Knabe aus Schöneberg in die Klinik eingeliefert worden, der nach einer Verletzung am Fuße schwere Anfälle von Wundstarrkrampf bekommen hatte. Obwohl die Wunde mit größter Sorgfalt geöffnet und desinfiziert worden war, wiederholten sich gegen Abend die Krämpfe, und Bergmann beauftragte uns jüngere Famuli, bei dem Kranken die Nacht zu durchwachen und jeden Anfall mit Chloroform-Narkose zu bekämpfen. Drei Uhr nachts war es, als sich plötzlich die Tür auftat und der neue Chef im Frack und vollen Ordensschmuck eintrat, um nach dem Kinde zu sehen. Er schlug die Decke von dem tief Betäubten zurück und sprach ergreifende Worte: über die Griechenschönheit dieses jungen Leibes, über den Segen der Narkose und über das Mysterium des Todes. Wir waren erschüttert, als er trauernd dem sterbenden Kinde über die Stirn strich und dann sinnend davonging. Die Szene hatte auf mich einen unvergeßlichen Eindruck gemacht. Niemals in meinem Leben hatte ich einen Menschen so hinreißend, so wehmütig tief und so ganz im Ton einer ärztlichen Priesterschaft am Krankenlager reden hören.

Und wie brach der zündende Strom seines Vortrages im Kolleg hervor! Welches Temperament, welche Begeisterungsfähigkeit für die gestellten Aufgaben, welche Fülle und Gegenwärtigkeit des Fachwissens, welche Beherrschung aller Hilfswissenschaften, namentlich der pathologischen Anatomie! Wir, die Bergmann und Virchow hörten, hatten stets den Eindruck, Bergmann sei dem Klassiker namentlich auf dem Gebiete der pathologischen Anatomie der Knochen mindestens ebenbürtig; so völlig beherrschte er jedes histologische Detail. Wie im Kolleg durch den Schwung seines Vortrages, so begeisterte er im Anatomiesaal durch unermüdliche Hingabe an die Sache. Schon um sechs oder sieben Uhr früh war er in der Charité. Seine Kraft schien unerschöpflich. Sechzehn Stunden währte, so sagte der Priester an seinem Sarg, sein Normalarbeitstag; und doch hat in den Stunden der Ruhe niemals ein Leidender umsonst an ihn appelliert. Seine Familie habe ihn kaum je ermattet, sondern stets in mitempfindender Liebe für jeden einzelnen bedacht, auch an den Tagen schwerster Pflichterfüllung, gesehen. Kein Wunder; er hatte zu den Seinen ja das Wort gesprochen: »Man ist nicht zu seinem Glück auf der Erde, sondern dazu, es anderen zu bereiten.« Bedenkt man, daß Bergmann trotz der Arbeitslast ein Freund der Geselligkeit war, so steht man staunend vor der Hünenhaftigkeit dieser urgesunden Natur. Von seiner Macht der Rede und seiner dabei noch in spätesten Abendstunden herzgewinnenden Frische waren wir oft Zeugen in der Medizinischen Gesellschaft, in der Ärztekammer, in den Sitzungen der Ärztlichen Rettungsgesellschaft. Er hat all seine reichen Gaben in den Dienst seines Berufes gestellt, war ein Diplomat und Weltmann, wo es galt, die Mittel für Stiftungen großen Stiles zu beschaffen, überredete spielend große Künstler und Millionäre zu Wohltätigkeitsleistungen und wußte stets die für den Zweck geeigneten Männer zu finden.

Seine größten Segenswirkungen aber hat er erzielt durch die Schulung seiner Assistenten und Hörer; denn dadurch wurde seiner Wissenschaft und Kunst die ausgedehnteste Verbreitung. Was in der Hand so geschulter Chirurgen das Messer zu leisten vermochte, weiß heutzutage ja auch der Laie aus seiner Zeitung zu gut, als daß hier der Triumphzug im einzelnen beschrieben zu werden brauchte, den die aseptischen Methoden unter Bergmanns, Billroths, Czernys, Miculiczs, Biers und Payrs und anderer Führung angetreten haben. Keine Körperhöhle, und sei es die

Hülle des Herzens oder sogar dieser tiefgelegene Born des Lebenssaftes selbst, war so verborgen, daß nicht Messer, Säge und Schere, Nadel und Unterbindungsfaden des Chirurgen zu ihnen hindurchreichte; kein Organ, sei es Magen, Darm, Niere, Milz oder Leber, an dem nicht kühnste, das Leben rettende Eingriffe gewagt werden konnten. Bergmann selbst war es, der in vorbildlicher Weise die Kapsel des geistigen Geschehens eröffnen und einer großen Zahl krankhafter Zustände am Gehirn, dieser mächtigen Seelenzentrale, chirurgisch beikommen lehrte. Bergmann und die Klinik in der engen Ziegelstraße wurden Kraftquellen, von denen aus die Chirurgie der ganzen Welt Licht und Arbeitsstoff bezog. Er hat bis zum letzten Atemzug dieses Leuchtfeuer mit eigener Hand genährt; auf höchster Warte hat er Ausschau gehalten, ob rings im Land und darüber hinaus nicht Fackeln aufleuchteten, deren Glut der von ihm gehüteten Flamme zu gewinnen sei. Freilich hat er da manchmal geirrt und einen Brand, der kläglich verlosch, für ein Himmelslicht gehalten und umgekehrt echte Leistungen erstickt. So, als er in heller Begeisterung dem Taumel der Tuberkulinimpfung zündende, leider nicht langlebige Worte lieh. Als er dann die modernen humoralpathologischen Lehren Behrings ablehnte, sagte er im Hinblick auf seine Parteinahme für das Tuberkulin wehmütig: »Sie begreifen, meine Herren: als gebranntes Kind scheue ich das Feuer!« Wohl hat er hier und da Dingen, die Zukunft in sich hatten, mit allzu hartem Hemmungsdruck das Aufkommen schwergemacht; er hat aber auch Unzählige ermutigt und ihnen Kredit verschafft. Ich erfülle eine Dankespflicht, wenn ich ihm nachrühme, daß er den Bestrebungen zur Einführung der Infiltrationsanästhesie, nachdem er sich von ihrer Brauchbarkeit als Methode bei seinem kaiserlichen Herrn überzeugt hatte, ein warmer, wenn auch nur verstohlen schützender Freund geworden ist, trotzdem dieser neue Weg von so vielen übersehen wurde und verschüttet werden sollte. Er hat zu Robert Kuttner es offen bekannt: »Schleichs Anästhesie ist die erste *deutsche* chirurgische Großtat überhaupt. Wir haben außer ihr der Narkose und dem Lister überhaupt nichts Ebenbürtiges entgegenzustellen. Schleichs Unterdrückung ist ein Schandfleck für die deutsche Chirurgie. Wir waren einfach blind!« So hat es mir Rob. Kuttner, der Direktor des Kaiserin-Augusta-Hauses, wörtlich berichtet. Aber, als ich Bergmann zum letzten Male sah, sprach er mich an und sagte: »Gehen Sie ein Stück mit mir. Ich habe mich verfrüht bei einer Konsultation. Lassen Sie uns plaudern!« Er war melancholisch. Als ich auf seine stolze Höhe des Erreichten wies, sagte er: »Junger Freund. Ich habe gar nichts Neues gefunden. Ich habe nur Konsequenzen gezogen. Aber Sie haben einen Spatenstich getan in neue Quellen. Ja, ja,« sagte er, als ich abwehrte, »man wird sich sehr spät erst dessen bewußt werden, was Sie eigentlich ganz selbständig geleistet haben. Ihre Theorien von der Funktion der Neuraptia werden eine Epoche begründen!«

Ich habe diese nach der Nacht einer Unterdrückung mir so wohltuenden Äußerungen eines unserer Besten niemals veröffentlicht, aber an dieser Stelle meiner Erinnerungen darf ich auch wohl die alten, vergilbten und vertrockneten Blumen hervorholen, die mir einst so sonnenhell und mich mit allem versöhnend ins Herz geleuchtet haben.

Aber auch die ganze Nachwelt schaue dankbar empor zu dem aus edelstem Metall gefügten Monument, das sich Ernst von Bergmann durch seine Taten und sein Wirken selbst gesetzt hat. Er war ein großer Meister und ein großer Mensch, einer von den ganz Wenigen, die imstande sind, die flammende Sehnsucht ihrer Jugend bis in ein gesegnetes Alter zu erfüllen. Was seiner edlen Natur zu erreichen war, hat er, beglückt und dankbar, erreicht; nachdem ihm eben noch der Lieblingswunsch seiner letzten Jahre, die Gründung der großstädtischen Rettungsgesellschaften, fast bis zur letzten Krönung, der Übernahme des Rettungswerkes durch die Stadt Berlin, geglückt war, starb er, ein Moses, der ein Kanaan nicht nur von fern sah, sondern der es auch selbst bebauen durfte, um es anderen zur Heimat zu geben.

Wer sollte Erbe sein? Auf welchem neuen Weg sollte er kommen? Wie vor dem vergleichenden Blick der Nachlebenden bestehen? Bergmann hatte, ein königlicher Lotse, ein lichtes Segensschiff dem Hafen zugeführt. Von welcher Richtung würde der Wind wehen, aufs neue zu kühnen Entdeckerfahrten die Segel zu schwellen? Was die Chirurgie seiner Tage war, das repräsentierte Ernst von Bergmann in wahrhaft vollendeter Weise, wie einst Bernhard von Langenbeck, bevor der neue Mann einzog. Welche Möglichkeiten, Aussichten, Ziele hatte der Kommende?

Was die Technik der Chirurgie leisten kann, ist der Erfüllung nah, und unaufhaltsam wird sie ihren Siegeslauf vollenden. Die Zukunft der Medizin wird methodisch sein oder die Medizin wird zurückgehen. Narkose, Asepsis, Anästhesie, Röntgenlicht, Serumtherapie, elektrische Durchleuchtung, Hormonenlehre: das sind Beispiele, die lehren, welche Fülle von Segen den methodischen, exakten, allgemein anerkannten und dauernd gültigen Erfindungen entströmt ist. Hier überall steht, an der

Stelle der Laune, auf verschiedenen Wegen nach Rom zu gelangen, immer nur ein ganz bestimmter, ein ans Ziel führender Pfad zu Gebote. Wo wir in der Medizin etwas ganz sicher können, gibt es keine Lehrmeinung, keine Schule, kein Outsidertum, keine Kurpfuscherei, kein Individualisieren (ein Wort, das so reich und bestechlich an Klang, so arm, so bitter arm an Inhalt ist). Die dem Laien schmeichelhafte Vorstellung, als könne die Medizin ein geheimnisvolles Eingehen auf etwas gänzlich Undefinierbares, die biologische Persönlichkeit, das Individuum, erreichen, ist leider nicht mehr als eine Phrase. Man müßte denn die Wahl einer größeren oder geringeren Dosis, eines mehr oder weniger tiefen Schnittes mit dem stolzen Wort »Individualisieren« benennen: gerade so bescheiden individualisiert, wer dem Kunden einen größeren oder kleineren Hut oder Stiefel anmißt. Nein: statt durch eine geheimnisvolle Fähigkeit, die ein einzelner wohl einmal besitzen mag, Wunder zu tun, wollen wir, wie Bergmann, streben, gegen jedes Leid eine streng lernbare Methode, ein nimmer versagendes Programm zu finden. Einst wird es keine Kurpfuscher und Wunderdoktoren mehr geben: sobald die Medizin dieses Ideal, gegen jede Krankheit eine methodische Behandlung ersonnen zu haben, erreicht hat. Nur bis dahin werden viele Wege nach Rom führen; schon heute gibt es da, wo wir Wissende sind, nur einen, gewiß willig beschrittenen, geraden Weg. So ist die Chirurgie groß geworden: und in diesem Sinn wird die Medizin namentlich in bezug auf die Geisteskrankheiten immer chirurgischer werden. denn das rastlose Streben nach neuen Erkenntnismethoden wird auch konsequente Umsetzungen in methodische Taten der Verhütung und Heilung bewirken. Die Weberschiffchen gleiten, die goldenen Eimer steigen.

Der Empfänger dieser kostbaren Erbschaft Bergmanns war August Bier, Esmarchs Schüler. Wir alle wissen, wie sehr er sie gewahrt und gemehrt hat, und voller Verehrung und kollegialer Zuneigung habe ich mich zu diesem todesmutigen und bahnbrechenden Generalissimus der Chirurgie bis zur heutigen Stunde bekannt. Ist er doch in genialer Kühnheit den Weg meiner immer dringlicher geforderten Ausschaltung der Narkose, wo sie entbehrlich ist (immerhin ein ganz klein wenig in der Richtung meines so brutal niedergeschlagenen Wegweisers im Wald der Möglichkeiten), gegangen und ist auch mir stets offen, frei und freundlich gegenübergestanden. Ich besitze einen Brief von ihm an einen Verleger, in dem er meiner bescheidenen Fähigkeiten mit den ehrendsten

Worten gedenkt. Ein Zufall spielte mir diese freimütigen, kollegiale Gesinnungen klassisch bekundenden Anerkennungen in die Hand.

Erinnerungen an Rudolf Virchow

Das war ein merkwürdiger Klimawechsel, der sich in der altehrwürdigen chirurgischen Klinik in der Ziegelstraße vollzog, als Bernhard v. Langenbeck, dessen letzter Famulus ich gewesen war und unter dem ich unzählige Narkosen zu vollziehen und damit tiefe Blicke in den früheren Mißbrauch des Chloroforms zu tun die erste Gelegenheit hatte, die Stätte seiner bahnbrechenden chirurgischen Kunst verließ und dem so viel jüngeren Genius Ernst v. Bergmanns den Platz räumte.

Alte und neue Welt, Mittelalter und Neuzeit, wie oft verschmelzt ihr ineinander, wenn man alt genug wird, um von euch zu erfahren, daß jede Periode der Erkenntnis und des Könnens immer zugleich alt und zugleich jung ist und immer in der Mitte zwischen einer sogenannten abgetanen und sogenannten kommenden Zeit steht! Es ist Sache der Phantasie, sich bei jedem Fortschritt diese doppelte Beziehung zum Aufstieg aus der Vergangenheit und zu dem sicheren Überholtwerden durch die Zukunft recht klar zu machen. Bergmann kam wie ein diktatorischer Sieger und sah fast höhnend auf die freilich noch wenig antiseptischen Methoden v. Langenbecks herab und heute, kaum vierzig Jahre später, sehen wir schon deutlich, daß seine, v. Bergmanns, Leistungen sowohl dem technischen Erfindungsgeist Langenbecks als dem des universell vorstürmenden Reformators August Bier, seines Nachfolgers, erheblich unterlegen sind.

Nachdem ich etwa noch 3/4 Jahre, Sommer und Herbst 1883, bei v. Bergmann in der chirurgischen Klinik verweilte, hörte ich, daß im pathologischen Institut der Charité zwei ähnliche Stellungen frei seien; so traten mein Freund Hermann Bindemann und ich auf Fürsprache meines immer für mich auf der Lynceuswarte spähenden guten Vaters ein bei einem Mann von ungeheurem Namen in der Medizin, der über das Gebiet seines engeren Berufes weit hinweg ragte an allgemeiner Bedeutung für die Lehre vom Menschen, ja vom Leben und seiner politischen Betätigung durch Völker und Individuen, Rudolf Virchow.

Als ich mich bei v. Bergmann verabschiedete, entließ er mich mit den Worten: »Nun, junger Mann, jetzt kommen Sie in die erste und hervorragendste Schule, welche die Welt hat. Benutzen Sie das und wir sehen uns sicher wieder!« Wie sich das Wiedersehen gestaltete, wird an anderer Stelle ausführlich zu schildern sein. Solch ein, in diktatorisch scharfem, baltischem Dialekt vorgetragener, tief respektvoller Hinweis auf den großen Mann, sein Weltruf und ein allgemeines Tuscheln und Zischeln von der strengen und sarkastischen Schärfe dieses Schöpfers und Begründers einer absolut neuen medizinischen Denkform ließen uns beide Novizen vom Herzen bis in die Knie erschauern, als wir in Frack und weißer Binde nebst Handschuhen und Zylinderhut vor dem hochberühmten Gelehrten standen. Bindemanns köstlicher Humor, den ich von dem Stralsunder Gymnasium her allen Lebenslagen gewachsen wußte, half auch hier über eine gewisse Peinlichkeit hinweg. Noch vor der Tür zum Allerheiligsten flüsterte er mir zu: »Ik glöw ja nich, dat son Mann 'n richtigen Pommer is; is hei't äwer doch, denn nachher segg ick einfach: gudd'n Dag, min Jung! Dat ward hei likers verstahn!« Die Tür ging auf, Oberwärter Hübner, Virchows alleinherrschendes Faktotum, winkte uns »Medizinlehrlinge«, wie er alle Kandidaten nannte, hinein und wir standen vor dem Allmächtigen, einem kleinen, gelbhäutigen, eulengesichtigen, bebrillten Manne mit dem eigentümlich stechenden und doch leicht verschleierten Auge, an dem die Armut von Wimpern auffiel. Die Augenlider waren papierdünn, wie pergamenten. Sehr sein geschnitten war die Nase, die den Stolz ihres Trägers in zwei sehr graziös geschweiften Nüstern, die leicht beim Sprechen wie halb hohnvoll zitterten, bekundeten. Schmale, blutlose Lippen, nicht allzu üppiger grauer Vollbart. Er zehrte gerade an einer belegten Berliner Schrippe. Neben dem Teller stand eine kleine Weiße. Das war das einzige Frühstück, welches dieser Heros des Beobachtens und Registrierens nach dem Morgenimbiß bis in die späten Nachmittagstunden trotz Kollegabhaltens, Empfängen, Examen, Sektionsprotokollen, anthropologischen Messungen, Parlamentssitzungen usw. einnahm. Seine Gattin, welche in Bewegungen, Sprache, langsam und still aneinandergereihten Worten und Manieren völlig den Rhythmus des Gatten übernommen hatte und ganz im Banne seiner Bedeutung stand, hat mir später selbst erzählt, daß Virchow fast regelmäßig dazu noch bis 1 Uhr nachts und länger zu Hause arbeitete und spätestens um 6 Uhr aufstünde. Trotzdem hat er während der sechs Semester, welche ich seinem Institut angehörte, außer Ferien- oder wissenschaftlichen Reisetagen nicht ein Mal gefehlt, was ich von meiner freilich amüsierlicheren Gehilfen- und Kandidatentätigkeit nicht behaupten kann.

Genug, nun standen wir vor ihm und als er ernst auf uns zukam, uns eine etwas kühle Hand reichte, die Brille auf die Stirnhöcker schob und uns ganz nahebei visitierte, da flüsterte Bindemann, dem sein: »min Jung«, doch wohl im Halse stecken blieb, scheinbar unhörbar: »So geit dat doch nich!« Sofort fragte Virchow: »Meinten die Herren etwas?« Ich tat einen Atemzug und stammelte einiges von Dank und Freude über den Eintritt in die neue Tätigkeit. Huldvolle Überweisung in die Arbeitsräume.

Nun saßen wir beide im großen Mikroskopiersaal an angewiesenen Plätzen, jeder vor einem eigenen Mikroskop, als Beaufsichtiger der Arbeiten der Studierenden. Wir hatten selbst gar wenig Übung in der Handhabung des verlängerten Auges und waren durchaus angewiesen auf die studentenfreien Nachmittagsstunden, um Vorsprung vor den gleichfalls Lernenden zu erhalten. Ich muß sagen, daß mich Virchow darin wahrhaft rührend unterstützte. Wie oft kam er plötzlich in den Saal, wenn Assistenten und Personal längst das Institut verlassen hatten und fragte freundlich, was ich da tue. Dabei erwischte er mich einmal auf einer groben Unwissenheit, welche zu denjenigen Blamagen führte, über welche der Mensch später in stillen Morgenstunden einsam im Bette zeitlebens erröten kann, trotzdem es niemand sieht und weiß.

Ich hatte Trichinenfleisch vor mir. Und Virchow fragte mich: »Haben Sie schon welche gesehen?« »Ja, im Mikroskop!« sagte ich stolz. »Nein, ich meine mit bloßen Augen!« Ich lachte höchst belustigt und hell auf, denn ich dachte, Virchow wolle mich, den Neuling, uzen. Da sprach er mit ganz strengem Blick: »Sie müssen sich dies Lachen dem Ihnen Neuen gegenüber gänzlich abgewöhnen, es ist das Dümmste, was man machen kann!« Und nun zeigte er mir, daß man in der Tat die Trichinen bei seitlicher Beleuchtung, falls sie in verkalkter Hülle liegen, als weiße feine Pünktchen im Muskelfleisch mit bloßem Auge deutlich erkennen kann. Es ist dann meine Spezialität geworden, bei Obduktionen nach dem Zufallsbefund von Trichinen in den Hals- und Rückenmuskeln zu fahnden und ich habe dabei statistisch festgestellt, daß unter 100 Leichen 20–30 einige verkalkte Trichinen bei sich haben, ohne je direkt an Trichinose erkrankt gewesen zu sein. Sehr wohl und ungezwungen kann aber mancher Muskelrheumatismus und mancher Hexenschuß (mit leichtem Fieber) auf eine relativ spärliche Einwanderung von Trichinen vom Darm her bezogen werden. Einige Trichinen erwischt vielleicht jeder. Das mit dem Lachen vor den Toren des Unbekannten habe ich mir aber gründlichst hinter die Ohren geschrieben und bin mit diesem Vermächtnis meines großen Lehrers allen Lebensneuheiten gegenüber sehr gut gefahren.

Man muß äußerst tolerant und vorsichtig sein auch dem scheinbar belachenswertesten Neuen gegenüber. Freilich war ich Zeuge, als es einst Virchow selbst passierte, daß er diese Vorsicht des »Erst Prüfens, dann Lachens« außer acht ließ, gelegentlich des ersten Anblicks der Kochschen Cholerabazillen unter dem Mikroskop. Er lachte auch und meinte: »Es ist unmöglich, solche bunten Kommachen machen keine Seuche. Pettenkofer hat eine ganze Bakterienkultur als Brühe geschluckt und hat nicht einmal Diarrhöe bekommen!« Und doch wäre man jetzt ein arger Ketzer, wenn man die Allmacht der spezifischen Bakterien anzuzweifeln wagte. Freilich hätte Virchow doch im Grunde recht behalten können, wenn er seine Forschungen darauf gerichtet hätte, die alle Bakterien zur Ansiedlung befähigenden Vorbedingungen genau zu erkennen. Die meist immer noch nebelhafte »Disposition« – ja da steckt doch wohl das eigentliche Problem der Bakteriologie, welche sich eine Zeitlang so hoch und kühn über Virchows Schulter emporgeschwungen zu haben glaubte.

Jedoch zurück zu den Erlebnissen! Täglich war ich bei Sektionen, Schädelmessungen, Examensabhaltungen, kniffichen mikroskopischen Studien zugegen, auch mußte ich oft Protokoll führen bei wissenschaftlichen Gutachten Virchows, die von ihm, als höchster Instanz, nicht selten gefordert wurden. Dabei passierte es mir oft, daß ich technische Ausdrücke nicht kannte. So z.B. begann sein berühmt gewordenes Gutachten im Szegediner Ritualmordprozeß mit dem diktierten Worte: »Denata«. Ich sah ihn überrascht und fragend an; er durchschaute mich sofort und sagte: »Das heißt: die Verschiedene, natus – geboren, denatus – – ja, wie soll man sagen? – abgeboren, verstorben!« Überhaupt war in ihm eine heftige philologische Leidenschaft, was seine starke Neigung zu sprachlichen Spitzfindigkeiten verriet. Seine scharfen Unterscheidungen zwischen Synonymen, wie »hypertrophisch« und »hyperplastisch«, Ex- und Transsudat usw. usw., mußten uns absolut geläufig sein, sonst kam sein Hohn und seine weiße Nase, die auch chamäleontisch erblaßte, wenn jemand mit ihm stritt, ja, auch wenn ein leidlich geistreicher Gedanke außerhalb des Bannkreises Virchowscher Wissenshorizonte von jemand anderem aufblitzte. Sein Aufsatz »Über Barbarismen in der Medizin« allein beweist, wie peinlich scharf er Sprachwurzeln nachspürte und bis in den Tod Verbindungen von lateinischen mit griechischen

Lehnsgliedern haßte. Auch falsche Adjektivbildungen waren ihm schwer zuwider. (Peripherisch und peripher, Diphtherie und Diphtheritis.) Dann konnte er ungemein heftig werden. Ich war Zeuge und Protokollant, als er einen Unglückswurm von Examenskandidaten bei solchen kriminellen Entgleisungen unterbrach mit den Worten: »Halten Sie ein! – Wem sehen Sie ähnlicher, Ihrer Mutter oder Ihrem Vater?« Verblüfft stotterte der Kandidat: »Ich glaube meiner Mama!« Darauf Virchow zu unserem Entsetzen: »Die arme Frau!« Als Selbstsühne ließ er den mäßig Vorbereiteten durch das Examen, der seinerseits wohl vor Freude über sein kaum erhofftes Glück Ähnlichkeiten Ähnlichkeiten und tödliche Kränkungen kleine Scherze sein ließ. Einmal aber irrte sich der große Wortanalytiker selbst sehr verblüffend. Er ließ einen älteren Arzt durch das Kreisphysikusexamen fallen, weil er nicht wußte, woher das Wort »Serum« (in Blutserum) komme. Bei einem Fakultätsdiner von v. Bardeleben interpelliert, wie er seinen Neffen deshalb »rasseln« lassen könne, nannte Virchow obigen Grund. Worauf Rundfrage am Tisch. Keiner der anwesenden Koryphäen wußte die Ableitung des Wortes. Worauf Virchow überlegen lächelnd erklärte: »Das kommt von Serus, a, um – klar!« Inzwischen war der sogenannte Knochen-Wegner, sein erster Assistent, ein derber Grobian, an das Konversationslexikon gegangen, kam zurück und sagte scharf: »Das ist falsch. Serum ist griechischen Ursprungs und kommt von to serron = die Blutfüssigkeit!« Staunen – und Virchow saß selbst in der philologischen Mausefalle, ließ den Kandidaten noch einmal kommen, zerriß sein Dokument, prüfte von neuem und schrieb hin: »Mit I bestanden. Virchow!«

Wie genau erinnere ich mich einer wundersamen Szene im Mikroskopiersaal. Alles war zu Tisch gegangen, nur drei japanische und ein chinesischer Arzt, die sehr gut Deutsch konnten, waren zugegen. Virchow hatte sein neben dem Saal liegendes Arbeitszimmer, in dem etwa 30 der seltensten Skelette, Ausgrabungen aller Menschenmöglichkeiten, eine schaurige Garde bildeten, nach Diktator Hübners Aussage schon lange verlassen, um im Parlament zu reden, und ich begann den Herren des Ostens über Wagners Musik einen belehrenden Vortrag zu halten mit Demonstrationen, d.h. ich sang mit meiner nicht üblen Tenorstimme (man vergleiche meine Bühnenerlebnisse in Zürich und Mailand) Stellen aus »Lohengrin«, »Tristan« usw. Als ich dann die Stolzing-Arie aus den, »Meistersingern« begonnen hatte – ich sehe noch die staunenden gelben Gesichter der asiatischen Kollegen vor mir – öffnete sich die Virchowtür und er selbst, der Chef, trat ein mit ungeheuer ernstem und neugierigem Blick. »Ich habe eigentlich gemeint, diese Stätte, die dem Tode und dem wissenschaftlichen Ernst gehört, sei kein Raum für Bühnenreminiszenzen.« Als ich, mich freiwillig denunzierend, ihm entgegentrat, sagte er: »Ich weiß schon! Wir haben nur den einen Johann, den munteren Seifensieder!« – »Aber machen Sie das künftig lieber auf der Kegelbahn!« Längst waren die Söhne des Ostens hinter die Mikroskope geflohen und ich stand wie ein begossener Pudel. »Johann, der muntere Seifensieder!« Hätte Virchow ahnen können, daß ich der Erfinder der Marmorseife wurde, die er in späteren Jahren noch sogar selbst benutzt hat! Vielleicht ein Fall von Verbalsuggestion, der mich eventuell noch das Leben kosten kann. Denn ich habe geschworen, mich aufzuhängen im Kleiderschrank meiner Frau, wenn ich durch die Seife ein berühmter Mann werden sollte! Nach Sternen vergeblich langen und durch Seifensiedertum glänzen – nein, das geht doch nicht, wenn's auch ein Virchow so ansah. Eine andere Humorszene leistete sich Freund Bindemann, das prächtige Heimatoriginal. Wir wollten einem Kaninchen irgendeine Injektion unter die Haut applizieren und hatten zu diesem Zwecke das Kaninchen sehr ungeschickt auf den Operationsblock gebunden – aus Mangel an Übung. Darüber zu kam Virchow und sagte ärgerlich: »Aber so quälen Sie ja das Tier! Geben Sie her, ich werde Ihnen das zeigen!« Bindemann band das niedliche Tierchen ab, nahm es unter die Achseln wie eine Puppe, reichte es so baumelnd dem Meister und sagte ganz zärtlich: »Na, dann geh du mal zu *dem* Onkel!«, was der Gestrenge gnädig überhörte. Ich muß gestehen, es war leider das einzige Mal, wo mir einer meiner vielen Lehrer einen tiefen, nachhaltigen Eindruck von Mitleid mit der Kreatur, von der Idee der Schonung, von dem Einfühlen in das Leid beigebracht hatte! Wie geschickt zeigte er uns die erforderlichen Handgriffe. Seine Art zu sezieren war von höchster Meisterschaft, schon rein technisch. Ich habe ihn einmal im Frack eine Obduktion ausführen sehen. Kein Fleckchen, kein Spritzerchen auf den Manschetten. Nichts entging seinem einzigartigen Scharfblick und der Schlußkraft seiner Kombinationen. Einmal standen seine höchst gelehrten Assistenten Jürgens, der elegante und geniale Bonvivant und Ganglienforscher, Grawitz, der Prophet der schlummernden Zellen, ein Mann von wahrscheinlich einst allergrößter Bedeutung, Israël, der ehrgeizige Zynikus, und natürlich wir Duodezanatomen ratlos vor einer nach allen Regeln der Kunst obduzierten Leiche, und keiner wußte die Ursache des Todes aufzudecken. Einer von uns

Zauberlehrlingen mußte den Herrn und Meister holen und siehe! Die Brille hochgeschoben, alle Organe durchschaut, ein Schnitt ins Becken und dann sagte er lächelnd: »Meine Herren, Sie haben den *Plexus vesicalis* nicht freigelegt. Hier die Thrombose von einem kleinen Blasengeschwür und hier der kleine embolische Pfropf in der *Arteria coronaria* des Herzens. Genügt Ihnen das? Daran stirbt man eben!«

Wahrlich, ein Adlerauge war sein, das tiefste Blicke tun konnte in die verstecktesten Zusammenhänge des kranken Lebens, auf die grauen Schrittspuren des Todes und der Krankheit, über die Blumenfelder und Wiesen des blühenden Lebens, und es ist wohl recht, daß man ihm ein Denkmal gesetzt hat, auf dem er einen symbolischen Ringkampf mit dem Ungeheuer der Schmerzen auf sich nimmt! Wahrlich, er hat die unerhörteste Menschenarbeit eines ruhelosen Lebens daran gesetzt, dem Unhold der Krankheit bis in alle Winkel nachzuspüren, und es wird sein ewiges Werk sein, was er geleistet, indem er die letzten Verstecke in den Mosaikgrotten des Organismus, den Zellen, aufspürte, an denen die vielfingerige Krallenhand der gestörten Lebensbedingungen einsetzt. Er hat eben alle Gewebe auf alle von ihm allein geschaffenen Krankheitssymptome in einem ungeheuren System von der Entzündung bis zur Geschwulstlehre durchstöbert. Ein Riesenwerk! Freilich, allein gehört ihm der Ruhm des ursprünglichen Gedankens nicht, wenn auch die Ausführung allein ihm, Rudolf Virchow, dem Schivelbeiner Apothekersohne, gelang. Erstens hat er unbegreiflicherweise den alten Kölliker in Würzburg mit ganz ähnlichen Gedanken über die Zellehre wie Virchow sie selbst später proklamierte, jahrelang bekämpft (so erzählt Kölliker in seiner Selbstbiographie), und zweitens war ein junges, mit 27 Jahren verschiedenes Genie, Karl Reinhard, laut Zeugenschaft meines Vaters, der mit beiden intim verkehrte, der Urheber des genialen Gedankens, die Schwannsche Zellenlehre für die Pflanzen auf die menschliche Organisation zu übertragen. So ist die erste Arbeit über die Zellen in Virchows Archiv nicht von ihm, sondern eben von Karl Reinhard, während Virchow in den ersten Bänden nur Aufsätze über allgemeine Fragen, wie: »Autoritäten und Schulen«, »Hungertyphus«, »Seuchen« usw. publizierte. Ja, in dem VI. Bande dieses Archivs kann man nicht nur zwischen den Zeilen der Virchowschen Rede am Grabe Karl Reinhards lesen, daß dieser früh dahingeraffte, ungewöhnliche Mensch die überaus fruchtbare Divination gehabt hat, eine zellulare Pathologie, die Virchow allerdings mit unerhörter Konsequenz durchgeführt hat, zu schaffen, ja, Virchow hat dies auch direkt bekundet. War der Gedanke auch nicht ganz sein, die Tat gehörte ihm allein.

Übrigens will ich beiläufig erwähnen, daß die Vorrede zu Virchows Standardwerk »Die Zellularpathologie« in dem Eldorado meiner Jugend, in dem Ostseebad Misdroy, das meine Freunde mit der Insel Wollin aus meinem Märchenbuche »Es läuten die Glocken«[9] kennen, an Ort und Stelle von Virchow verfaßt und unterzeichnet ist.

Es ist mir nicht möglich, alles zu beschreiben, was ich von Virchow weiß und was ich mit ihm resp. in seinem Lichtkreis erleben durfte, davon könnte ich ein ganzes Buch schreiben, denn der Mann lebt in meinem Herzen. Ich muß es mir versagen, die herrlich lehrreichen Fahrten mit ihm zu den Araukanern, Mikrocephalen, Riesen, Monstren aller Art des Panoptikums, des zoologischen Gartens, des Aquariums zu schildern; von vielen weiß ich sehr ergötzliche Geschichten zu berichten, auch kann ich weder bei den Ausgrabungen auf Wollin, noch bei der Exhumierung eines Negers, der zwei Jahre schon in meiner Heimaterde bei Stettin den Todesschlaf schlief, verweilen, auch kann ich nicht von den tausenden und abertausenden Schädelmessungen Virchows berichten nebst ihren manchmal drolligen Begleiterscheinungen. Auch widerstrebt es mir, an dieser Stelle die Begebenheiten in Virchows Hause bei Bällen und anderen festlichen Gelegenheiten zu schildern, ich will nur noch einige Gespräche mitteilen, welche zwischen uns ausgeführt wurden auf solchen Ausflügen zu Studienzwecken, bei denen ich das hohe (mein Vater sagte immer das »unverschämte«) Glück hatte, Virchow allein zu begleiten, weil sie etwas von der Weltanschauung dieses hochbedeutenden, aber doch ein wenig einseitigen Forschers bekunden. Es soll gleich gesagt sein: Virchow war ganz krasser Mechanist und Materialist und wollte die Gesamterscheinungen des Lebens aus dem Mechanismus der Zellen erklärt wissen.

So kamen wir einst von der Sektion eines jung verstorbenen Mädchens aus dem der Charité nicht fernen Augustahospital. Das Gespräch begann mit einigen despektierlichen Bemerkungen über die Kaiserin Augusta: »Wie er (Wilhelm I.) seine Soldaten hat, so hat sie eben ihre Spitäler! Die Leutchen müssen sich doch auch beschäftigen.«

Dabei kamen wir auf Glaubensdinge zu sprechen. Ich äußerte einige Bedenken über die Entstehung der Welt aus Zufall. Ich erinnere mich genau, den Zufall einen Clown der Möglichkeiten genannt zu haben,

---

9   Verlagsanstalt Concordia, Berlin.

von dem es doch wohl unbegreifbar sei, daß er die eisernen Gesetze der Natur geschaffen. »Nun«, sagte der Meister, »in Ihnen ist auch noch solche Art von dichterischem Verleimungszustand (er sagte kolliquativer) des Gehirns vorhanden. Sie haften auch noch, wie wir alle als Kinder, an allerlei theistischen oder pantheistischen Märchen!« »Aber meinen Herr Geheimrat wirklich, daß auch z.B. ein Goethe solchen Verleimungszustand in einem sonst doch tadellosen Gehirn gehabt hat?« »Natürlich ist dichterische Betrachtung der Welt etwas ganz anderes wie naturwissenschaftliche. Seine Unzulänglichkeit exakten Denkens zeigt sich deutlich in der Farbenlehre. Die ist wirklich colliquativ.« Ach, hätte ich ihm damals doch das sagen können, was ich heute davon weiß! (Siehe das Kapitel dieser Erinnerungen, welche Strindbergs Namen trägt.)

Dann sagte Virchow: »Sie können es ja seitenweise bei mir lesen, wie ich zu allem Transzendenten und Metaphysischen stehe. Hier hört buchstäblich mein Interesse auf!« »Ja,« warf ich ein, »es ist nur merkwürdig, daß für so viele Leute gerade da das Interesse beginnt, z.B. in der Frage nach Gott!«

»Aber,« rief er, »lassen Sie doch alle die theologischen Mätzchen aus dem Spiel. Lesen Sie bei Kant, was er von den sogen. Beweisen für das Dasein Gottes gedacht hat!« »Aber man befindet sich doch mit dem Gottesglauben in einer sehr guten Gesellschaft. Ich kenne keinen ganz überragenden bedeutenden Menschen, der nicht an so etwas wie Gott oder Geist der Natur geglaubt hat!« sagte ich etwas unvorsichtig. Virchow blieb stehen und fragte ganz naiv: »Halten Sie mich nicht für bedeutend?« »Natürlich!« stammelte ich. »Na also!« war die Antwort.

Ein andermal kamen wir auf solchem Gange auf den Darwinismus zu sprechen. Virchow sagte: »Ich glaube nicht an diese Dinge. Wenn ich auf meinem Sofa liege und die Möglichkeiten von mir blase, wie andere den Dampf ihrer Zigarre, so kann ich solchen Träumereien wohl folgen. Aber dem Wissen hält das nicht stand. Häckel ist ein Narr. Das wird sich schon noch herausstellen. Wenn übrigens so etwas wie Transmutation vorkäme, so könnte es nur auf dem Wege pathologischer Entartung geschehen!«, »Das heißt,« sagte ich sehr naseweis, »Darwin hätte in Berlin pathologische Anatomie studieren sollen!« Er schwieg vernichtend. Jürgens, dem ich von diesem Gespräch berichtete, meinte: »Das dürfen Sie nicht tun, das vergißt Ihnen Virchow nie!«

Ich kann es nicht glauben. Er war eigentlich immer freundlich zu mir, bis auf einmal; als ich viele Jahre später unter seinem Vorsitz eine Reihe von Geschwülsten demonstrierte, welche ich ohne Narkose mit meiner Infilterationsanästhesie schmerzlos entfernt hatte, da sagte er: »Das haben Sie alles mit Einspritzungen gemacht? Das glaube ich Ihnen nicht!« Darauf lud ich ihn mit folgenden Worten ein: »Herr Geheimrat! Meine Unterrichtsstunden sind von 10–12 vormittags!« Nun, wenn später meine Fachkollegen mich wegen dieser Segenstat aus dem Saale wiesen, so hätte ich es nicht als Kränkung empfinden brauchen, wenn Rudolf Virchow, ein Anatom, diese Dinge gröblich verkannte.

Übrigens wußte er sonst gerade in chirurgischen Dingen außerordentlich Bescheid. Mein Freund Langerhans, dessen Kinder ich schon früher glücklich operiert hatte, Virchows Patenkind, ließ mich rufen, als ich schon Chirurg war. Er hatte nach einer Verwundung bei einer Sektion unzweifelhaft Wundstarrkrampfanfälle. Virchow kam herbei und fragte, was ich zu tun gedenke. Ich entwickelte meinen Plan. »Seien Sie mir nicht böse!« sagte er im Nebenzimmer sehr freundlich, »wollen Sie eine so verzweifelte Sache nicht lieber einem älteren Chirurgen überweisen, z.B. v. Bergmann bitten, daß er hier beisteht?« »Aber natürlich!« sagte ich und eilte sporenstreichs hinweg, fand Bergmann nicht, aber Sonnenburg, der sofort kam und Virchow genehm war. Er operierte (zu meiner Genugtuung genau in der geplanten Schnittführung), Virchow warf mir einen billigenden Blick zu; ich leitete die Narkose, und hier bewährte Virchow sich als ein Kenner sehr seiner chirurgischer Maximen. Es ist eine Regel, die noch nicht einmal alle Chirurgen kennen, daß nur beim Tetanusanfall die Narkose trotz anscheinender Erstickungsgefahr auf das energischste in alle Tiefe erzwungen werden muß, wegen des zu überwindenden Stimmbandmuskelkrampfes. Der arme Langerhans bekam während der Operation einen neuen Tetanuskrampf, ich goß Massen von Chloroform auf die Maske, sah Virchow an und er nickte: »Ja, ja, nur immer zu, trotzdem er ganz blau ist!« Das hat mir sehr imponiert.

Ich danke Virchow unendlich viel. Bergmann hatte wohl recht, als er mich beglückwünschte zu dem Segen solcher Schule. Virchow war ausschließlich Naturwissenschaftler, und es rächt sich wohl bei vielen Geistesheroen, daß ihnen die Basis gleichsam der mikroskopischen Anschauung bei ihren unausbleiblichen Gedankenexkursen in das biologische Gebiet fehlt. In Virchows Schulung habe ich die ersten Schritte getan zu einer ganz vom Überlieferten abweichenden Vorstellung über das Nervenleben und die Funktion der Neuroglia, was gerade in Virchows Augen, der die Neuroglia für ein einfaches Stütz- und Rankengewebe aus Bindesubstanz erklärt hatte, ein an Tempelschändung grenzendes Vergehen gewesen wäre. Unter Professor Jürgens habe ich Tausende von Serienschnitten durch das Gehirn machen und durchmustern müssen, und mir ging damals schon der Gedanke von der Hemmungstätigkeit dieses eigentümlichen Gewebes auf. Aber Virchow hätte mich als einen Junker Naseweiß gewiß unliebsam angelassen. Das geschah mir auch mit einer Anregung, die mich leicht zu einer medizinischen Berühmtheit in jungen Jahren hätte machen können. Mir war es, angesichts sehr schwerer tödlicher Entbindungserfahrungen im gynäkologischen Institut Gusserows aufgefallen, daß niemand bei schwerer Geburt wegen Beckenenge gewagt hatte, die Symphyse, d.i. den vorderen Beckenknorpel unter der Haut mit einem gekrümmten Messer zu durchschneiden. Als ich ganz naiv das einmal im Kreise der Assistenten fragend erwähnte, entstand allgemeines Verblüffen und dann Gelächter, als Bindemann höhnend sagte: »Operier du man den Düwel noch'n Schwanz af!« Und Freund Prowe, wohl der bedeutendste unter uns allen (er starb früh in Südamerika) meinte: »Frag mal Virchow!« Getan wie gedacht. Aber auch Virchow meinte abwehrend: »Nun, und dann sechs Wochen nach dem Schnitt? Dann bricht Ihnen die Frau hinten im Kreuz zusammen!« Viel Spott und Hohn ließen die Sache einschlafen. Aber viele Jahre später machte von Frankreich her die Symphyseotomie den Siegeslauf durch die Welt, und gilt noch heute für eine Großtat. Von Bindemann besitze ich noch eine Karte, in der er schreibt: Symphyseotomie (s. Paris. *Journal medicale* 1896, Nr. 12). »Also doch, min Jung. Gratuliere!« Ebenso schrieb mir Prowe, wie schade das sei, daß ich die Sache nicht gegen alle verfochten hätte. Nun später habe ich das bei anderen Gelegenheiten mannhaft getan, aber mit noch viel deprimierenderem Erfolge.

Virchows Einfluß verdanke ich unbedingt meine besondere Stellung zur Geschwulstlehre. Und zwar aus folgenden Gründen: Neben mir im Mikroskopiersaal saß der Japaner A....., welcher sämtliche dem Institut eingesandte Krebsfälle überwiesen bekam, das bedeutete die Überlassung fast sämtlicher in Berlin operierter Krebsgeschwülste. Ein herrliches Material, das ich in Tausenden von A... gefertigten Schnitten gewissermaßen gratis zu studieren bekam. Nach zwei Jahren fragte Virchow: »Nun, Herr Dr. A....., haben Sie etwas gesunden?« Echt japanisch sagte dieser mit einem devoten Knicks: »Hai, o gar nix, Herr Keheimratt.« Ich aber folgte Virchow und entwickelte ihm meine gewonnene Überzeugung, daß der Krebs eine Folge einer Bastardehe zwischen den Zellen sei, also

192

eine Art Zellincestes, einer anarchistischen Zellenunzucht; das Produkt dieser pathologischen Zeugung und Befruchtung sei eine Art fragmentarischen Embryos, eine unvollkommene, nicht vollebensfähige partielle Kindklumpenbildung an falscher Stelle. Er sei ein Produkt krankhafter Zellzeugung, wie das normale Kind an rechter Stelle das Produkt physiologischer Zellzeugung sei. Virchow sah mich groß an und sagte: »Das haben wir alle einmal gedacht!« Ich habe bis auf den heutigen Tag nirgends gefunden, wo diese »alle« ihr Denkmaterial niedergelegt haben. Darum habe ich diese Theorie 1889 veröffentlicht. Sie steht noch heute unerschüttert da, und Czerny, Miculicz, Angerer und Sänger haben sie gelehrt.

Nun ist er lange dahin. Er, der große Dichter des Romans von der Zelle, er, der nicht wußte, daß auch er des ewig-kolliquativen Verleimungszustandes des Gehirns teilhaftig geworden war, welcher allen Genies die Möglichkeit staunenswerter, unerhörter Assoziation, die Ahnung wunderbarster Zusammenhänge überhaupt erst ermöglicht. Was er kolliquativ (verschmelzend) dachte, war eben ein Plus von Ganglienverbindungen aus dem Gebiet verschiedener Überschaubarkeiten. Virchow aber war trotz des ungeheuren Schatzes an Einzelwissen doch in gewissem Sinne dogmatisch. Er selbst arbeitete deduktiv, während er sich für den Klassiker der Induktion hielt, was er gewiß auch war. Aber was heißt es, die Lehre von den Pflanzenzellen Schleidens und Schwanns auf die menschliche Lebensmechanik zu übertragen, anders als nach einer deduktiven Idee zu verfahren, welche induktiv Material, Beweise herbeischafft? Er hat nicht geahnt, daß 20 Jahre genügen würden, seinen Kernsatz: »Die Zelle ist ein Elementarorganismus«, völlig umzustoßen. Die Zelle ist ebenso hoch organisiert wie der Mensch selbst, nur ein winziger Bestandteil von ihr, der Zellkern, ist eine allgemeine Elektrizitäts-Aktiengesellschaft mit 100 Milliarden von Molekülen und 1000 Milliarden Möglichkeiten von Elektronenwirbeln, in welchen alle Lebenserscheinungen, auch die des Krankseins, Interferenzen, Prismenwirkung, Lichtfelderverschiebungen bedeuten. Wo bleibt da der Elementarorganismus? So etwas gibt es überhaupt nicht. Gibt es doch nicht einmal für die moderne Physik einen Stoff, eine Substanz. Alles ist Bewegung, Idee, Fluß. Die Welt ist völlig geistig geworden. Der Materialismus und Mechanismus ist tot. Das Leben ist eine Manifestation der Weltseele. Schon

Form ist Geist dieser metaphysischen »Elementarorganismen«, den man: »Das Gott« nennen muß.[10]

So ist es gekommen, daß ein Mann, der Jahrzehnte hindurch der Beherrscher und Besetzer aller Lehrstühle der Medizin war, heute fast zu den Vergessenen gehört, der hier und da noch einmal erwähnt wird, meist zur Bekämpfung seiner Lehren, während es durch Jahrzehnte keine Seite, die von Medizin handelte, gab, auf der er nicht fünf- bis sechsmal zitiert wurde.

Eh er es gedacht und für möglich gehalten hätte, gehört er zum Mittelalter und ist Klassiker geworden. Seine Terminologie steht, seine Lehre ist dahin. Erst ein Revolutionär mit den Prometheus-Licht-Gedanken, dann eine Phase des Alleinherrschers, dann eine schwere Hemmung des Kommenden. Das ist die Tragik des Genies, und allein an diesem zwingenden Verhältnis läßt sich erweisen, wie groß er war.

Der Arzt *in statu nascendi*

Ich kann es meinem Vater nicht genug danken, daß er mit großer Liberalität bei mir die Frage nach dem Staatsexamen eigentlich nie besonders urgierte. Er wußte mich bei Virchow in den besten Händen und legte meinem allerdings höchst ungewöhnlichen Studiengange nicht die geringsten Hindernisse in den Weg. Ich selbst hatte eigentlich gar keinen Plan, war ständig im pathologischen Institut, oft in unmittelbarer Nähe des damals wie ein Alleinherrscher die Medizin verwaltenden Heros der Wissenschaft Virchow und im innigen Verkehr mit seinen Assistenten Jürgens, Grawitz, Israël, später v. Hansemann und Langerhans, die mich völlig als den ihren betrachteten und in deren Spezialarbeiten ich durch ihre Vertraulichkeit zu mir den allerfreiesten Einblick gewann. Das war wirklich, als wenn man einem Prinzen immer nur die feinsten Gelehrtenkosthappen vorsetzte, um ihn schneller als andere zu fördern. Meine ganze Revanche für diese Gunst den Herren gegenüber bestand in

---

10   *Anm.*: Ich glaube, viele Denkvorstellungen hätten zu weniger schweren Glaubenskonflikten geführt, wenn man das Göttliche weder masculin, noch feminin (»der« Gott, »die« Göttin) apostrophiert hätte – schon »*die*« Natur leitet irre –, über den Begriff »Das Gott« ließen sich noch heute religiöse und naturwissenschaftliche Weltanschauungen zwanglos versöhnen!

Schnurren erzählen, Lieder singen, Musik machen in ihren Häusern. Ich war wirklich ein munterer Meistersingerlehrbursch. Gewiß fehlte meiner Arbeit bei Virchow die Stetigkeit und die Systematik, aber dafür kam ich auch mit so vielen innersten Problemen der Pathologie frühzeitig in Berührung, wie wohl selten ein werdender Arzt. Ich war aber – wenn auch meist nur in zuckhaften, gleichsam epileptischen Anfällen – ungeheuer fleißig, studierte eifrig in Virchows eigener Bibliothek und habe bei dem ungeheuren Material des Instituts Gelegenheit gehabt, zur Information ganze Serienuntersuchungen auf eigene Faust zu veranstalten.

So habe ich einmal in einem Zuge die ganze Zellularpathologie Virchows praktisch durchmikroskopiert und ein anderes Mal die gesamte Geschwulstlehre des Meisters gleichsam mikroskopisch durchwandert und war allmählich wirklich ein kleiner Virchow in der Westentasche, wie sie mich in Stettin nannten, geworden. Mein Vater hat mir oft gesagt bei Gesprächen über die Leiden bestimmter seiner Patienten: »Am meisten beneide ich dich um deine enorme Übersicht über die Krankheits*möglichkeiten*, die dir ganz andere Erwägungen gestattet als den meisten von uns!« Gewiß, ich hätte nicht Mediziner werden mögen ohne dieses ganz breite Fundament einer umfassenden pathologischen Vorbildung. Ich war zu Hause im Reich der Zellen und in der ganzen Welt des Kleinsten, von der aus allein die Geheimnisse des großen Lebens zu entschleiern sind. Hier drangen schon frühe, um nur einige Beispiele zu nennen, die Fragen an mich heran, ob wohl wirklich die Funktionen der Nerven und Ganglien so von der Ernährung abhängig seien, wie die Wissenschaft bis heute noch annimmt, ob tatsächlich die Neuroglia, das Aufhängenetz zwischen den Hirnganglien, nichts sei als ein Stützapparat oder nicht vielmehr ein *grandioser Hemmungsmechanismus elektrischer Natur*; hier kamen mir eigene Gedanken über die Natur des Schmerzes, des Gefühls, der Bahnungen, die einst alle eine so große Rolle in meinen selbständigen Arbeiten spielen sollten. Hatte ich doch bei Jürgens täglich Gelegenheit, die wundervollsten Hirn-Rückenmarksschnitte in Tausenden von Serien kostbarster Hirnpräparate auf seinem Riesengefriermikrotom zu schneiden, zu färben, auf Glasplatten zu fixieren und zu durchmustern. Ein wahres Museum der Hirngeheimnisse konnte ich täglich betreten und unbekannte Schlupfwinkel umstöbern. »Die Ganglienzelle ist eine Welt für sich«, das wußte ich schon damals, und Jürgens lächelte, wenn ich voll Emphase behauptete, was bisher davon gelehrt werde, sei alles Stümperwerk. Bei Grawitz durfte ich die Geheimnisse der Entzündung mitstudieren und die wundervollen Gedankengänge dieses tiefgründigen Forschers, der zu verblüffend sicher und kühn in das Wesen der Dinge eingedrungen ist, als daß man ihn heute schon genügend versteht und bewundernd seine reformatorischen Ideen anerkennt. Er sitzt in Greifswald und grollt der dogmatischen, ewig rückständigen Schulgelehrsamkeit, die ihre Besten stets unterdrückt, nur um auf ihren Lehrbänken kein bißchen beiseiterücken zu müssen! Ein herrlicher Gelehrter, Grawitz, von einer Schärfe des Auges und der sichtenden Akribie, wie sie nur die größten Naturforscher besessen haben. Ich sage es mit Sicherheit voraus: Grawitz' Reform der Entzündungslehre und der Lehre der schlummernden Zellen wird ein wichtiges Fundament biologischer Lehre vom Zelleben überhaupt bilden, wenn es erst voll erfaßt ist. Grawitz hat auch in unzähligen Einzelarbeiten Neues zur Geschwulstlehre beigetragen. Alle die werdenden Gedanken konnte ich mitbelauschen, und niemand der Meister hat mir sein Herz verschlossen. Da gab's in meiner Gegenwart keine Angst vor Prioritätsansprüchen, Resultat-Durchsickern, Kleptomanie der Ideen, – einfach brüderliches Vertrauen dieser vielen Stützen der Wissenschaft hat mich ebenso geehrt wie bereichert. Ich galt ihnen wohl als eine Art von harmlosen Adepten im Embryonalstadium der Erkenntnis, von dem man sich nichts Böses vermuten konnte. Außer diesen gewissermaßen vom Tisch der Reichen auf mich niederfallenden Brocken stand es mir ja jederzeit frei, zu fragen und Unverstandenes mir erklären zu lassen. Man bedenke ferner, daß ich ja allmählich perfekt sezieren und anatomische Protokolle zu diktieren gelernt hatte, so daß ich ganz offiziell die Assistenten vertrat bei den täglich oft 6–8 Obduktionen. Da stand ich denn schon wie ein kleiner Urteilsverkünder vor den entblößten Leichen, das Messer in der Hand, um einem Frerichs, Leyden, Henoch, Bardeleben, Gusserow zu offenbaren durch Schnitt und Urteil, ob sie sich geirrt hatten in ihren Diagnosen, die jedenfalls nicht verhindern konnten, daß ihre Opfer hier lagen, bereit für die Enthüllung aller ihrer Leidenszustände während ihres ganzen Lebens. Da nun die Koryphäen oder ihre Assistenten vorher eine Skizze ihrer Beobachtungen, eine Symptomenreihe, eine Geschichte der Krankheit zu entwerfen pflegten, um selbst möglichst viel Gewinn aus einer nun zu klärenden Sachlage für zukünftige Fälle zu ziehen, so war für mich jede Sektion eine Unterrichtsquelle ersten Ranges, zumal die Vertreter der Klinik die ersten ihres Faches waren und ich die Ehre hatte, sie durch den Augenschein zu widerlegen oder ihnen Triumphe der Diagnose zu bereiten. Das brachte mich natürlich auch zu diesen Herren in einen gewissen intimeren Konnex, und ich kann mir schon denken, daß es auch für sie einigen Reiz hatte, es mit dem blutjungen, frischen Prosektor zu tun zu haben, der sie nicht terrorisieren konnte, wie das der großen Pathologen Art war, die Kliniker immer ein bißchen aufzuziehen und zu necken, sondern mit einem, von dem sie sich nicht alles gefallen zu lassen brauchten. Da gab es manchmal ganz handfeste Kontroversen, bis sie sich überzeugen ließen, daß ein schönes, mit viel Scharfsinn aufgebautes Diagnosengerüst vor der nackten Tatsache des anatomischen Befundes zusammenbrechen mußte. Auch vertrat ich die Herren Assistenten bisweilen in ihren Kollegs, was eine große Übung im öffentlichen Vortrag für mich bedeutete, und einmal habe ich sogar den großen Rudolf im gewohnten Montag-Morgen-Kolleg vertreten müssen, was beinahe übel auslief. Wenn Virchow, wie öfter, später als der Beginn der Vorlesung angesagt war, erscheinen sollte, hatte Jürgens die Weisung, das Kolleg mit Demonstrationen zu eröffnen. Eines Tages kam Virchow nicht. Jürgens, im Grunde ein leichtsinniger Strick, aber auch nicht. Ich war zufällig da. Von den Assistenten sonst niemand. Die zahlreichen, beinahe hundert, anwesenden Studenten begannen zu trampeln. Dutzende von Präparaten lagen bereit. Was sollte geschehen? Bindemann, Prowe hatten nicht die Courage, das Podium zu besteigen. Auch mir erschien es mehr als kühn, so einfach unvorbereitet, den großen Virchow zu vertreten. Da kam ein Eilbote von Jürgens an mich. »Beginnen Sie sofort das Kolleg mit Krankheiten der Leber. Es sind alle Arten da. Sagen Sie, was Sie wollen, nur nicht das von den Embolien, was ich Ihnen neulich mitgeteilt habe! Ich komme in Windeseile. Jürgens.« Was half's, ich mußte hinauf auf das Podium. Entschuldigte mich und bat, mit mir vorlieb nehmen zu wollen. Der große Meister oder sein Vertreter müßte jeden Augenblick kommen. Und begann zu meinem eigenen Schrecken ganz in Virchows eigener, langsamer, bedächtiger, verschnörkelter Manier, die wir unter uns so oft kopiert hatten. »Ich bitte Sie, meine Herren, die hier vor Ihnen ausgebreiteten, sehr zahlreichen und höchst lehrreichen Präparate, wie sie sie uns die vergangene Woche in einer eigenen Gunst der Verhältnisse geliefert hat, recht aufmerksam zu betrachten. Ich glaube nicht, daß Sie in Ihrem Leben noch einmal Gelegenheit haben werden, so gewissermaßen einen Exemplarenatlas von Repräsentanten aller Formen der Leberleiden mit einem Blick zu übersehen!« In diesem Tone fuhr ich fort und hatte mich lange Zeit in den Anblick eines besonderen Präparates und in seine

Ausdeutung vertieft, als ich mich endlich aufrichtete und nun Rudolf Virchow ganz ruhig in einem Türspalt stehen sah, mit einem so eigentümlich lauernd-sarkastischen Ausdruck, daß mir das Herz fast auf einen Präparatenteller gefallen wäre. Ich hielt mitten im Satze inne und trat ab. Aber der Grausame sagte ganz ruhig: »Sprechen Sie nur Ihren so gelehrt begonnenen Satz aus.«[11] Nach dem Kolleg ließ mich Virchow kommen. Ich erklärte ihm die Sachlage. »Ganz schön,« sagte er, seine Schrippe kauend, »aber wenn Sie mich schon vertreten, so brauchen Sie mich doch nicht gleich zu kopieren. Es empfiehlt sich in allen Lebenslagen, immer man selbst zu sein. Das Schauspielern wollen wir den Bühnenleuten überlassen.« Mit seinem Humor war es nicht weit her.

Eines Tages, es war schon spät am Nachmittag, saß ich in Jürgens' Zimmer und ordnete Gehirnschnitte, als es heftig klopfte. Ich rief: »Herein!« Vor mir stand in Frack und Zylinder, mit Orden und Ehrenzeichen geschmückt, ein rundlicher Herr mit hochgeröteten Wangen, fettglänzend und mit dicken Fleischermeisterfingern heftig gestikulierend. »Iss dat eene Wirtschaft hier in die olle Leichenbude! Wo is denn hier wer zu sprechen? Da hört sich doch alles usf. Ick will hier meine Olle abholen zu's Begräbnis, werd' in Keller gewiesen, da steht der Sarg, ick macht' uff. Wat seh ick? Nich meine Frau! Nee, – een besoff'ner Wärter liegt mang die Seidenspitzen, schnarcht un meine Olle aus'n Sarg raus, quer uf de Erde!! Da schlag doch gleich ein Kreuz-Himmel-Donnerwetter in die janze Bude!« »Um Gotteswillen! Herr! Das ist ja entsetzlich! Bitte, beruhigen Sie sich. Ich komme gleich mit Ihnen.« Ich führte ihn eilig hinaus, stürzte durch die Räume vor Virchows Tür. Eine schwache Hoffnung! Vielleicht war er selbst noch da. Was sollte ich autoritätsloser Bakkalaureus nur anfangen? Gott sei Dank! Er war da. In größter Eile berichtete ich: »Herr Geheimrat! Unten im Leichenkeller liegt ein betrunkener Leichenwärter im Sarg einer zu Bestattenden. Der Mann will sie abholen und hat das Entsetzliche gesehen!« Virchow stieß wie ein Falke vor. Als er den Meister sah, sprach er ihn ruhig an. »Ich bin Virchow. Ihnen wird jede Genugtuung werden!« »Schlächtermeister Müller aus

---

11   Er hatte immer etwas süffisant Höhnendes im Ton. Als wir, er, mein Vater und ich, im Zoologischen Garten Meyerheim vor der Staffelei bei einem Löwenporträt trafen, stellte er die beiden also vor: »Dies ist der berühmte Maler Meyerheim aus Berlin, und dies der weniger berühmte, aber desto vorzüglichere Doktor Schleich aus Stettin!«

der Köpenicker Straße. Habe schon die Ehre, Herr Geheimrat! Aus dem Bezirksverein. Habe öfters mit Herrn Geheimrat am Präsidententisch die Ehre besessen. Stramm liberal, immer vor'n Fortschritt!« Virchow gab ihm sehr herzlich die Hand. Nun ging's in den Keller. Wahrhaftig, da lag in den zerwühlten Kissen, um sich die Hobelspäne verstreut, schnarchend das Vieh von einem Wärter. Der Präparatenspiritus war eine riesige Gefahr für diese Leute. Virchow schlug ihm blitzartig hinter die Ohren, riß ihn mit meiner Hilfe heraus, und wir warfen ihn wie ein Bündel Flicken in die Ecke. Dann säuberte Virchow eigenhändig die Leiche, bettete alles förmlich und feierlich zurecht und hob die gekränkte Tote selbst zurück in ihr letztes Bett. Dann sagte er: »Herr Schlächtermeister! Verschieben Sie, bitte, die Beerdigung um eine Stunde. Ich komme selbst zurück. Ich werde mir persönlich die Ehre erweisen, Ihrer verstorbenen Frau das letzte Geleit zu geben!« »Aber, Herr Geheimrat! Es geht bis nach Weißensee!« »Das tut nichts. Ich komme!« Virchow nahm, was äußerst selten war, eine Droschke und reihte sich im bald formierten Trauerzuge neben den Schlächtermeister, der, stolz, an der Seite des berühmten Mannes wandern zu dürfen, die angetane Schmach verzieh. Virchows geniale Diplomatie verhütete einen gewiß gräßlichen öffentlichen Skandal. Er war doch auch ein großer Psychologe.

Wir saßen eines Abends, Jürgens, Grawitz, Israël, Bindemann, Prowe, Langerhans und ich im Bierlokal beim dicken Schünemann. Es war gegen 1/2 12 nachts. Plötzlich rief Jürgens: »Teufel! Da hab' ich was Schönes angerichtet! Ich muß noch in den Präparatenkeller. Virchow will durchaus zu morgen früh eine Niere mit Adenom haben, die liegt nun vergessen im großen Abwascheimer! Das geht nicht! Ich muß rüber ins Institut, um sie zu holen!« »Unsinn! Das kann doch einer von uns Jungen tun. Wie sah die Niere aus? Wir finden sie gewiß.« »Ausgeschlossen. Jetzt ist's bald zwölf Uhr. Ihr jungen Dächse um Mitternacht durch alle die Leichen hindurch! Dazu gehören alte Nerven!« »Nanu! wir fürchten uns doch nicht vor Kadavern? Was ist denn dabei? Außerdem klingeln wir Hübner (den Oberwärter) heraus!« »Wir wollen knobeln, wer von uns vieren die Reise antritt.« Ich schlug es vor, und ich wußte ganz genau im voraus, daß es mich treffen würde. So ganz gemütlich war es doch nicht, so nachts durch ein paar Dutzend Leichen hindurch zu spazieren, denn der Abwaschraum mit der großen Präparatensammeltonne lag hinter dem Kühlraum der Leichen, die, neben- und durcheinander gereiht, nur mit Laken flach überdeckt waren. Wir würfelten, und ich warf drei Sechsen. Also! »Gutenabend, meine Herren!«

Ich gelangte leicht bis ins pathologische Institut und öffnete es, denn Jürgens hatte mir den Schlüssel mitgegeben, schritt ganz ruhig durch die dunklen, vom Schlürfen der Füße widerhallenden, hohen Räume die dunklen zwei Treppen zu der Wohnung des Oberwärters Hübner hinaus. Endlich öffnete er. »Nanu? Das is ja ganz was Neues! Ick nachts in den Leichensaal? Nich in de Hand! Ick bin keen Don Quichote. Man hat ooch seine respektablen Religiositäten. Nich zehn Pferde bringen mich da durch. Bei Tage, ja. Da is es Beruf. Nachts weeß man nicht. Es gibt Mys-todien! Aber wissen Se was? Ick werd' Ihnen den Jashahn uffdrehn. Dann können Se sich wenigstens unten Licht machen!« Nun gut. Ich ging lächelnd hinab. Im Leichensaal angekommen, entzündete ich ein Streichholz. Geisterhaft flog ein leichter Gelblichtton über den Raum. Da lagen sie. Manche Gliederecken markierten sich unter den Laken wie Gebirgskuppeln. Viele Füße ragten an den Tischrändern hervor; hier und da tauchte ein Kopf unter dem Weiß auf. Pfeifend schoß die Gasflamme ihr Licht in die Höhe. Na also! Nun lag alles in realer Beleuchtung. Kein Spuk. Keine Bewegung. Ich schritt ruhig durch den leeren Raum zwischen den niedrigen Bänken durch, betrat das Nebenabteil, entzündete auch hier die Gasflamme und suchte und fand nicht ohne Mühe aus dem eklen Zuber das wissenschaftliche kostbare Präparat. Ich nahm es auf einen Teller und trat, ihn vor mich hertragend, befriedigt die Rückreise an. Ich sah, milde lächelnd, beinahe wehmütig auf diesen Kongreß der für immer Schweigenden. War aber ganz ruhig. Da – fupp! – ging das Licht aus. Das war nun freilich schon etwas ungemütlicher. Ich tastete zur Orientierung, etwas unsicher geworden, nach rechts mit der freien Hand, ich faßte erst ein paar Zehen, dann ein Knie und noch eins, einen ganzen Fuß, eben strich ich über Lippen, äh, das waren kalte Zähne –, da – – allmächtiger Gott! – mich hielt jemand im Rücken fest, ich konnte nicht fliehen, ich fühlte deutlich meine beiden Schultern zurückgerissen – – ohnmächtig sank ich hintenüber – – – –

Ich erwachte. Jürgens und alle um mich herum, auch Hübner. Ich hörte ihn demonstrieren. »Ja, hier sitzt doch sein Gehrock fest an diesem Nagel. Da is er hängen geblieben. – Vielleicht, daß ich zu früh den Jass ausgedreht habe! Ja, ja, meine Herren, das sind so Phantasmorgien, Sphänomene!«

Eines Herbstnachmittags spät klopfte es an der Tür des allgemeinen Präparatenzimmers. Ein kleiner, weißbärtiger Herr stand davor in einer sehr bescheidenen Stellung. »Mein Name ist Cohnheim,« sagte er freundlich, »ich wünschte wohl einen der Herren Assistenten zu sprechen.« »Schleich!« stammelte ich – »doch nicht der berühmte Albert Cohnheim, Virchows größter – –« Er lächelte. »Derselbe,« nickte er. »Vielleicht können Sie mir behilflich sein. Ich höre, es ist eine Marmorbüste Virchows von Schaper gefertigt worden. Ich hätte sie gern einmal gesehen. Ich bin nicht ganz in Frieden aus diesen Räumen gegangen, möchte aber vor meinem, wohl nicht mehr fernen Ende noch einmal, wenn ihn nicht persönlich, doch sein, wie ich höre, vorzügliches Bildwerk in Augenschein nehmen!« »Aber selbstverständlich!« Ich beeilte mich, ihm mitzuteilen, daß ich ganz allein im Institut sei, und führte ihn in den großen Doziersaal, wo Virchows Büste rechts an der Wand aufgestellt war. »Ist der alte Hübner noch hier?« Da stand der schon bei uns. »Mein Gott! Herr Geheimrat. Na, die Ehre! Warten Sie mal, das sind 14 Jahre her. Ja, ja! Es rollt sich so zusammen, sagt der Kegelschieber. Die Büste wollen Sie sehen? Da hängt se. Aber mit'n Zeltdach. Der Geheimrat will sich nich immer als seine eigene Leiche bei's Dozieren vor sich sehen, wie 'nen Totenspiegel. Das stört ihn. Darum muß ich ihn immer zudecken. Wird aber alle acht Tage gestaubt. Nu seh'n Se'n sich mal an! Ja! – – Nich? Wie aus'n Auge geschnitten. Sehr künstlerisch – natürlich!« Der alte Cohnheim stand, Hut in der Hand, in träumerischer Versunkenheit. Der schwatzhafte Hübner ließ nicht locker. »Nu soll'n Se ihn mal erst mit der Brille sehn! Sehn Se mal, wenn ich ihm so meinen Kneifer aufsetze« – er nahm einen Stuhl und wollte wirklich sein Glas Virchow auf die Nase klemmen. Cohnheim wehrte dezent ab. Aber Hübner ließ es sich nicht nehmen. Da wandte sich der größte und bedeutendste Schüler Virchows, der hier nur heimlich einen pietätvollen Besuch abstattete, lächelnd zum Gehen. »Sie sind doch immer noch der alte, Hübner.« Nachher fragte dieser mich: »Soll ich nu Rudolfen was von der Visite sagen? Is doch drollig. So hintenrum, gewissermaßen bei Nacht, ohne Offiziosum! Schade, daß sie sich so verknurrt haben. Cohnheim war unser Begabtester. Ein großer Lumen! Wie is der aber schnell gealtert. Sieht ja beinahe älter aus als Rudolf. War doch kaum funfzig, als er von uns machte. Riecht 'n bißchen nach *prämature Senescität*. Ei weih!«

Cohnheim hat nicht mehr lange gelebt.

Um jene Zeit wohnte ich in der Schumannstraße 15, die »Goldene 15« genannt, weil sich im Keller des Hauses eine Viktualienhandlung des kleinen buckligen N. N. befand, in deren mehr als dürftigem Hinterstübchen man ausgezeichnet frühstücken konnte. Dies war denn auch der Restaurations-Treffpunkt aller Mitglieder des berühmten, damals gegründeten Künstlerassoziäts-Theaters in der Schumannstraße unter Barnay, Förster, Friedmann, L'Arronge, genau an der Stelle des jetzigen Reinhardttheaters, nur daß an der Stätte der Kammerspiele damals noch ein weltberühmtes Bumms- und Studententanzlokal bestand, in dem wir natürlich auch nicht unbekannt waren mit unseren japanischen, spanischen und italienischen Kollegen bei Virchow. Hier in dem Kellerlokal primitivster Einrichtung verkehrte eine ganz illustre Künstlergesellschaft, und ich habe hier Kainz, Pohl, die reizende junge Agnes Sorma, die bildschöne Anna Jürgens, Molenar, Sommerstorf und andere in ihrer ersten Künstler- und Jugendblüte kennengelernt, ja, mit Joseph Kainz sogar eine innige Freundschaft geschlossen. Dieser damals noch blutjunge geniale Mensch war auch einmal Mediziner gewesen und ließ sich stundenlang von Obduktionen usw. berichten, kam auch einmal mit mir in den Leichensaal, um gewisse Stellungen der Toten zu studieren, als der Maler Eugen Hanetzog dort gerade Modelle für sein Monumentalbild: »Antonius läßt sich sterbend vor Cleopatra tragen« malte, zu dem ich dann eine Ballade gedichtet habe, die – sonderbare Szene – ich, Kainz, Hanetzog und – Oberwärter Hübner in diesem schaurigen Raume vorlas. Hübner meinte: es sei sehr pathetorisch rührend gewesen. Dieser Verkehr mit den Schauspielern war für mich höchst anregend, und ich erinnere mich sehr lebhafter Debatten über Shakespeare, Hamlet, dramatische Dichtung usw., woran auch öfter ein gleichfalls schon hochbetagtes medizinisches Semester, Paul Friedländer, ein ebenso witziger, wie liebenswürdiger Kollege, teilnahm, auch Korpsstudent, der dann durch das ganze Leben, bis zum heutigen Tage, mir ein treuer, gütiger Freund geblieben ist und durch alle meine späteren Sturmphasen in der Medizin, wie sehr wenige, an unserem Jugendbündnis nicht hat rütteln lassen. Er ist jetzt ein sehr geachteter Arzt in der Friedrichstadt.

Man kann sich kein Bild machen von dem hinreißenden Charme, welcher damals die ganz junge Anfängerin Agnes Sorma umschwebte. Es war das entzückendste Taubenweibchen, das man denken konnte. Diese grübchenkichernde Heiterkeit, diese unter allen Umständen bezwingende Güte, dieser Wohllaut der perlenden oder gurrenden Stimme und diese Augeninnigkeit, wogegen die klassische Heroinenschönheit Anna Jürgens' dastand wie eine Säule der Akropolis.

Ward mir hier schon die Gunst vielfacher, ganz intimer Beziehungen zu großen Künstlern, ein Glück, das mich manche Schwänzstunde bei Virchow und manche Nacht kostete, so sorgte der gütige Prinzenerzieher meiner Jugend, der Zufall, dafür, daß ich in einen der interessantesten und anregendsten Kreise geriet, den man sich denken kann. Ich wurde, ich weiß nicht von wem, ich glaube aber von Richard Dehmel, den ich um diese Zeit kennenlernte, aufgefordert, Mitglied des »Ethischen Klubs« zu werden. Dieser Klub hatte mit Ethik auch nicht das geringste zu tun. Es war eine freie Gemeinschaft von Jünglingen, die alle das bestimmte Gefühl einer unausbleiblichen bedeutenden Zukunft in sich trugen, ein Genieschwarm, von dem man nicht wußte, wer und was ihn zusammengetrieben, und wenn ich von vornherein die Namen seiner Mitglieder nenne, so wird man mir recht geben: es war eine Treffstelle von lauter werdenden Größen, die alle den Feldmarschallstab der Zukunft ganz bewußt in ihrem Tornister trugen. Da waren: Gerhart Hauptmann, Gebrüder Hart, Halbe, Wolzogen, Hartleben, Polenz, Tovote, Felix Holländer, Franz Oppenheimer, Jacob Christian Schmidt, Julius Türk, Richard Dehmel, Gizycki, Bruno Wille, Arno Holz, Joseph Kainz, Molenar, Dr. Pohl, Matkowski, Dresdner usw. Man muß gestehen, diese damals noch sehr wenig bekannten jungen Leute (es war um das Ende der 80er Jahre) haben es alle wahrhaftig zu was gebracht! Präsidiert wurde die alle acht Tage tagende Gesellschaft von einem Rechtsanwalt Mühsam; Treffpunkt war das alte Münchener Hofbräu in der Behrenstraße, im Keller. Der Schauspieler wegen begann der Abend immer erst um 11 Uhr, Ende gegen 5 Uhr morgens. Es war Brauch, daß eines der Mitglieder über ein selbstgewähltes Thema nicht länger als 20 Minuten frei sprach. Daran schloß sich denn die Hauptsache: die Diskussion. Hei! was flammten da für Genieblitze, wie glühte, sprudelte, kochte die ganze Geysirglut der werdenden jungen deutschen Literatur hier schäumend empor! Es war eine Wonne, so irgendein Thema von allen Seiten mit den kühn-subjektiven Schlaglichtern werdender Geistesführer beleuchtet und niemand auch nur eine leise Ausweichung von den Kristallinien seiner rein persönlichen Gedankenfolgen gestattet zu sehen. Ich behaupte mit Sicherheit, daß nicht so leicht ein zweites Mal eine Gesellschaft gefunden werden kann, die so allseitig, so tief, so grundgeboren originell, so fern von jedem Konventionellen wissenschaftliche Musterdiskussionen liefert. Es ist geradezu ein literarischer Verlust, daß diese Vorträge und Besprechungen nicht protokolliert wurden. Sie sind verflattert, wie so vieles ganz Schöne, wie belichtete Wolken, wie Sternschnuppen, Meteore, Regenbögen! Da sprach Wolzogen über den Humor als Erzieher, was eine der fruchtbarsten Diskussionen über das Wesen des Komischen hervorrief, die weit über alles ging, was in der Literatur über dieses Thema mühsam zusammenzuholen ist; Dehmel über Schillers falschen Begriff des Sentimentalischen, mit wieder hoch aufgewühlten Erörterungen über Ästhetik und Psychologie, Hartleben über die Illusion des schönen Sterbens (unglaublich tief und ernst das Problem des Todes berührend), Holländer »Über den Spieltrieb«, wobei er stecken blieb, worin aber vielleicht doch die Keime seiner ganzen Lebensarbeit schlummerten; der gewaltige Philosoph Jacob Christian Schmidt, der jetzt so berühmte Kantianer, der noch jüngst eine entzückende Arbeit über Hegel geliefert hat; Arno Holz sprach über »Schleimige Reime und den Unfug des Reimens überhaupt« usw. Genug, es waren geistige Brause- und Sprudelbäder, die hier quollen, und es war gewiß, es gab keinen unter uns, der sich nicht auf solchen Abend von Herzen gefreut hätte. Übrigens war es eine streng geschlossene Gesellschaft, ich glaube, sonst wären wir überflutet worden. Hier lernte ich auch Martin Mahn kennen, den späteren schlichten Makler, den Schwager Grottewitzens. Dieser einfache, aber feurige Mensch war von einer ungewöhnlichen Seelenreinheit, Güte und Liebefähigkeit für die, an die er glaubte.

Er war einer meiner glühendsten Verehrer, mein wohl einzig dastehender Prophet. Ich habe einen aufopfernden Freund in ihm verloren, als 1919 ihn der General Lüttwitz mit seinem Auto totfuhr. Sein tragischer Tod hat mich furchtbar erschüttert, ebenso wie meinen geliebten Emanuel Lasker, für den Mahn ebenso von Jugend an gekämpft, gerungen, gepredigt hat, wie für mich. Doch ich schweife ab. Zurück zum ethischen Klub. Es hatte einen eigenen Reiz, Kainz in der Diskussion ebenso hinreißend temperamentvoll eigene, tiefe Gedanken produzieren zu hören, wie auf der Bühne, und Pohl oder Molenar, auch Matkowski sich als Philosophen mit tief schürfenden Sehnsuchten offenbaren zu sehen. Wie eigentümlich, einen Georg Engels über die Unhaltbarkeit des Kontrastbegriffes beim Humor tief ernst debattieren zu hören. Ich selbst habe hier zum ersten Male meine Hirnphysiologie erörtert unter dem Titel: »Über das elektrische Geschehen beim Denkprozeß«, wobei ich allerdings von dem unüberwindlichen Debattentyrannen Schmidt, dem Säbelschmidt (wegen seines tiefen studentischen Wangenschmisses), furchtbar vom dogmatischen Erkenntnistheoriestandpunkt aus zerfleddert wurde. Zum Glück war ich ihm in dem plastischen Anschauen vom Gefüge der Gehirnmaterialien etwas überlegen, und so endigte die Sache mit einem Kompromiß. Ich weiß nur noch, daß Franz Oppenheimer und Joseph Kainz sich auf meine Seite stellten. Einst trugen die Gebrüder Hart über: »Neue Religion« vor und wurden arg angegriffen. Es ging überhaupt kaum ein Vortrag unzerrissen über die Szene; Harts wurden arg verstimmt und sprangen schließlich wütend über den Tisch, Heinrich rief: »Ich habe den ethischen Klub überschätzt« – und beide verschwanden entrüstet.

O bestünde doch noch so eine Gemeinschaft junger, hoch führender Geister! Wir haben des öfteren versucht, dem ethischen Klub später neues Leben zu geben. Wir brachten viele, inzwischen zu Berühmtheiten emporgewachsene, alte Mitglieder zusammen – Dresdner, Asch, Polenz gaben sich alle Mühe. Eins aber war nicht mehr da, was dem Ganzen Schwung und Wärme gab: das Feuer der Jugend, die Glut der Zeit.

Hier war noch einmal eine Klippe, die meinen Lebensstrom leicht hätte in ganz andere Bahnen werfen können. Die tägliche Berührung mit Dichtern, Malern, Schauspielern ließen die alte künstlerische Sehnsucht in mir mächtig emporlodern. Ich traute mir ohne weiteres zu, mit meinen längst literarisch wirkenden Freunden konkurrieren zu können an Phantasie und behauptete einmal ganz kühn, so oft wie sie sei ich noch allemal von der Muse geküßt worden. Aber man hat mich, da ich nun doch einmal für sie der Anatom war, doch nie so recht voll genommen mit meinen ihnen gelegentlich nicht vorenthaltenen Dichtungen. Eigentlich wirklich angehört hat mich erst Strindberg. Die anderen, Dehmel, Hartleben, Franz Evers, Prybischewski, Ole Hanson fanden alles ja sehr nett, kamen aber alle immer beleidigend schnell auf andere Themata. Es ist sehr deprimierend, einem Kreis junger Dichter einen Attilamonolog vorzulesen und dann plötzlich zu hören: »Kommen Sie heute abend mit zum Skat?« Ich glaube, die Menschen gestatten einem nicht, auf zwei Gleisen zu fahren; der volle Kredit, den sie jemand gewähren, langt nur für eins. Ich war aber so in Literatur und Kunst eingesponnen, daß ich noch einmal in eine katastrophale Verzweiflung über die Zukunft geriet. Ich revoltierte zum soundsovielten Male gegen die Medizin. Aus diesem Konflikt resultierte eine schwere, wilde Bummelperiode, die mich wieder einmal an den Rand des Verderbens, ja, bis zum Auftreten auf

Vorstadtbühnen, Bänkelsängereien, Konzertmitspielen in kleinen Kapellen für Geld und Tageskost, wie zu einem Versuch zur Selbständigkeit herunterbrachte. Von Selbstmordplänen hielt mich mit echtem Humor mein alter Freund Curt Zander fern. Da kam endlich wieder der echte alte Eckehard mit seinem Wunderbart und rückte alles in die Reihe – mein Vater.

Das Staatsexamen und Sprung in die Chirurgie

Nun war es wirklich an der Zeit, an die Gründung irgendeiner bürgerlichen Existenz zu denken. Die gewöhnliche Zahl der Studiensemester hatte ich um Jahre überschritten, war ständig zwischen Wissenschaft und Künstlerbohême hin und her gependelt, die Familie drängte, die väterliche Kasse wurde reservierter, genug, dieses planlose Fischen im Meere des Lebens, was ja sehr schön, aber nur mich befriedigend war, mußte endlich einmal ein Ende nehmen. Dauernde Pressionen meines Vaters fruchteten nichts. Da machte er kurzen Prozeß. Der Gute befreite sich für ein halbes Jahr von Praxis und festen Beziehungen aller Art zu Stettin und erschien eines Tages, ausgerüstet wie zu einer langen Reise, in Berlin auf meiner Stube in der Karlstraße. »Nanu, Väterchen?« »Ja, ich komme, um mit dir das Staatsexamen zu machen. Du willst ja nicht allein daran gehen!« In der Tat, ich hatte einen ungeheuren Abscheu vor diesem offiziellen Schritt. Schien es mir doch wie eine gesellschaftlich grobe Taktlosigkeit, sich nach seinem Wissen ausfragen zu lassen, eine schlechte Sitte, die in gebildeten, guten Kreisen nicht üblich war. Auch verspürte ich mit meiner fast speziell pathologischen Ausbildung starke Lücken für eine universell ärztliche Vorbereitung. Der gute Vater hatte das alles bedacht und beschämte mich, wie immer. Die nötigen Lehrbücher für die Disziplinen, mit denen ich kaum in Berührung gekommen war, hatte er schon mitgebracht und forderte mich nun kategorisch auf, die Formalitäten der Anmeldungen fürs Examen zu besorgen. Dabei gab es einige Schwierigkeiten, denn da ich verschiedene Kollegien zwar belegt, aber nie besucht hatte, fehlten mir die fürs Examen nötigen Testate. Das ging bei mehreren gnädigen Professoren gut ab, weil sie mich vom Seziertisch her kannten. Einige waren Freunde meines alten Herrn, der die Sache für mich übernahm. Bei Frerichs, den ich so gut kannte vom Obduzieren, glaubte ich die Sache schon selbst arrangieren zu können. Das hätte beinahe mein Examen noch für mindestens ein Jahr unmöglich gemacht. Ich kam mit meinem Testierbogen an und bat den Herrn Geheimrat, mir freundlichst meinen Besuch seiner Vorlesungen von vor zwei Jahren nachzutestieren. Er wurde einfach grob. »Das ist eine Unverschämtheit. Sie muten mir da eine Pflichtverletzung schwerster Art zu!« »Aber, Herr Geheimrat –« »Gehen Sie, ich bin ein Mann von Prinzip.« Betrübt schlich ich hinaus. Auf dem Flur traf ich seine schöne, sehr junge Frau, die der alte Knabe vor einigen Monaten geheiratet hatte. Ich kannte sie aus Gesellschaften, wir hatten musiziert und uns auch sonst gelegentlich gesehen; sie begrüßte mich freundlich: »Ah! Herr Doktor! Wie geht es? Was führt Sie hierher? Was ist mit Ihnen? Sie sehen so aus, als wären Ihnen alle Felle fortgeschwommen!« »Sind sie auch,« sagte ich bekümmert. »Ihr Herr Gemahl hat mir eine Unterschrift verweigert. Das kostet mich ein volles Jahr. Es ist furchtbar. Ich kann das Staatsexamen nicht machen!« Dann erklärte ich ihr die Sachlage und sagte: »Mit einem Namenszug Ihres Gatten an dieser Stelle (ich zeigte sie genau) ist mein Glück gemacht!« »Na, geben Sie mal her!« rief sie und nahm mir das Büchlein, Finger zwischen die betreffenden Seiten eingeschoben, aus der Hand und verschwand im Zimmer des einsamen Prinzipienbewahrers. Nach wenigen Minuten erschien sie stolz lächelnd in der Tür. »So,« sagte sie, »es ist alles erledigt.« Hätte ich das Geld dazu gehabt, ich hätte ihr ein Mühlrad von Blumen gespendet, so blieb's bei einem kleinen Rosenkorb mit einem Liedchen. Nun war alles vorbereitet, und es konnte aus Pauken für die einzelnen Disziplinen gehen. Es wird das medizinische Staatsexamen bekanntlich in einzelnen Etappen (Stationen) absolviert, zwischen denen Wochen liegen können, so daß man Zeit hat, sich auf die einzelnen Fächer extra zu rüsten. Das geschah denn auch mit Feuereifer, und der liebe Vater hat getreulich noch einmal mit mir Kinderkrankheiten, Geburtshilfe, Augenheilkunde, Medikamentenlehre usw. durchgeackert. »Weißt du,« sagte er einmal, »ich muß dir eigentlich noch dankbar sein für dein Zaudern, ich komme dadurch zu einer Art Revision der eigenen Jugend. Wie anders ist das alles geworden! Ich muß ja vieles förmlich umlernen. Es ist erstaunlich, wie weit voran Ihr gekommen seid seit meiner Zeit in Prag, in Jena, in Bonn oder hier beim alten Johannes Müller, bei dem ich mit Wilms und Graefe zusammen famulierte. Aber manches war doch knapper, anschaulicher, faßlicher, wie es uns die Alten lehrten. Da sind wir gerade beim Studium der Ruhrkrankheit. Weißt du, wie der alte Krukenberg uns den ganzen gelehrten Kram in ein paar Worte zusammenfaßte? Er sagte: »Meine Herren! Hosen runter, Hosen ruff! – Hosen rrunter, Hosen rruff – Hosen rrrunter, Hosen rrruff – – un nischt – wie'n Eßlöffel voll Blut – – dat is de Ruhr!«

Tausend solcher Reminiszenzen flocht er in unsere Arbeitsstunden, bei denen er oft selbst las und ich Notizen machte. O du guter alter Rübezahl! Welch ein Opfer an den unbändigen Sohn, der so schwer zum Sprung durch den Reisen zu bewegen war und nur mit der Geduld eines Seehunddresseurs zum öffentlichen Auftreten zu bekommen war.

So wurde denn eine Station nach der anderen glücklich erledigt. In der Anatomie und pathologischen Anatomie bestand ich ohne Anstand, hatte ich doch vier Jahre kaum was anderes getan als präpariert; das Mikroskop war mir geläufig wie mein Cello, und Virchow prüfte mich gar nicht. Dennoch gerieten wir aneinander. Er zeigte mir ein Kehlkopfschleimhaut-Präparat unterm Mikroskop. Ich glaube noch heute, es war das vom Kehlkopf des Kaisers Friedrich. (?) Als ich es für Karzinom hielt, sagte er: »Seien Sie nicht so leichtfertig. Ich habe zehn Tage daran rummikroskopiert, es ist Granulationsgewebe (harmlose Wundwucherung). Ich suchte meine Diagnose zu begründen. Er wurde barsch und kribblig, die berühmte weiße Nase erschien.»Na, wenn Sie es durchaus besser wissen! Wenn Sie wüßten, was man mit so schnellen Urteilen alles anrichten kann!« In jener Zeit war gerade der Streit Bergmann-Mackenzie. Es handelte sich um eine Staatsangelegenheit, ob der Kaiser zu operieren, sei oder nicht. Es war an dem Tage, an welchem die Staatsregierung Bergmanns Manifest herausgab, in welchem er öffentlich das Benehmen Mackenzies mit Schwerthieben geißelte. Er hielt am Nachmittag ein Kolleg ab. Ich war als sein alter Famulus mit im Operationsraum. Er stellte einen Fall vor: »Meine Herren! Ich habe die Ehre, Ihnen einen Kranken vorzustellen, bei dem die Sachlage genau dieselbe ist wie bei unserer bedauernswerterweise in unsachgemäßen Händen befindlichen Majestät, dem Kaiser Friedrich. Alles ist hier genau, nur besser (ein Hieb auf Virchow, von dem er sich nicht scheute, durchblicken zu lassen, er habe aus politischen Gründen fünfe gerade sein lassen und sich um die schwere Diagnose herumgedrückt) untersucht, mein Kollege Fränkel hat laryngoskopisch mit mir zusammen die Diagnose gestellt, das exzidierte Stück hat sich unter dem Mikroskop zweifelsohne als Karzinom erwiesen. Wir werden jetzt die Operation ausführen, welche allein geeignet gewesen wäre, auch S. M. dem Kaiser Thron und Leben zu erhalten, die Herausnahme des kranken, eventuell des ganzen Kehlkopfs! Es ist eine Art historischen Aktes, nämlich der Rechtfertigung der deutschen Wissenschaft, welche ich Ihnen hier zu demonstrieren Gelegenheit habe. So Gott will, nimmt alles den Lauf, wie ich es mit heißem Herzen S. M. zu leisten den Wunsch gehegt habe. Aber die Kgl. Staatsregierung, fußend auf der Verblendung eines ausländischen Arztes, ist mir in den Arm gefallen. Wir schreiten zur Operation!«

Dieselbe begann. Sie zog sich recht lange hin, Nicht eine *kleine* Stelle hinter den Stimmbändern war krank, wie Bergmann und Fränkel diagnostiziert hatten, sondern immer tiefer zeigte sich in dem gespaltenen Kehlkopf eine wulstige, plastische Infiltration. Ja, sie griff über den Kehlkopf hinaus. Die Operateure suchten und suchten die Grenzen. Nach 1 1/2 Stunden gab es ein Geflüster und Geraune am Operationstisch. Eine Entspannung trat ein; Bergmann richtete sich auf und sagte: »Meine Herren! Wir haben uns geirrt. Es ist gar kein Karzinom. Es ist eine diffuse Tuberkulose des Kehlkopfs. Ich breche die Operation ab!« Nach zwei Stunden war der Mann tot. – Ich muß sagen, daß mich selten etwas so erschüttert hat. Ich mußte immer denken: so etwas oder ähnliches hätte nur bei der geplanten Operation des armen Kaisers sich ereignen sollen! Diese dann unausbleibliche ungeheure Aufregung der Öffentlichkeit, diese Angriffe auf die Chirurgie! O menschliche Voraussicht! O ärztliche, apodiktische Sicherheit! Es ist eigentümlich, wie oft sich die ärztliche Kunst blamiert, sowie es sich um königliche Häupter handelt: König Ludwig, Kaiser Friedrich, die Königin von Sachsen, die Königin Draga, die wahrscheinlich eine hysterische Schwangere war, der gelähmte Arm Kaiser Wilhelms! Je bescheidener, ihrer Grenzen sich bewußt, unsere Kunst der Öffentlichkeit gegenüber auftritt, um so sicherer wird sie ihren Ruhm bewahren. – Bei Dubois-Reymond im Examen gab es einen direkten Krach, bei dem mir mein Glücksengelein auf dem Wagenrad beistehen mußte. Ich hatte Nervenphysiologie gezogen und hatte manche Klippe leidlich passiert, als unglücklicherweise der Name Sympathikus fiel. Dubois, ein höchst pathetischer, etwas koketter, phrasenhafter Dogmatiker, den ich nie gehört hatte, fragte: »Was wissen Sie vom Sympathikus?« »Der Sympathikus ist eine Art Zwischengehirn zwischen Zerebrospinalsystem und Sinnesapparat!« Da fuhr der Olympier hoch, seine Silbermähne durchwühlend, zornsprühend, mit der Zunge schnalzend, wie immer im Pathos, rief er: »Aber aus welchem Wolkenland haben

Sie diesen fatamorganatischen Wahnsinn in sich eingesogen?« »Ich habe es mir so gedacht, Herr Geheimrat!« »Sie sollen hier nicht denken, Sie sollen etwas wissen! Lassen Sie das!« (Die Zunge knallte zweimal. Die Augen blickten stolz nach oben.) Komisch! Diesen »Unsinn« zum Sinn zu erheben, ist mein Lebenswerk geworden, er ist der Kernpunkt meiner ganzen neuen Psychologie, gilt heute schon Tausenden als eine bahnbrechende Erkenntnis und wird der Schlüssel der kommenden Psychologie sein. Aber der Papst hatte gesprochen. Und war mir von jetzt ab spinnefeind. Nur ein glücklicher Zufall rettete mich vor dem augenblicklichen Verderben. Als er mich nach der Schnelligkeit der Nervenleitung fragte und ich ihm nicht gleich mit seinen Zahlen kam, geschah das Unglück. Ich sagte: »Wie schnell die Nervenleitung geht, kann man daraus ersehen, daß der Tod vom Gehirn her oft so schnell in die Glieder fährt wie ein Blitz, so daß die Cholerakranken oft in der Stellung tot verharren, die sie eben noch eingenommen haben. Das gibt die berühmte ›Fechterstellung‹ der Choleraleichen!« Da brauste er auf. »Woher haben Sie wieder diesen hahnebüchenen Unsinn?« Ich antwortete ganz ruhig: »Von meinem Lehrer Landois in Greifswald!« »Das ist unmöglich! So etwas hat mein Kollege Landois niemals von sich gegeben!« »Doch, Herr Geheimrat!« »Das ist nicht wahr!« fuhr er beleidigend heraus. Jetzt wußte ich, meiner Sache ganz sicher, hatte ich Oberwasser. Ich erhob mich. »Herr Geheimrat! Ich bin Korpsstudent. Ich muß mich zwar examinieren, brauche mich aber auch von Ihnen nicht beleidigen zu lassen! Der Satz *steht* in Landois' Lehrbuch, ich glaube, auf Seite 216!« »Es ist gut. Ich gehe, mich gleich zu überzeugen. Wehe Ihnen, wenn es nicht richtig ist!« Ich ließ ihn seelenruhig abziehen. Nach kurzer Zeit kam er wieder. »Ich habe mich geirrt. Es *steht* da. Sie haben das Examen mit ›Gut‹ bestanden!« Zweimaliger Knall durch den Zaun der Zähne. Tiefe Verbeugung meinerseits.

Vorher hatte sich in diesem denkwürdigen Examen schon ein Intermezzo abgespielt, an dessen Arrangement ich schwer beteiligt, ja, eigentlich der Regisseur war. Mein Freund Roehr und ich sollten beide bei Dubois das Examen machen, hatten ihn aber beide nicht gehört, sondern auf anderen Universitäten Physiologie studiert, was gefährlich war für das Bestehen bei Dubois-Reymond. Es war unerläßlich, einige vierzig hochpathetischer, manchmal sehr geistreicher Schlagsätze des Meisters der Physiologie wortwörtlich herzuleiern, sonst rasselte man. Wir hatten uns ein Exemplar dieser Stilblüten besorgt und saßen nun mit meinem

Vater auf meiner Stube, um diesen Katechismus prunkender biologischer Weisheit in uns hineinzutrichtern. Solche Sätze lauteten: »Wenn das rote Blutkörperchen des Menschen die Größe eines Markstückes hätte, so müßte der dazugehörige Mensch den Chimborasso mit dem Scheitel küssen können!« Der Witzbold, der diese Aufzeichnungen gemacht hatte, hatte hinter jeden solchen Satz »Schnalz!« in Klammer geschrieben, denn also endete Dubois alle seine geistigen Feuerwerkskanonenschläge. Oder: »Wenn das Eisen, welches in dem Blute eines jungen Mädchens an das Stroma sklavengefesselt kreist, Form gewinnen würde, so müßte es etwa einer Stricknadel gleichen!« (Schnalz.) Oder: »Hätte der Mensch die proportionale Muskelkraft eines Flohs, so würde er seinen federnden Leib mit einem Satz auf die Spitze des Kölner Doms, ja, auf den Montblanc zu schleudern vermögen!« (Schnalz.) Ich schlug mit der Faust auf den Tisch. Mein Vater lachte sich scheckig. »Ich will dir mal was sagen, Roehr, den Quatsch lerne ich auf keinen Fall in vierzig Paradigmen auswendig. Aber ich habe einen Vorschlag. Wir sind doch auch ein Paar geistreiche Kerle. Wir wollen uns einen solchen Satz *à la* Dubois, *coute qui coute*, ausgrübeln und ihm mal was Neues in seinem eigenen Stil entgegenschleudern. Es wäre doch ulkig zu sehen, was er dann macht.« Gesagt, getan. Mit Hilfe von etwa zehn Flaschen Bier war der Satz fertig, und wir verpflichteten uns gegenseitig auf Ehrenwort, morgen beim Examen Dubois unsern stolzen Satz an die Jupiterstirn zu donnern, und wenn uns das Schicksal frikassieren sollte. Wer zuerst daran komme, sei auf Tod und Leben verpflichtet, den Satz anzubringen. Abgemacht. – Roehr hatte vor mir »Muskelphysiologie« gezogen. Aha! dachte ich, das paßt ja famos. Er begann: »Für gewöhnlich spricht man von einer quergestreiften Muskulatur. Sie ist aber auch längsgestreift durch Bindegewebsfasern, Fibrillen. Das sieht man am deutlichsten, wenn sich in der Muskulatur Trichinen befinden sollten, die –« Dubois unterbrach ihn: »Aber das gehört ja absolut nicht hierher – –« »Einen Augenblick! Herr Geheimrat! Sollten diese Trichinen, wie so oft, verkalkt sein, so liegen sie wie weiße Flöckchen für Jahrzehnte in ihrem kristallenen Grab –« »Aber, Herr Kandidat! Nochmals: das gehört absolut nicht hierher!« »Einen Augenblick, Herr Geheimrat!« sagte Roehr äußerst verbindlich, »wenn nun eine solche Kalkdrüse in den salzsäurehaltigen Magen eines lebenden Individuums gelänge, so könnte man denken, daß diese Kalkhülse aufgelöst würde, die Trichine aus ihrem Barbarossaschlafe befreit würde und nunmehr einen neuen fröhlichen Lebenslauf begönne, *so daß die Natur vor dem Gedanken einer Menschenfresserei nicht zurückzuschrecken scheint«* – – Dubois sah ganz erstaunt auf, erhob sich, machte eine durchaus respektvolle Handgeste und knallte hervor: »Nicht übel! (Schnalz) Fahren Sie fort!«

Sehr drollig war auch, daß ein anderer Kandidat vor mir, der »Generationswechsel« gezogen hatte, Frosch, Lurche usw. in ihren Metamorphosen schon erledigt hatte, aber sich nicht auf die Larven-, Puppen-, Imagozustände der Schmetterlinge besinnen konnte und festsaß. Dubois wurde unruhig und rief in gewohntem Pathos – ich glaube, er konnte nur festliche Drucksprache reden –: »Ich begreife nicht, daß Sie die Brücke nicht zu schlagen wissen zwischen dem Leben, das Sie umgibt und der Wissenschaft, der Sie sich gewidmet und geweiht haben! Jeder Knabe spielt mit dem, was ich meine –!!« Der arme Kandidat hatte gar nicht zugehört, es blitzte ihm aber eben irgendeine Erinnerung auf, und er stieß jubelnd hervor: »Der Bandwurm!« Da aber ging Dubois hoch in die Luft. »Aber spielt denn jeder Knabe nit dem Bandwurm?!« rief er im Tone höchster Unwilligkeit und Entrüstung. Wir aber hatten später daraus einen Studentenpfiff geformt mit dem Text:

„der mit dem Band=wurm spie=len=de Kna= =be!"

Die übrigen Stationen nahm ich – alles mit Hilfe meines treuen Eckehard – im Fluge, und endlich konnte ich meinem alten Vater meine Approbation in die Hand legen. Sogleich trat ich bei Senator im Augusta-Hospital als Volontär ein und habe hier bei einem Meister der inneren Medizin, einem der besten sicherlich, den Berlin besessen, ernste Studien fast eindreiviertel Jahre im engsten klinischen Dienst verbracht, was auch für meine Durchbildung in der medizinischen Chemie von großem Einfluß für die spätere Zeit gewesen ist. Auch hatte ich während der letzten großen Ferien als Kandidat der Medizin noch im Stettiner Krankenhaus den damaligen Chefarzt, den Nachfolger des »Rauhbeins« Wegner, einen mehr groben, überheblichen, als nachhaltig wirksamen Schüler Virchows und Langenbecks, vertreten, in unmittelbarer Nähe und mit Unterstützung meines Vaters und eines *Dr.* Boekh. Nun war leider bei Virchow keine reguläre Assistentenstelle frei, und ich entschloß mich, Virchows Angebot, nach Greifswald zu gehen, anzunehmen. Der Chef der dortigen chirurgischen Klinik, Prof. Helferich, ein relativ noch junger, sehr begabter Chirurg aus Thierschs Schule, hatte um eine »in pathologischen Dingen perfekt ausgebildete Kraft« gebeten für eine erste Assistentenstelle, und Virchow redete mir zu, sie anzunehmen. Es könne gar nichts schaden, wenn ich, bevor ich zu ihm zurückkäme, erst einmal ein praktisches Fach gründlich durchgearbeitet habe. Das leuchtete mir ein, und so zog ich zum zweiten Male in die Tore des lieben, alten, aber langweiligen Greifswald, um für anderthalb Jahre in den Mauern der alten chirurgischen Klinik den chirurgischen Drill zu lernen. Helferich, der in seiner akademischen Laufbahn, die zu den höchsten Hoffnungen berechtigte – er war ein Neffe des Historikers Ranke, aber aus sich heraus ein chirurgischer Meister –, ein tragisches Ende nahm, war ein ausgezeichneter Lehrer, und wenn ich mit ihm auch nie persönlich irgendwelche Annäherung gewann, so danke ich ihm doch eine sehr exakte Schulung. Bei ihm war ein, mir schon von Berlin her gewonnener lieber Freund Albert König, der jetzige oberste Medizinalbeamte Frankfurts a. M., der mir bis zum heutigen Tage eng verbunden geblieben ist. Wir beiden verwöhnten Berliner haben es freilich in Greifswald arg getrieben, wozu das Leben im akademischen Klublokal *vis-à-vis* der Klinik reichlich Gelegenheit gab. Auch meine Attachements mit den Korps – ich habe viel als Paukarzt funktioniert – boten Erholungen aller Art, die leider meist aufs Pokulieren und Kommersieren hinausliefen. Was sollte man auch tun in dem kleinen Nest, die paar Bälle, die vielen musikalischen Soireen, auch die Pension der im Klub lernenden Gutsbesitzertöchter aus der Umgebung füllten unsere freie Zeit doch nicht ganz aus. Freilich war der Dienst schwer, und Helferich ein sehr gestrenger Chef. Hier sah ich Grawitz wieder, der hierher berufen war, und habe in seinem Hause schöne Stunden verlebt. Eng befreundet wurde ich mit dem Kurator der Universität, Geheimrat Steinmetz. Die Musik führte mich mit dem hohen Beamten zusammen, um dessen Wohlwollen ich viel beneidet und oft lächerlicherweise um Protektionen aller Art angegangen worden bin. Unsere Freundschaft stand aber ganz jenseits von Karriere und Akademie, uns beide interessierte die Musik viel lebhafter als die *Alma mater*. Was haben wir zusammen gesiedelt, gesungen, gespielt. In seinem Hause lernte ich Clara Schumann, die Gattin des großen Robert kennen und – lieben. Wahrlich, eine noch im Greisenstand höchst aimable Frau, für die ich sehr warme Empfindungen hegte. Wie hinreißend wußte sie von dem Genius ihres Mannes zu sprechen. Ich hatte die Freude, mit ihr ihr eigenes Klaviertrio sowie alle drei Trios Robert Schumanns des öfteren zu spielen. Steinmetz sang hinreißend mit einer noch sehr schönen Tenorstimme alle Lieder des größten unsterblichen Romantikers der Musik.

Hier bei Steinmetz lernte ich auch Althof, den allmächtigen Medizinminister, den Tyrannen der Universitäten, kennen und habe so lange eines Nachts mit ihm und Steinmetz gekneipt, bis wir alle Schmollis tranken und er mir schon für die nächste Woche Bergmanns Stelle und alle übrigen chirurgischen Residenzen anbot. Merkwürdig, daß er sich später dieser Versprechungen nie mehr erinnert hat. Ich mochte ihn auch nicht daran mahnen. Es verlohnte sich einmal, über meine Beziehungen zu Althof eine Skizze zu schreiben. Er war ein höchst interessanter, in gewissem Sinne sehr gefährlicher Mensch, von einem psychologischen Blick, der an Genie grenzte.

Unsere Arbeit in Greifswald war enorm anstrengend, zu eigenen Studien blieb wenig Zeit. Immerhin habe ich hier einige Experimentalarbeiten gemacht, die nicht ohne Resultat waren, so über den Einfluß des Jods auf die Wund- und Knochenheilung und über den Blutschorf, über welche ich auf den verschiedenen Chirurgenkongressen berichtet habe. Auch habe ich hier meine Doktorarbeit gefertigt: Über Knochenaneurysma. In meinen Thesen zur Doktordissertation steht eine merkwürdigerweise nie gewürdigte neue Entdeckung, nämlich die, daß man, wenn jemand den Rücken eines Patienten beklopft, den Anprallstoß einer verdichteten Lunge deutlich von dem einer lufthaltigen unterscheiden kann, wenn man den betreffenden Patienten vorn bei ausgestreckten Armen, leicht pendelnd, festhält. Mir tut die Methode bei Untersuchung Tuberkulöser noch heute gute Dienste.

Ich schied von Helferich (nicht in Frieden!), als bei Virchow eine Stelle frei wurde, weil der jüngste Assistent, v. Hansemann, so hieß es, unheilbar erkrankt sei. Ich wurde als stellvertretender Assistent eingestellt, aber siehe da! Nach einigen Monaten erholte sich Hansemann und ist erst jetzt, September 1920, verschieden.

Nun saß ich da, ohne Plan, ohne Stellung. Bei meiner Ausbildung praktischer Arzt werden, in Vaters warmes Nest zurückkriechen?! Das schien mir nicht. Von einem Tage zum andern entschloß ich mich, der pathologischen Anatomie und der akademischen Laufbahn, die immer meine Sehnsucht gewesen war, Valet zu sagen. Die akademische Laufbahn war mir, weiß Gott! durch tiefe Einblicke in ihre Bedingungen reichlich vergällt worden, ich pfiff also auf Professorentum und die höchste Ehre, einmal den violetten Sammet eines Rektors der *Alma mater* zu Dingsda schleppen zu können, und bewarb mich zur Ausfüllung einer letzten Lücke um eine Volontär-Assistentenstelle bei Olshausen in der Universitäts-Frauenklinik. Virchow ging persönlich zu Olshausen, und so bekam ich sie unter dreihundert Bewerbern.

Schon während ich hier den klinischen Vervielfältigungsprozeß von Grund aus studierte, bereitete ich die Eröffnung einer eigenen privaten chirurgischen Anstalt in der unteren Friedrichstraße vor, wozu mein Vater mir die nicht unerheblichen Summen unter der Bedingung vorstreckte, sie mit allen übrigen schon verbrauchten Studiengeldern einmal ihm resp. den Geschwistern wieder zurückzuerstatten, wozu ich erst im Jahre 1907 in der Lage war. Bei meiner völlig unkapitalistisch orientierten Seele ist es mir wie ein Wunder, daß das überhaupt möglich geworden ist.

Belle-Alliance

So zog ich dicht am Belle-Alliance-Platz am Ende der Friedrichstraße 1889 mit meiner jungen Frau Hedwig, der ich also mein, innerlich gegebenes Herzenswort von 1869 treu gehalten habe, in meine seit einem Halbjahr bestehende Privatklinik für Chirurgie und Frauenheilkunde ein. Von meiner Hochzeitsfeier ist nichts Besonderes zu melden, außer daß ich, der ich fast unsere gesamte ausgedehnte Familie Schleich-Küster mit Verlobungs-, Polterabendstücken und Hochzeitskarmina überschüttet hatte, meinen eigenen Polterabend durch keinen Stammesdichter oder Familiendarsteller gefeiert erleben mußte, so daß meine resolute junge Frau beschloß, daß wir beide uns selbst eine improvisierte Theaterfeier inszenieren sollten. Das geschah, und da unsere barockesten Einfälle Anklang fanden, so war bald die kleine geladene Gesellschaft höchst talentierter Künstler am Werke, ein Programm zu absolvieren, in welchem jeder eine Extranummer beanspruchte. was zu dem amüsantesten Polterabendfest führte, das wir alle je miterlebt hatten. Der von meinen engsten Verwandten gesungene Brautchor war sowieso von mir gedichtet und komponiert.

Damit war die Jugend aufs heiterste beendet, und der Kampf mit dem Leben begann. Ich hätte nicht gedacht, daß es ein Ringen auf Tod und Leben werden sollte.

Ich werde meine Leser nicht damit aufhalten, ihnen die einzelnen Phasen gerade meines Ringens in der Arena der Medizin vorzuführen, ich gedenke mich in allen fachwissenschaftlichen Angelegenheiten sehr kurz zu fassen. Nur wo es sich um Ideen handelt, möchte ich, der hier so oft Verkannte, mich ganz ungehemmt äußern und mehr die Renkontres und Affären mit Persönlichkeiten in den Vordergrund stellen, die ihres allgemein bekannten Namens wegen an sich Interesse zu erregen vermögen. Im allgemeinen möchte ich, daß aus dieser Abteilung meiner Erinnerungen auch im wesentlichen das Sonnige, Herzquickende, mein Glück mehr hervorleuchtet, als die Schattenfülle, die ja keinem Sterblichen erspart bleibt. Auch wünsche ich, daß immer mehr erhellte, daß es meine Bestimmung war, nicht allein der Medizin meinen Ansturm gegen das Leben zu lassen, sondern daß es erkennbar wird, wie immer mehr der Künstlermensch, der Philosoph und der Dichter, der Maler und Musiker auch Luft zu holen und Arme zu breiten getrachtet hat. Auch gehören meine medizinischen Leistungen ja zum Teil schon der Geschichte an und sind leicht in der Fachliteratur aufzufinden, nur für die Entstehungsgeschichte, die inneren Motive und die Verkettung der vielstrahligen Betätigungen möchte ich einiges biographisch vervollständigen.

Da ist vor allem der Konflikt mit dem Chirurgenkongreß erwähnenswert, der mich mit einem Schlage aus der Liste des anständigen Wettbewerbes um die Palme für immer auszulöschen schien. Die nackte Tatsache, daß ein Arzt für eine dann später absolut anerkannte Wohltat für Leidende, für einen Fortschritt in der Bekämpfung der Schmerzen, für die Aufdeckung eines absolut neuen Prinzips der Schmerzstillung überhaupt, für eine Entdeckung also, die nach Bergmanns Ausspruch zu den Großtaten der Chirurgie überhaupt gehört, von einem Forum von 800 Fachchirurgen, Spezialkollegen also, zum Tempel hinausgejagt wird, ist so ungeheuerlich, daß sie wohl einer eingehenderen Besprechung und Beleuchtung wert ist und sich niemand wundern kann, wenn ein einfacher Arzt, Dr. Karl Briegleb in Worms, damals eine flammende Broschüre schrieb, die mich als den Galilei des 19. Jahrhunderts in Schutz nahm. Und doch ist der Fall nicht so vereinzelt, wie man denken sollte. Nein! leider ist es die Regel, wo es sich um den naiven Anprall eines harmlosen Entdeckers gegen den mit allen Bomben und Granaten geschützten

Ringwall der akademischen Burg, dieses Hochwalls der Reaktion jeder Art, dieses Monsalvat der Monopole dieser Lindwurmhöhle des Ungeheuers Clique handelt. Spielt sich doch schon jetzt seit fast 15 Jahren gegen einen Erfinder, der einst hell neben Jenners Stern strahlen wird, den Ersinner der Schutzimpfung und Bekämpfung gegen die Tuberkulose, Friedrich Franz Friedmann, Zug um Zug derselbe Kampf ab, war er doch um Jenner, um Semmelweiß, um Lister, um Prießnitz, um Thüre Brandt, um Dührssen, um das Chinin, um das Quecksilber usw. stets derselbe, so daß ich den beweisbaren Satz aufstellen konnte: jeder Fortschritt in der Medizin bedarf eines Kampfes von 15 Jahren, die früher siegreichen sind keine, und den anderen: alle großen medizinischen Entdeckungen werden außerhalb der Hochburg der Großsiegelbewahrer der Wissenschaft gemacht. Niemals aber hat sich dieser Anprall akuter, dramatischer, verblüffender vollzogen als im Falle meiner Anästhesie durch örtliche Einverleibung unschädlicher Flüssigkeiten.

Es war um das Jahr 1890, als ich lebhaft im Kreise Dehmel, Bierbaum, Hartleben, Ola Hanson auch mit dem Polen Stanislaus Przybyszewski in Berührung kam, den wir immer den blutigen Physiologen nannten, einem Geniemenschen von erstaunlicher spinnenartiger Geistigkeit *à la* Félicien Rops, Callot oder E. T. A. Hoffmann. Dieser hinreißend Chopin spielende Dichter zeigte mir einst seine wundervollen Kollegienhefte nach Waldeyer, dessen Hörer er war, worin sich prachtvolle Details von Ganglienstrukturen fanden. Ich sah sie durch. Alle meine schönen Bilder von Jürgens' Präparaten und Hirnschnitten fielen mir ein. Ich war wie versunken in diese mir einst so vertraute Intimität kleinster Wunder. Plötzlich sprang ich hoch. »Stanislaus!« rief ich. »Mensch! die Neuroglia ist ein Klaviersaitendämpfer! Ein elektrisches Sordino, ein Registerschaltapparat, ein Hemmungsregulator!« »Blitz! Himmel! Kreuzmillionen *fis*-Moll noch einmal! Bruder, sag' es noch einmal. Er ist verrückt geworden. Oder es ist eine Erleuchtung!« Schnell setzte ich ihm die Möglichkeit auseinander, daß Nerven durch Einschaltung feuchter Ströme abgedämpft werden könnten, daß Denken phasisch sei mit dem Blutpulse und daß, wenn das richtig sei, man ja nur verändertes Blut zwischen die Hauttasterglocken zu spritzen brauche, um Gefühlsdämpfung oder Überempfindlichkeit beliebig künstlich zu erzeugen. Ich stürzte in mein Institut und habe in Gegenwart meines Assistenten David Wittkowski innerhalb einer halben Stunde durch Selbstinjektionen verschiedener blutähnlicher Salzlösungen festgestellt, daß Wasser ein Anästhetikum erster Klasse ist, nach vorheriger Reizung. Daß diese Reizung ausschaltbar ist, wenn man 1/2 pro Mille Kochsalz zusetzt, und daß physiologische Kochsalzlösung das Gefühl läßt, wie es bei Blutumspülung ist. Das war die Basis. Sehr bald geschah das eigentlich Entscheidende. Setzte man der 1/2-pro-Mille-Kochsalzlösung Kokain zu, so ergab sich, daß alle Anästhetika ihre Wirksamkeit um das mehrtausendfache erhöhen, wenn sie in geeigneter Kochsalzlösung enthalten sind. Damit war eigentlich die neue Lokalanästhesie entdeckt. Wo andere nur *eine* Praveczspritze Kokain gebrauchen durften, weil die Giftigkeit Halt gebot, konnte ich tausend Spritzen anwenden. Alle so aufgeschwemmten Gewebe, wie ich das an vielen Hunderten von Selbstexperimenten Schritt für Schritt erwies, waren für Stich, Druck, Pressen, Schaben, Brennen absolut taub.

Dies im Grunde genommen sehr einfache Prinzip habe ich dann in Tausenden von Fällen systematisch technisch angewandt und vermochte auf Grund einer allerdings nicht immer sehr einfachen Technik große Unterleibsgeschwülste, Knochen, Gelenke zu entfernen, Amputationen, Trepanationen, Augenenukleationen vorzunehmen ohne Narkose, bei vollendeter Schmerzlosigkeit. Woher hätte ich, so frage ich, ein einfacher Arzt der Friedrichstraße, dieses immense Material hernehmen sollen, wenn ich den Leuten Schmerzen gemacht hätte? In acht Tagen wäre ich boykottiert worden drei Meilen im Umkreis meiner Klinik. So aber sagte das Wunder einer dem andern, und die Menschen strömten mir zu. Wittkowski, Haupt, Immelmann, Kauthe, Nathanson, Dönitz und viele andere, die nicht meine Assistenten waren, wie jene, können es mir bezeugen, daß ich die Wahrheit spreche. Wir haben täglich zwölf und mehr schmerzlose Operationen ausgeführt. Viele Hunderte ausländischer Ärzte waren in meiner Klinik zum Lernen. Veröffentlicht hatte ich bis dahin nichts.

So trat ich denn im April 1892 vollgerüstet auf dem Chirurgenkongreß an. Mein Manuskript in der Hand. Vorher bat ich noch stolz meine junge Frau, mir meinen besten Rock zu reichen. »Wenn man eine so große Entdeckung verkündet,« sagte ich selbstbewußt, »so muß man ein bißchen anständig aussehen!« Meines Vaters Augen leuchteten vor den erwarteten Triumphen seines Carl, der's in der Medizin doch zu was Großem, Graefe Ähnlichem bringen würde, wie er ja immer gesagt habe. Die Reise ging los. Der Saal überfüllt, als ich auf das Podium trat. In aller Gemütsruhe begann ich, ein Protokollant stenographierte. Gott sei Dank! Ich entwickelte Theorie und Praxis und schilderte das Erreichte.

Der Präsident Bardeleben, ein Michelangeloscher Moseskopf, rückte schon mehrmals unruhig auf dem Sessel und sah sich um. Als ich nun schloß: »So daß ich mit diesem unschädlichen Mittel in der Hand aus ideellen, moralischen und strafrechtlichen Gesichtspunkten es für nicht mehr erlaubt halte, die gefährliche Narkose da anzuwenden, wo dieses Mittel zureichend ist.« – Da erhob sich ein Sturm – der Entrüstung, der mich beinahe umgeworfen hätte, so verblüfft war ich. Bardeleben läutete lange die Glocke. Als sich das Getöse einigermaßen gelegt hatte, sagte er: »Meine Herren Kollegen! Wenn uns solche Dinge entgegengeschleudert werden, wie sie in dem Schlußsatze des Vortragenden enthalten sind, dann dürfen wir von unserer Gewohnheit, hier keine Kritik zu üben, wohl abweichen, und ich frage die Versammlung: »Ist jemand von der Wahrheit dessen, was uns hier eben entgegengeschleudert worden ist, überzeugt? Dann bitte ich, die Hand zu erheben!« (Welch Wahnsinn, abstimmen zu lassen, ob eine neue Entdeckung wahr ist oder nicht!) Es hat sich keine Hand erhoben! Ich trat vor das Podium. Ich wollte sagen, »meine Herren! Bitte, schauen Sie sich die Sache an, ich kann Ihnen jeden Augenblick beweisen, daß die Dinge wahr sind. Ich habe nicht gelogen!« Ich rief: »Ich bitte ums Wort!« »Nein!!!« donnerte der alte Moses, Blitze unter den buschigen, grimmigen Augen mir entgegensprühend. Da zuckte ich die Achsel und ging. In den Zeitungen stand: »Der also Gekränkte verließ gedemütigt den Saal.« Es war mir, als ich unten an der Terrasse stand, nur leid um den alten Mann, der so viel von dieser Stunde gehofft hatte, der Zeuge des ganzen Auftrittes gewesen war – mein Vater. Vor ihm stürzte ein einziger Arzt von den 800 Chirurgen mir nach, es war der alte Litthauer. Er sagte ganz entsetzt: »Junger Herr Kollege! Ich weiß nicht, ob Sie recht haben mit dem, was Sie erfunden, aber sollte das der Fall sein, so ist das, was sich hier eben abgespielt, das Unerhörteste, was sich je in der Wissenschaft zugetragen hat.« Da kam mein armer, alter Vater. Siehe da, kreuzvergnügt, beinahe tänzelnd, die Stufen herab. »Vater!« rief ich aus. Er sagte: »Carl! Die Kerls sind ja ganz und gar verrückt. Komm! wollen zu Hiller gehen und eine Flasche Sekt trinken. Recht kriegst du ja doch!«

Ja, freilich! Nach zehn Jahren, als Miculicz aus Breslau für alle höchst überraschend dem Chirurgenkongreß mitteilte, daß er viele Tausende von Operationen mit dem Schleichschen Verfahren völlig schmerzlos ausgeführt habe und daß die Methode zweifelsohne in den eisernen Bestand des chirurgischen Könnens gehöre. Für den mir angetanen Schimpf aber hat bis zum heutigen Tage niemand ein Wort der Sühne gefunden. Im Gegenteil, die einmal gebildete Legende, ich hätte jeden mit dem Staatsanwalt bedroht, der sich noch erdreiste, Chloroform anzuwenden, ist heute noch im Schwange, so dreist sie auch erfunden ist. Aber, wenn man nur eine Formel hat, eigenes Unrecht abzuwehren, pflegt das Gewissen mit jedem Ruhekissen zufrieden zu sein. Es gibt noch heute Hunderte von Chirurgen, die fest überzeugt sind, ich hätte mir meinen Mißerfolg und die Vernichtung meiner Karriere durch Beleidigung des Chirurgenkongresses selbst zuzuschreiben, was natürlich alles aus der Luft gegriffen ist wie Spinngewebe, um die eigene Blöße und Blamage zu bedecken. Nun gut, gesetzt, ich hätte einen Verstoß begangen; wäre das ein Grund gewesen, ein Verfahren abzulehnen, welches Millionen Leidenden 15 Jahre früher zur Wohltat gereicht hätte, statt das unter tausend Fällen mindestens zweimal tödliche Chloroform und den übrigen Narkosen-Schlendrian ruhig beizubehalten?! Ist das eine wissenschaftliche Gesellschaft zu nennen, welche eine angebliche Verletzung ihrer eingebildeten Würde so viel höher stellt als den Wert eines Segens der Menschheit, der sich inzwischen die Welt erobert hat, daß sie es mit allen Mitteln zu ignorieren und zu unterdrücken sich entschlossen hat? Immer wieder wiederholt sich derselbe Kampf auf Tod und Leben. Nur niemand vorlassen, eher totschweigen, als sich überspringen zu lassen! Ein Konkurrenzkampf, heiß wie das Pferderennen, nur um so ekler, als es sich um das Heil der Menschen handelt, dessen Wahrung angeblich doch immer das höchste Interesse der Verwalter der medizinischen Machtstellungen sein soll. »Gewiß, alles Gute den Menschen; nur nicht auf Kosten unseres mühsam erworbenen Ruhmes und der Methoden, von denen wir unsere Existenz polstern!« Wiederholt sich nicht in unseren Tagen Phase um Phase dasselbe bei Friedmanns Kampf um die Ausrottung der Tuberkulose? Es ist entsetzlich zu denken, ich habe es lange nicht geglaubt, bin aber jetzt von dem Satze überzeugt, den Friedmann einst in begreiflicher Entrüstung meinen Linderungsargumenten entgegengerufen hat: »Gehen Sie, lieber Schleich, Ihrem ganzen Temperament nach können Sie es nicht glauben, der letzte Grund des Widerstandes gegen eine Neuerung in der Medizin ist immer der, daß Hunderttausende von Menschen davon leben, daß etwas unheilbar ist. Alle Institutionen, alle Berufe, ganze Gewerbe, Hotels, Sanatorien sind nun einmal zugeschnitten auf die freilich bedauerliche Tatsache, daß die Tuberkulose unheilbar ist, denn das Gesetz des ökonomischen Egoismus ist stärker als jede

Humanitätsidee!« Furchtbarer Pessimismus! Aber vieles ist ohne ihn unverständlich. Mein Anprall an die Ökonomie der Narkose ist aber die eigentliche Triebfeder, welche mich mit aller Macht an die Seite der Fahne Friedmanns geworfen hat. Dieser Genius der Menschheit, den man noch einst über alle lebenden und gewesenen Mediziner stellen wird, soll nicht so allein in der Welt stehen mit traurig gesenkten Flügeln, wie ich damals nach dem Chirurgenkongreß. Mit wahrer Begeisterung kämpfe ich den Kampf meiner Jugend noch einmal für ihn. Ein alter Fechter steht dem jungen zur Seite, der alle Finten der Gegner aus dem ff kennt. Damals aber war niemand Autoritatives mir zur Seite, mit erbärmlicher Feigheit verleugneten mich diese Herren des Fortschritts, die noch am Morgen des Vortrags bei mir anästhetische Operationen bewundernd mit angesehen hatten. »Sie wären nicht dabei gewesen!« Typische Ausrede; dabei hätte ich jedem meiner sogen. Freunde den Platz nennen können, den sie bei meiner Hinrichtung, ohne auf dem Stuhle zu zucken, eingenommen hatten. Nun, ich habe alles still ertragen. Ich hatte ja einen herrlichen Vater, der mir sagte: »Glaube mir, Carl, wem so schweres Unrecht geschieht, dem wird die Mühe erspart, sich zu verteidigen, das nehmen dir einmal andere ab. Arbeite ruhig weiter.« Das habe ich getan. Denn schon im nächsten Jahre meldete ich auf dem Chirurgenkongreß Operationen unter Schleichscher Anästhesie an. Wie sehr der Wille, die Sache abzulehnen, nicht ihre Prüfung, Parole war, ging daraus hervor, daß von den 800 anwesenden Mitgliedern des Kongresses noch nicht dreißig in der Bergmannschen Klinik zu diesen Demonstrationen erschienen waren. Und doch hat mich dieser unerschrockene Gang in die Höhle des Löwen erst eigentlich aufgerichtet, denn es ereignete sich eine unendlich drollige Szene. Ich anästhesierte eine Körpergegend, die gesellschaftlich nicht zu den anständigsten Regionen des menschlichen Leibes gezählt wird, an der es etwas zu operieren gab. Bergmann fuhr probeweise mit der ganzen Faust in die anästhesierte Wundhöhle und rief in baltischstem Pathos: »Wenn die Apertur[12] nicht schmerzlos ist, dann lasse ich mich hängen!« Esmarch aber, der gleichfalls neben mir stand, sagte: »Aber so operiert man solche Sachen doch nicht.« Er verlangte das Schema F. Ich erwiderte ihm, daß eine neue Anästhesierungsmethode auch gewisse Modifikationen der Schultechnik erfordere. Bergmann aber sagte mir ziemlich laut ins Ohr: »Antworten Sie dem alten.... doch nicht,

12   Er drückte sich ganz Götz von Berlichingensch aus.

er ist blind und taub und von Gott verlassen!« Ich war zufrieden, als mich dabei mein Vater äußerst vergnüglich lächelnd ansah – Esmarch war sein alter Gegner in der Samariterfrage –, da begann es in mir zu summen: »Gräme dich nicht! Wenn die Heroen deines Herzens so miteinander umgehen, was kannst du, Kleiner, von ihnen verlangen? Auch im Olymp also wurde mit Wasser gekocht.«

Nun an die Arbeit. Zunächst schrieb ich alles Neue auf. Meine ersten Publikationen waren klinische Berichte meiner Tätigkeit in meiner Privatklinik mit vielen neuen Gesichtspunkten potpourriartig eingestreut. Dann hatte ich eine Broschüre geschrieben: »Über die Ätiologie der Geschwülste« und »Infektion und Geschwulstbildung« mit einer völlig neuen Anschauung über die Natur des Krebses. Er sei ein Produkt pathologischer Zeugung, ein anarchisch-perverser Homunculus, ein Pseudoembryo. Obwohl ich diese heute immer wichtiger werdende Broschüre an alle Universitäten versandt hatte, allgemeines Totschweigen. Nun hatte ich ein dickes Manuskript: »Schmerzlose Operationen« mit einer fast erschöpfenden Technik der Methode für alle Körpergegenden. Alle Verleger wiesen mich ab, und so stand ich denn einst wie ein abgewiesener Romandichter unter der Linde vor Hirschwalds Buchhandlung und war dem Weinen nahe, als Prof. Langgaard vom pharmakologischen Institut mich ansprach und nach dem Grund meines Angelehntseins an den Baumstamm fragte. Ich klagte ihm mein Leid. Er wollte einmal eine solche Operation sehen. Wir fuhren sofort in meine Klinik, und ich demonstrierte ihm die absolute Schmerzlosigkeit an einer Armplastik bei einer Brandnarbe, die vom Oberarm bis in die Handwurzel reichte. Er war begeistert, und wir fuhren in die S. Springersche Verlagshandlung. Am nächsten Tage begann der Druck meiner ersten Tragödie.

Nicht schließen will ich diese Erzählung, ohne derer besonders zu gedenken, die trotz des allgemeinen Boykotts, der über mich verhängt war, treu und fest zu mir als Menschen, wenn auch gefallenem chirurgischen Engel gehalten haben. Obenan mein guter, lieber Adolf Gottstein, der, mir innigst befreundet, sich nicht genug tun konnte, mich zu trösten und auf eine bessere Zukunft zu verweisen. Der damals schon fest geschmiedete Herzensbund hat allen Stürmen standgehalten. Der geistreiche, ungemein gewissenhafte und gütige Sturmgenosse unserer jungen Jahre ist jetzt an der Spitze der preußischen Medizinalverwaltung. Da waren Wittkowski, Nathanson, Asch, Paul Friedländer und andere mehr, die auch beim Eintritt in medizinische Versammlungen nicht scheu von meiner Seite wichen. wie gewisse andere mir nahe liierte Gönner, Wohltäter und Beschützer.

Mein guter Onkel Conrad Küster, der heute noch rüstige Reformer auf den allerverschiedensten Gebieten, eine burschikose, unüberwindliche Kämpfernatur von echt deutscher Landsknechtsart, mit einem goldenen Herzen voll Humor und Bacchusfreudigkeit unter dem vielfach vom Schicksal geschlitzten Wamms, ist nicht eine Stunde an mir irre geworden. Als ein gemeinsamer naher Verwandter, aus dem Chirurgenkongreß kommend, ihm mitteilte: »Du, Carl Schleich hat sich auf dem Kongreß furchtbar blamiert,« antworte er barsch: »Unsinn! Ihr habt euch blamiert!«
Er hat so Unrecht nicht gehabt.

Strindberg-Erinnerungen

Lange habe ich den Ermunterungen, von Strindberg zu erzählen, widerstanden. Sie wiederholen vielfach Freunde, die um meine Beziehungen zu August Strindberg, dem eigenartigsten Genie des europäischen Nordens, wußten und alle unsere gemeinsamen Schnurren und Gedankengänge kannten. Ich schwieg, einmal, weil sein nun endlich im Vordergrunde der Zeitgenossenschaft hell aufloderndes Dichterwerk viel kompetentere Würdigungen erfahren muß als durch unsereinen, und zweitens, weil die meisten meiner Erlebnisse mit Strindberg so intimer Natur sind, daß es fraglich erscheinen mußte, ob es meiner Feder gelingen könne, hier irgend etwas Typisches und Charakteristisches wertvoll festzuhalten. Dennoch will ich hier von ihm plaudern, weil bisher wenig Brauchbares über ihn geschrieben wurde – noch jüngst ist eine recht arge Verzeichnung mit unzulänglichen Mitteln an diesem für den Zeichner zu großen Gegenstande versucht worden – und ferner, weil Strindbergs Stern gerade in unserer Zeit über den Bergen des Gewesenen aufzusteigen beginnt mit einer Flugbahn, deren Schnelligkeit für die nicht mit seinem Genius Vertrauten etwas Verblüffendes hat, so daß man an meteorisches Aufglühen und langsames Wiederverlöschen gemahnt werden könnte. Gerade in dieser Epoche von Strindbergs allmählichem Einlaß in die Walhalla des Gedächtnisses mag es von Wert sein, einiges über ihn zu erfahren, weniger von dem Dichterischen, als dem Menschlichen, mehr von dem ursprünglichen, universellen, grübelnden und denkenden Geist, als von dem formenden Künstler. Ich möchte ihn in einem schnell umrissenen

Totalbilde zu zeigen versuchen, so daß ich meine innerste Überzeugung auch öffentlich zu begründen imstande wäre, daß er nämlich die bedeutendste Persönlichkeit und der größte Kämpfer um den Sinn dieses Lebens war, dem ich begegnet bin. Aber ich nehme den Befähigungsnachweis dafür nicht nur aus meiner innigen und tiefen Freundschaft für ihn allein, sondern auch alle seine mir gewidmeten Erinnerungszeichen, Bilder, Schriften, Bücher, Briefe tragen den stets von seiner Hand sorgfältig gezirkelten Siegel: »dem gode Freund«. Auch bin ich von dem Mißtrauen gegen die Nächsten, das Strindberg überfiel oder vielmehr immer in ihm glomm wie eine ununterdrückbare Naturgewalt, glücklicherweise bewahrt geblieben. Er hat mir rückhaltlos sein Herz eröffnet. Ich denke, er könnte auch diese Zeilen ruhig lesen, wie er ja solche Möglichkeit bestimmt kraft seines Glaubens an ein Jenseits unter Diesseitsbetätigung erwartete. Also, sieh mir bei dieser Niederschrift über die Schulter, mein großer, guter Freund!

Es war anfangs der neunziger Jahre, als eines Tages mein Kollege Dr. Max Asch mit einem mir Unbekannten in mein Arbeitszimmer trat. »Hier bringe ich Ihnen Strindberg.« Mich durchfuhr es doch eigentümlich, dem längst verehrten Manne so plötzlich ins Auge sehen und ihm die Hand herzlich schütteln zu können. Unwillkürlich dachte ich: »Beethoven«. Das Prometheische stand auf der hohen Stirn, sprühte merkwürdig scharf und leidend zugleich aus den durchdringenden blaugrauen Augen, riß die wirren Locken flammend zur Höhe und verspritzte noch in den Strähnen des kurzen, energischen Katerbartes, der über einem ungemein lieblichen, beim Begrüßen fast frauenhaft-kleinen, faltig und rundlich gespitzten Munde nach rechts und links trotzig-ironisch verblitzte. Ein sehr anziehendes Grübchen verstärkte noch die Liebenswürdigkeit der Begrüßungsgeste. Bald aber zog ein finsterer, grübelnder Schatten über das verwetterte Antlitz, das eine Mischung von Steuermann und Husarenoberst gab. Strindberg war mittelgroß, von sehr gedrungenem Körperbau, die Glieder beinahe barock-muskulös. Die Brust sehr breit und meist stolz in tiefem Atemzug gehoben, der gewaltige Kopf, sehr selbstbewußt emporgehalten, schien jeglicher Beugung oder graziöser Senkung abhold. Die Bewegungen waren von einer fast pedantischen Ruhe und Bedächtigkeit, sie hatten eine steife Würde, und die Analytiker, die aus Gang und Gehabe Seelenzeichen lesen wollten, konnten an Strindbergs schwerweilendem, körperlichem Rhythmus leicht erkennen, daß ihm allzeit etwas an flüssiger, natürlicher Grazie mangelte, an deren Stelle eben oft eine überstrenge Unerbittlichkeit anklagender Mienen trat. Ja, das war der Mann der letzten Konsequenz jedes seiner Gedanken, der nirgend haltmachte, wo andere mit versöhnlicherem Abdämpfen das Licht der Wahrheit dem armen Menschenauge wohltätiger und hinreißender gestaltet hätten. Das gilt nicht nur von seinen Romangebilden und Bühnencharakteren, von den Konflikten und ihrer Austragung bis zur seelischen Zerfleischung und Niederstreckung beider Gegner, das gilt, was die Menge jetzt kaum noch ahnt, in noch viel höherem Maße von seinen tiefgründigen und sonderbaren Meinungen über Natur, Welt, Gott und Teufel. Er hatte wirklich so ein Aussehen, als würde der Hammer Thors gut in seine Hand gepaßt haben, und nur jener milde, auffällig graziöse Zug um den Mund und um den für das Riesenskelett des Kopfes eigentlich zu kleinen Unterkiefer gab Kunde von der ungeheuren Weichheit und mimosenhaften Empfindsamkeit dieser wunderlichen Seele.

Es war die leidige Not einer damals fast ahasverischen Unrast, die Freund Asch, der meine tiefe Neigung zu dem Dichter Strindberg kannte, veranlaßte, mich mit ihm bekannt zu machen. Was zu tun war, ward getan, und ich will hier nur bezeugen, daß die bescheidenen Erleichterungen, welche wir dem »müden Pilger nach Erkenntnis und ein bißchen Glück«, wie er sich nannte, angedeihen lassen konnten, fast stets heimlich auf die Post nach Schweden abgesetzt wurden – für zwei Frauen und seine Kinder. Und so war Strindberg immer arm, was auch geschah, und immer in einer Art Katzbalgerei um das Alltäglichste. Seine Sorge um seine von ihm geschiedenen Frauen hatte stets jenen selbstverständlichen Zug von Ritterlichkeit und natürlicher Noblesse, von dem er gelegentlich behauptete, »daß er der Kern der Männlichkeit sei«. »Die Höflichkeit einer Frau,« sagte er einmal, »wird mit dem Glacéhandschuh ausgezogen, die unsere liegt auch noch auf der nackten Schwielenhand!« In solchen Antithesen war er unerschöpflich, verstieg er sich doch einmal zu dem lapidaren Satze: »Die richtige Mutterliebe kann nur der Mann empfinden!« Er dachte immer an die Seinen, und es verflocht ihn mit allen, die um ihn und um die er gelitten, wirklich so etwas wie eine unsichtbare, goldene, seine Nabelschnur von einer in der Tat beinahe weiblichen Empfindsamkeit. Das ist ja das Rätselhafte einer solchen Kämpfernatur wie der seinen, daß hier das Zarte, Weibliche in engster Umklammerung mit dem brutalen Hohn bis zur Grausamkeit gepaart lag. Doch ich will einer Auseinandersetzung mit dem bekannten Kernproblem Strindbergs hier nicht vorgreifen.

Von dem Augenblick unserer Bekanntschaft an sind wir ein volles Jahr wohl täglich zusammengewesen. Das vertrauliche Du ward bald Bedürfnis, und oft, lange bevor abends jenes berühmte Lokal des »Schwarzen Ferkels« bei Jul. Türke einem skandinavischen Kreis und seinen Berliner Anhängern die gastlichen Pforten öffnete, war ich mit Strindberg in meinem Laboratorium zusammen, um Farben zu mischen, chemisch zu experimentieren, zu mikroskopieren, photographieren, zu musizieren, zu malen, Kontrapunkt zu studieren usw. usw.

Zu allen diesen Dingen hatten wir gemeinsame Beziehungen, und auf jedem Gebiete hatte er eigene, oft verstiegene, aber immer überaus interessante Gedanken. Damals war Strindberg ein überzeugter Monist, ein Mechanist des Lebens von reinstem Wasser. Alles, was ich meinerseits zur Mechanik in der Biologie beibringen konnte, so z.B. die Vermutung eines aktiven Hemmungsapparates im Gehirn, interessierte ihn auf das lebhafteste. Überhaupt sei die ganze Physik und Chemie zurückzuführen auf Kraft und Hemmung, welche das ganze Getriebe der Welt unterhielten. Dann meinte er mit unnachahmlicher, triumphierender Freude: »Hast du ihn endlich erwischt, den Gott und den Teufel!« Freilich hat Strindberg sich später unendlich gewandelt, aus dem Mechanisten wurde schließlich ein Mystiker, und an die Wirksamkeit des Teufels glaubte er buchstäblich so, wie er ihn in seiner »Kronenbraut« herumschwänzelnd, spukend und versuchend auf die Bühne gebracht hat. Konstruierte er damals die Welt aus einer einzigen natürlichen Urkraft, so war sie ihm später bevölkert von Dämonen, Kobolden, guten und bösen Geistern. Es waren aber damals schon manche mystischen Neigungen in ihm, so kokettierte er mit Swedenborg, Jacob Boehme und Paracelsus. »Hast du nicht schon bemerkt – wenn es einen Namen gibt, dessen Besitzer du gekränkt hast, daß du die ganze Straße entlang vier-, fünf-, sechsmal an Schildern und Haustüren ihn liest, wo er früher gar nicht stand?! Er taucht auf, dich zu peinigen. Es wird gemacht dir zur Qual!« Das konnte er ruhig und allen Ernstes schon damals sagen, und als ich ihn viele Jahre später in Stockholm besuchte, ihm vom Tode meines Vaters erzählte, der mich immer als »reinen« Mediziner sehen wollte und dem zuliebe ich meine literarischen Triebe arg beschnitten hätte, während ich mich jetzt gewaltsam zum Schriftstellern gedrängt fühlte, da sagte er mit schönverschmitztem Lächeln, wie etwas Selbstverständliches: »Er hat es eingesehen, er läßt dir frei!« Dabei will ich bemerken, daß Strindberg fehlerhaft Deutsch sprach, sich aber klar und bestimmt über die schwierigsten Dinge, wenn auch gebrochen, äußern konnte, wobei die drolligsten Wendungen mit scharf geschnarrtem »r« und langgeschleiftem »s« zutage kamen. So dekretierte er einmal dokumentarisch, als wir von unseren jungdeutschen Realisten und Veristen sprachen: »Aberr sie sind ja Photograffen! Laß ihnen lauffen, diese Rrr–eisebeschreiberrn!« In allem Wissenschaftlichen war er von einem unglaublichen, manchmal ganz naiven Skeptizismus und von einer herzerquickenden Berserkerwut gegen alles Autoritative. Ging er doch so weit, daß er meinte, alles sog. Gelehrte, Objektive sei immer im Anfang der Subjektivismus eines Genies gewesen, das nur so lange als objektiv gelte, bis ein größeres Genie alles wieder umkrempele. Eine Mordswut hatte er auf die seiner Meinung nach kindischen Beweise für die Kugelgestalt der Erde. Selbst gegen den Foucaultschen Pendelversuch hatte er den Einwand: »Man tut so, als sei die Kirchturmspitze ein archimedischer Punkt. Aber laß das beiseite, wie ist es mit dem Rundgang um die Erde von einem Punkte aus, zu dem man wiederkehrt? Abgesehen davon, daß noch niemand diese Reise zu Fuß gemacht hat, ist es bei einem Teller nicht ebenso? Wenn die Masten eines Schiffes auf hoher See zuerst zu sehen sein sollen wegen der Rundung der Erde, so sage ich dir: Du siehst schon auf ein paar hundert Meter wegen der Strahlenirradiation von einem Pflock auch nur den Kopf! Und solches Zeug lehrt man auf Schulen!« Erich Hartleben war dabei, und es wurde spät in einer hellen Sommernacht beschlossen, dies letzte Argument experimentell zu erproben. Mit einiger Mühe wurde von einem alten Budenweibe ein arg zerfaserter Besen käuflich erworben, und wir drei wanderten zum Panoptikum, Eingang Friedrichstraße. Es wurde beschlossen, daß Hartleben sich zur Leipziger Straße zu begeben hätte und hier in der Mitte des asphaltierten Fahrdammes, mit dem Besen aufgepflanzt, Büschel nach oben, sich postieren solle. Strindberg und ich waren bereit, die Vorderfläche unserer Kleider der Wissenschaft zum Opfer zu bringen, und legten uns lang zum Auslug auf den Asphalt. Aber der Schwede hatte nicht mit der preußischen Polizei gerechnet. Kaum lagen wir blickbereit, da herrschte uns ein Schutzmann an unter stark beleidigenden und unsere wissenschaftliche Qualifikation stark in Zweifel ziehenden Verdächtigungen, daß wir uns von der Stelle zu scheren hätten. Hier sei kein Nachtasyl. Mit dem ganzen Aufwand unserer Gelehrtenüberzeugung gelang es uns endlich, den Schutzmann über die

Wichtigkeit unseres Experimentes aufzuklären, und es ist gewiß ein rührendes Beispiel für den wissenschaftlichen Geist unserer Polizei, daß dieser Wachmann sich beinahe zu uns gelegt hätte, um die Rundheit der Erde definitiv abzutun. Aber die Sache hatte ebensoviel Zeit gekostet, als sie Otto Erich Hartleben zu lang geworden war, und so erschien er denn, den Besen in der Hand, fauchend und pustend: »ihm sei die Sache zu langweilig geworden«! So fiel unser schönes Experiment ins Wasser, und wir zweifelten weiter an der Kugelgestalt der Erde. Ebenso naiv trottete Strindberg eine Zeitlang jeden Vollmondtag auf die Sternwarte, um stundenlang den Mond durch ein Teleskop zu betrachten und sorgfältig die Mondreliefs zu zeichnen. »Was suchst du eigentlich dort am Monde?« fragten wir ihn einst dringend. »Das Spiegelbild von Europa!« lautete die Antwort. »Hast du den Stiebel von Italien schon gefunden?« fragte nach einiger Verblüffung Richard Dehmel. Da fuhr Strindberg ganz ernst auf: »Woher weißt du, daß es ein Stiefel ist? Wer hat ihn je gesehen? Soll ich den Lithographen mehr glauben als dem klaren Spiegeleis vom Monde?« Man denke nicht gering von Strindbergs wissenschaftlicher Ausbildung. Wenn auch vieles bei ihm verschrullt und unklar war, so hat er doch große Intuitionen gehabt: ich erinnere nur an seinen »Silva Silvarum«, in dem eine erstaunliche Fülle botanischer Ahnungen enthalten sind, die schon heute durchaus diskutabel geworden sind. So seine Gedanken über Pflanzenreizbarkeit, ihre nervöse Tätigkeit, ihren Schlaf und ihr Wachen, ja über ihre Seele. Das sind alles Dinge, von denen heute durchaus ernst gesprochen werden kann, und ich werde oft an Strindberg erinnert bei der Lektüre neuester Fortschritte auf dem Gebiete der Pflanzenphysiologie. Es war ein geradezu Goethescher Naturtrieb in Strindberg, der die Dinge der Welt sehr ernst nahm und ein erstaunliches Wissen in Chemie, Botanik und Sternkunde besaß, eine Universalität der Neigungen jedenfalls, die für mich beispiellos gewesen ist. Ich werde gleich davon erzählen, wie er als Sieger aus einem Disput mit einem ersten Chemiker, Professor Landolt, hervorgegangen ist. Ich will hier nur bemerken, daß ein Unterschied zwischen Goethescher und Strindbergscher Forschung besteht. Goethe suchte überall die Urphänomene und hatte ein ganzes Heer von Mitarbeitern, die ihm, dem Minister, Spezialfragen lösten. Strindberg suchte wie ein Ingenieur nach Betriebsgeheimnissen, Mechanismen, Verschiebungen und Umschaltungen gegebener, dauernd fließender Bewegungen und – war ganz einsam. Nur in der Ablehnung, die beide bei den Fachgelehrten fanden, waren sie gleich.

Und wenn Dubois-Reymond fünfzig Jahre nach Goethes Tod ihm jede Qualifikation zur Naturforschung absprach, so möchte ich nicht hören, was nach gleicher Spanne Zeit ein »exakter« Naturforscher über Strindbergs Arkana sagen wird, falls bis dahin überhaupt jemand sich bemüßigt gefunden haben wird, in die vielen naturwissenschaftlichen Arbeiten und Bände dieses geistigen Riesen hineinzublicken. Auch er möchte leicht den Dichter an seine Leisten weisen, und doch glaube ich, daß es leicht sein kann, daß einst der Denker Strindberg ebenbürtig neben den Dichter erhoben werden wird. Vorläufig schreckt die vielen noch das ungeheure in Angriff genommene Feld seiner Untersuchungen, die er nicht mit der Ruhe Goethes vornahm, sondern in einem leidenschaftlichen Ansturm der Gedanken mit einer Heftigkeit, wie sie Goethe nur in der wundervollen Attacke gegen den toten Newton in seiner Farbenlehre fertiggebracht hat. Strindberg kämpfte so heiß, nicht weil er wußte, sondern weil er glaubte und ahnte. Seine Beweisführung strotzt von Hohn und Aufreizung. Es ist, als wenn er, statt sachlich zu überzeugen, immer auf jemand einredet. Seine Argumente haben immer etwas von dem knappen, unerbittlichen dramatischen Ton seiner Dichtungen. Sie sind Selbstgespräche, die eine Welt hören sollte. Es war etwas Mittelalterliches, aber kerndeutsch Protestantisches in ihm. Dieser Hang ins Uralte führte ihn, den Modernsten der Modernen, doch schließlich zur Alchimie und hart zur Sphäre des Steins der Weisen. So ward ein Strindberg ein Goldsucher.

Man muß sich Strindberg nicht als den finsteren, geheimniskrämelnden Alchimisten, als einen, gleich manchen Okkultisten, stets halb betrogenen Betrüger vorstellen, sondern seine auf der Überführbarkeit der Metalle und der Spaltbarkeit der Elemente aufgebaute Theorie betätigte sich beinahe in einer spielerisch-humoristischen Weise. Tragisch hat er das Motiv des Goldfinders erst später in einem seiner phantastischsten Bühnenwerke benutzt. Nie werde ich sein verschmitztes Kinderlächeln vergessen, als er mir eines Tages seine Metallblättchen, ähnlich unserem zwischen Seidenpapier aufbewahrten Rauschgoldschaum, vorzeigte und schmunzelnd sagte: »Untersuch' es! Es ist Gold, das ich gemacht habe!« Ich schlug vor, es berühmten Chemikern, wie Liebreich oder Landolt, vorzulegen. Er war Feuer und Flamme für diese Idee, und so pilgerten wir denn eines Tages erst zu Liebreich und dann zu Landolt, die ihn beide wohl wie einen Narren behandelt hätten, wenn ich nicht, als ein Mann von einiger wissenschaftlichen Reputation, über ihn eine Art Regenschirm hätte halten können. Liebreich versprach eine ausführliche Untersuchung, zu der er aber fünfzehn Jahre nach diesem Besuch noch keine Zeit gefunden hatte. Landolt aber ging sofort aus Werk und bestellte uns nach einigen Tagen wieder zu sich. Da entspann sich jenes denkwürdige Gespräch, das die Zeit, diese alleinige beweglich gestellte Wage der Wahrheit, meiner Meinung nach eben zugunsten Strindbergs entschieden hat. Landolt fragte ihn: »Woraus haben Sie das gemacht?« – »Aus Kupfer.« – »Was soll das sein?« – »Gold.« – »Nein! Es ist kein Kupfer, es ist auch kein Gold. Ich weiß nicht, was das ist – ich habe solch Zeugs noch nie in der Hand gehabt!«

251

»So ist es vielleicht ein Übergang, eine Zwischenstufe!« Ich bemerke hier, wie wenig eigensinnig Strindberg auf seinem Schein bestand, Gold gemacht zu haben, wie es ihm nur auf die Idee der Überführung und Wandelbarkeit der Metalle ankam. Er suchte nicht Gold, er suchte nur ein neues Naturgesetz. Darauf sprach Landolt die denkwürdigen Worte: »Mein Lieber! Wenn Sie mir je den Beweis erbringen können, daß ein Metall sich in ein anderes wandeln läßt, so werde ich vor Ihnen meinen Hut bis zum Boden ziehen, und dies Blättchen Metall wird Sie zu einem großen Chemiker machen!« Strindberg verbeugte sich mit ironischem Stolze, als nähme er einen Vorschuß auf diese Unsterblichkeit, und sagte: »Wer weiß es! Vielleicht erleben wir es beide noch!« – »Niemals!« rief Landolt und verabschiedete uns gewiß in der Überzeugung, ein paar Narren mehr auf der Welt begegnet zu sein. Und siehe! Ein Jahrzehnt mehr, und wir sehen, ausgerechnet ein Weib mußte einem Strindberg und der Welt die Freude machen (Madame Curie), das Radium zu entdecken – wie Strindberg später meinte, ein Hochzeitsgeschenk ihres verliebten Gatten –, das Radium, welches sich selbsttätig über das Helium in Blei verwandelt! Nicht ohne Rührung kann ich die in meinem Besitz befindlichen Goldflitterchen Strindbergs betrachten, ging es ihm doch wie seinen Alchimistenahnen, sie fanden das Gold nicht, aber nach ihnen machte die Chemie indirekt industrielles Gold in Hülle und Fülle, und kaum hat dieser Genius die Augen für immer geschlossen, da strömt das Gold seiner Dichtungen in Menschenherzen und in Menschenkassen, freilich nicht mehr in die seinen. Aber er hat es gewußt, daß es so kommen würde, denn zwei Jahre vor seinem Tode schrieb er mir: »Wie ist es wunderlich! Wie langsam geht alles voran. Und doch wirst du Jüngerer es noch erleben, daß man sich um meine Stücke reißt!« In unseren Tagen werden Strindbergs Stücke an mehreren Theatern Berlins gleichzeitig aufgeführt und zugleich an Hunderten von Bühnen Deutschlands. Geheimnisvolles Gesetz des großen, bleibenden Erfolges, daß er erst einsetzt, nachdem ein erhabener Stern aus Sehnsucht nach ihm sich verzehrt hat! Einmal im Leben hat Strindberg so etwas wie ein Vermögen von sechzigtausend Kronen besessen: es schmolz als Einlage auf dem heißen Boden des Strindberg-Theaters in Stockholm, und die ansehnliche Nationalspende des schwedischen Volkes gab er den Armen Stockholms zurück!

Doch mehr von Erlebnissen! Wie schön waren diese Abende in dem kleinen Stübchen der Weinstube in der Neuen Wilhelmstraße, »Das schwarze Ferkel«, die ihren Namen nach einem gefüllten, bessarabischen Weinschlauch trug, der unter sehr oberflächlicher Ähnlichkeit mit einem dunklen Borstentier unter dem Pfosten der Eingangstür pendelte. Hier fanden sich Munch, Ola Hanson, Laura Marholm, Hamsun, Dehmel, Pczybischewski, Scheerbart, Asch, Elias, Hartleben, Evers und viele, viele andere ein, auch sein früher Biograph Adolf Paul. Dort haben wir ein Dichterheim gehabt von großer Eigenart mit klassischem Anstrich. Hier tönten Lieder, hier flammten Gespräche und Autodafés der Literatur, hier langte unser aller Zentralstern, Strindberg, ab und zu zur Gitarre und sang seine einzige Ballade: »Denn der Russe ist tot. Schlagt ihn tot! Ist er nun Korporal oder General, sterben muß er zumal!« Hier aber auch saßen wir einst zu dritt: Strindberg, ein japanischer Hauptmann und ich, und haben eine ganze Nacht damit verbracht, uns unsere schönsten Volkslieder im Wettstreit vorzutragen und um die Palme nationaler Dichterkraft zu ringen. Einst saßen wir hier im »Schwarzen Ferkel« zusammen mit einem gemeinsamen Freund S., einem Stettiner Schulkameraden von der Untertertia her, der Strindberg auch pekuniär unterstützt hatte. Im Laufe des Gesprächs erzählte S. eine hübsche Handlung von mir als Schüler, die mir ganz entfallen war, nun aber lebhaft vor Augen stand, so daß ich sie von meinem Standpunkt aus aufrollte. In einem Klassenbuch fand sich auf der Seite des betreffenden Unterrichtstages eine gekritzelte Bemerkung: »Schuster Herbst (der Spitzname unseres Ordinarius) ist ein Esel!« Tableau. Sofortige strenge Untersuchung. Kein Resultat. Trotz mehrfacher Ermahnung meldete sich der Übeltäter nicht. Also umständliche Handschriftenvergleichung. Ebenso resultatlos. »Nun,« sagte Professor Herbst, »ich verlasse euch jetzt auf eine halbe Stunde. Macht's unter euch ab. Wenn sich nach Verlauf dieser Frist der Schuldige, der ein dummer Junge ist, nicht meldet, spaziert ihr alle insgesamt für zwei Stunden ins Karzer!« Nun ging ein Raunen, ein Geschimpfe, ein Ehrenappell nach dem andern los. Auf S. war der Handschriftenvergleichung nach ein schwerer Verdacht gefallen. Wir redeten ihm alle zu, doch zu gestehen. Noch sehe ich die Würstelfingerchen des kleinen Jüdchens die Augen reiben und Tränenbäche schwärzliche Wangenränder bilden, als er gottsjämmerlich schluchzte: »Ich war's nicht. Nein. Gewiß nicht. Mein Stiefvater schlägt mich tot. Ich bin verloren. Weih, au weih!« Mich rührte die Szene bis ins Herz. »Na, ich will dir was sagen,« sprach ich stolz und gutmütig. »Mein Vater schlägt mich wegen so was nicht tot. Ich werde sagen, daß ich es gewesen bin, obwohl ich es natürlich nicht war!« Der Kleine küßte mir die Hände. Schuster Herbst erschien. Ich trat vor. »Ich, Herr Professor, bin's gewesen!« Zunächst erhielt ich im Gefühl meines Edelmutes ganz unvermutet eine schallende Ohrfeige. »Du spazierst augenblicklich zwei Stunden ins Karzer!« Als ich nach Hause trollte, empfing mich mein Vater, der schon von meiner Einbehaltung benachrichtigt war, sehr ernst. Als ich vergnügt wie eine Bachstelze meine Geschichte erzählte, gab er mir einen Katzenkopf und einen Kuß. »Du dummer Bengel,« sagte er, »so mach's nur weiter im Leben, dann wirst du ja weit kommen!« Strindberg aber sagte ganz weich: »Sieh mal an, Du gode, kleine blonde Knabe!« S. aber begann zu kichern und stieß hervor: »Und das Beste ist, daß ich es doch gewesen war«, und rieb sich die Hände. Ich muß sagen, ich war ganz perplex über dieses Bekenntnis. Strindberg aber stand auf, er sah furchtbar aus, das ganze Gesicht verzerrte sich vor Wut. »Pfui Deubel!« schrie er, »Judas!« und verließ das Lokal. Er hat S. nie wieder eines Blickes gewürdigt. Wahrlich, sein Gerechtigkeitsgefühl war ungemein stark. Unter meinen Erinnerungen an Richard Dehmel findet sich eine Parallelgeschichte.

Hier, im »Schwarzen Ferkel«, erschien eines anderen Abends der greise Holger Drachmann, eine der schönsten Frauen, die ich je gesehen, am Arm. Kaum hatte sie das überfüllte Stübchen betreten – wir feierten gerade an festlicher Tafel irgendeinen Gedenktag – als sie, umherblickend im Kreise, einen Champagnerkelch ergriff und ausrief: »Wo ist August Strindberg?« Alles zeigte auf ihn, der im äußersten Winkel hockte. »Strindberg! Komm her, gib mir einen Kuß!« Und breitete die Arme. Jetzt geschah etwas Verblüffendes: Der berühmte Frauenhasser stand auf, zog merkwürdigerweise seinen Frack mit gravitätischer Entschlossenheit aus, stampfte quer über den weinbestandenen Tisch und küßte diese Frau so dauernd und nachdrücklich, daß Drachmann die Uhr zog und resigniertlakonisch meinte: »Zwei Minuten sind es lange!« Endliche Entschlingung, und Strindberg ging gleichen Weges an seinen Platz und zog den Frack wieder an. Kein Mensch konnte je erfahren, warum er sich dessen zu diesem eigentlich unschweren und angenehmen Werke entledigt hatte.

Diese Nacht endigte mit dem unaufhörlichen Absingen zu dritt: Drachmann, Strindberg und mir, von Fescas Reiterlied:

Die bange Nacht ist nun herum,
Wir reiten still, wir reiten stumm,
Wir reiten ins Verderben!
Wie weht so kühl der Morgenwind –
»Frau Wirtin! Noch ein Glas geschwind,
Vorm Sterben, vorm Sterben!«

Drachmann erklärte das Lied für das schönste Deutschlands und machte die interessante Bemerkung, daß man im Auslande Deutsch nur durch Lektüre von Heine-Liedern lernen könne. Worauf Strindberg bissig antwortete: »Natürlich! Die Menschen lernen Meisterwerke am besten durch gute Kopien kennen. Lies Goethe, mein Lieber, darin ist noch mehr Deutsch. Oder Luther und die Bibel: ›Ja, ich vergebe meinen Feinden, aber erst, wenn ich ihnen die Knochen im Leibe zerschlagen habe.‹ Das ist Luther-›Deutsch‹!«

Aber, wie schon erwähnt, man würde Strindberg arges Unrecht tun, wenn man ihn aus dem Milieu dieser Bohême allein zureichend zu beschreiben suchte. Es war eine Bohême, aber doch eine sehr gehaltvolle und geistig gehobene, und wild war daran eigentlich nur der Hummelschwarm der ihn umsummenden Neugierigen zweiter Klasse. Die Namen der oben genannten Stammtischgenossen bezeugen zur Genüge, welch eminent geistigen Gehalt diese Tafelrunde aufweisen konnte, deren eigentlich stiller und ruhiger Pol der große Schwede war. Strindberg trank bedächtig und viel, konnte aber ungeheure Mengen ungestraft zu sich nehmen, und nicht ein einziges Mal habe ich ihn der ruhigen Würde seiner gewaltigen und faszinierenden Persönlichkeit entgleiten sehen. Die staunenswerte Kraft seiner Produktion, vierzig Bände und ein noch völlig unübersehbarer Nachlaß, beweisen wohl ausreichend, daß ihn niemals sein eiserner Fleiß verließ. – Einst hatten wir eine Studienfahrt mit einem berühmten Kriminalkommissarius gemacht und höchst sonderbare Begegnungen gehabt bis tief hinein in die Nacht. Als ich ihn am nächsten Morgen in seiner kümmerlichen Hotelstube aufsuchte, saß er noch wach an seinem Pulte und zeigte mir einen Stoß von engbeschriebenen Seiten – die Resultate seiner nächtlichen Beobachtungen. Und in welch einer Schrift waren diese Dokumente verfaßt! Ich habe nie sauberere Manuskripte gesehen, wie gehauen und gestochen stand alles in blitzblanken, nirgend korrigierten Zeilen, wie er mir denn auch gestand, daß er nie etwas niederschrieb, ehe er es im Kopfe nicht völlig druckfertig habe.

Hier bestätigt sich wieder einmal glänzend, daß Fleiß die Zwangslage des Genies ist. Alle seine Pläne, Entwürfe, Fragmente, Skizzen tat er in einen großen, zuschnürbaren grünen Flanellsack, den er hütete wie einen Schatz. Wie manches von ihm im Gespräch geprägte Bonmot flog wie ein Saatkorn in diesen »grünen Sack« zur einstigen Aussaat und Ernte. –

Man muß, wie ich, mit Strindberg experimentiert haben, Farben angerichtet, gemalt oder komponiert haben, um zu wissen, welch echte Forscherstrenge sein eigen war. Strindberg hat viel mit meinen Farben, die ich erfunden habe, gemalt. Sein Stil war expressionistisch, er malte gleichsam Gedanken, trug dick auf und bediente sich selten des Pinsels, der breite Auftrag des Spachtels genügte ihm. Ich besitze u.a. ein sehr schönes Seestück von ihm. Über dem Meere verschwimmen Wolken und Wogen, am Strande sieht man eine geknickte Königskrone, zu ihr führen Fußtapfen dessen, der sie zertreten. Eine eigene Melancholie liegt über dem Ganzen. Namhafte Maler erklärten das Bild für objektiv wertvoll, doppelt natürlich, weil von Strindbergs Hand. – Unvergeßlich ist mir unsere gemeinsame Durcharbeitung von Goethes Farbenlehre. Er fand einen sehr hübschen Einwand gegen Newton: wenn Newton meinte, daß durch das Prisma das weiße Sonnenlicht zerlegt werde in seine farbigen Bestandteile, und daß das bunte Prismaband durch Zusammenlegung wieder Weiß ergebe, so müßten doch im glühenden Sonnenkörper die Farben nachweisbar sein, die erst das Helle des Sonnenlichtes ergäben. Dafür fehle der grundlegende Beweis. Ferner mache Newton einen falschen Schluß. Wenn er sage: die wiedervereinten Farben geben wieder Weiß und das Prisma zeige die ursprüngliche farbige Zusammensetzung des Lichtes, so sei das ebenso, als wenn jemand sage, der Wogenschaum, durch Brandung entstanden, gebe, gesammelt, wieder Wasser, folglich sei Schaum gleich Wasser. Das sei aber falsch: Schaum sei Wasser plus verschluckter Luft, und gesammelter Schaum gebe Wasser und Luft. So erfahre auch das Licht bei seiner Anbrandung im Glase etwas Newton Entgangenes, wodurch es uns farbig erschiene. Farben seien Licht plus etwas Unbekanntem. Goethe habe recht, dieses Unbekannte seien die sich deckenden Sonnenbildchen, Farben seien gedämpfte Schatten, Schatten auf dem Wege zu Licht oder getrübter Helle. Erst heute können wir übersehen, wie recht Strindberg mit diesem Einwand hatte, seit wir wissen, daß der Sonderfall des Prismas auch ultraviolette und ultrarote Strahlen, Wärme- und elektrische Strahlen zerstreut und durcheinandermengt, so daß also aus der verschobenen Richtung dieser drei Wellenarten der physiologische Eindruck der Farbe im menschlichen Auge gegeben ist. Es erleidet das einheitliche Licht im Prisma in der Tat etwas Neues, gleichsam eine Durchpeitschung mit Wärme- und elektrischem Dunst, und die neue Linsensammlung der Farben gibt wieder die ursprüngliche Harmonie aller drei Lichtquellen, die wir, »weiß« nennen. Das ist allerdings meine in »Es läuten die Glocken« (Concordia, Berlin) versuchte Verteidigung Goethes, aber ich bin durch Strindberg doch erst darauf gekommen, dieses X, was das Licht im Prisma erleidet, zu suchen. Mit wahrem Feuereifer las Strindberg hier in Berlin mit mir Goethes Farbenlehre, und er geriet in förmliche Ekstasen, wenn er einen Goethe die heftigsten Sottisen gegen Newton schleudern hörte, die je in einer Streitschrift gewagt wurden. Wie keiner verstand er Goethes Schmerz, sich da verkannt zu sehen, wo er seiner Meinung nach der Natur am tiefsten ins Auge geschaut hatte, und es erfreute ihn ungemein, als ich ihm mitteilte, daß Helmholtz in den achthundert Experimenten Goethes auch nicht einen Fehler habe nachweisen können.

Es würde zu weit führen, wollte ich meine Erlebnisse und Gespräche mit Strindberg, so wie sie sich bei unseren Experimenten frei ergaben, auch nur andeuten; aber ich weiß mich alles dessen noch sehr gut zu erinnern. Hingegeben in Liebe und Bewunderung zu einem Menschen höherer Art werden wir wieder so eindrucksfähig wie in der Kinderzeit, aus der wir auch die deutlichsten und tiefsten Erinnerungen in das Alter hinüberretten. Ich höre noch deutlich Strindbergs Freudenruf, als ich ihm für seine botanischen Schnitte ein selbstgefundenes Mittel zur Durchsichtigmachung pflanzlicher und tierischer Gewebe zeigte: ihre totale Durchzuckerung, Einbettung in aufhellende Sirupe. Hier zeigte er mir unter dem Mikroskope an sehr schönen Präparaten, wie er sich eine Muskelerregungswelle durch die Zellkästchen der Pflanzen fortgeleitet dächte. Es fiel ganz klar der Ausdruck: »Elektrische Molekularerzitterung das Protoplasmas«, auf die er auch das Zugreifen der Krallen aller fleischfressenden Pflanzen bezog. Erst in unsern Tagen ist tatsächlich diese Strindbergsche Vermutung bestätigt worden, die Pflanze hat zwar keine eigenen Nerven, wie Strindberg wollte, sondern ihr Zelleib ist selbst eine Art nervöser Leitungsmasse. Aber wer weiß, vielleicht bekommen wir doch noch einmal die von Strindberg sorgfältigst gezeichneten Ganglienzellen der Pflanze zu Gesichte! Wer dies bezweifelt, lese einmal in dem herrlichen Werke Fr. Reinkes, »Grundzüge der allgemeinen Anatomie«, S. 54–55, nach, und er wird 1001 das bestätigt finden, was Strindberg schon zehn Jahre vorher verkündete und laut verfocht. Der berühmte Botaniker Lindequist hat mir damals oft bekräftigt, wie hoch er Strindbergs Intuitionen schätze. Als ich ihm einst meine Theorie von der Entstehung des Krebses durch pathologische Zeugung, durch einen anarchischen Inzest verschwisterter Zellen mit dem Versuch der Bildung eines fragmentarischen Embryos, ausführlich durch mikroskopische Bilder belegte, da sagte er: »Aber dann sind wir selbst ja Produkte einer Infektion. Dann ist ja Zeugung eine Ansteckung und ein Inbrandsetzen des Muttereis.« Ich führe das nur an als ein Beispiel seiner schnellen und tiefen Denkkonsequenz, die gleich bis aufs äußerste ging.

Ich denke, diese Andeutungen werden genügen, um zu zeigen, daß Strindberg kein spielerischer Dilettant war, sondern daß er überall Kenntnisse und Übersichten genug hatte, um selbst sogenannte Meister und Spezialisten ihres Faches nicht nur zu verblüffen, sondern zu lebhaften Untersuchungen anzuregen. Wenn Strindberg ein Dilettant war, dann war es auch Goethe. Beiden gab aber diese ungeheure Übersicht über die allerentlegensten Gebiete solche tief bebende Resonanz ihres Stiles. Sie wurzelten beide tief in der wohlgegründeten Erde und hatten eine Scheu vor dem Abstrakten, »Nichts als Gedachten«. Daher ist in beider Kunst und Dichtung auch nicht die Spur von Lehrhaftigkeit zu spüren, wozu sie leicht ihr großes Wissen hätte verleiten können. Schiller hat viel mehr Philosophie und Psychiatrie, Dinge, die er wissenschaftlich gut beherrschte, dem Strom seiner Phantasie beigemengt, als seinen Stoffen zuträglich war, und Ibsen gar gab seinen Gestalten ein abstraktes, gespensterhaftes Nebelgewand des zerebralen Gedankens mit leichter Neigung zur Detektivromantik; Goethe und Strindberg hörten in allen Höhen und Tiefen, überall Ideen der Natur suchend, das Echo zahlloser Erlebnisse bei allen poetischen Gestaltungen miterklingen. Das gibt ihren

Werken den Zauber der Wirklichkeit, Echtheit und die Sonnenklarheit des stets neu erwachenden Tags. Die jungen Dichter könnten aus dem Studium Strindbergscher naturwissenschaftlicher Bände viel Methodisches lernen, vor allem, daß eben der eigentliche Boden, aus dem ein Antäus der Phantasie immer wieder Kraft und Nahrung zieht, eine möglichst tiefe Einsicht in das Naturgeschehen ist, und daß das Maß von Menschengröße durch das Maß unseres Naturgefühls bestimmt wird. »Man soll viel wissen, ehe man dichtet, aber wenn man dichtet, soll man so tun, als habe man alles vergessen. Beileibe nicht gelehrt scheinen. Es klingt schon alles von selbst mit.« Das war eine goldene Regel Strindbergs, der er noch hinzufügte: »An dem Schluß von jedem Absatz, jedem Kapitel, jedem Band und jedem Akt muß ein heimliches Versprechen stehen!«

Strindbergs gleichmäßiger Hang zum Mystischen und zum Mechanisch-Analytischen würde noch nicht genügen, um sein Wesen völlig zu umschreiben, sofern wir dem Grundproblem seines Lebens, seiner Stellung zur Frau psychologisch nahetreten wollen, deren dämonischen Trieben er einen so breiten Raum seiner Produktion gewidmet hat, wenngleich es ganz verkehrt ist, Strindberg etwa mit der oberflächlichen Formel eines Frauenhassers abzutun. Er war denn doch noch viel mehr, sowohl als Dichter, wie als Forscher. Die dritte Komponente seines Wesens war ein tiefes, eingewurzeltes Mißtrauen gegen beinahe alles und jeden, das wie ein Paracelsischer »Archäus« von Natur und Jugend an in ihm am Werke war und das wohl nicht anders erklärt werden kann als durch die Tragödie einer Jugend, die, ob eingebildet oder wirklich, die tiefsten Schatten auf das Gemüt eines gewiß genialen Kindes geworfen hat. Es kann niemand so leiden, ein so herzzerreißendes, steinerbarmendes Weh durchmachen wie ein Kind, das sich grausam zurückgesetzt fühlt, was mit Strindberg der Fall war. Hier entwickelt sich jener protestierende tiefe Groll und das Mißtrauen gegen die sogenannten Wohltaten auch der Nächstangehörigen, die geradezu brennende Leidenschaft der Verfolgung des Unrechtes, die zum flammenden Protestantismus führt, wie das Strindberg in seinem Lutherdrama (Vorspiel) so packend geschildert und damit tiefe Einblicke in seine eigene Entwicklung eröffnet hat. »Der Sohn einer Magd« und »Beichte eines Toren« sagten eben alles und das Bitterste, Anklagen, die gar nicht für die Öffentlichkeit bestimmt waren. Nach Strindbergs eigener Darstellung waren diese Manuskripte nur für seine engste Familie nach seinem Tode bestimmt. Ein Gläubiger aber benutzte Strindbergs Abwesenheit aus Schweden und suchte sich mit der Herausgabe des Manuskripts schadlos zu halten. Keine Frage, daß gerade diese extremsten Bekenntnisse Strindbergs Einzug in Deutschland stark gehemmt haben. Nirgendwo bewahrheitet sich das Wort, daß der Mann das Weib im Spiegel seiner Mutter abzutaxieren pflegt, wie an Strindberg. Der Mann sieht seine Frau so an und traut ihr das zu, was er seiner Mutter zutraut. Natürlich nicht persönlich, sondern generell. Ja, Strindberg selbst hat mir einmal gesagt: »Zwei Drittel unserer Frau ist unsere Mutter!« Auch ist unstreitig die Sohnesliebe zur Mutter meist stärker als zum Vater, mit dem es ja beinahe physiologisch zu starken Konflikten kommt. Glücklich veranlagt, scheint es, kann nur ein Mann sein, der einmal jener Innigkeit des Mutterglückes teilhaftig geworden ist, die wie ein heiliges Heimweh bleibt. Hier liegt der Schlüssel zu Strindbergs wildzerfetzter Gemütsanlage. Sein Hang zur Mystik ließ ihn in der Frau die Personifikation der dämonischen, erdgeruchbehafteten, unheimlich lockenden Erdentochter sehen, die mit Buhlen und Kosen ganz andere, den Mann vernichtende, hinterhaltige Pläne hat. »Um so schlimmer für uns, wenn sie es selbst nicht ahnt, sondern sich als Lockspeise der Natur gebrauchen läßt!«, »Die Liebe ist eben die Maskerade eines Urhasses, einer gegenseitigen Vernichtung.« »Es ist ein Kampf auf Leben und Tod. Die Natur benutzt uns beide zu ihren unbekannten Zwecken, und wir laufen ihr immer aufs neue ins Garn!« Das waren Lieblingsthesen von ihm. Er war aber ein Ritter Oluf, der wußte, was ihm droht, und doch den dämonischen Reigen bis zum Kehraus mit machen wollte. Als mechanischer Seelenanatom bezog er alles auf die Erotik der Frau. »Ihre Phantasie ist ganz anders gerichtet, als die des nach Staat, Kunst und Ethik ringenden Mannes, sie ist eine einzige Variation oder Arabeske um ihre Begehrbarkeit!« Er erblickt in dem Getriebe des Frauenorganismus nur den einen Motor: das Geschlecht. »Aber«, wagte ich einmal einzuwenden, »doch die Mutterliebe mit eingeschlossen!« »Aber«, fuhr er heftig auf, »der Kindesmord ist ja der häufigste aller Morde!« »Doch nur wegen Not und Schande!« »So ist Not und Schande ein stärkeres Motiv als der berühmte Mutterinstinkt, der doch wohl zunächst auf Erhaltung abzielen müßte!« So von Mystik und krassem Sexualmechanismus gepeitscht, war das tiefe Mißtrauen gegen das Weib und seine Gunst nur eine Folge, und das ungeheure Ethos, das in Strindberg steckte, seine Wut, alles, was ihm unrecht, schlecht, gemein, niedrig erschien, mit triefender Geißel zu verfolgen und mit dem Schwerte seines Zorns zu strafen, trieb ihn und zeigte ihm den Weg, ein

Reformator des Weibes zu werden. Und so sollte er betrachtet, so auch von den bei seinen Hieben empört auffahrenden Frauen gesehen und gelesen werden. Strindberg ist der flammende Mannheitsprotest gegen die drohende Entartung des Männlichen durch falsche Evolutionsgelüste der Frau. Er wollte die Frau rein haben von ihrer, vielleicht durch die Sexuallüge des Mannes gezüchteten Eitelkeit, wie er mir oft bekannt, er glaubte an ihre natürliche Keuschheit und Würde und glaubte an eine Einsicht der Frau und ihre demütige Unterordnung unter anerkannt höhere männliche Prinzipien. Seine Frauenbeispiele auf der Bühne müssen als ernsteste Warnungen, Menetekel über Menetekel, betrachtet werden, und darum war eben in seinem Weiberhaß etwas von dem Zorn eines Gottes über eine verlorene, aber geliebte Seele. So ist es, er verachtete die Frau nicht, er grollte ihr auf das tiefste, weil er die Möglichkeit einer Reformation weiblichen Innenlebens klar vor sich sah. Gäbe ein Gott uns einen Frauengenius, der mit gleicher Kraft uns Männern unseren Dünkel zerfleischen und vor Augen halten könnte!

Daß trotz alledem Strindberg dreimal geheiratet hat und dreimal kreuzunglücklich wurde, erklärt sich nunmehr psychologisch leicht. Ich will ihn gewiß nicht frei von vitalster Sinnlichkeit sprechen, aber im wesentlichen gebrauchte er die Frau um der Sensationen willen, die er nur aus intimsten Beobachtungen gewinnen konnte, etwa wie ein fanatischer Protestant jesuitische Schriften um sich haben muß. Er lebte nicht mit ihnen, er beobachtete sie ständig, sie lagen nicht unter seinen Liebkosungen, sondern unter seinem Seziermesser. Welche Frau hätte unter solcher Tortur glücklich werden oder Glück spenden können? Er brachte damit alle drei zur Raserei, und es sind niemals Kostbarkeiten, die man aus solchem Schiffbruch und Bankerott der Ehe retten kann. Denn auch die Atmosphäre des Genies kann keine Frau in solcher Ehe vor dem Ersticken retten.

Daß Strindberg mit seinen Frauen psychologisch experimentierte, dafür bin ich einmal selbst ein unfreiwilliger Zeuge geworden. Es war einige Monate nach seiner zweiten Ehe. Ich erwartete ihn frühmorgens im Hotel. Seine junge Frau kam zuerst, munter, hübsch, wie eine Pfirsichblüte: »August kommt gleich!« Wir begannen zu frühstücken. Da kam er schon, sofort mit einem seiner bohrenden Seitenblicke auf die Frau, den er so oft bereit hatte: »Sage meine Liebe!« begann er plötzlich, »von wem hast du eigentlich diese Nacht geträumt?« »Ich? Ich habe gar nicht geträumt. Nicht daß ich wüßte!« sagte sie unbefangen. »So, also nicht!

Aber ich sage dir: Ja, du hast doch geträumt!« Lebhafteres, verneinendes Kopfschütteln. »Doch, sag es nur. Du hast Bewegungen gemacht wie unser Hündchen im Traum, mit den Gliedern gedreht und gehoben, die Arme gebreitet und den Kopf geworfen, wild, zuckend, ekstatisch, aber nicht wie bei mir. Also gestehe es nur: von wem hast du geträumt?« »Aber August,« fiel ich ein, »und wenn schon, du kannst doch niemand für Träume verantwortlich machen.« »Aber, mein gode Fründ. Handelt es sich denn um Verantwortlichung? Ich frage doch nur, ob ich richtig gesehen habe!« Die Frau blieb beim Verneinen; ein Wort gab das andere, und schließlich stand Strindberg wütend auf, stieß den Stuhl auf und rief: »Du lügst!«, warf die Tür zu und ging. Kaum war er hinaus, da fing die Frau an, bitterlich zu weinen. Ich versuchte sie zu trösten. Unter Tränen aber plärrte sie hervor: »Und das schlimmste ist, daß es alles wahr ist!« Da habe ich allerdings ausgerufen: »Sie großes Schaf! Wenn Sie das ihm gesagt hätten, wäre ja alles gut gewesen!« So blieb es eins seiner mir unwiderlegbaren stärksten Argumente für die ganz zwecklose Lügenhaftigkeit der Frau. »Sie spielen mit der Wahrheit wie mit ihren Puppen!«

Das Jahr mit Strindberg war für mich und gewiß für viele, die ihm hier in Berlin nahestanden, das gedanklich ertragreichste meines Lebens. Wenn wir auch in vielen Dingen nicht einer Meinung waren, so bekam doch alles Wissenswerte für mich, den zehn Jahre Jüngeren, durch ihn eine besondere und an Originalität nicht wieder angetroffene Beleuchtung. Dabei war Strindberg eigentlich nicht sprühend geistreich, sondern schlicht, aber tief. Er hatte etwas von einem Schmied, jedes Argument dröhnte von Kraft. Er ziselierte nicht seine Gedanken, sondern er hämmerte sie. Dem erstmaligen Genießer Strindbergscher Dialoge geht diese beinahe trockene Schwere langsam ein. Er duckt sich wie ein Tiger vorm Ansprung seiner Probleme. Es sind in seinen Sachen keine schön geschliffenen Zitate. Es geht alles wie eine Wolke langsam, sicher, aber über einen beispiellos weiten Horizont. So war er auch im Gespräch. Man fühlte oft, daß er nur andeutete, kurze Einblicke gab in das schwere Brodeln unaussprechlicher, vulkanischer Verschiebungen. Man hatte oft das Gefühl, daß er inmitten anregendster Gespräche eigentlich allein war. Sein Hang zur Einsamkeit war groß, und so floh er denn auch einmal ganz aus Berlin nach Friedrichshagen zu Laura Marholm, der mutvollen Bekennerin zu ihm und seiner Frauenkritik, die ihn auf das mütterlichste und herzlichste beherbergte. Bald aber auch war hier in ihres Gatten Ola

Hansons Hause ein großer Kreis um ihn: Wille, Halbe, Harts, Bölsche und viele andere waren ihm vertraut. Dann kam die Zeit einer neuen Liebe und dritten Verlobung. Strindberg wurde eine kurze Zeit auch im Äußern geradezu lyrisch. Diese Metamorphose hatte etwas Drolliges. Einen Strindberg in Weiß mit Strohhut und zierlichem Spazierstöckchen, eine Blume im Knopfloch, uns Unter den Linden entgegentänzeln zu sehen, war überwältigend. Aber wie mißtrauisch war er auch jetzt in der Ekstase einer tiefen Neigung! Lange Zeit hindurch diese Unsicherheit, ob er sich binden solle oder nicht. Die mir zugemutete Rolle einer Schicksalsentscheidung, um die mich beide Parteien vertrauensvoll angingen, lehnte ich ab, habe aber der Braut auf eine direkte Frage, ob sie mit Strindberg glücklich werden würde, doch gesagt: »Wenn Sie Ihr Glück noch unter seinen Fußsohlen finden können, so heiraten Sie ihn.« Trotz dieser gewiß deutlichen Warnung ist sie seine Frau geworden, mit dem zu erwartenden Ausgang einer endlosen Qual beiderseits.

Dann ging Strindberg nach Paris und kam nach etwa zwei Jahren über Wien nach Berlin zurück. Ich allein habe ihn empfangen dürfen und geleitete ihn in ein bescheidenes Hotel am Stettiner Bahnhof. Nicht ohne Rührung gedenke ich an das kahle Zimmerchen, an das ärmliche Gepäck, dem der grüne Sack nicht fehlte: er hat Kostbarkeiten umschlossen, die erst der Tod aufleuchten lassen sollte. Strindberg sprach entzückt von Paris, wo alles so frei und individuell sei, wo ihn die Wissenschaftler ohne jedes Vorurteil empfangen hätten und er in Chemie ungeheure Fortschritte gemacht habe. Er machte auch Bekenntnisse über seinen »Inferno«, worin sich viel Absinth mischte, dessen Genuß ihn zeitweise arg heruntergebracht habe. Er steckte voller Pläne und Entwürfe und zeigte stolz auf den stark angeschwollenen »grünen Sack«. Schon am nächsten Tage reiste er nach Stockholm. Erst neun Jahre später habe ich ihn wiedergesehen. Inzwischen sandte er mir durch seinen Übersetzer Emil Schering jeden seiner neuerschienenen Bände. Ich kann bezeugen, daß er Schering, der eine ganze Lebensarbeit seiner Wegbahnung gewidmet hat, sowohl als Übersetzer wie als Menschen überaus hochschätzte und daß es ganz gewiß nicht im Geiste Strindbergs ist, daß seine Erben diesem um Strindberg so hochverdienten Mann einen Prozeß angehängt haben, ihm, der doch das meiste getan hat, um Strindbergs Nachlaß zu einem königlichen Wertobjekt zu gestalten. Strindberg selbst hat stets sein Heil von Deutschland erhofft und sah sehr wohl die unermüdliche Liebe dieses seines deutschen Interpreten. Ich war in Kopenhagen, als ich – wie gesagt, neun Jahre nach der letzten Begegnung mit Strindberg – plötzlich beschloß, ihn in Stockholm unangemeldet aufzusuchen. Ich fuhr auf gut Glück zu ihm, stieg die bergige Straße und die noch bergigeren vier Treppen zu ihm empor und klingelte. Ich hörte seinen schweren Schritt im Flur, die tiefliegende Briefkastenklappe wurde gehoben, ich sah seine scharf spähenden Augen, dann tönte ein schnelles und tiefes »Herre Gott! Schleich!«, und wir lagen uns in den Armen. Sogleich ging es eine Etage höher in den Turm, der allen Stockholmern als Strindbergs hohe Warte bekannt ist. Wir traten in ein sehr reinliches, eichenholzbeschlagenes Zimmer, in dem Strindberg arbeitete. Kalt und leer sah es hier aus, wie die persönliche Wohnung der Einsamkeit. Ein riesengroßer Eichenschrank an der Wand. Er trat hinzu und öffnete die beiden Türen. »Was ist das?« – – – »Ja, ja, der grüne Sack!« Unzählige Fächer waren mit unzähligen, peinlich sauberen Manuskripten, wie ein von Frauenhand gehegtes Wäschespind, gefüllt. »Nicht wahr? – er ist gut gewachsen, unser grüner Sack!« Dann ging es hinunter in seine Wohnräume. Ein altes Mütterchen führte ihm die Wirtschaft. Sie rüstete uns für den Abend ein endloses, echt schwedisches Souper. Als sie einen neuen Gang (zehn waren es mindestens) holte, flüsterte Strindberg: »Sag' ihr ein paar freundliche Anerkennungen, sie freut es!« Ich tat es nach Gebühr, und sie gab dafür Strindberg die Hand, um zu bekunden, daß sie das alles gern für ihren gütigen Herrn täte. Was haben wir an diesem Abend alles miteinander besprochen! Strindberg las mir seine damals noch nicht erschienenen »Kammerspiele in Callots Manier« vor und bat mich, Max Reinhardt doch inständigst zu ersuchen, sie im Deutschen Theater zu bringen. Reinhardt selbst hat Strindberg ein Jahr später dieserhalb aufgesucht. Strindberg hat ihn aber nicht empfangen. Er empfing niemand, wie er mir sagte, er mochte sich eigentlich vor niemand sehen lassen! Er hat es sogar abgelehnt, gelegentlich eines großen Arbeiterumzuges ihm zu Ehren, trotz dreimaligen Erscheinens einer Deputation, sich auf dem Balkon zu zeigen. Er suchte und fand eben

... die Krone der Einsamkeit,
In deren Dornen zwei Sterne wohnen:
Hochmut und Bescheidenheit!

In diesen Tagen war er aber doch wie aufgerüttelt. Zum großen Erstaunen seiner wenigen Vertrauten ging er mit mir sogar durch Stockholms Straßen und zeigte mir die Stätten seiner einstigen Wirksamkeit. Es war erstaunlich, wie allseitig Strindberg gekannt und ehrerbietigst mit tiefem Gruß fast von allen, die ihm begegneten, respektiert wurde. Wie ein Bürgerkönig ging er daher. Die Leute traten mehrfach vom Trottoir, blieben hutziehend und sich verbeugend stehen, und viele flüsterten sich hinter ihm zu: »Das ist Strindberg!« Selbst auf mich fiel ein bißchen Glanz. Drei große Zeitungen ließen mich interviewen, und die Artikel erschienen unter der Marke: »Ein deutscher Gelehrter – ein intimer Freund unseres Dichters Strindberg.« Anfangs aber weigerte er sich heftig, mit mir zur Erwiderung seiner Gastlichkeit ins Grand Hotel zu kommen. »Ich mag es dir nicht sagen, warum ich nicht kommen will. Es ist wie ein Verhängnis!« Schließlich kam er doch eines Abends. Als ich ihn an einen reservierten Tisch führte, sagte er: »Siehst du! Es ist der Tisch, an dem ich mit meiner Frau zum letzten Male gesessen habe. Ich wußte, daß du ihn wählen mußtest. Darum habe ich mich gesträubt!« Das war echt strindbergisch. Sein Mystizismus war in vollster Blüte. Strindberg war tief christlich-religiös geworden. »Es ist mir ergangen wie einem Seefahrer, der ausfuhr, geistig Neuland zu entdecken, und jedesmal, wenn ich glaubte, ein unbekanntes Eiland zu finden, war's bei nahem Zusehen unsere alte Bibel und das Testament! Über die alten Weisheiten gibt es nichts!« Ganz ähnlich so habe ich es später einmal bei dem Engländer Chesterton (Orthodoxie) gelesen. »Wird je ein Dichter ein Drama wie die sieben Worte des Erlösers finden? Niemals!« »Wer kann das Letzte schöner sagen als die Evangelien?« Er glaubte fest an die Unsterblichkeit und an eine höhere Entwicklung des Ichs nach dem Tode durch das Leben.

Durch einen glücklichen Zufall konnte ich Strindberg in diesen Tagen einen großen Dienst erweisen. Strindberg hatte mir gerade von seiner augenblicklich wieder einmal drückenden pekuniären Bedrängnis geklagt, als ein junger deutscher Bankbeamter, den ich vor Jahren operiert hatte, mich mitten in Stockholm begrüßte. Seiner Dankbarkeit gewiß, fragte ich ihn, ob und unter welchen Bedingungen es möglich sei, Strindberg von seiner Bank ein Darlehen zu verschaffen. »Wir brauchen zwei Unterschriften. Wenn Sie die eine geben, ich leiste die andere!«

Die Sache nahm kaum eine halbe Stunde in Anspruch. Vier Wochen nach meiner Rückkehr erhielt ich von der Bank die Mitteilung, daß Strindberg die erhebliche Summe beglichen habe. Auch dies erschien Strindberg wie eine Fügung. Er ging so weit, mir zu erzählen, er habe durch heiße nächtliche Gebete vor dem Kruzifix einen schlechten Menschen zu Tode gebetet. Man glaube darum gar nicht, daß Strindberg jemals geistesgestört gewesen ist. Er war stets klar, logisch, denksicher und respektierte alle Einwände mit größter Seelenruhe. Vielleicht neigte er etwas zu Verfolgungsideen, aber diese hatten nie etwas Zwanghaftes, sondern waren stets der Ausfluß eines, wo ich ihn kontrollieren konnte, nur allzu berechtigten Mißtrauens. Man denke sich in das Bewußtsein solch eines allumfassenden Geistes hinein und frage sich, was er leiden mußte durch eine fast allseitig geschlossene Ablehnung, deren Widerstände und Hemmungen sich in einer Legion von Nadelstichen verwirklichten. Es gehört schon ein handfester Ganglienapparat dazu, um all diese Rückstöße ohne Kurzschlüsse ertragen zu können! Was könnte ich nicht noch alles erzählen von diesen acht schönen Tagen des Wiedersehens mit Strindberg. Von seinem Briefwechsel mit Maupassant, mit Nietzsche, die ich zum großen Teil einsehen durfte und die ja wohl bald der Welt dargeboten werden. Was von seinen Briefen an Weininger, an den er nach der Lektüre von »Geschlecht und Charakter« geschrieben hat: »Ich habe das Alphabet gestammelt, Du aber hast das Lied gesungen!« Was alles von unseren Gesprächen, Reminiszenzen und Plänen, aus denen letzteren den vielgeprüften Mann der Tod an einem Magenkrebs zwei Jahre später herausriß. Noch acht Tage vor seinem Tode erhielt ich eine Depesche:

»Ist Wassermanns Mittel gegen den Krebs für mich anwendbar?
August Strindberg.«

Das natürlich wie eine Hoffnung empfohlene Mittel hat ihn wohl nicht mehr lebend erreicht. Er ist gestorben mit dem Neuen Testament zwischen den gefalteten Händen.

Aus Märchenwiesen trug dein Fuß
Kühn bis zum heiligen Portikus
Dich, den Gewaltigen, Prometheus-Christ,
Hinauf, wo Weisheit voll Mysterium ist!

Ja! Deine Worte waren Geißelhiebe,
Doch troff von deinem Schwert die Liebe,

Dein Haß war Mahnung –
Dein Beweis ist Ahnung.

Werkstatt-Hämmern

Gott hat gebeugten Seelen zwei Trösterinnen gewährt: Vergnügen und Arbeit, die manchmal umschichtig am Werke sind, einen Verzagten wieder aufzurichten, aber am stärksten wirken, wenn sie sich so verbünden, daß Arbeit, schwere Arbeit zum Vergnügen wird. Das ist mir in den neunziger Jahren freilich in reichstem Maße geworden. Anfangs tröstete mich allein Musik und Malerei. Ich komponierte, kontrapunktierte und wälzte dicke Folianten zur Instrumentationslehre, den Strauß-Berlioz, Gevaert, die fünf Bände Hoffmann und den alten Marx habe ich in unzähligen Notenproben durchgeackert. Ganze Körbe voll beschriebener Notenstöße wanderten immer wieder auf den Boden. Mit Malerei begann ich mich erst von hierab ernstlich zu befassen, namentlich angeregt durch den intimen Verkehr mit den Malern Eugen Hanetzog, Posner und Müller-Breslau und meinem Onkel Hans Schleich. Bei einigen exakten Vorversuchen über Farbmedien – ich wollte mir meine Farben durchaus allein bereiten, da ich ein wohlausgestattetes chemisches Requisit mein eigen nannte – stieß ich auf eine neue Erfindung: ich fand eine Reaktion, das reine Bienenwachs wasserlöslich zu machen, ein Verfahren, welches wahrscheinlich die alten Ägypter längst gekannt haben. Sofort leuchtete mir die enorme Verwendbarkeit dieser schön weißgelben Masse zum Malen und zur *Hautpflege* ein, und in beiden Disziplinen spielt sie nun heute eine nicht unerhebliche Rolle. Ihre Beziehung zur Medizin will ich hier nicht näher erörtern; allgemein ist sie bekannt geworden als Zutat zu einem Dutzend meiner hygienischen Mittel zur Körperpflege, die nun alle in einem Institut gefertigt werden, nebst einer großen Zahl anderer medizinischer Neuerungen, Wundpulvern, Pasten, Narkosemitteln usw., von deren Entstehung ich hier noch berichten werde, obwohl sie beinahe allzu tief in medizinisches Fach- und Flachland führen, aber bei meinem Eingehen auf meine Erfindertätigkeit kann ich sie unmöglich ignorieren. Für die Wachspaste möchte ich nur hier erwähnen, daß die mir damals schon aufleuchtende Idee von der enormen Wichtigkeit des Wachses für den parasitären und Krebsschutz des Körpers heute volle Gestalt angenommen hat. Ich bin der Meinung, daß das dem menschlichen Körper wie jedem tierischen und pflanzlichen Organismus beigegebene Wachs eine kolossale Rolle spielt zur Bakterienabwehr, weil nur ein Wachs innerlich und äußerlich verarbeitender (durch Wachsantigenbildung) Verdauungsmechanismus die wachshaltigen Ballonhüllen der Bakterienleiber aufzulösen vermag. Ferner. daß die Kultur durch Seifung eine Wachsverarmung der menschlichen Organismen herbeigeführt hat, welche eine große Rolle bei der Tuberkulose und der Krebsbildung spielt. Ein wachsverarmter Leib verlernt es, die Tuberkelbazillen-Wachshüllen zu sprengen, und wird dadurch tuberkulosedisponiert, die wachsarmen Kittleisten zwischen dem Schilderhäuschenbesatz der Schleimhäute (Epithelien) werden durch Entwachsung der Gesamthaut durch den Mißbrauch der Seife also brüchig; die zeugungsfähigen Chromosomkerne, Nukleine der Epithelzellen gelangen in das Zellinnere der Nachbarzellen. Der *Zellinzest*, die *anarchische Inzucht*, wird möglich. Die Bildung des *pathologischen Embryos* (Krebs) gerade an den Umschlagfalten der Schleimhäute wird vorbereitet. Ich halte diese kurze Deduktion für die Lösung der Krebsursachenfrage und für den Weg, zu einer Vorbeugung gegen Krebserkrankungen durch Überwachsung des Leibes zu kommen; ist doch anscheinend während der Seifenarmut des Krieges die Zahl der Krebskrankheiten erheblich abgesunken. Aus diesem gewiß interessanten Gesichtspunkte heraus wollte ich die medizinische Seite der Wachspasta wenigstens kurz streifen.

Nicht vergessen darf ich hier die Erwähnung meiner zahlreichen anderen Erfindungen und Entdeckungen, die an neuen, zum Teil die medizinische Welt arg verblüffenden Gesichtspunkten reich genug sind, deren schneller Anerkennung aber lange Zeit jener unverdiente Mißerfolg auf dem Chirurgenkongreß im Wege stand. So ersann ich, um auch die Narkose zu verbessern, eine ganz neue Form der sog. Siedegemisch-Narkose, bei der die ätherischen Flüssigkeiten derart gemischt sind, daß das verdampfende Narkotikum bei der Temperatur des zu Narkotisierenden, also bei 38 Grad, siedet, also Dampfdichte und innere Lungenwärme übereinstimmen, wodurch alle Gefahren der Narkose (Schädigungen der Lungen durch Gasüberdruck beim Äther, der bei 34 Grad siedet oder der inneren Organe beim Chloroform, das bei 65 Grad siedet) durch ein physikalisches Dampfmaximum mit Sicherheit vermieden werden können und der Chloroformtod zur Unmöglichkeit gemacht wird. An diesem Narkotikum kann niemand sterben, weil jede Ausatmung von dem Narkotikum wieder so viel entfernt, als die Einatmung dem Blute zugeführt hat. William Meyer, der berühmte New-Yorker Chirurg, hat diese Theorie und ihre durch mich erfolgte Verwirklichung die Lösung der ganzen Narkosenfrage genannt und sich ein Patent auf dieses Verfahren für Amerika geben lassen. Unser genialer Leipziger Chirurg Payr, mit dem mich meinerseits eine hohe Bewunderung seiner Schöpferkraft neuer Methoden, seinerseits eine wohltuende warme Anerkennung meines unermüdlichen Strebens und meines freien und unabhängigen Selfmadetums verbindet, hat diese Methode eine entzückende Idee genannt und mir ein wenig vorgeworfen, daß ich mir mit ihrer größeren, nachdrücklicheren Propagierung hätte die Welt erobern können. Das hat mich sehr erfreut, der ausgezeichnete Forscher, entschieden der Führer der technischen Chirurgie, vergißt aber, daß ich die Methode voll publiziert, auf dem Chirurgenkongreß vorgetragen und in einer besonderen Schrift sie sogar als Selbstnarkose allen Soldaten im Felde für den Fall der Verwundung mitzugeben empfohlen hatte. Diese wenigstens durch Verteilung solcher unschädlicher Narkosensiedegemische durch die Ambulanzen auf den Schlachtfeldern, in Eis und Schnee, bei Unglücksfällen, für Transporte – diese höchst humane, selbstverständlich realisierbare Idee, wurde aber abgelehnt (»die Soldaten könnten die Gemische austrinken«! Dann eben sollten sie während der Schlacht verteilt werden und das Morphium ersetzen, das das Herz schädigt und Blutungen begünstigt), was konnte vom »Schleich« Gutes kommen! Der berühmte Chirurg Hamburgs, Kümmel, hat mir einst gesagt, es sei erstaunlich, wie ich die ganze Narkosenfrage reformiert habe. In der Tat, erst seit meinem Eingreifen ist der Narkosetod so gut wie verschwunden, und wenn man auch nicht überall meine Methoden verwendet, so hat man doch endlich den Schematismus bei der Narkotisierung ersetzt, und zahlreiche Intelligenzen sind in meinem Sinne der Narkose in ihrem rudimentären Mißbrauch zu Leibe gegangen just seit 1892, seit welcher Zeit (!) es auch erst eine Narkosenkommission gibt. Bedenkt man ferner, daß dieser Krieg mit seiner ausgedehnten lokalen Anästhesierung erwiesen hat, woraufhin man mich so arg verketzerte, daß 70 Prozent der Narkose bei allen Operationen überflüssig sind, so darf ich wohl mit Stolz sagen, daß diese ganze Reform nebst ihrer Erwürgung des schrecklichen Chloroformtodes, des katastrophalsten Unglückes und der schwersten Schuld eines helfenwollenden Arztes, direkt und indirekt mein Werk ist. Wenn ich dafür nie belohnt bin, außer durch die Verleihung der Rieneckermedaille seitens der Würzburger Universität, so liegt das an dem zähen Widerstand, den das alte, nun gestürzte Ministerium allen Anträgen auf eine Ehrung für mich entgegengesetzt hat. Mir und meinem nach dieser Richtung minimal entwickelten Ehrgeize genügt für meine bescheidenen Bedürfnisse das stolze Bewußtsein, eine Mission erfüllt zu haben.

Eine andere Neuerung war die Einführung von Wundmedien in die Chirurgie, deren Grundbestandteile möglichst den natürlichen Verhältnissen des Körpers angenähert (homogen) waren. So entstand die Pasta aus Blutserum, Pepton, Gelatine und ein aus Formalingelatine gefertigtes Selbstdesinfektionsmittel des Körpers, bei welchem Blutsaft, Gewebsflüssigkeiten, weiße Blutkörperchen die durch Gasentwicklung entstehenden Desinfektionsdämpfe sich selbsttätig, gleichsam von Natur entwickeln: das Glutol. Alle diese Präparate haben ihre zahlreichen begeisterten Anhänger gefunden. Die Universitätskliniken haben sie, außer meiner Marmorseife zu Säuberungs- und Desinfektionszwecken statt der eklen Bürsten, abgelehnt. Diese, die Marmorseife, ist außerdem ein Mittel zur Behandlung der Herzkrankheiten und zur rationellen Hygiene des Gesamtkörpers ein Tausenden unentbehrliches Mittel (zur Erzeugung elektrisch-molekularer Ströme auf der Haut durch Friktion der Haut mit dem Reibungselektrizität erregenden, in ihr enthaltenen Wachs durch die Millionen Marmorkörnchen) geworden. Sie ist ein vasomotorisches Betriebsmittel ersten Ranges, ein Mittel zu systematischen sog. mikroskopischen Turnübungen der Blutgefäßelastizität, das einzige reelle Mittel, die Arterienverkalkung zu verhüten. Man reibt die Sohlen meist erst, wenn es zu spät ist, bei fast Ertrunkenen, bei Ohnmächtigen, Kollabierten, man muß sie täglich mit Marmorseife frottieren, um alle die elektrischen Strömungen zu ersetzen, die die Natur vor Erfindung der Stiefel uns zugedacht hat. Wir Toren haben uns alle gegen die Strahlungen, welche die Erde und der Boden aus ihrem Innern auf uns segnend senden, durch die Einführung der Ledersohlen künstlich isoliert und in der Stadt die Wunder des Bodens, der Scholle durch Asphalt und Makkadam abgeblendet, nur im Sommer am Strande besinnt man sich des Segens der Bodengeheimnisse auf die gerade in der Fußfläche so zahlreich gruppierten Sympathikusgeflechte durch Barfußlaufen, man kann das sehr gut durch tägliches Sohlenreiben mit meiner Marmorseife und eine Friktion des ganzen Körpers mit nachfolgender Dusche ersetzen. Das Ganze wirkt in allen Phasen genau wie ein tägliches Seebad, herzstärkend, Arterien elastisch erhaltend. – Statt der Asepsis kenne ich nur noch die Atoxis, das heißt die Entfernung aller den Bakterien die Wundrasen urbar machenden prädisponierenden Gifte: Fermente, Alkaloide, zersetzte Fette, Fäulnisgifte usw. Das erreiche ich durch eine ständige Wundflächenbetupfung mit Chloroformalkohol. Chloroform löst außer Goldtrichlorid einzig alle die Infektionen ermöglichenden prädisponierenden Gifte. Mein Kampf geht nicht gegen die Bakterien, sondern gegen die Gifte, die ihnen Quartier machen, daher der Name »atoxische«, d.h. entgiftende Wundbehandlung mit 25 Prozent Chloroform und 75 Prozent Alkohol. Alle mit Chloroform geschüttelten Eiweißflüssigkeiten werden für Bakterien unangreifbar, antibakteriell ionisiert. Das chloroformalliierte Eiweißmolekül gestattet den Bakterien keine Ansiedlung, es ist unzersetzlich für Fäulnis. So nimmt z.B. Pepton bis zu 30 Prozent Chloroform, es fest bindend, an und kann nie faulen (mein »Desalgin«). Diese Atoxis der Wunden hat sich während meiner Leitung der chirurgischen Station im Lichterfelder Krankenhaus, in meiner Klinik und während des Krieges im Lazarett ganz unzweifelhaft als richtig erreichbar erwiesen. Damit ist der Möglichkeit einer Infektion der Boden entzogen.

Das ist eine kurze Revue meiner vielseitigen chirurgischen Reformen, von denen ein Kritiker meiner Neuerungen *à tout prix*, Herr Bockenheimer, gesagt hat: »Wenn alle diese Erfindungen richtig (!) wären, so müßte man Schleich ja schon bei Lebzeiten ein Denkmal setzen.« Ist das der einzige furchtbare Gegengrund? Sonderbarerweise sind sie aber alle so richtig und ebenso wissenschaftlich fundamentiert wie meine Lokalanästhesie. Der Autor soll erst noch geboren werden, der mich eines kardinalen wissenschaftlichen Irrtums überführen könnte. Die ganze moderne Neigung, Medikamente an Eiweißkörper zu binden, vom Tannalbin über das Silberkolloid bis zum Argentan usw. usw., vielleicht auch dem herrlichen Chlorosan, fußt unbedingt auf meinem Bestreben der Bindung von Eiweißen (Serum, Pepton, Gelatine, Lipoide) an Metalle und ihre Salze. Ihr Paradigma und historisch erstes Präparat dieser Art ist meine Quecksilber-Peptonpasta, mein Glutol und meine Chromgelatine. Das muß einmal gesagt werden, denn keiner der zahllosen Nachentdecker von den Vorzügen der Verbindung chemischer Körper mit Eiweißen hat es je der Mühe für wert gehalten, meine Erstlingsideen dieser Art auch nur zu erwähnen. Ich glaube, nur Sahli hat einmal bei der Empfehlung von seinen Glutoid-Kapseln auf mich hingewiesen. Die Unnaschen Leimverbände, das Protargol, das Collargol sind alle *nach* meinem von mir zuerst propagierten Prinzip der homogenen Wundbehandlung historisch erweisbar erfunden worden. Das einmal energisch betont zu haben, war ich zur Steuer der Wahrheit mir und meinem Werk schuldig, für so überflüssig ich sonst Prioritätsstreite halte. Für mich ist die Hauptsache der Nutzen für eine möglichst große Zahl von Leidenden, woher er kommt, ist schließlich gleichgültig. Ich freue mich, daß meine Ideen siegreich waren, wenn man auch verschweigt, daß ich es war, der sie selbst von der Gunst der Bestimmungen anvertraut erhalten und nur weitergegeben hat wie einen Auftrag.

Sehr wertvoll ist mir die Wachspaste geworden für die Erfindung eines neuen Farbmediums, welches das Öl der Maler, das unter allen Umständen, trotz der leichten technischen und darum dominierenden Verwendung, große Nachteile hat, ersetzt. Es platzt leicht, es dunkelt nach, es gestattet den Farbkörpern nicht den vollen intensiven Glanz der Farbengebung. Wohl über 20 Jahre habe ich unablässig studiert an der Auffindung eines, alle diese Übelstände vermeidenden Farbmittelersatzes. Ich bin jetzt endlich fertig, nur der leidige Krieg hat diese Publikation bisher verhindert. Die Fabrik »Schleich« ist aber bereit, jederzeit mit der Fabrikation der Kunstfarben im großen Stile zu beginnen. Es wird eine Art Öl-Tempera, aber ohne Öl sein. Zahlreiche Bilder habe ich mit diesen neuen Farben gemalt, meine Verwandten haben solche leicht gefertigten Festgaben in ihrem Besitz. Die Reproduktionen einiger solcher Gemälde von meiner Hand, natürlich im Original farbig, sind diesem Erinnerungswerke eingefügt. Dazwischen natürlich mußte eifrig operiert werden, denn eine große Anzahl von Patienten war mir trotz allem treu geblieben, aber der Anprall von Klienten hatte doch erheblich abgenommen unter dem Druck der allgemeinen absprechenden Abkehr der praktischen Ärzte von meiner chirurgischen Spezialität. Wahrlich, die Schwierigkeiten, unter denen ich mich langsam wieder erhoben habe, waren nicht gering.

Da blieb denn noch genug Zeit, auch der Muse meiner Kindheit, der Dichtung, meine Werkstätten zu eröffnen. Ich schrieb ein paar Dramen »Um Dorf und Gehöft«, welches einst Strindberg für so ausgezeichnet erklärte, daß er es Blumenthal dringend zur Aufführung empfahl, der es zu seinem großen Bedauern ablehnen mußte, da er unter keinen Umständen acht perfekt plattdeutsch sprechende Darsteller, wie sie das Drama benötigte, austreiben könne. Seine Beurteilung des Dramas an sich war durchaus ermutigend, ja, sogar höchst schmeichelhaft. »Wandlung«, »Judas und Jesus«, »Der Löwe im Schnee« und andere Einakter entstanden damals. Zwei größere dramatische Dichtungen wurden angelegt und teilweise ausgeführt, werden auch, falls mir noch das nächste

Jahr dazu vergönnt wird, geschrieben werden und im Jahre 1921 zur Publikation gelangen: »Im Vorzimmer Leporellos« und »Don Juans Tod«. Meine zahlreichen kleinen humoristischen Einakter, die in Familienkreisen aufgeführt wurden, ordnete ich, ebenso alles bisher von mir poetisch Verfaßte, in großen Faszikeln. Ich habe eigentlich in keiner Periode meines Lebens der Schwanenfeder Ruhe gelassen. Das ganze Leben hindurch, von Kindheit an, rannen mir die Ereignisse zu poetischen Bildern zusammen. Im Spiel der Wolken formten sich namentlich in meiner Jugend mir Balladen, im Rauschen der Wellen und Wälder klangen Begebnisse, und alle meine wissenschaftlichen Erkenntnisse setzten sich zu geformten Gedankenkristallen in dem Grund der Seele ab oder bildeten sich um zu Ereignissen mit einem Kerngehalt von neuem Schauen. Immer vermied ich, in meinen Versen durchschauen zu lassen, daß ich naturgeheime Zusammenhänge erkenntnisgemäß *weiß*. Ich stellte mich als Dichter absichtlich intuitiv, nie lehrhaft ein. Was Strindberg mir einmal sagte: »Ein Dichter muß vieles, vielleicht alles wissen. Wehe, wenn man merkt, was alles er weiß!« – da nach habe auch ich stets poetisch gearbeitet bei den reinen Dichtungen. Es wird schwer sein, in meinen Dichtungen etwas von Anatomie, Physiologie, Psychologie zu entdecken (außer in dem bewußten Lehrgedicht Aldebarans), und doch werden meine Poesien meine ganze Weltanschauung und mein Weltwissen im Kern enthalten, aber umgebildet zu fliehenden Wolken, zum fließenden Strom. Es gehört zu meinen liebsten Beschäftigungen, alte Manuskripte durchzukramen, immer wieder an Liedern und Balladen zu feilen, zu streichen, zu verwerfen und zu pointieren, gleichsam wie an noch bildsamem Ton daran herumzukneten. Das ist wie Zeichnerei, Sticken, Instrumentieren. Auch der Dichter hat seine Werkstatt, es springt selten ein Lied wie eine Gottestochter aus dem Haupte des Zeus, es wird alles erst als ein Keim geboren, und nur ernste Arbeit macht es lebensfähig. Der Leser ahnt oft gar nicht, daß ein guter Vers, der so einfach, natürlich und schlicht klingt – das sind immer die besten – oft Dutzende von Malen umgegossen, beschabt und verhämmert wurde, bis er dem gewissenhaften Former gußfertig erscheint. Und welch eine Fülle von Material hatte ich liegen: in Mappen, Bündeln und ungeordneten Stößen von Einzelblättern. Nur meine arme »Jephtas Tochter«, schon in Stralsund auf dem Gymnasium in Sekunda gedichtet, konnte ich nicht wiederfinden. Vieles einst Besessene ist verlorengegangen, so die »Braune Venus« aus Kalkofen, die ich so wie in der Jugendzeit nie wieder schreiben kann.

Da waren aber noch die Stralsunder Liebesliedchen, Novellen, Meereselegien, das ganze Bündel galanter Gedichte aus der Greifswalder Zeit, vom »Nest der Schwalben« und »Brautlieder«, die meine Frau als ihren unentreißbaren Eigenbesitz hütet, der Züricher Liederkreis »Ufenau«, dann Wolliner »Meereslieder« usw., von denen ich relativ nur wenige für würdig gefunden habe zur Publikation. Ich hatte eine Auswahl unter Tausenden von Gedichten. Die zunächst bearbeiteten stehen im »Echo meiner Tage« und andere werden in meinem gleichzeitig mit dieser Biographie erscheinenden Gedichtbande »Aus der Heimat meiner Träume« der Öffentlichkeit übergeben werden. Andere Bände werden folgen.

Drei Bände zugleich herauszugeben, konnte sich mein junger Freund, der Verleger Hans Greve, Schubert-Verlag, in diesen papierarmen Zeiten denn doch nicht entschließen, er gibt mir aber, auf meinen Vorschlag, Gelegenheit, in einer bei ihm erscheinenden Monatsschrift »Antenne« nach und nach an Poesien und Betrachtungen, Aphorismen und ästhetischen Dingen zu publizieren, was ich für wert halte.

Hier im Schubertsaal, bei der Besitzerin desselben, Frau Hekking-Hasse, fand ich auch endlich eine Stätte neben der Lessing-Hochschule, wo ich in öffentlichen Vorträgen meine Ideen zu propagieren die mir angenehmste Gelegenheit fand. Ich darf wohl sagen, daß ich stets vor vollen Sälen spreche und daß unter den Zuhörern Studenten und Studentinnen aller Fakultäten zahlreich vertreten sind, so daß ich mir gleichsam selbst in Berlin den freien Lehrstuhl geschaffen habe, den das Schicksal und das Ministerium mir vorenthalten hat. Denn Althofs frühe Anerbietungen kleiner Universitätskliniken mußte ich ausschlagen, ich war zu fest mit Berlin verankert und konnte so viele fest gesponnene Fäden nicht zerreißen.

Meine neue Art dichterischer Publikation, in der »Antenne« gleichsam schubweise meine gesammelten Werke an das Publikum zu bringen, ist ein kühner Versuch, durchzudringen, den ich wage angesichts des schönen Erfolges, den alle meine bisherigen literarischen Arbeiten gehabt haben. Ich habe lange gewartet, als Dichter gelten zu wollen. Diese Zurückhaltung hatte ihr Gutes; an dem hysterischen Wettringen, an neue Formen alte Ideen anzupassen, habe ich mich, ähnlich wie mein lieber Freund, der echte Dichter Franz Evers, nicht beteiligt, auch er zögert lange, um Meisterhaftes zu gestalten, ich habe lieber die alten Formen beibehalten, um ihnen nach Kräften neue Ideen einzuhauchen. Darum faßte ich bewußt meine neuen Erkenntnisse in alte Stilarten, weil ich sicher glaube, daß das Gute auch in schlichtestem Gewande einhergehen kann. Mein poetisches Lieblingsbuch ist und bleibt aber vorläufig der Phantasieroman »Es läuten die Glocken«, den ich einst beim Förster in Jordansee, Hegemeister Knuth, zu Gaste, konzipiert habe (1912) und den ich dann bei meinem teuren Freunde Edwin Bechstein auf dessen herrlichem Gute Stuthof (Herbst 1913) einmal in sechs Wochen niedergeschrieben habe. Wie war es schön! Des Morgens früh um 5 Uhr erhob ich mich und schrieb eigentlich den ganzen Tag, um abends der liebenswürdigen Gattin Edwins das Tageswerk am lodernden Kamin vorzulesen.

Gerne würde ich für viele meiner größeren Dichtungen Kommentare, Entstehungsandeutungen, zeitliche Beziehungen geben, aber ich fürchte, ich besitze als Dichter noch nicht Kredit genug, um mit Sicherheit dafür Interesse zu erwecken. Ob überhaupt jemand einst danach fragen wird, wo, wie und warum dieses und jenes entstanden ist? Hinsichtlich meiner Balladen und Legenden nur will ich bemerken, daß mir die Stoffe stets ohne mein Zutun plötzlich auftauchten, beim Einschlafen, beim Erwachen, beim Meeresbranden, beim Wolkenstarren. Ost war es nur ein Bild, eine fatamorganaartig auftauchende Situation, durch die dann das dichterische Besinnen motivische Fäden spann. Für das nächste Jahr plane ich ausschließlich die Ordnung und Herausgabe meiner dramatischen Entwürfe, und so Gott will, erobere ich mir doch noch von irgendeiner bescheidenen Bühne her die Bretter, die die Welt bedeuten.

Dazu muß ich aber erst die große Fülle meiner philosophischen und psychologischen Arbeiten erledigt haben, die so viele Jahre mein ganzes Interesse und mein Schaffen beherrscht haben. Ich kam zu meiner eigenartigen Psychologie, die eigentlich eine Art ingenieurhafter Reise durch die Gehirnprovinzen ist, von der Narkose her. Sonderbar, daß so viele Tausende von Ärzten narkotisiert haben, ohne daran zu denken, daß sie eigentlich jedesmal ein psychologisches Experiment in allergrößtem Stile vornehmen. Selbstnarkosen haben meine Studien unterstützt, die Hirnverletzungen des Krieges boten ein ungeheures Material, und so geriet ich immer tiefer in die Funktionen der Nerven und Ganglien, für deren formale Gestalt und Anordnung ich ja durch Jürgens' enorm ausgedehnte Sammlung von Gehirnschnitten in Virchows Institut ein selten tiefgreifendes Fundament mir wie in den Schoß geworfen, nun doppelt dankbar empfangen hatte. Der auslösende Funke war jenes Kollegienheft Stanislaus Pczybischewskis aus der Meisterschule v. Waldeyers. Die neueren Anschauungen führten mich natürlich unversehens in die erkenntnistheoretischen Fragen hinein, und ich habe hier erst gründlichst meine Lücken ausfüllen müssen, ehe ich es wagen konnte, den schwierigen Problemen nahezutreten. Nun nennt man mich oft den Dichter-Philosophen – ach, nein – den hohen Titel eines wahren Philosophen beanspruche ich nicht, dazu ist mein Respekt vor Spinoza, Kant, Hegel denn doch zu groß, aber wenn ich nun schon des öfteren als ein »Gehirningenieur« öffentlich bezeichnet worden bin, so nehme ich diesen Titel allenfalls hin, denn in der Tat war es mein Bestreben, die Geistgeschehnisse kühn mit elektrischen Apparatvorrichtungen von wundervoller Präzision zu vergleichen. Nie aber habe ich geleugnet, daß das nur *eine*, vielleicht äußerst interessante Betrachtungsweise der heiligsten Wunder der Seele, nicht aber eine erkenntnistheoretische Entschleierung ihrer metaphysischen Heimat und ihres gottgegebenen Waltens ist. Allerdings wäre es eine dankbare Aufgabe, Kant einmal in diese meine neue Sprache versuchsweise zu übersetzen, wozu ich glaube, weit genug in die Technik des Hirnorgelspiels eingedrungen zu sein. Mein ganzes leidenschaftliches Streben geht aber dahin, an der Hand der »*Wunder in uns*« die Menschen abzukehren von dem öden Materialismus und sie zu zwingen, das Walten noch ganz anderer Mächte als Kapital, Politik, Daseinskampf und Erbgesetze anzuerkennen. Ich bin auf meine Art gläubig geworden durch das Mikroskop und das Naturbetrachten und will, was ich kann, dazu beitragen, Wissen und Religion ganz zu vereinen. Wer von der Natur vieles und gründlich weiß, der muß unbedingt gläubig an ein metaphysisches Walten werden. Der Wunder sind zu viele, und es ist eine der vornehmsten Aufgaben der Wissenschaft zu erweisen, daß unsere gewohntesten Dinge, die scheinbar vertrautesten und simpelsten Vorgänge schon eine Kette von staunenswerten Offenbarungen und Geheimnissen enthalten.

Ein Kritiker hat mich einmal einen Feind der Wissenschaft genannt; ja, das bin ich auch geworden, nämlich jener Wissenschaft, die mit dogmatischer Engherzigkeit einfach alles befehdet, was außerhalb des Geheges ihres selbst umzäunten, methodischen Gartens liegt, der nur jene Gemüse trägt, die ihren Mann ernähren, vom schönen freien Urwald aller Möglichkeiten aber nichts wissen will, worinnen man sich zwar verirren und sogar verhungern kann, wo man aber dauernd der freien Natur gegenübersteht, »ein Mann allein!«

Paul Ehrlich

Als Paul Ehrlich zu Grabe getragen wurde, mußte ich der Zeiten gedenken, da ich noch bei Virchow im pathologischen Institut als Prosektor tätig war und häufig mit ihm, dem damaligen ersten Assistenten des berühmten Klinikers Frerichs, zu tun hatte. Frerichs, der Heros der inneren Medizin, starb dann plötzlich. Sein Assistent Kroenig stürzte in das Institut mit den Worten: »Hier ist die Opiumflasche, die ich eben von Frerichs Betttischchen weggenommen habe. Er hat sie ausgetrunken. Er ist tot.« Man sprach von kriminellen Verfehlungen des großen Friesen, der einen etwas haltlosen Charakter hatte. Sein Selbstmord war weniger originell als der des berühmten Chirurgen Wilms, eines intimen Freundes meines Vaters, vom Krankenhaus Bethanien, der im Gram über die ewigen Reibereien mit der Krankenhausverwaltung sich das Leben nahm, und zwar sehr genial dadurch, daß er sich mit einem halbkreisgekrümmten kleinen Messerchen, Tenotom genannt, vom Munde her die große Schlagader des Halses durchschnitt. Ein großer, tödlicher Bluterguß erfolgte. Scheinbar war er an einer Magenblutung gestorben. Erst Virchows Scharfblick entdeckte bei der Obduktion den kleinen Schnitt im Rachen und klärte die Sachlage. Frerichs hatte sich an mehr konventionelle Methoden des Selbsttodes gehalten. Er war ein großes Original. Ich entsinne mich noch einer drolligen Szene, bei der auch Ehrlich figurierte. Bindemann, Prowe und andere hatten mit mir einen Riesenfrühschoppen mit Weißbier und Kümmel gefeiert. Einer schlug vor, nun noch ein bißchen zu Frerichs ins Kolleg zu gehen; er könne so wundervoll neue Krankheiten vorschwindeln und sie an Fällen entwickeln, was in der Tat der Fall war, er log bildschön und erfand ganz romanhafte Krankheitsbilder, die möglich, aber unbeobachtet waren, in durchaus großem, genialem Stil. So auch diesmal. »Es war bei einer russischen Großfürstin« – darunter tat er's nicht –, »bei welcher ich dies sonderbare Symptomenbild entdeckte« usw. Zum Untersuchen solchen kuriosen Falles bei einem hereingetragenen Patienten verlangte er nach einem Praktikanten. Ehrlich sollte ihn aufrufen aus dem vollen Kolleg. »Herr Bindemann!« tönte es mit der meckernden Stimme von Paul Ehrlichs Lippen. Bindemann aber war im Banne des Frühschoppens sanft entschlafen, wachte ein bißchen auf und rief zu Frerichs hinüber: »Prost! Prost!« Da stellte Frerichs die beste Diagnose. Er sagte: »Lassen Sie den ruhig weiterschlafen, er hat einen schweren Frühschoppen hinter sich.«

Ich sah Ehrlich erst wieder, als der Ministerialdirektor Kirchner, dieser höchst seßhafte langjährige Hemmschuh jedes schönen Fortschrittes, ein Mann von dem Horizont seines Direktorialzimmers. der die Kühnheit hatte, mir zu sagen, das Ministerium interessierten meine Beobachtungen bei Friedmann und das Friedmannmittel überhaupt nicht, uns an Paul Ehrlich zur Prüfung der Natur des Mittels verwies. Er empfing uns sehr freundlich, und ich habe bei den häufigen Besuchen im Frankfurter biologischen Institut von Ehrlich so viele tiefe Anregungen erfahren, daß ich ihm ganz besondere Erwägungen schulde.

Die Armee derer, die sich zum Kampfe gegen die Krankheiten innerhalb staatlicher Gemeinschaften ständig mobil erhält, hat sich von jeher in zwei große Organisationen geschieden: in eine Genietruppe solcher, welche die theoretischen Bedingungen eines wirksamen Eingreifens gewissermaßen im Generalstabe der Wissenschaften festzulegen suchen, und solche, die Taktik und Praxis der Verfahren anzuwenden haben beim eigentlichen Schlagen der gespenstischen Schlachten, deren winziges und doch von Sorge und Schmerz schwer belastetes Feld zuletzt immer eine Menschenwiege, ein Bett, ein ärmlich Lager bildet. Jene, die Theoretiker der Medizin, müssen naturgemäß in den Bereich ihres Wissens fast die ganze Biologie, den weiten Umkreis aller Lebenserscheinungen einbeziehen, da jeden Augenblick ein neu vom Spinnrad des Lebens abgerollter Faden hinüberleitbar sein kann in die verborgensten Teppiche auch des Menschenleibes. Ihre Forschungsart ist kühler, unpersönlicher, losgelöster von der Resonanz der Klagen und frei von dem Herzerschüttern der Tränen. An sie hängt sich nicht ein flehendens Paar von erhobenen Händen mit seinem, den fühlenden Arzt immer neu erbeben machenden »Rette, rette!«, sondern sie überlassen Enttäuschung und auch den Triumph der Probe aufs Exempel eben dem Praktiker, der ja niemals, wie jene, dem unpersönlichen Krankheitsbegriff gegenübersteht, sondern dem handgreiflichen Kranken selbst. Jene gehen begrifflich-experimentell einem Komplex abnormer, biologischer Erscheinungen der Krankheit zu Leibe, diese haben ein leidendes Individuum mit allen Varianten des Themas, an denen die Natur ja so reich ist, zu betreuen. Diese Trennung in zwei Heerlager war nicht immer vorhanden, sie ist herausgewachsen, entwicklungsgeschichtlich und rein historisch, aus einer frühen Verkoppelung von Weissagertum, Zauberei, Religion, Mythos,

Priesterschaft usw. mit spezifischen, zunächst wohl gelegentlichen, mechanisch-wundärztlichen Nachbarhilfen und Heilversuchen. Es ist ein wehmütig-trauriges, aber von Offenbarungen intuitiver Hellblicke nicht ganz armes Unterfangen, den Spuren nachzugehen, auf welchen aus Tiervorstufen, Volksmedizinen, Zauberei und einem ganzen Wust entsetzlicher Irrtümer sich das herauskristallisiert hat, was wir heute wissenschaftliche, das heißt auf Erkenntnissen oder Vorstellungen von Ursache und Wirkung gegründete Medizin nennen. Jede Zeit glaubt sich auf der Höhe menschlicher Leistungsfähigkeit, und niemals war auch die Medizin und ihre Vertretung frei von jenem gefährlichen Doppelgänger des Wissens, dem Dogma. Es gehört eine fast übermenschliche Strenge der Kritik gegen jeden Wunsch und jede Hoffnung, eine Wahrheitsliebe über jeden Gefühlsaffekt hinaus dazu, ein echter medizinischer Forscher zu sein. Gleich weit entfernt von Erfolgsjagd wie von lähmendem Skeptizismus, hat er eigentlich nur einen einzigen Maßstab: die Praxis mit all ihren vieldeutigen und labyrinthischen Menschlichkeiten. So hat es sich denn nach vollzogener Trennung der wissenschaftlichen und ausübenden Heilkunde fast von selbst gemacht, daß das Institut der praktischen Ärzte eigentlich die letzte Instanz, den höchsten Richterstuhl über das Tun und Treiben ihrer gelehrter Generalstäbler bildet. Denn sie sind die im Lande rings schaltenden Wechsler, welche die Goldbarren der Wissenschaft in gangbare Münze umzusetzen haben.

Das Wirken des Mannes, dessen Tod am 20. August 1915 für die meisten so überraschend erfolgte und wohl, wäre die Erde nicht im Zeichen eines gigantischen Völkervernichtungskampfes gewesen, in allen belebten Zonen einen noch viel tieferen und einmütigeren Wehruf unersetzlichen Menschheitsverlustes entfesselt hätte, – dieses Mannes, Exzellenz Paul Ehrlichs Arbeit gehörte ganz der stillen Werkstatt der vorbereitenden Gedanken und Vorversuche an. Es war eine kleine Schmiede von Diamanten des Wissens, die ihm in Frankfurt am Main der Staat, vertreten durch den genialen Organisator moderner medizinischer Kultur, F. Althoff, unterstützt durch munizipale und mäzenatische Beihilfe, in ein paar stillen Häuschen errichtet hatte. Es ist merkwürdig: die Bedeutung medizinischer Entdeckungen steht beinahe im umgekehrten Verhältnis zu der Pracht der Räume, in welchen sie gemacht werden. Ehrlichs Raum war für den Besucher erschütternd schlicht und einfach. Eine Eremitenhöhle der Wissenschaft, von deren Wänden die Stalaktiten hochgestapelter Zeitschriften, loser Blätter, Tabellen und statistischer Tafeln den Dunst der Wissenschaft nur so herabträufelten, und mitten durch diese Grotte von papiernen Gedankenkristallen, in einem schmalen Gäßchen durch den Wust von Protokollen gelangte man zu dem Hans-Sachsen-Sessel dieser kleinen Majestät der Wissenschaft. Hier saß und empfing er, immer rauchend und sofort Importen anbietend, die Gesandten aus allen Reichen, Domänen, Statthalterschaften und auch wohl exotischen und antarktischen Provinzen der Medizin.

Er war immer ganz er selbst, ein Original vom Kopf bis zur Zehe, ein Mensch, der den vollen Mut zu seiner beinahe drolligen Persönlichkeit hatte. Ein Mann, der jedem, der Lust hatte zu Charakterstudien, sofort den Beweis vor Augen führte, daß wahre Größe keinerlei Pose, keiner Kulisse, keinerlei Aufmachung bedarf. Sein Kopf war, allzufrüh greisenhaft, bedeutend, klug, wenn auch ohne gleich offenbare Geniemaske, nur der Blick der scharfen Augen konnte sofort blitzen, durchbohren, sondieren, umlauern. Ein Schalk trieb drin sein Spiel. Sein herziges Lachen, spöttisch-gutmütig, ein wenig neckend und gleich in eine drollige Bedenklichkeit abbiegend, muß jedem unvergeßlich sein. Seine Sprechweise schnell, springend, kostbare Perlen der Erkenntnis wie im Spiel hinwerfend. Die ganze kleine Gestalt vor Beweglichkeit vibrierend, die seinen Meisterhände immer in Aktion, zeichnend, die Luft nicht weniger als die Wände mit Figuren, Formeln, Ideen bevölkernd. Ein rückhaltloser Verschwender seiner gewiß oft mühsam aufgespeicherten Resultate. Dabei von einer staunenswerten Beherrschung des Wissens seiner Zeit, das er in jedem Augenblick wie auf dem Präsentierteller auszubreiten vermochte; dazu eine eminente Fähigkeit, das Wesen der unzähligen Naturen, die mit ihm in Berührung gekommen waren, blitzartig mit ein paar Begriffen zu erhellen, ihre kleinen Schwächen und ihr manchmal großes Bedeuten spielend, wie selbstverständlich, mit wenigen Strichen zu zeichnen. Jede Persönlichkeit, jede sachliche Angelegenheit färbte sich im Mondhofe seiner eigenen geistigen Strahlung. Er sah alles Ehrlichsch. Alles war an ihm und um ihn einfach, und man fühlte, daß er, wie jeder Große, begriffen hatte, daß man sich und seinem Wesen nichts hinzusetzen kann, daß reine Menschlichkeit genügen muß zum allergrößten Auftrag. Nichts unterschied seine bescheidene Werkstatt von dem Gläserwirrwarr und den Phalanxreihen der Apothekergefäße anderer Laboratorien. Das Reagenzglas war sein Horoskop. Bakterienkulturen, die Injektionsspritze, die unzähligen Kaninchen- und Meerschweinchenkäfige sein ganzes Arsenal. Dabei war er ein Protokollant erster Klasse, der stets die Fäden einer unendlichen Zahl gleichzeitiger Fragestellungen in fester Hand hielt. Ich habe außer Rudolf Virchow niemand gesehen, der so wie er in dem Chaos seiner angeschnittenen Fragen Bescheid wußte. Die historisch berühmt gewordene Zahl 606 erhellt mit einem Schlage die ungeheure Kettenreihe von Versuchen, die Ehrlich anstellte, um einem Problem zu Leibe zu gehen.

Man stelle sich 605 Vorversuche vor bis zum letzten entscheidenden Ergebnisse und übertrage diese Zahl einmal auf das Gesamtgebiet Ehrlichscher Studien und man wird eine Vorstellung erhalten von der schwindelerregenden Übersicht, welche dieser Mann über die vielen Tausende seiner begehrlichen Fragen an die Sphinx der Natur behielt.

Es ist nichts so klein oder nebensächlich in der Welt der Erscheinungen, wie Emerson sagt, daß ihm nicht eines Tages eine Art Prophet erstünde. Kein Vorgang, der nicht zu irgendeiner Zeit ein Auge fände, das ihn sehen und deuten lehrte, keine Beziehung der rhythmisch umeinander kreisenden Tänze der Körperlichkeiten, die nicht dem Spürsinn eines »Beauftragten« offenbar würden. Ehrlich war ein Enthüller der Gesetzmäßigkeiten, die zwischen Farbe und Materie bestehen, und es ist reizvoll zu denken, daß dieser universale Geist gerade in der Goethestadt unendlich viel dazu beigetragen hat, den Roman von Licht und Farben, den jener große Frankfurter schrieb, in wesentlichen Teilen zu vertiefen und auszubauen. Denn Ehrlich war ein Färber und ein Erfüller jenes Goetheschen Wortes, daß aus dem Leiden und Tun der Farben den Menschen letzte Erkenntnisse erwachen würden. Ohne Farbe wäre diese Welt ein Gespensterreich von blendendem Licht und verwirrenden Schatten. Farben sind Orientierungsmittel.

Aber Goethe konnte wohl kaum ahnen, daß sie einst (in Ehrlichs Hand) dazu dienen würden, uns die letzten Geheimnisse des Lebens gerade an den Gespensterschatten mikroskopischer Gebilde, gleichsam an den Zwergenwiegen des Lebens zu enthüllen. Wie in der Geschichte der Wissenschaften oft Gesetzmäßigkeiten zu walten scheinen, die später die Ereignisse wie ineinander eingreifende Zahnräder eines einzigen sinnvollen Mechanismus darstellen lassen, so war die Entdeckung der Anilinfarben, welche mit einem Schlage die Zahl der verfügbaren Gerbungen und Färbungen geradezu vertausendfachte, für Ehrlichs Lieblingsbeschäftigung, die Färbung der Körperelemente, der er schon als Assistent des alten Frerichs leidenschaftlich nachging, geradezu wie die Überlassung und Auslieferung einer Armee von Hilfskräften. Darum waren seine

Wohnungen anzusehen wie das bunte Atelier eines Anilinfarbenmalers. Er wurde ein Gerber und Färber, ein Kollege des Griechen Kleon, dessen sprichwörtliche Grobheit wohl auch hier und da einmal bei ihm atavistisch ausbrach. Die Anilinfabriken, in jener Zeit (um 1885) wie Pilze aus der Erde wachsend, sandten ihm Probe um Probe, und man kann sich denken, wie seine Hände, seine Wäsche, seine Wände, seine Pulte damals unter der Tyrannei dieser alles durchdringenden Farbgeister ausgeschaut haben mögen. Was ihn aber hier fesselte, war die Spur einer unendlich wichtigen, naturwissenschaftlichen Beziehung von Farbe zum menschlichen und tierischen Gewebe. Nicht nur, daß er viele einzelne, große und ganze Disziplinen begründende Entdeckungen in dem Sinne machte, daß er die Affinität, die spezifische Tönung gewisser Gewebe, zum Beispiel der Nerven, der Bakterien, der Körperzellen des Blutes, zu ganz bestimmten Anilinen aufwies. Nicht nur, daß er mit Hilfe der Tingierbarkeit einzelner feinster Details die Formelemente aus ihrem schattenhaften, gelatinösen Nichts, aus dem indifferenten, schillernden Grau unter dem Mikroskop herausholte und demonstrabel machte – eine Reihe von Taten, die zum Beispiel den eben erst dogmatischen Satz Virchows: die Zelle sei eine letzte Lebenseinheit, durch die Aufdeckung der ganz gewaltigen Kompliziertheit einer sogenannten Zellmaschine, die mit seiner Hilfe uns heute schon als ein mikroskopischer Riesenorganismus erscheint, ins Wanken gebracht hat. Nicht nur, daß er unendlich viel dazu beigetragen hat, das Wundernetz der feinsten Nervenseidengespinste durch spezifische Nervenfärbung weit bis zu den Zellen selbst ausmündend erkennen zu lassen, oder, daß er der Begründer der Methoden zur Aufdeckung der Geheimnisse der Blutbildung und Blutmischung im Gesunden und Kranken wurde, – Färbungen, die in ihren Konsequenzen zu den letzten Wundern der Persönlichkeit hinausreichen und noch heute unübersehbar sind. Ehrlich genügten diese Tatsachen in seinem echt synthetischen Geiste der Intuition noch lange nicht.

Er sah in dieser Beziehung von Farbe und Stoff nicht allein etwas Zuständliches, allein das Auge und den Spürsinn der Formen Befriedigendes, er ahnte darin, sich hoch aufschwingend zu dem geheimen Rhythmus alles Geschehens, die Offenbarung eines weit tiefer dringenden, im Leben allzeit am Werke meisternden, gesetzmäßigen Vorgangs: einen Ablauf, eine lebendige Funktion.

Was heißt das, so mag er gedacht haben, eine besondere Körperzelle oder ein besonderer Teil derselben, zum Beispiel der Nukleinkern, färbt sich gerade mit diesem Stoffe und durchaus nicht mit jedem andern? Das kann doch nur bedeuten, daß dir Natur des Färbbaren in besonderer Weise Appetit auf das Färbende hat, daß ersteres das letztere verschluckt, es als sich irgendwie verwandt, korrespondierend, haftbar, ansetzbar erkennt aus der großen Symphonie der Farben, denen es wie in einem Serpentintanz bunter Quellen ausgesetzt ist.

Wenn schon das Tote, Leblose, das aus dem Reigen des organischen Geschehens Herausgerissene diese Wahl aufweist, wie müssen da erst im Strom der Säfte nach zwangartigen Beziehungen Angepaßtheiten und Verwandtschaften wirksam sein. Und hier betritt sein Geisterschritt den Boden, aus dem uns die volle Erkenntnis tiefer Geheimnisse erwuchs. Er setzte nämlich im Geiste an die Stelle der Farben, die das Tote umklammern, den damals noch ganz vagen Begriff der Körpergifte, welche vielleicht ganz ähnliche Umarmungen und Umschlingungen der lebendigen Molekeln im Strom der Säfte vollziehen könnten. Diesen Gedankengängen Ehrlichs verdanken wir einen so zwingenden Einblick in die bis dahin schlechthin unvorstellbaren Prozesse des Vergiftungsvorgangs an den Zellen selbst, daß wir heute alle im Banne dieser Ehrlichschen Lehre von den Giften stehen!

Die Bakterien sondern Gifte ab, diese schädigen den Leib – aber die Art und Weise, wie dies geschieht – bei inneren Giften, sogenannten Innensekretionsstörungen, ist es gewiß ebenso –, darüber eine geradezu handgreifliche, körperlich vorstellbare, stereochemische Theorie aufgestellt zu haben, die nicht nur alle Symptome der Vergiftung erklärt, sondern auch rechnungsmäßig die einzelnen Giftdosen einzustellen gestattet, das war die erste Großtat Ehrlichs, die seinen Namen über alle Lande trug. Es würde zu weit führen, wollte ich hier dem Leser auch nur ganz kurz die Grundzüge dieser grandiosen Konstruktion des Giftbegriffes vor Augen führen, es mag genügen, darauf hinzuweisen, daß, genau so wie Farben gewisse Einbohrbarkeiten ins Zellgefüge besitzen, auch die Toxine, die chemisch unendlich aktiven, fast belebten Produkte der fremden, parasitären oder der zerfallenden eigenen Zellen des Leibes, Haftungsmechanismen besitzen, welche dem Bilde des in ein Schlüsselloch passenden Schlüssels sehr nahe kommen. Aber damit nicht genug, die Theorie Ehrlichs gestattet auch, sich den Vorgang der Befreiung des Leibes von diesen ultra-mikroskopischen Mosaiksteinchen der Gifte rein körperlich vorzustellen und damit den Begriffen der Heilung und Immunisierung (der natürlichen wie der künstlichen) den ersten haltbaren Boden unter die Füße zu geben. Ein Molekel, das, gleichwie zu Farben, auch zu Giften Artbeziehung hat, trägt nach Ehrlich zu seinem Schutze auch etwas um sich, das er »toxophore« Tentakeln nannte, die ich dem Laien als eine Art giftfangender Fransen, Wimperhärchen mit seinen Öfen und Schlössern schildern möchte, die frei ablößbar sind und gleichsam wie Eiszäpfchen, wie gläserne Splitterchen ins Blut fallen und hier vermöge ihrer Fangbereitschaft für die Haken und Stifte, Mutterschrauben oder Schlößchen der Giftmolekeln diese »verankern« zu einer unschädlichen, ausstoßbaren, schmelzbaren Masse von Elementarkörnchen. Das macht die Natur des »Immunen«, des Widerstandsfähigen, des durch Bakterien nicht attackierten Körpers, daß in ihm naturgegeben viele solche freie, kleine Giftbändiger herumschwimmen, die den Angriff des Toxins durch Giftverankerung aufheben. Das gibt aber auch die Möglichkeit, durch abgeschwächte Dosen verwandter Gifte die Haftstellen der Toxine zu reizen und sie zu veranlassen, einen Überschuß von Giftfransen abstoßen zu lassen, die nun, in vermehrter Weise dem Blute zugeführt, die Immunität gegebenenfalls garantieren oder im Erkrankungsfalle die Heilung vermitteln.

Nun wird mit einem Schlage klar, was der geheime Sinn der Pocken-, Cholera-, Diphtherie-, Tetanus-, Typhusimpfung ist, die im Felde zu so ungeahnten Erfolgen geführt haben, nämlich die künstliche Entwicklung von Immunkörpern innerhalb eines der Ansteckungsgefahr ausgesetzten Leibes. Alle diese Methoden. soweit sie nicht von Ehrlich selbst erdacht oder streng kontrolliert sind, fußen unbedingt auf dem Gedankengerüst dieser Ehrlichschen Konstruktion, und es ist nicht absehbar, was die Flut der durch ihn und seine Ideen angeregten Experimentalstudien auf diesem Gebiete vom Schlangengift bis zu dem Heere der Sekretionsgifte (Zuckerruhr, Gicht, Steinbildung usw.) noch zeitigen mag. Das erste Mal befreite die Medizin aus dem Banne der allzu tyrannischen Betrachtung des zuständlich Toten und der erstarrten Zellularlehre der revolutionäre Geist eines der größten Denker der Medizin, Ottomar Rosenbach, der dem Virchowschen Koloß die Lanze der funktionellen Diagnostik in den Leib stieß, das heißt das Leben als wirklich lebendig, nicht als einen Zellenstaat in einem gewissen »Zustand« zu denken lehrte, dann kam Behring und machte im Gegensatz zu den Zellmaschinen die alten Säfte (*humores*) wieder lebendig, und nun krönte Ehrlich das Werk, indem er gleichsam aus der Symphonie des Lebens die kontrapunktischen Gesetzmäßigkeiten und greifbaren Grundharmonien herauskristallisierte. Auch der Laie muß begreifen, was das heißt: die Theorie der lebenbedrohenden Blitze nicht nur zu begründen, sondern auch tausend Wege zu tausend mikroskopischen Blitzableitern zu weisen. Töten doch die rasanten Gifte der zersetzten Materie (Austern-, Wurst-, Fleischgifte) nicht weniger schlagartig, als die großen, zuckenden Weltallsschlangen der Atmosphäre!

Und nun, auf der Höhe seiner Forschung über Giftwirkung der Bakterien, machte Ehrlich einen merkwürdigen Sprung, ein förmliches Salto mortale ins Gebiet des reinen Chemismus. Konnte man seine bisherige Riesenforschung einigermaßen einreihen unter dem Begriff der geplanten Lieferung von Heilstoffen aus dem Betriebe der Zellen selbst heraus, unter dem Suchen nach Methoden zur Bildung von Immunkörpern, so sprang er jetzt mit einem Male zurück zu Heilmitteln aus der Reihe der gleichsam unbelebten Chemie. Denn das Salvarsan ist ein Arsenpräparat und fällt ganz aus dem Rahmen der Bakterienimmunisierung heraus. An die Stelle der Immunisierung tritt plötzlich die alte Sterilisierung durch metallisches Gift.

Das hat allgemein verblüfft, zumal Ehrlich meines Wissens nirgends eine Erklärung zu dieser Fahnenflucht von seinen Forschungsprinzipien gegeben hat. Wie er denn überhaupt karg gewesen ist in der eigenen psychologischen Selbstanalyse. Er war wohl von Natur zu bescheiden, um seinen »Ideenperioden« biographisches Gewicht beizulegen. Und doch, will ich meinen, kann es nicht schwer fallen, die Pfade aufzuspüren, die ihn zu diesem plötzlichen Versuch, den Bakterien von einer anderen Seite beizukommen, veranlaßt haben mögen. Bei dem allgemeinen Interesse, welches diese Salvarsan-Großtat Ehrlichs bei allen Nationen, oft sturmartig, erregt hat, mag es verstattet sein, auf die Frage seiner Heilung der Syphilis etwas näher einzugehen.

Ehrlich wußte und hat es gewiß durch zahlreiche Tierexperimente erhärtet, daß das Arsenik wie das Quecksilber ein Mittel ist, welches die Spirillenerreger dieser Krankheit schwer schädigt. Dabei blieb, wie bei allen Versuchen, den Bakterien im Leibe mit Antisepticis (wie Karbol, Salizyl, Sublimat usw.) beizukommen, das Dilemma bestehen, daß eine wirksame Dosis des Vernichtungsmittels, direkt oder indirekt appliziert, die Körperzellen genau so in Gefahr brachte wie die Bakterien, und daß eine nur tastende Dosis zwar die Gewebe schonte, aber auch den Bakterien keinen Schaden bringen konnte. Diese Zwickmühle, diesen Fehlerquellenzirkel suchte nun Ehrlich zu umgehen durch eine chemische Konstruktion, welche mir geradezu in der Verlängerungslinie seiner ersten und letzten Ideen zu liegen scheint: nämlich ein Arsenikpräparat zu finden, welches zu den Spirillen eine größere Affinität (gleichsam höhere Tingierfähigkeit!) besitzt, als zu den Gewebselementen. Eine Arsenikgabe, welche, gleichsam in indifferente Hülsen eingepackt, die Zellmaschen durchdringt und nun, während die indifferenten Schlitten, gleichsam die Gleitschienen, verzögert abbröckeln, die volle Dosis allein auf die Spirillen explosionsartig abschießt. Auch hier muß also Ehrlich die molekuläre Struktur dieses Giftmolekels rein körperlich vorgeschwebt haben, und es muß, gleichviel wie man zum Salvarsan als Alleinbeherrscher der Syphilis steht, rückhaltlos zugegeben werden, daß die Medizin kaum ein Heilmittel kennt, welches so findig bis in die Filigranstruktur der Moleküle durch chemische Komposition herausgetüftelt wurde aus dem Chaos der Möglichkeiten. Ohne die zwingende Vision der Giftkörperlichkeit im Geiste Ehrlichs hätte nicht einmal der Plan zu einem solchen Unterfangen gefaßt werden können, und es spricht denn doch wohl stark für eine relative Realität des von Ehrlich vermuteten Atomismus der Giftindividuen, wenn so erstaunliche Wirkungen mit dem Salvarsan zu erzielen sind, wenn auch die Hoffnung auf die grandiose »*Therapia magna sterilisans*« arg in die Brüche ging und wenn auch der neue Konkurrent des Quecksilbers sich langsam wieder auf die Beihilfe seines alten Ahnen besinnen muß.

Man mag über Ehrlichs therapeutische Erfolge – – übrigens unberechtigterweise – so skeptisch denken wie man will, niemals wird ihm abgestritten werden können, daß er ein Säemann war, der ausging zu säen. Er war ein Ideenschaffer, ein Befruchter, ein Neulandentdecker, wie kaum je ein Mediziner. Es ist ein schweres Problem in der Medizin, das der Lösung harrt. Die Menschheit, überhaupt die belebte Materie, würde nicht lebensfähig sich erhalten haben, wenn sie nicht von Natur den Kampf mit der Außenwelt (einschließlich der Bakterien) von Beginn an zu bestehen imstande gewesen wäre. Haben Ärzte historisch einen Einfluß auf diesen Aufstieg der Menschheit ausgeübt, oder wäre alles (für den Kollektivbegriff der Menschheit) ebenso gekommen, wenn es nie Ärzte und immer nur Zauberer, Quacksalber und weise Frauen gegeben hätte? Des Arztes Verhältnis zu dem Kranken ist etwas durchaus Persönliches, Individuelles, es ist etwas Seelisches, Gläubiges oder Abergläubisches, das die Leidenden ebenso zum Geheimrat wie zum Schäfer und Kurpfuscher treibt; der Arzt ist das Produkt eines Regenschirmbedürfnisses für die Not, einer Schutzhoffnung des Menschen, er ist eine Sehnsucht, ein seelisches Postulat. Er ist der Detailhändler der wissenschaftlichen Doktrinen, der Reisende für Dogmen und Theorien. Er soll die Weisheit der Entdecker am Generellen in ihre Anwendbarkeit auf den Einzelfall übersetzen. Denn der Arzt soll Individualist sein, die Wissenschaft aber generalisiert.

Die ganze Menschheit kämpft aber organisch von selbst, an sich, aus sich, und von Natur gegen ihre Bedrohungen. Sie schafft durch Generationen mit Hekatomben von unerhörten Opfern selbst in sich organische Dämme, ihr Eingestelltsein gegen Schädlichkeiten, ihre eingeborenen Immunitäten.

Das ist ein langer, durch Wüsten von Gräbern führender Weg, und jeder Sterbende ist in diesem Kampfe ein wenig ein Christus, der für seine Brüder stirbt, weil er ein wenig hilft, eine Schädlichkeit auch durch sein Opfer für seine Nachkommenschaft wett zu machen. Es schreitet ein steter organischer Pilgerchor des Opferns voran.

Und nun kommt die Wissenschaft und glaubt diesen Weg durch künstliche Heranzüchtung von Widerstandskräften um Jahrhunderte, Jahrtausende abkürzen zu können.

Das ist das Problem. Kann das gelingen? Kann ärztliche Kunst dem Rade des naturgemäßen, langsamen, aber stetigen Ablaufes des Selbstschutzes der Natur in die Speichen greifen, kann man dem Tode ein geistig Schnippchen schlagen, um mit den Waffen eines Ehrlich in der Hand nicht mehr individuell, sondern ganz generell zu heilen, gewissermaßen vom Laboratorium aus, mit einer Blutprobe in der Hand, ohne den Patienten je von Angesicht zu Angesicht zu sehen? Vor diesem Probleme stehen wir.

Das müssen sich die Ärzte bald einmal völlig klar machen. Der generelle Laboratoriums-Aeskulap ist am Werke, den Pilgerarzt, der über Land von Hütte zu Hütte wandert, abzulösen. Die Fabrik rutscht langsam an die Stelle der Apotheke, und die Erkenntnisse eines Ehrlich, eines Wassermann werden vielleicht dazu führen, den ganzen Wust der persönlichen Diagnostik über den Haufen zu werfen. In der Blutprobe allein leuchtet manch diagnostisches Röntgenlicht. fern vom Patienten kann Reagenzglas und Mikroskop die Diagnosen stellen, wie einst symbolisch der Schäfer Ast aus dem Haarbüschel.

Mag diese Zeit fern oder nahe sein, die Wissenschaft drängt mit einem Riesenimpuls darauf hin, und Ehrlich war ihr Heerführer, und ein Wassermann wird ihr großer Feldherr sein.

Der Arzt aber, der etwas stutzig werden könnte vor dieser Gespensterperspektive einer unpersönlichen Medizin, hat eins in seiner altbewährten humanen Trösterhand, das ihm nie ein Laboratorium, keine Reaktion und keine Toxintheorie entreißen kann: das ist die Seele seiner Leidenden. Je mehr die Medizin generell und universell werden sollte, desto psychologisch tiefer, desto ethischer, kultivierter, hochgesinnter muß der Arzt werden, desto mehr drängt ihn die im Sturmschritt auf Verallgemeinerung der Heilmethoden, auf Monopole und Spezialitäten vorrennende Wissenschaft in das stille Kämmerlein, wo Beichte, Trost und Mittlerschaft des Seelischen ihre Wohltaten spenden.

Wer Paul Ehrlich einmal, wie ich damals in Frankfurt a. M., am Krankenbette, in den Sälen eines großen Krankenhauses zu beobachten Gelegenheit gehabt hat, der muß bemerkt haben, daß in diesem außerordentlichen Manne dieses Bewußtsein des eben aufgezeigten gewaltigen Problems der Medizin ganz gegenwärtig war. Es war geradezu rührend für mich, zu sehen, wie schmiegsam zärtlich er mit den kleinen Patienten umging, sich über ihr Bettchen beugte, sie streichelte und Scherze machte, und das doch, indem man ihm deutlich anmerkte, wie scheu, wie ungemütlich, wie fernab er sich vorkam in diesen Betrieben, die in seinem Namen ihre Räder spielen ließen.

Oder war es die hellseherhaft ihm aufleuchtende ungeheure Verantwortung, die er kraft seiner Erkenntnis und Empfehlung auf seine Menschenschultern nahm? In diesen Augenblicken dämmernden Kleinmutes erschien mir Ehrlich am größten! Was muß er erst gepeinigt gewesen sein von den schweren Angriffen, die er erfuhr, wie mag er zusammengezuckt sein, wenn man hart und grausam seinem Mittel eine Erblindung, einen plötzlichen Tod in die Schuhe schieben wollte! Die Ereignisse haben ihm diese Last tragen helfen, ja, die Schulter gesegnet, die sie auf sich nahm, aber er hat sicher gelitten, wie jeder Große, er hat gewiß die schwerste Buße des Genies getragen, den Zweifel an sich und seinem Werke, der, sollte er auch nur Stunden währen, doch Golgatha bedeutet.

Gäbe doch der Lauf der Dinge, daß diesem gleich gütigen wie großen Menschen der Nachruhm länger währt als sonst den Geistnaturen der medizinischen Wissenschaft, die, weil sie am Schatten des Lebens arbeiten, nie recht der Sonne der Volksgunst sich erfreuen, die sie so reichlich verdienten.

Macte senex!

Unersetzliche Verluste

Reinhold Begas und Bertha von Arnswaldt

Ich kann diese Aufzeichnungen nicht beschließen, ohne zweier Menschen Bild noch einmal, wenn auch in liebevollen Umrissen nur vor mir zu entwerfen, die mir Vater und Mutter nach deren Heimgang zu ersetzen sich alle Herzensmühe gegeben haben: Reinhold Begas, der große Künstler, und Berta von Arnswaldt, die große Lebenskünstlerin.

Mein Vater, der noch meine Wiedererholung von dem schweren Schlag auf dem Chirurgenkongreß lange überlebt hat und mit wachsender Freude seinen Glauben an mich von Jahr zu Jahr mehr bestätigt sah, trauerte wohl innerlich ein wenig, daß ich so vieles andere neben der Chirurgie trieb und umspähte immer mit einem gewissen Bangen meine Hinneigung zu Dichtung und Philosophie, hat sich aber schließlich dreingefunden, daß ich mit Ungestüm auch noch nach anderen Lorberen, als denen der Medizin, die Hand ausstreckte. Er sagte mir einmal kurz vor seinem Tode: »Lieber Carl, du hast mir alles erfüllt, was ich von dir erhofft. Alles, was ich einst angestrebt, das hast du in Taten umgesetzt. Nicht du mußt mir, wie soeben, so herzlich danken für das, was ich für dich getan, du hast mir oft schwere Sorgen bereitet, aber schließlich wohler getan, als ich dir jemals tun konnte. Jetzt sehe ich es wohl ein, du bist eigentlich weit über die Medizin hinausgewachsen. Ich fühle es, sie ist dir zu eng. Aber vergiß nie, wie sehr ich an ihr Zeit meines Lebens gehangen habe. Entsage ihr nie ganz, man kann so Vielen Gutes tun als Arzt. Das Herz dazu habe ich dir mitgegeben, leih ihm auch deine Hand!« Das war sein Vermächtnis. Wie oft hatte der alte, müde Greis dann gesessen an seinem Eckfenster in Stettin und stundenlang vorher, laut Zeugnis meiner Schwester Anna, ehe der Zug kam, gewartet auf seinen Sohn. Immer fielen mir die schönen Worte Richard Dehmels ein, die er einmal an seinen Vater, den alten Förster in der Mark, gerichtet hatte:

> Da sitzt er wie ein alter König auf sei'm Thron
> Und wartet auf seinen Sohn –,

wenn ich, mit der Droschke heranrollend, ihn aus dem Fenster schon begrüßte. Er verschied 1907 in einer bitterkalten Winternacht. Er rief nach meiner Schwester, sagte: »Es ist sehr kalt. Nur schön, daß Carl einen so kostbaren Pelz geschenkt bekommen hat!« – lehnte sich zurück und starb.

Auf das Bild meines Vaters

An meiner Schreibtischwand zur halben Höhe hängt ein Löwenkopf,
Zu dem ich mancher Zeit voll Wehmut aufwärts sehe,
Als grollte hier und da der Löwenkopf.
Wie ist sein Auge groß und milde, von der Stirn die Strähne
Wie Flamme lodert wild empor.
Weiß ist sie fast, die's Haupt umrahmt, die Mähne,
Ein hoher Priester einst gewiß im Löwenchor,
Und manchmal unter Brauen blitzt es auf
wie Menschenträne.

Was mir geschah, ich hab' es ihm gestanden,
Und oftmals war's, als zitterte das Haupt
Vom Donnerbrüllen, das des Todes Fesseln banden,
Wenn Menschen alles mir geraubt
Und wir die Löwenmajestät allein in unsern Herzen fanden.

Als wir des Löwen Enkelkind einst zum geschnitzten Tische führten,
Woran es einen Löwenkopf geschnitten sah,
Erkannte es den Ahn und sprach gerührten
Herzens: »Großpapa!« –
Und gab ihm Koseworte, süße, die dem Greis gebührten. –

Ein Löwe steht im Park, die Löwin speerdurchstoßen,
Und wie ein Rächer steht der Löwe fest,
Die Flanke zittert vom Gebrüll, dem urwaldgroßen,
Mit welchem er die Luft erdröhnen läßt! –

Meine Mutter lebte von 1902 ab in Berlin mit meiner Schwester Clara. Die beiden waren nach meinem Vater wohl meine glühendsten Verehrerinnen. Wie viele Abende voll Heiterkeit und Poesie haben wir bei ihnen verlebt, dann wurde Clara schwer krank, und sie, die einst so liebliche Schöne, siechte unheilbar langsam dahin, sie starb früher – wie gut war das angesichts ihrer grenzenlosen Mutterliebe – als ihr Sohn Curt, der als Führer einer Fliegerstaffel in Mazedonien den Heldentod in der Luft fand. Das gleiche Schicksal ereilte meine beiden anderen Schwestern Käthe und Gertrud; der ersteren Sohn, Paul Fillié, ein schöner, braver Junge, holte sich im Felde die Schwindsucht, die ihn ganz schnell dahinraffte, der Sohn meiner jüngsten Schwester Gertrud, ein mit dem Leben heiß ringender und strebsamer Mediziner, Carl Fritz Island, hatte im Felde neben Verletzungen eine schwere Gasvergiftung durchgemacht, die seine Lunge so versehrt hatte, daß er daheim in wenigen Tagen einer schweren Influenza erlag. Meine älteste Schwester Anna hatte nur die an Kollegen Wilkening verheiratete Tochter, sie starb 1918 an einem Brustleiden, sie, die immer Heitere, Hocherregbare, ungeheuer geistig Bewegliche, schlief still ein. Ihre Tochter hat einen Sohn. So sieht es trübe aus mit der Nachsaat unseres Geschlechtes, denn mein Bruder Ernst hat zwei sproßbegabte Töchter Lilly und Dora, aber nur einen Sohn, Carl Ludwig Schleich, der in England lange gefangen war. Auf ihm allein stehen die Schleichschen Erbhoffnungen. Mit der Küsterschen Nachsaat ist es nicht viel besser bestellt. Man denke, die Großeltern mütterlicher- und väterlicherseits hatten je 13 Kinder, und nun in vierter Generation nur diese paar Erbreste. Auch ich konnte den Namen nur auf Monumenten von Papier fortpflanzen. Mag wohl ein Lied von mir einst auf der Insel Wollin, wo sie alle wurzeln, aus Kindermund erklingen? Mein höchster Traum wäre es, ein Volkslied meiner Heimat geschenkt zu haben, mag dann der Name dessen, der es sang, längst verweht sein, wenn sich ein Verslein nur erhielte!

Meine Mutter hat die so vielen dahingeben müssen, die sie so sehr geliebt, erst 1918 legte sie sich zum ewigen Schlaf, rüstig, klar, voller Hoffnung, daß alles wieder gut werden würde, bis durch einen Schlaganfall dies goldene Herz, dem auch alle meine Sehnsuchten entströmten, stille stand.

In Reinhold Begas Haus führte mich seine schöne Gemahlin Grete, allgemein Gré genannt, mit der ihr allein eigenen stürmischen Impulsivität, wie eine neue Entdeckung, die sie gemacht habe, ein. Sie war zu mir gekommen von ihrem Freunde Schweninger gewiesen, weil ihre rührend anhängliche Haushälterin Tuttchen, eine Seele von sorgender Verweserin eines Hauses, die wirtschaftliche Säule der kleinen schönen Villa in der Stülerstraße – das war keine Kleinigkeit, die Wirtin dieses Nestes aus der Renaissancezeit zu sein – an einem bösen Finger litt, den ich ihr schmerzlos operierte. Grete Begas folgte der Operation Phase auf Phase mit einem Ausruf der Bewunderung über die Schmerzlosigkeit nach dem andern und, wie es so ihre Art war, nach einem halben Stündchen saß sie schon schmuckbehängt und pelzüberflossen an meinem Flügel und sang mit überaus seiner Stimme prima vista meine Lieder. Sie packte mich förmlich in ihren berühmten Schweninger-Ponnywagen, und hin ging's zu Reinhold, der in der ganzen Hoheit seines würdevollen und anfangs reservierten Behagens ihre Lobpreisungen mit einem langgezogenen »Sooo?« beantwortete. »Na, dann bleiben Sie nur hier und essen Sie mit mir!« Sehr bald wurde er warm, und nach dem sehr luxuriösen Mahl saßen wir beim Schach, das ich von da ab wohl Sonntag für Sonntag mit ihm ein paar Stunden spielte. Welch ein prachtvoller Mann war dieser große Künstler! Ein Kopf, ebenso schön wie hoheitsvoll geschnitten, wahre große Königsaugen leuchteten unter der breiten Stirn, ein Backenbart, sehr schön gepflegt, wallte auf die Brust. Die hohe Gestalt war schlank und elastisch, den großen, wohlgeformten Händen sah man das sichere Nachtasten der schönen Linien an. Wie innig wurden wir befreundet, meine anfänglich mich stark hemmende Ehrfurcht vor dem großen Manne durchzog sich langsam mit einer herzergebenen Liebe, und ich habe bis zuletzt immer eine Art Glücksgefühl gehabt, in seiner Nähe sein zu dürfen. Das war ein wundervolles Haus voll rauschender, kribbelnder Gastlichkeit. Wen alles habe ich hier kennengelernt! Albert Niemann, Ludwig Wüllner, Müllerheim, Pietsch, alle die Schüler Reinholds: Kraus, Walter Schott, Felderhof, Gaul; ferner Blumenthal, Paul Lindau, Joachim, Nikisch, de Ahna, Grünfeld und fast alle namhaften Künstler. Mit seinen Söhnen Werner und Fredy verbindet mich noch heute die herzlichste Freundschaft. Es war ein Geschwirre um ihn und nicht minder um die schöne Grete, der ich gleichfalls tief ins Herz sehen konnte, deren Roman – sicher eines der denkwürdigsten Sammelwerke sonderbarster Begebenheiten – ich nach vielen Beichten schreiben könnte, denn sie hatte, wie sie sagte, zwei Vertraute, einen schwarzen: Schweninger, und einen blonden: Schleich. Außerdem war sie von Natur von einer unbändigen Offenheit. Eine der geistreichsten, amüsantesten und originellsten Frauengestalten, welche Berlin erlebt hat, voll von Reminiszenzen, einer staunenswerten Schärfe der Beobachtung und der liebenswürdigsten, humorvollsten Ironisierung. Eigentlich ein Naturkind, dem gerade deshalb keines Menschen Schwäche verborgen blieb, auf die sublimste Geistigkeit prallte zum Totlachen die handfesteste Bauernschlauheit. Vorzumachen war der nichts. Eine Künstler-Diva-Natur ersten Ranges. Dabei trotz allem von einer tiefen, respektvollen Bewunderung für ihren großen Reinhold. Zu meinen schönsten Erinnerungen an ihren Gatten gehören die Stunden, die ich neben ihm, bei seiner Arbeit hockend, in seinem Atelier verbringen durfte, wenn er nach Modellen arbeitete und dabei die tiefgreifendsten Bemerkungen über Kunst und Künstler, Leben und Persönlichkeiten hervorsprühte. Denn Reinhold Begas war ein eminent genialer Kopf. Er kannte seinen Goethe, Shakespeare, Ariost und Dante wie kein zweiter. Geistreich, wie ich kaum einen Künstler kennengelernt, war sein Fleiß ganz außerordentlich; er arbeitete eben in der Zwangslage eines beinahe dämonischen Schaffenstriebes und unter ewigem Ansporn seines Genies. Entwürfe reihten sich an Entwürfe, immer schwebten Wolkenzüge von Plänen durch seinen sinnenden Kopf. Und dabei diese enorme Vitalität, dieser Lebenshunger, dieser unerschütterliche Mut, zu genießen, wahrlich ein Mensch der Renaissance, in gewissem Sinne skrupellos, voller Wagnisse für seine fürstlichen Gelüste. Und dabei doch ein Kinderherz, trotz allem. So zornig und rücksichtslos er sein konnte, wer ihm ohne Hehl nahte, konnte alles von ihm erreichen.

Wie schön waren ferner die Stunden, wo ich ihm, wenn er langgestreckt auf seinem Sofa ausruhte, nebenan auf dem Harmonium etwas vorphantasieren mußte. Noch die Tage vor seinem Tode, als er nicht mehr sprach, hob er den Finger und wies nach nebenan, ich sollte spielen.

Einst nahm er mich mit auf Reisen nach Paris und Monte Carlo. Die Schilderung dieser wunderbaren Fahrt voll der tollsten Intermezzi und Aventiuren erforderte die Feder eines Claude Tillier. Wir haben wie die Fürsten gelebt und ein Vermögen *à la* Graf von Luxemburg verschwendet. Schön war es wahrhaftig, mit einem Reinhold Begas das Louvre zu durchwandern und ein freiwilliges Privatissimum aus diesem berufenen Munde vor der Venus von Milo oder der Monna Lisa zu genießen. Sprach doch hier ein Ebenbürtiger von Ebenbürtigen. Wer das in unserer Zeit der schweren hysterischen Endemie der Kunst bezweifeln sollte, den bitte ich nur, hintereinander sich einmal das Schillerdenkmal, den Schloßbrunnen, den Kopf Menzels und den Moltkes ganz objektiv zu betrachten, und er wird Begas recht geben, als er mir mal wütend sagte: »Du kannst ganz ruhig sein, Carl, nach mir kommt 'ne janze Weile nischt!« In Paris bat er mich einmal zu sagen, wie ich seine Stellung zur Kunst präzisieren würde. Ich meinte: »Du hast den Versuch gemacht, der Antike ein Herz voll deutscher Romantik einzuhauchen, so wie 'ne

Kreuzung von Iphigenie und Dorothea, von Sophokles und Eichendorff!«
Er meinte: »Det stimmt!«

Am Tage vor seinem Tode habe ich noch die letzte Partie Schach mit ihm gespielt, die letzte von Tausenden, er hatte die schwarzen Steine. Spielte ausgezeichnet. Verlor aber, denn still war Emanuel Lasker eingetreten, trat lautlos hinter meinen Stuhl und setzte ihn matt. Begas war eingeschlafen. Bald schlief er für immer. Um dieselbe Zeit erhielt ich eine Depesche vom Kaiser, ob Begas die Ernennung zur Exzellenz noch Freude machen würde. Sie erfolgte, und ich habe ihm selbst das Dokument, das an mich gesandt war, vorgelesen. Er lächelte. Hat sich aber doch gefreut.

Hier die Rede, die ich auf Wunsch der Seinen an seinem offenen Sarge bei der Totenfestfeier hielt:

»Die heil'gen Klänge sind verhallt, die frommen Worte sind verstummt!
Nun laß noch einmal, unsterblich Entschlafener, zum ewigen Abschied deine Freunde, deine Lieben durch meinen Mund laut zu dir sprechen!

Wie vieles wir dir auch sagen möchten an dieser Schwelle des Nimmerwiedersehens, vor diesem Grenzstein des Lebens, nicht der Liebe – es würde doch nur austönen in Dank! Dank für alles, was du warst und was du uns gegeben kraft deines Wesens hinreißender Gewalt!

Denn wohl denen, die tief und oft in dein Sonnenauge blicken und vordringen durften bis zum innersten Kern deiner sieghaften Persönlichkeit, um dort staunend zu schauen, daß deiner stolzen und hohen Mannheit tiefste Wurzel Ehrfurcht war und Kindesheiterkeit! Ehrfurcht vor dem hehren Kunstwerk der Natur und ihrer Schaffensfreudigkeit, von der die deine dir nur ein frohes Echo schien! Und stille Dankbarkeit gegen ein allzeit schirmendes Geschick, dem du opfertest in nimmermüdem Fleiß!

Ein Wundersuchendes und -anerkennendes war in dir!
Ein Freies, Leichtes, Sonnentgegenschwebendes war dein Eigen!
Ein Dürstendes nach Schönheit, Wahrheit, Himmelshelligkeit!

Immer Herr deines Schicksals, fühltest du dein Leben doch als umschlungen von einer Blumenkette voller Gnaden, die dir Natur, Menschenherzen, Fürstenhand und Kaiserhuld gewunden haben!

So traf dich Ruhmumwobenen! Jüngling-Greis! langsam herankriechend das Leid.

In jahrelangem Kampfe erst ward es deiner Mannesschönheit Herr.

Lautlos, geistig-seelisch ungebrochen warf dich der Sieger Tod!
Nun fordert der Himmel den dir nur geliehenen Anteil deiner Seele zurück.
Schlummere sanft! Und schwebe auf zu den Höhen, die deine hellen Augen allzeit vor dir sahen als Ziel und Ende!
Freund, großer Meister, Vater!
Wir grüßen dich ein letztes Mal. Unsere Sehnsucht wird dich wiederfinden.«

Bei seiner Überführung zum Bahnhof nach Hamburg, wo er eingeäschert wurde, trug ich, gleichfalls auf Wunsch der Seinen, sein Ordenskissen; denn sie wußten, er hatte mich sehr lieb.

Bertha, Baronin von Arnswaldt, die Wittwe des bekannten welfischen Abgeordneten der Bismarckzeit, war eine von Gott und Natur mit aller Heiterkeit und jedem Charme des Herzens ausgestattete Frau, von echt »Frankforterischem Gepräge«, über deren Wesen in der Tat etwas Goethesches in jedem Sinne ausgebreitet war, eine Frau, die es allein durch den immer noch stärksten Magneten der Welt, ein grundgütiges, fröhliches und Gott dankbares Herz, zu Wege gebracht hat, in ihrem Hause eine Elite der allerbedeutendsten und anziehendsten Männer zu vereinigen zu einem Bunde, wie ihn solcher Art Berlin wohl nie besessen hat und auch nie wieder sehen wird. Es war ein bunt von Geistigkeit und Kunst schillernder Salon in bestem Sinne, vielleicht der letzte Salon Deutschlands, denn diese Art der freiesten, genußfrohesten Geselligkeit ist ja wohl für immer dahin. Ein Haus, das, wenn man in ihm willkommen war, einem zu jeder Tages- man möchte auch Nachtzeit sagen – in allen Türen geöffnet war. Wenn ihre Lieblinge, zu denen auch ich mich zählen durfte, erschienen, gab es im Umsehen ein Fest, sie klingelte telephonisch diesen und jenen herbei und rüstete aus Keller und Küche mit einer beispiellosen Virtuosität ein Mahl, das fast immer den Zauber eines Symposions erhielt, von ihrer höchst anregenden und ansteckenden Munterkeit überstrahlt, von einem Schönheitshauch, daß jeder bald in eine Stimmung, freilich mit Hilfe verschwenderischer Spenden edelster Bacchusgaben, geriet, als trüge er Rosen im Haar und Lorbeer um die Stirn. Diese Frau besaß ein Genie, die Leute zusammenzuladen, welche zueinander wohlige Harmonien jubelnder Lebenslust bildeten, sie konnte Menschen mit einer beispiellosen Virtuosität mischen, daß eine unendlich genußreiche Bowle strömenden Wohlbehagens entstand, und die Naturelle der einzelnen zusammenstellen, daß eine oft berauschende Farbensymphonie resultierte. Da saßen wir denn um einen großen runden Tisch, überdeckt von einem immensen Kronleuchter, wie auf Menzels Tafelbild Friedrichs des Großen, der eine die Gemütlichkeit geradezu herbeirollende, raffinierte Einrichtung besaß. Er hatte nämlich in seiner Mitte ein drehbares Rondell, auf dem eine Unmasse brauchbarster, die Tafel verschönernder, zweckmäßigster Silbernäpfe, Kannen, Schalen mit aller Gewürz- und Zutatenleckerei und Saucenmaterial angehäuft war, ringsum die jeweilig bestimmten Weinflaschen. Da konnte sich nun jeder beliebig durch dies drehbare Karussell die kleinen Freudenspender aller Art selbst herankurbeln und sich aus diesem blumenumflorten Korb hervorlangen, was sein Herz begehrte. Das war unendlich gemütlich, praktisch und ein Gefühl einer gewissen Genußsicherheit garantierend. Wie viele hundert Male haben wir um diesen runden Tisch, der wohl 15–20 Personen Platz gewährte, gesessen, präsidiert von der liebenswürdigsten Gabenspenderin und Entflammerin von Gesprächen, die man sich denken kann. Wen alles habe ich dort kennengelernt und bei dem Ton rückhaltlosester Hingabe seiner ganzen Persönlichkeit – hier mußte wahrhaftig jeder unter einer gewissen Verzauberung, aller Mißstimmung frei, zeigen, was er im Herzen trug – tief in das Innere geschaut. Nur ihre ausgesprochenen Lieblinge kann ich benennen, ich müßte sonst bei der unerhörten Gastlichkeit dieser Frau einen Katalog anfertigen. Da waren ihre alten Ritter aus der Glanzzeit des Arnswaldtschen Hauses, treu wie dem Welfenhause, dem sie zugeschworen, die alte Exzellenz Hoffmann aus dem Justizministerium, das Original des Struwwelpeters, denn sein Vater hatte ihn als Knaben zum Modell seiner unsterblichen Dichtung erwählt, da war der noch immer bildschöne Reitergeneral Exzellenz Dincklage, ein Mensch mit einem Goldherzen, für jeden gütig und von einer in der Welt scheinbar ausgestorbenen Ritterlichkeit und Liebenswürdigkeit, da ein Mann von mir anbetungswürdig erscheinender Herzensreinheit und Tiefe, der alte Geheimrat Reinhardt vom Kultusministerium, ein Pädagog von einer Innigkeit der Liebe zur bildungsfähigen Jugend, daß es mich stets förmlich wie Gram und Sehnsucht packte, nicht bei diesem Geist- und Herzensbildner auf der Schulbank gesessen zu haben. Da war der Musiker Geh. R. Friedländer, der alle die köstlichen Anekdoten der Klassiker so anmutig erzählte, da Jacques Fränkel, der bedeutende politische Journalist, der, ursprünglich Musiker, so hinreißend von Bruckners Originalität zu plaudern wußte, da der geistsprühende

Oscar A. H. Schmitz, der phantastisch hochbegabte Wolfgang Goetz, der Maler Heuser, Conrad Ansorge, Eduard v. Strauß, der so früh scheiden mußte, der überaus geistreiche und tiefe Leo Blech, Gustaf Bergman, der Sänger, wohl der hinreißendste Gesellschafter und genialste Improvisator herrlicher Belustigungen, ebenso bezaubernd am Flügel wie überwältigend in der Konversation, da vor Allem General Posselt, ihren Liebling. Alle diese sind mir auf das innigste befreundet, zum großen Teil Duzbrüder geworden. Zu niemand aber hat es mich so elementar hingezogen und fürs Leben gefesselt, wie an den über allen thronenden Liebling der Baronin, ihren Schwiegersohn, den Gatten ihrer leider so früh verschiedenen bildschönen Tochter: Hugo von Lustig, von dessen höchst eigentümlicher Geistbegabung und tiefster Herzensgüte jemand, der ihn nicht ganz intim kennt, sich keinen Begriff machen kann, ein Mann von eminenter Arbeits- und Tatkraft, wo er etwas anpackt, es mit dem Griffe des Genies tut und dabei kein reineres Glück kennt, als anderen, wo er nur kann, Freude zu bereiten. Ein prachtvoller Mensch, den Bruder zu nennen zu den stolzesten Berechtigungen meines Lebens gehört. Dann ihr Sohn aus früherer Ehe, Fritz Andreae, der bekannte Finanzmann, dem ich gleichfalls fast brüderlich nahestehe, wie seiner geistig geradezu phänomenalen Frau Edith, der Schwester Walther Rathenaus, den ich gleichfalls mit Stolz meinen guten Freund nennen darf. Dieser Plutarch unserer Zeit läßt mich bisweilen tiefe, wohl wenigen gewährte Einblicke in sein kompliziertes Innere tun, und ich muß gestehen, daß ich allezeit bewundernd vor der Größe dieser geistigen Natur, die wohl die bedeutendste lebende Persönlichkeit unserer Zeit umfaßt, mich frage, was hier mehr zu beachten ist, die Präzision eines vollendeten Denkvermögens oder der schwere Ernst, mit dem sein großes Herz die Probleme dieser Welt erschöpfen möchte. Auch Rathenau hatte für Bertha von Arnswaldt sehr viel übrig, auch er bewunderte in ihr die bezaubernde Herzensgüte, mit der sie jedes Milieu zu umfassen vermochte, und gab sich hier wohl freier, als es sonst seine Art ist.

Noch viele andere, Paul Bloch, Eugen Zabel, Sudermann, Finkelstein, Aufrecht, den meiner Meinung nach hochbedeutenden Dramatiker Franz Düllberg, den Philosophen Michel. die Pianistin Bergwein und die Sängerin Ohlhof, meinen späteren Verleger Ernst Rowohlt könnte ich nennen, die viel dazu beitrugen, gelegentlich eine Elitesitzung schönster Kontroversen oft bis spät hinein in die Nacht zu inszenieren. Keiner solcher geistigen Feste fehlte Maria Hilgers, die höchst anmutige Tochter

Bertha von Arnswaldts, und falls sie in Berlin war, die ebenso anziehende Käthe Jacobi, ihre dritte Tochter. Da saßen wir denn im Bibliothek- und Kneipzimmer oft dicht gedrängt beieinander, und die Reden, Anekdoten, Dispute und Kontroversen schwirrten nur so um die Wette mit anklingenden Gläsern, und Gedanken wälzten sich wie die Wolken des dichten Zigarettendampfes.

Dann saß sie selig, die Herrin und Lenkerin aller dieser sie tief bewegenden Geistigkeiten, auf ihrem hohen Ritterstuhl in ihrer ganzen hinreißenden Anmut: die großen, schönen Augen rollten und blitzten von einem zum andern, der sorgfältig lockenumdeckte Kopf nickte, grüßte, neckte in einem fort, der Mund, sein und frisch, mit Lippen, die noch in hohem Alter wie kußbereite Blumenschwingen beben konnten, spitzengeschmückt, mit schönen alten Ringen an den Händen, bereit, die eigens dazu vor ihr hingestellte schöne alte Bronzeklingel präsidenhaft zu schwingen, falls das Feuer der mit ihrem eigenen, oft auf Hochglut geheizten Temperamente Debatter einmal nach Worten und Vorstellungen züngelte, die besser außerhalb des Salons Platz gehabt hätten. Sie war aber eine sehr tolerante Richterin und überhörte lieber ein unbedachtes Wort, als es durch Klingelzeichen extra zu bewerten. Wie oft wurde hier herrlich musiziert, und ich selbst habe hier noch mit ihr und dem lieben Geiger Lachmann Trio gespielt. Ich wußte all ihre Güte nicht besser zu erwidern, als ihr durch Jahre hindurch systematischen Harmonieunterricht zu geben, was die alte Dame mit einem wahren Feuereifer betrieb. Sie war wohl der einzige Mensch, der stets felsenfest von meiner Bestimmung überzeugt war, und es gehörte ihre ganze Liebenswürdigkeit dazu, mich so enorm zu überschätzen, wie sie es getan hat. Sie hat in großen Prachtbänden alles gesammelt, was mich an Briefen, Kritiken, Besprechungen betraf, jedes meiner Bücher hatte einen besonderen Registerband, und alle die vielen Handschriften, Kopien, Entwürfe, die ich ihr gab, hat sie mit rührender Sorgfalt, Seidenband umwickelt, aufbewahrt. Hier bei ihr las auch mein lieber Wolfgang Goetz in seiner Weimarweise Gedichte von mir, und Conrad Veidt hat hier bei ihr einmal in festlicher Sitzung einen ganzen Abend aus meinen Poesien mit schönem Erfolg rezitiert. Hier wurden auch häufig mit Hilfe der beiden anmutigen Fräulein Lisa und Maritta von Reichenbach, meinen Operationsschwestern aus dem Lazarett, meine eigenen Gesangsquartette, die sie sehr liebte, vorgetragen. Während meiner schweren Dienstzeit im Kriege am Lazarett des 3. Garderegiments am Reichskanzlerplatz hat sie mich wohl jeden

Morgen per Wagen an meine Arbeitsstätte gebracht. Ich durfte bei ihr erscheinen, wann ich wollte, und wahrlich, sie war mir Freundin und Mutter zugleich. Mein Herz lag vor ihren stets sorgenden Blicken rückhaltlos offen. Sie war unermüdlich am Werke, für ihre Freunde Gutes zu bereiten und zu erwirken, und ihre krampfhaften Bemühungen, mich zu protegieren, hörten erst auf, als ich ihr, leider allzu barsch, klarmachte, daß ich meine Karriere nur mir und meiner Arbeit, niemals aber einer Frau verdanken möchte. Von da an gab sie mich als zu befördernden Günstling auf.

Ich habe in Bertha von Arnswaldt meine größte Verehrerin verloren. Es kann keinen Menschen geben, der heißer um mein Glück gebetet hat. Sie sagte immer in ihrer drolligen Art: »Ich habe mit zwei Dichtern in meinem Leben intim zu tun gehabt, Eduard Mörike hat mich als kleines Mädchen auf den Knien geschaukelt, Schleich hat mich als alte Frau auf den Händen getragen!«

Erinnerungen an Richard Dehmel

Es wird leer um mich herum. Ich habe das Alter erstiegen, von dessen Höhen man hinabblickt auf sein Heimatsdorf. Viele Gebäude, Hütten frohester Erinnerungen sind nicht mehr, neu aufgetürmte verdecken die wenigen Ruinen, die noch geblieben. Mein Vater, Strindberg, Carl Prowe, Bindemann, Robert Langerhans, Bierbaum, Hartleben, Oelschlaeger, Leuthold usw. (welch trauriges Undsoweiter!) sind dahin, und ich komme mir vor, wie ein arm gewordener Fürst Esterhazy, der nach vielen Verlusten sich entschließen mußte, seinem geliebten Vater Haydn und seiner Kapelle den Dienst zu kündigen. Ehe sie ihn, den Wohltäter mit der offenen Hand verließen, spielten sie ihm zum Abschied eine Symphonie ihres Dirigenten Haydn vor, der solche eigens zu diesem Zwecke komponiert hatte; in derselben hört zum Schluß ein Orchester-Mitglied nach dem andern auf zu spielen, packt sein Instrument ein, löscht das Licht am Pulte aus und verläßt gemessenen Ganges, winkend mit der Hand, durch eine schmale Tür das überwölbte Podium. Nur eine Geige singt noch wie die letzte Nachtigall im Garten. Dann dreht sich Haydn um, löscht auch sein Licht, breitet die Arme und geht. So ist auch mir. Die Freunde verlöschen. Die Umgebung wird lichter, die Mitspieler des Lebens treten ab. Aus dem Orchester wird immer intimere Kammermusik. Sextett, Trio, Duett. Wann wird mein Solo nahen?

Ich kam gerade von meinem ersten, von einem schönen Erfolg gekrönten Dichterabend im Charlottenburger Rathaus am 8. Februar 1920, freudig erregt ob des Beifalls ungewohnter Fülle, als ich zu Haus eine Depesche fand und erbrach. Sie war von Dehmels Frau. »Richard heute vormittag ohne Leiden sanft entschlafen.« Wie ein Schatten senkte es sich über den Tag des Glückes. Welch tiefe, unergründliche Logik des Geschickes, welch ein undurchschaubarer Zweck des Zufalls, an welchen ich nun einmal nicht glaube. Er ist nichts als die Verschmelzung zweier Gesetzmäßigkeiten zu einer Kette, deren Funktionsbedeutung wir gar nicht oder, wie so oft, erst spät erkennen lernen. Sofort fiel mir, schmerzlich wehe, ein, daß Dehmel in der Jugend einst mich gewarnt hatte, Verse zu schreiben, sie seien zu sentimental und enthielten zu wenig Eigenes! – nun kam ich doch von einem, in langen Jahren errungenen, offenbaren Erfolg in dieser Richtung, und nun war er an demselben Tage fortberufen, seine Schwanenfeder mußte er aus der Hand legen, und ich schreibe dir, mein großer Freund, mein Richard mit dem Dichter-Löwenherz, gleichsam mit umflorter Feder diesen Abschiedsgruß. Man hat mich, deinen besten Freund, erkoren, zu deinem Gedächtnis eine Rede zu halten. Mag das für die anderen sein, hier an meinem Pulte spreche ich in dieser Stunde ganz allein mit dir, um dir zu sagen, was wir uns waren, wie ich dich gesehen, wie ich dich geliebt!

Ich habe Richard Dehmel, der jenen friedlichen Waldkapellen zum reinen Gottesdienst der Natur entstammte, welche man Forsthäuser nennt, umrankt von Eichen und hohen nacktbalsigen Kiefern, im Jahre 1881/82 kennengelernt. Sein späterer Schwager Franz Oppenheimer, jetzt einer unserer ersten Nationalökonomen, noch heute ein Mann von hohem Schwung und heißem Feuer, machte mich, den damaligen Unterassistenten im Pathologischen Institut bei Virchow, auf ihn aufmerksam. »Das ist ein Genius«, sagte er, »den müssen Sie kennenlernen! Ich freue mich unbändig auf euer Aufeinanderprallen. Denn das gibt es. Also heute abend!«

Der Abend kam, und nach kaum zwei Stunden folgte der Bruderkuß, das Du und eine nie gefährdete, tiefgegründete Freundschaft nahm ihren Beginn. Dehmel, mehrere Jahre jünger als ich, studierte damals noch Naturwissenschaften, die ihm aber nicht recht lagen, und begann sich für Nationalökonomie zu interessieren. Welch sonderbarer Mensch!

Schon damals dieses tief vergrübelte Gesicht mit den blitzsprühenden, oft zugekniffenen, an sich schön geschnittenen und leuchtenden großen Augen, deren Winkel schon früh die so charakteristischen Krähenfüße zeigten, mit der scharfen, aristokratischen Nase und den energisch geschweiften Nüstern. Die Lippen blaß, die untere auffallend breiter, die er leicht zu einer verächtlichen, mürrischen »Schippe« verzog. Hoch der Altar der Stirn, dem so vieles Heiligendes noch entströmen sollte, kreuz und quer durchfaltet, drei tiefe konvergierende Furchen über der Nasenwurzel. Zwei türkensäbelkrumme, tiefe Falten begrenzten scharf vom Nüsternansatz schräg die Wangen und verloren sich in die breit ausgeladenen Kiefer. Die Brauen wie zwei weitgeschweifte gotische Bogen. Schön gewelltes, tiefschwarzes, dichtes Haar mit dem Geniestrudel in der Mitte, wie aus der Stirn emporflammend. Schlank die Gestalt, eine etwas gebückte Haltung, sein Gang bis ins Alter hinein eigentümlich schiebend, seine Haltung wie stürmend vorgebeugt.

Nun diese Feuermacht der hervorgesprudelten Rede, eine helle, oft schneidende und dann wieder glockentief wogende Sprache; unnachahmliches, sehr charakteristisches Streichen der Schnurrbart-Enden abwärts mit den seinen, immer sorgfältig gepflegten Mittelfingern der Rechten. Dabei stets etwas Ringendes, Pressendes, Drückendes im Wort, Satzbilden, ein Suchen nach dem Treffendsten, begleitet mit Ballungen der Faust – alles Bewegungen, welche ihm bis in die Mannesjahre genau noch so eigen waren.

Eigentlich ein schmerzdurchwühltes Kainsgesicht, mit deutlich südländischem Einschlag. Aber von Kain war keine Spur in seinem weichen, niemals der leisesten Haßerfüllung überhaupt fähigen Gemüt, das von Menschheitsliebe troff, während er dem einzelnen Menschen gegenüber stets eine gewisse Verschlossenheit zeigte. Keineswegs aus Mißtrauen, sondern aus einer gewissen Scheu, sogleich seine innere Glut zu offenbaren. »Warum jedem zeigen, wieviel man in sich trägt,« sagte er einst mit einer mir unvergeßlich wehen Miene, »wir machen uns Feinde mit unseren Edelsteinen. Besitzen ja, aber nicht damit protzen!« Dieser aristokratische Takt ließ ihn für manche gewiß frostig kühl erscheinen. Er hatte eine kalte Hand für die meisten. Ich weiß es noch heute nicht, was ihn eigentlich so antriebartig zu mir zog; aber das war gewiß vom ersten Momente an, hier war ein Freund, von dem man ohne schwere Schuld nie wieder gelöst werden konnte! Immer, wenn wir dann bald darauf

Arm in Arm durch die Mark wanderten, kam mir Eichendorffs Lied in den Sinn:

»Es zogen zwei rüst'ge Gesellen
Zum erstenmal von Haus,
So jubelnd recht in die hellen,
In die klingenden, singenden Wellen
Des vollen Frühlings hinaus!«

Wie oft habe ich es ihm singen müssen: im Grunewald, im Eichenhain von Eldena, und noch später in Hamburg-Blankenese. Robert Schumann hätte seine Freude daran gehabt! Wir haben uns beide gehalten; keiner von uns ist in den Strudeln umgekommen, wie der »andere« im Liede, obwohl wir beide oft auf des Satans Kandidatenliste gestanden haben! Freilich haben uns beiden auch keine »Schwäger« Hof und Haus gekauft, aus denen wir behaglich in die Welt hätten schauen können! Dazu war in unser beider Leben zu viel Kampf, Sturm und Fragezeichenwirbel, zu viel Gegenwind für unsere stolzen Segel! Ja wahrlich, stürmisch war unsere Studentenjugend! Eine eiserne Gesundheit lieh uns beiden den Mut, überall bis zum Rest der Kraft mit dem Leben zu spielen. Zu einer natürlichen Berauschtheit vom Leben kam noch manch anderer Rausch zu einer oft exzentrischen Ausgelassenheit. Wir hatten uns einen Satz geprägt, der alle unsere Extravaganzen decken sollte: »Wir lernen nur aus denjenigen Vergnügungen, die uns an den Rand des Verderbens führen!« Und wahrlich, diese Grenze zwischen Sein und Nichtsein haben wir leider oft genug umstolpert. Freilich war die Absturzgefahr bei mir bedrohlicher. Richard Dehmels Temperament war doch im allgemeinen verhaltener und kam nur hier und da, dann aber zu ungeheuren, fast gefährlichen Explosionen. Dann waren freilich alle Teufel los, und wir mußten den ekstatischen Phönix mit allen Händen auf der Erde halten. Einmal raste er voll von himmelstürmendem, dionysischem Jauchzen über die Weidendammer Brücke, erklomm ihre Brüstung und wollte emporstreben in die Sternennacht! Mein Bruder Ernst, ein Landmann von riesiger Körperkraft, umklammerte eisern den Rasenden und behauptet noch heute, die »deutsche Literatur gerettet« zu haben, indem er Dehmel in unentrinnbaren Muskelklammern hielt, bis der Schäumende zu sich kam, und zwar mit den tieftraurigen Worten: »Es ist eine Gemeinheit, einen nicht sterben zu lassen,« und mit mir auf meine Studentenbude zu Frau

Maximowitz kam, die wir in Frau Max und Moritz umtauften, *vis-à-vis* dem Zirkus Renz, parterre. Ich habe ihn dann wie David den irren König Saul mit Cellospiel und Klavierphantasien in einen natürlichen Schlaf gewiegt. Das war das Zimmer, in das er einst bei hellem Sonnenschein hineinblickte zu heißer Sommerzeit, bei offenem Fenster in einer gänzlich abgelegenen Gegend, als ich badebereit auf meinem Cello im Meer der Töne schwelgte – eine Situation, welche der Gute zu meinem 60. Geburtstage höchst launig mir zu Ehren veröffentlicht hat. Mein Cello hatte er überhaupt sehr lieb, wie alle meine Freunde. Manchen Studentenwitz haben sie damit getrieben. So fand ich es einst beim Nachhausekommen nachts zwischen den Beinen meines Knochenskeletts, dem sie auf Dehmels Anstiften meinen Frack und Zylinder übergestülpt hatten; es hockte kunstgemäß auf einem Stuhl mitten im Zimmer, der Bogen technisch richtig in der rechten Knochenhand; den vierten linken Fingerknöchel auf dem hohen *A* der ersten Saite. Als ich aber einmal mein Cello »meine Braut« genannt hatte, da war der Witze kein Ende mehr. Sie setzten ihm Perücken, Hütchen und Nachtmütze auf, schmückten den Stachel mit Spitzenstrumpfbändern von Frau Max und Moritz, und einmal hing es sogar an meinem Kronleuchter aufgehängt mit einem Feigenblatt am Steg. Auf dem Tische lag ein Zettel: »Aufgehangen wegen Deines unverbesserlichen Lebenswandels. Leb wohl! Deine viersaitige Braut Cellina.« Solcher Bande Führer war immer umschichtig Bindemann, Prowe oder Dehmel. Wenn wir aber in kommunistischer Geldnot waren, da war mein echtes italienisches Cello sogar immer der Retter in der Not; es war ein kostbares Versatzstück, 500–600 Mark waren uns immer sicher. Wie haben sie oft gebettelt, ich möchte doch die »paar Wochen« das Geknürpse auf dem »Wimmerholze« lassen und sie vor der äußersten Not (mehr des Durst- als des Hungertodes!) schützen. Mein armer, grundgütiger Vater, der die »tönende Braut« immer wieder aus dem Kloster (Leihinstitut) entführen und erlösen mußte, meinte dann einmal, als ich in den Ferien ihm die Resultate meiner (also periodischen) Übungen vorführte, höchst witzig: »Das Kol nidrei, der ›hebräische Gesang‹, ist ihm entschieden – am geläufigsten!«

Dehmel liebte die Musik über alles, und ich habe ihn oft erfreuen können mit dem Vortrag Löwescher Balladen, von denen der »Edward« ihn oft zur hellen Begeisterung fortriß. Conrad Ansorge begleitete mich meisterhaft. Er stellte Löwes »Erlkönig«, wie so viele, weit über den Schuberts und behauptete, Schubert habe den dämonischen Trieb zur

Knabenliebe, den Goethe gestalten wollte, gar nicht verstanden, ihm fehle das unheimlich Sadistische in der Musik, wie denn auch Schuberts »Ganymed« aus dem gleichen Grunde völlig mißverstanden sei. Erst Hugo Wolf habe diese naive, griechische Dämonie des Jupiter richtig erfaßt und vertont. Was waren das schöne Abende im Hause seines späteren Schwiegervaters, des alten Oppenheimer mit seiner sehr klugen und grundgütigen Gattin, die sonderbarerweise nie recht an den Stern Dehmels glauben wollte. Bei ihnen waren stets ein paar Tanten von Dehmels Braut Paula, der Dichterin schöner Kinderlieder und der Dulderin seiner ersten Ehejahre. Franz Oppenheimer, damals noch Mediziner, der dann eine Leuchte der Nationalökonomie wurde, mit dem wahrhaft genialischen Feuerkopf, und Steindorf, der spätere hochberühmte Ägyptologe in Leipzig, nebst seiner Braut, der zweiten Tochter des alten Rabbiners Oppenheimer, dem kleinen Mann mit dem verschmitzt talmudischen Antlitz, von großem Witz und noch größerer Herzensgüte. Da wurde gesungen, ich mußte auf dem Flügel improvisieren und alle meine Züricher Studentenschnurren und -burlesken zum Besten geben, und immer wieder lauschte das wohlgesinnte Publikum meinen oft wiederholten Produktionen und *ex tempore* für solche Abende ausgedachten »Soloszenen«. Das waren Dehmels behaglichste Stunden, und hier sind wir wohl beide unzertrennlich miteinander verwachsen, so daß ein Bund entstand, von dem seine zweite Frau, mich betreffend, sagte: »Dehmel hat wenige Menschen wirklich Freund genannt, dich aber hat er geliebt!«

Noch inniger verschmolzen wir auf meiner Studentenbude in der Karlstraße 22, als ich schon zum Staatsexamen mich rüstete. Hier waren wir oft Abende lang allein beim Cello, Klavier und bei unseren Manuskripten, und wir genossen in vollen Zügen alle die Illusionen einer stürmenden Jugendfrische, die uns beiden ein schönes, sicheres, oft arrogant selbstverständliches Gefühl unserer »Bestimmung« vorgaukelte. Stolz, wie wir waren, sprachen wir oft von unseren hohen Entwürfen und Plänen, aber doch mit einer gewissen inneren, beinahe blasierten und naseweisen Ruhe, weil über unsere »Bedeutung« ja doch erst die Nachwelt entscheiden könne. Wir einigten uns, wir beiden »Klugschnacker«, in dem Satze, daß wir uns mit unseren Trieben ruhig ausreisen lassen könnten, weil man ja doch in den »Ofen« seiner Persönlichkeit keinen »Koks« nachschieben könne! Die meisten unserer Mitpoeten seien in diesen Fehler verfallen, sie suchten sich und ihr Talent zu »überheizen«. Das klang ja mächtig weise, aber ich glaube, wir sind doch beide manchmal recht närrisch unklug mit unserem »Heizmaterial« umgegangen. Solche tiefgründigen Stunden wechselten dann mit Zeiten frohesten Studentenulks und Kommersierens ab, und es gab eine ganze Periode, in der wir unsere Tage von früh bis spät unzertrennlich gemeinsam verbrachten, und zwar nicht immer im Fahrwasser einer ruhigen Fortentwickelung und Beherrschung unserer Triebe. Viel Zeit verbrachten wir auch auf den Ateliers von Eugen Hanetzog und Moritz Posner, den Kunstakademie-Malern. Auch hier wurde rezitiert, Harmonium gespielt und mancher Ulk getrieben. Daran knüpft sich eine Erinnerung an den großen Menzel. Einer der beiden Malerfreunde arbeitete in unserer Gegenwart nach einem Modelle, einem bleichen, jungen Mädchen, das plötzlich aus der starren vorgeschriebenen Pose in epileptische Krämpfe verfiel. Ich sehe noch Dehmels gutgemeinte, aber gänzlich unnütze Bemühungen um den zuckenden Mädchenkörper. Plötzlich wurde die Tür aufgerissen. Menzel stand da, von einem der anwesenden Malerjünglinge im ersten Eifer herbeigerufen; in der einen Hand einen Zeichenblock, in der anderen den Stift. Ohne ein Wort zu sagen, skizzierte er eifrig die Ärmste und die Stellung ihrer Glieder solange, bis endlich die Krämpfe nachließen. Eine künstlerische Gier nach bildhaften Sonderbarkeiten der Form beherrschte ihn ganz, welche wir alle, Dehmel voran, nachher mit heller Entrüstung tadelten Menzel zeichnete eben alles, was ihm unter die Augen kam, eine Fliege, eine Schere, einen Klumpfuß, eine Epileptische; für ihn stand das Zeichenbare im Proszenium aller Ereignisse! Wir machten uns aber doch klar, daß in dieser Leidenschaft und ihrer steten Übung seine enorme Virtuosität begründet sein mochte. Hier in diesen Ateliers habe auch ich zeichnen und malen gelernt und die ersten Anregungen gewonnen, neue, bessere Farbenmedien zu erfinden, was mir aber erst viel später gelang. Zahlreiche Seestücke sind von meiner Hand im Besitze meiner Schwestern, die Frucht meiner ausgedehnten Farbenstudien. Das war auch die Zeit unseres sogen. »Ethischen Klubs« in der Behrenstraße, im damaligen Pschorrbräu, wo alle 8 Tage eine Versammlung aller Sturmgenossen stattfand, deren Mitglieder alle zu Rang und Namen in der Wissenschaft und Kunstwelt gelangt sind.

Um 1885 ging ich nach Greifswald. Für unsere Freundschaft ein schwer verwindbarer Entschluß, den Dehmel durch häufige, mehrfach alle 14 Tage wiederholte Besuche bei mir milderte. Wie schöne Tage waren das für mich und alle jungen Assistenten der Greifswalder Klinik, wenn der Brausekopf von jungem Dichter die Öde der täglichen Schwerarbeit in der Klinik unterbrach und wir im Garten in einer Laube sitzend, bei einem Nachmittagstee, unsere Pfeifen schmauchend, den schönen Entwürfen lauschten, die er uns mit Feuer und Inbrunst vorlas. Mein Freund Albert Koenig, jetzt Geh. Medizinalrat und Stadtarzt in Frankfurt a. M., schwärmt heute noch von den damaligen sonnigen Dichtertagen. Dehmel war da unermüdlich. Wir lernten Dramen: »Winfrid«, »Karl der Große«, »Der Erlöser« kennen, welche alle leider nie im Druck erschienen sind, auch eine Unmasse von Liedern, Hymnen und Elegien, von welchen sehr viel in seiner Sammlung fehlen. Mir scheint, Dehmel hat eine sehr strenge Auswahl und eine tiefgreifende Ausmerzung seiner Jugendgedichte vorgenommen, es fehlen mir viele Perlen aus der damaligen Zeit. Dann wanderten wir oft in den Eichenhainen des alten Eldena bei Greifswald, mit den schönen Klosterruinen, oder wir setzten uns auf die Bahn, um das nahe, wunderschöne Stralsund zu besuchen, an das mich alle meine Schulerinnerungen an »Vater Freese« knüpfen, denen ja in diesen Blättern ein besonderes Kapitel gewidmet ist. Hier habe ich Dehmel einst in der wundervollen Marienkirche ganz allein Orgel vorgespielt. Ich fand ihn wie verzückt zu den herrlichen gotischen, hellgelben Säulenbögen und den sehr kostbaren bemalten Kirchenfenstern aufblickend; er drückte mir die Hand und sagte: »Töne können auch Gotik haben! Es strebt im Choral alles nach oben, wie sonnenanbetende, über dem Haupte gefaltete Hände! Der byzantinische Halbbogen ist servil!« In dieser Kirche zeigte ich ihm auch den unsterblichen Fleck auf den Steinfliesen unter dem Schiff der Kirche, der entstanden war, als uns der alte liebe Physikprofessor Rollmann einst den Foucaultschen Pendelversuchen *gros* demonstrieren wollte. Die an einem Drahte freischwebende, pendelnde Kanonenkugel – das ist das Experiment – stürzte plötzlich vom gerissenen langen Strick ab und brachte eine Boden-Steinplatte zum Bersten. Seitdem glaube ich immer noch nicht – mit Strindberg – daß die Beweise für die Rundheit der Erde stichhaltig sind. Merkwürdig viele solcher Experimente mißlingen! Dehmel interessierten unter anderem mächtig die Kanonenkugeln in den Mauern der verschiedenen Kirchen, die noch aus der Zeit von Wallensteins Berennung der alten Schwedenstadt herstammten. »Weißt du,« sagte er, »ich möchte wohl mal so etwas mitmachen. Schlacht, Krieg muß doch der höchste Mannesrausch sein!« Er hat ihn erlebt – und kam, nicht viel davon redend, ernüchtert zurück. Ja, er ist diesem vermeintlichen Rausch zum Opfer gefallen! Er starb an den Nachwehen des fürchterlichen Weltkrieges. Sein sonst so feurig strömendes, springend leichtes, flüssiges, schäumendes Blut gerann in den von Kriegsstrapazen überdehnten Venen der Beine, und langsam stieg ihm die gerinnende Flut wie die Eiswelle des Todes zum Herzen! –

Zurückgekehrt nach Berlin, verband uns wieder die alte Burschenliebe. Ich habe ihm auf seinen Wunsch bei jener denkwürdigen, religiösen Hochzeitsfeier mit Paula Oppenheimer, bei der er seinen Rabbiner-Schwiegervater erst gar nicht zu Worte kommen ließ, sondern selbst die Predigt an seine junge Frau hielt mit dem stark prononcierten Thema: »Ich bin dein Herr!«, eine Arie singen müssen: »Sei getreu bis in den Tod!« Die Feier, die er mit somnambuler Würde veranstaltet hatte und selbst leitete in allen Teilen, war eine Groteske. Damals war Richard auch seinen nächsten Verwandten noch ein Problem, sie sahen in ihm einen Dämon, einen Rattenfänger, eine Art Bruder Martin oder Horla *à la* E. T. A. Hoffmann oder Maupassant. Warum die Ehe mit Paula zerriß, danach habe ich ihn nie gefragt. Es ist nutzlos, in die Psychologie einer zerbrechenden Ehe eindringen zu wollen. Kein Mensch kann in die Struktur des Amalgams zweier Herzen sehen. Gewiß ist, daß er Paula sehr geliebt hat, freilich war ihm seine spätere Frau Isi etwas ganz anderes, sie hoch überragendes. Er hat sie über alles auf Erden gestellt.

Unserem Bunde harrte ein großes Erlebnis: die Bekanntschaft mit Strindberg. Täglicher Verkehr mit ihm durch Monde hindurch, der naturgemäß zu den interessantesten Auseinandersetzungen zwischen Dehmel und Strindberg führte. Denn, so gleichgerichtet die beiden im Grunde in ihrem Ethos auch sein mochten, so einig sie auch waren in der Erkenntnis von der metaphysischen Struktur der Welt und der in dieser Metaphysik ruhenden Erkennbarkeit des Lebens, so sehr beide die heutige, namentlich von Fricke für die Physik und für die Psychologie von mir vertretene Erkenntnis von der eigentlichen Geistigkeit der Materie vorweg ahnten – so sehr differierten sie doch in der naiven Naturanschauung, in dem Einfühlen in die gegebenen, wenn auch vorgetäuschten sogenannten Realitäten des Lebens. Strindberg sah die Welt schon damals mit dem mehr ahnenden als beweisenden Blick des Mystikers, Dehmel, obwohl durchaus Geisteswissenschaftler in seinen philosophischen Abstraktionen, stak doch noch mit beiden Beinen mitten im Naturalismus, den nun einmal alle unsere koryphäischen Zeitgenossen, Holz, Hauptmann, Hartleben, Bierbaum, Heymel, auf ihre Fahne geschrieben hatten. Daß übrigens der eigentliche Zündfunken zum Naturalismus und Bühnenrealismus der unvergeßliche Joseph Kainz durch sein rhetorisches

Zerpflücken des Schillerschen Jambus zu einer atemlos hervorgestoßenen Prosa, durch die Zerreißung des Pathos in eine reale, unglaublich überzeugende Vortragsweise, etwa um 1882 herum gewesen ist, soll hier nur angedeutet werden. Es lohnte eines ausführlichen Beweises. Genug, als wir Strindberg kennenlernten, um 1892 herum, stand der sog. Naturalismus in vollster Blüte, während Strindberg schon dabei war, völlig in den Mystizismus einzumünden, dem er dann in dem »Traumspiel«, in »Damaskus« und in den vier »Kammerspielen« *à la* E. T. A. Hoffmann und in Callots Manier die Basis für die ganze, jetzt modernere Symboldichtung gegeben hat. Über diese Wogen geistiger Dichtungen wurde oft diskutiert, und eines schönen Tages, im »Schwarzen Ferkel« in der Wilhelmstraße, gerieten Dehmel und Strindberg hart aneinander. Strindberg wurde reichlich grob, was sonst gar nicht seine Art war, er wetterte auf den ganzen Naturalismus mit Donnerstimme und Jupitergebärden und schrie Dehmel an (er nannte ihn immer »der wilde Mann«): »Das ist es ja eben, ihr seid Gerichtsberichtler von die' Straßenereignisse, Detektive des Alltagslebens, richtige Abkleckser, Photographen und einfache Kopisten aller Dunkelseiten des Daseins. Das ist nicht Kunst, das ist Ducken unter die Fußtritte des Gemeinen!«

Da stand Dehmel entrüstet auf, der ja gar nicht gemeint war, er fühlte sich aber bis ins Innerste beleidigt, nahm seinen Hut und ging. Vergeblich suchte ich zu vermitteln. »Was will der wilde Mann?« Ich setzte ihm auseinander, daß er Dehmel bitter unrecht getan. Strindberg wurde sehr schweigsam. Nach etwa einer Stunde ging auch er. Auffallend früh. Mit kurzem Gruß. Sein eventuelles Wiederkommen stellte er in Aussicht. Andere hinzugekommene Freunde, Elias, Franz Evers, Munch, Ola Hansson, Laura Marholm, Hartleben usw., blieben noch. Es war schon tiefe Nacht, als Strindberg in den zusammengeschmolzenen Freundeskreis zurückkehrte. Heiter und guter Dinge. Ich fragte ihn: »Woher des Weges?« »Von Dehmel,« sagte er, »ich habe ihm abgebittet. Habe eine Droschke genommen und bin gefahren nach Pankow« (wo Dehmel damals wohnte)! »War er noch böse?« »Man kann ein Unrecht, das man getan, gar nicht schnell genug wieder gut machen, wenn man es überhaupt in der Hand hat. Man soll nicht einen Augenblick versäumen, es auszugleichen. Wer kann wissen, wie schnell ein Unglück sich dazwischen schiebt. Dehmel war sehr gut und gerührt über meine einfache Abbitte, da du ›mich‹ gesagt, daß ich im Unrecht sei. Er gab ›mich‹ einen Kuß, und der wilde Mann sagte ein gutes, aber stolzes Wort: ›Wenn wir uns schon anbellen, was sollen dann die Hunde tun?'« Damit war die Angelegenheit erledigt.

Später nahm Dehmel seine zweite Frau, welche er abgöttisch bis an sein Ende geliebt und hochverehrt hat. Er zog mit ihr nach Blankenese. So sahen wir uns seltener. Aber so oft er nach Berlin kam, gaben wir uns Gelegenheit, von alten schönen Zeiten zu plaudern und die neuen Pläne zu besprechen. Er gab jetzt meinen Psychologien und meiner poetischen Betätigung weit mehr Gehör als in jungen Jahren, in denen er immer etwas souverän auf meine Poeterei herabschaute. Meinen »Es läuten die Glocken« prophezeite er Unsterblichkeit. Bei solchen Begegnungen war er oft hinreißend gütig und innig. Einmal schwärmte ich von meinen beiden kleinen Nichtchen, die damals etwa 5 Jahre alt waren, die mir mein fehlendes Kinderglück ersetzten. Sie seien mir Garantien der Zukunft, Schwalben der Unsterblichkeit, kleine Herolde von der Ewigkeit der Menschheit! »Wie lieb, Carl, müssen die sein, wenn du so von ihnen sprichst. Laß uns ihnen Zuckersachen kaufen und gib sie ihnen von Onkel Richard.« »Die eine,« sagte ich, »dichtet auch.« »Na nu?« »Ja!« Ich rezitierte die Verslein meiner kleinen Margot, der ich oft meine Kinderliedchen gewidmet und aufgesagt hatte. Eines Tages meinte sie, sie habe auch Gedichte, sie seien aber nur kurz gemacht, weil Onkel Carl doch nicht so viel behalten könne. Und sie lauteten:

Ein Soldat ging in ein Seelein
Zum Baden.
Dann ging er wieder rein –
Und wieder rein
Zum Baden!
Auf »wiedersehenste Wohltat«!

und:

Trittst in ein Kämmerlein –
Die Maus ist aufgewacht,
Die Türe klappert dein,
Die Maus erwacht –,
Durch deines – – –
– – – – –

»Du,« sagte Dehmel ganz ernst, »das könnte ganz gut von mir sein.«
»Darum habe ich sie dir auch hergesagt,« meinte ich. Er fand die Kombination von Wiedersehen und Wohltat zu einem Worte geradezu genial, und ich erhielt fortan keinen Brief, keine Karte mehr von ihm ohne dieses geniale »auf wiedersehenste Wohltat«.

Nun ist er dahin, der Gute, der Reine, der völlig Abgeklärte! Ein unsterblich Abgeschiedener. Ein Ewiger. Er, der Liebling der Jugend und ein Prophet des Kommenden.

Er, in dem ewig der Heros mit dem Dämon rang, bis alle seine der hohen Weltidee zugestimmten Rhythmen den Luzifer in sich erwürgten, so daß er als Mann von höchster kristallheller Geistigkeit sein Leben selbst zu einem wundervollen Gedicht formte, ist nicht mehr unserem Auge, unserer Hand erreichbar. Mit großem Schmerze gedenke ich an dieser Stelle seiner getreuen Frau Isi, die auf ihn einen ungeheuren, nie versagenden, sein Feuer besänftigenden Einfluß gehabt hat. Sein edelstes Werk »Die zwei Menschen« sind sein Bekenntnis einer unzerreißlichen höchsten Bindung des wilden Mannesherzens an die Schönheit einer erhabenen Frauenseele!

Sein letztes Gedicht war eine Hymne an diese Außerordentliche. Es lautet:

Standbild

Du meines Lebens einzige Herrlichkeit,
über alle Träume herrlich,
geliebte Seele!
Meine Erleuchterin,
die jeden unserer Tage zum Geburtstag,
jede Nacht zur Weihnacht mir verklärte:
sieh! wenn nun die Stunde kommen wird,
unaufhaltsam wie vom fernen Meer die Sturmflut,
immer näher,
schaurigste Stunde für die Liebenden,
wo sich die letzte Klarheit auftut,
wo alles Traum wird, was wir lebten,
o ewiger Traum –
sieh, dann aber wirst du stehn,

wie seit je ich dich gesehn,
groß überm Meer, die Brandung dir zu Füßen,
Lavaklippen sind dein Kleid;
Das Haupt gestaltet aus der höchsten Kuppe,
umschleiert wolkenhaft vom schimmernden Flügelspiel
schutzsuchender Singvögelscharen.
So leuchtet dein Antlitz, Seele, ruhig in die Sturmflut,
sonnig, und ob dem Scheitel kreist das Adlerpaar
unseres freien Himmels!

Schluß-Bemerkungen

Ich bin am Ende der Aufrollung meiner besonnten Vergangenheit. Die hier noch folgenden, mir wahrlich noch reich zu Gebote stehenden Erinnerungen stehen mir noch zu nahe, als daß ich sie jetzt schon, in noch wenig ausgereckter Distanz, der Öffentlichkeit darzubieten wage. Ich habe auch aus früheren Zeiten manches beiseite gelassen für spätere Gelegenheiten, was vielleicht allgemeines Interesse beanspruchen dürfte. So meine Beziehungen zu Schweninger als Chefarzt der chirurgischen Abteilung im Lichterfelder Krankenhause, so meine schwere Arbeitszeit während des Krieges im Lazarett am Reichskanzlerplatz, über welch letztere ich ja ein Erinnerungsbüchlein veröffentlicht habe. Freilich stehen darin nicht die wundervollen Zeiten voll Harmonie und Schaffensfreude unter Generalarzt Lohrisch, wo ich mit dem ausgezeichneten, prachtvollen Kollegen Ölsner, der mein Herzensfreund für alle Zeit geworden ist, und mit Kollegen Wolfsohn alles einsetzte, dem Vaterland an berufener Stelle zu dienen. Schön wäre es, zu berichten von den Kursen, die ich hier im Garten den Schwestern und deren Angehörigen, unter den Bäumen zeichnend, gab von der bloßen Anatomie bis zur Physiologie, Operationslehre und höchsten Psychologie, und von wo ab ich mit Damen und Familien, wie v. Ilberg, v. Reichenbach, Gräfinnen Redern, Fürstin Lynar, auch wohl für immer enge Freundschaftsbeziehungen gewonnen habe –, aber ich übergehe diese Zeiten. Neben vielem »Besonnten« enthielten sie zu viel Schatten; der Kampf mit Schweninger im Lichterfelder Krankenhause, die vielfachen Konflikte im Lazarett am Reichskanzlerplatz, nach jener goldigen Zeit mit dem Generalarzt Lohrisch, ständige Reibungen mit dem nachfolgenden militärischen

Diktator desselben und solchen Generalärzten, die immer mehr mit falschem Stolz Generäle als Ärzte waren, scheinen zu unerfreulich, um hier beschrieben und noch einmal durchkostet zu werden.

Wenn ich bis hier mein Leben überblicke und mich ihm nach Menschenmöglichkeit völlig objektiv gegenüberstelle, so war es, ich kann es nicht anders sagen, faustisch. Immer in großem und mächtigem Ansturm gegen irgend ein fernes, außergewöhnliches Ziel, das vielleicht unerreichbar doch mit dämonischer Kraft lockte. Mit Einsetzung zähester Energie verfolgte ich dann periodenweise eine einzige, für mich vorhandene Bahn, um sie oft plötzlich zu verlassen, aber nie eher, als bis ich einen gewissen Einblick in ihre Beziehungen zur Gesamtheit der Erforschbarkeiten gewonnen hatte. Es war in mir ein geheimer Wunsch, eigentlich einmal Alles auf Erden eine Zeitlang gewesen zu sein; die Technik des Handwerks interessierte mich zeitweise ebenso lebhaft wie die Mechanismen der Sterne oder der Gehirnganglien. Wohl war mir das Glück günstig, aber immer nur bis zu einem gewissen Grade des Erfolges. Nirgends war mein Sieg ein vollständiger. Er führte mich oft auf Höhen, um mich tief abstürzen zu lassen. In vielen meiner redlichsten Bestrebungen bin ich völlig mißverstanden worden, schwere Kränkungen sind mir nicht erspart geblieben. Ich lege eine stattliche Reihe von Werken auf den Richtertisch der Zukunft, gern hörte ich den Spruch, wenngleich ich ihn ahne.

Hier handelte es sich um die Schilderung eines alles in allem begnadet, glücklich verlaufenen, reichen und erfüllten Menschenlebens, vor dessen stillem inneren Glanz der Dankbarkeit alle Schatten verblassen sollen.

So bin ich denn auf meiner Reise in die Klüfte, Schlupfwinkel und Gebirge der Erinnerung bei einer Station angelangt, an die wir ständig wie im Fluge heransausen, als wäre sie das wichtigste Endziel unseres Hierseins (was sie eines Tages auch sein wird), die wir aber ebenso eilig zu verlassen genötigt sind auf diesem herumgekurbelten Ball, den wir Erde nennen: *die Gegenwart!* Sie ist zu flüchtig, verrinnt wie Wasser zwischen den Fingern, wie Nebel vor der Scheibe Glas, durch die wir von Augenblick zu Augenblick in die Welt da draußen sehen. Wer wollte sie biographisch halten und sagen: dies ist noch mein, dies besitze ich für immer, dies kann nicht verlorengehen! Ach, jeder Augenblick ist ja das große, neue Situationen schaffende Wunder, das eben erst Gegenwart war, Zukunft schien und nun schon Vergangenheit ist.

Doch spiegelt auch hier die große Vergolderin des Daseins: die *Illusion*, gnädig so etwas wie bleibenden und sicheren Bestand des Glückes vor. Mögen mir denn alle die Lieben, die meiner gern gedenken und denen ich vielleicht etwas »bin«, von Augenblick zu Augenblick so treu wie jetzt zur Seite bleiben und weiter mein gegenwärtiges Erdenglück, von dem man nicht laut sprechen möchte, ausmachen!

Bleibt so lieb um mich wie immer und wartet und beobachtet noch eine Weile, was die Zukunft einem Mann bringen mag, der ein bißchen wie Walter Stolzing allein gegen ein Schar von Meistersingern zwar nicht ein Preislied, wohl aber manch preisend Liedchen zum Lobe der Gotteswelt gesungen hat, im Vollgefühl, von sich mit Recht sagen zu können, was Schiller einst von der deutschen Muse stolz behauptete:

> Keines Mediceers Güte lächelte der deutschen Kunst,
> Sie ward nicht gepflegt vom Ruhme,
> Sie entfaltete die Blume
> Nicht am Strahl der Fürstengunst.
> Von der großen Herren Throne
> Ging sie schutzlos, ungeehrt.
>
> Rühmend darf's der Deutsche sagen,
> Höher darf das Herz ihm schlagen:
> Selbst erschuf er sich den Wert.
>
> Darum steigt in höher'm Bogen,
> Darum strömt in voller'n Wogen,
> Deutscher Barden Hochgesang.
> Und aus Herzens Tiefen quellend,
> Spottet er der Regeln Zwang!

Jugendbildniss

Als ich noch Kutscher werden wollte

Meine Mutter

Mein Vater

C.L. Schleich: Helle Düne

Der Assistent an der chirurgischen Klinik in Greifswald

C.L. Schleich: Die Welle

Vorm Manuscript. 1920

C.L. Schleich: Meeresstille

Der Sechzigjährige

Erzählungen aus dem Biedermeier

Biedermeier - das klingt in heutigen Ohren nach langweiligem Spießertum, nach geschmacklosen rosa Teetässchen in Wohnzimmern, die aussehen wie Puppenstuben und in denen es irgendwie nach »Omma« riecht.

Zu Recht. Aber nicht nur.

Biedermeier ist auch die Zeit einer zarten Literatur der Flucht ins Idyll, des Rückzuges ins private Glück und der Tugenden. Die Menschen im Europa nach Napoleon hatten die Nase voll von großen neuen Ideen, das aufstrebende Bürgertum forderte und entwickelte eine eigene Kunst und Kultur für sich, die unabhängig von feudaler Großmannssucht bestehen sollte.

Georg Büchner Lenz **Karl Gutzkow** Wally, die Zweiflerin **Annette von Droste-Hülshoff** Die Judenbuche **Friedrich Hebbel** Matteo **Jeremias Gotthelf** Elsi, die seltsame Magd **Georg Weerth** Fragment eines Romans **Franz Grillparzer** Der arme Spielmann **Eduard Mörike** Mozart auf der Reise nach Prag **Berthold Auerbach** Der Viereckig oder die amerikanische Kiste

ISBN 978-3-8430-1884-5, 444 Seiten, 29,80 €

Erzählungen aus dem Biedermeier II

Annette von Droste-Hülshoff Ledwina **Franz Grillparzer** Das Kloster bei Sendomir **Friedrich Hebbel** Schnock **Eduard Mörike** Der Schatz **Georg Weerth** Leben und Taten des berühmten Ritters Schnapphahnski **Jeremias Gotthelf** Das Erdbeerimareili **Berthold Auerbach** Lucifer

ISBN 978-3-8430-1885-2, 440 Seiten, 29,80 €

Erzählungen aus dem Biedermeier III

Eduard Mörike Lucie Gelmeroth **Annette von Droste-Hülshoff** Westfälische Schilderungen **Annette von Droste-Hülshoff** Bei uns zulande auf dem Lande **Berthold Auerbach** Brosi und Moni **Jeremias Gotthelf** Die schwarze Spinne **Friedrich Hebbel** Anna **Friedrich Hebbel** Die Kuh **Jeremias Gotthelf** Barthli der Korber **Berthold Auerbach** Barfüßele

ISBN 978-3-8430-1886-9, 452 Seiten, 29,80 €